चाँदपुर की चंदा

(उपन्यास)

चाँदपुर की चंदा

अतुल कुमार राय

हिन्द युगम

ISBN: 978-81-951063-4-9

प्रकाशक :
हिंद युग्म
सी-31, सेक्टर-20, नोएडा (उ.प्र.)-201301
फ़ोन- +91-120-4374046

मुद्रक : थॉमसन प्रेस
कला-निर्देशन : विजेन्द्र एस विज

पहला संस्करण : जनवरी 2022
दूसरा संस्करण : जनवरी 2023
पाँचवाँ संस्करण : अप्रैल 2025
मूल्य : ₹299

Chandpur Ki Chanda
A novel by *Atul Kumar Rai*

Published By
Hind Yugm
C-31, Sector-20, Noida (UP)-201301
Phone- +91-120-4374046
Email- sampadak@hindyugm.com
Website- www.hindyugm.com

First Edition: Jan 2022
Second Edition: Jan 2023
Fifth Edition: Apr 2025
Price: ₹299

माताजी, श्रीमती जयंती राय को,
जिन्हें रामचरितमानस छोड़कर और कुछ पढ़ना न आया।

पिताजी, श्री शत्रुघ्न राय को,
जिन्हें जिंदगी की किताब ने ज्यादा पढ़ने न दिया।

1

जनवरी 2006

घड़ी सुबह के सात बजा रही है। घने कोहरे में सिमटकर बलिया रेलवे स्टेशन सफेद पड़ गया है। दो दिन से दिल्ली-मुंबई जाने वाली गाड़ियाँ दस-दस घंटे की देरी से चल रही हैं। इस कारण बहुत सारे यात्री परेशान हैं, तो कुछ यात्री अभी भी प्लेटफॉर्म की तरफ टकटकी लगाए देख रहे हैं। कहीं कुछ भी दिखाई नहीं दे रहा। चारों तरफ गलन से भरा एक ठंडा सन्नाटा है, जो वक्त के साथ फैलता ही जा रहा है।

इधर प्लेटफॉर्म नंबर दो से आती 'ए चाय गरम, गरम चाय' की आवाज इस सन्नाटे को चीर रही है। तब तक पूछताछ केंद्र पर हलचल होने लगी। दो-चार यात्री उठ खड़े हुए। उनको देखकर बाकी लोग भी खड़े होने लगे। अचानक सूचना प्रसारण यंत्र में किसी ने जोर की फूँक मारी- 'यात्रीगण कृपया ध्यान दें, जयनगर से चलकर नई दिल्ली को जाने वाली स्वतंत्रता सेनानी एक्सप्रेस प्लेटफॉर्म नंबर दो पर आ रही है।'

ये सुनते ही चारों ओर हल्ला शुरू हो गया। गाड़ी का इंतजार करके थक चुके सारे यात्री अपने-अपने स्वेटर, मफलर, अटैची, बक्सा, गठरी, झोला, कंबल, ठीक करने लगे। देखते-ही-देखते कोहरे को चीरकर धुआँ उड़ाती, सीटी बजाती स्वतंत्रता सेनानी एक्सप्रेस प्लेटफॉर्म नंबर दो पर खड़ी हो गई।

गाड़ी खड़े होते ही जनरल बोगी से लड़खड़ाते हुए पाँच अधेड़नुमा युवक उतर रहे हैं। पाँचों की उम्र पच्चीस से तीस के बीच है। सबके हाथों में झोले और पैरों में गोल्डस्टार के जूते हैं। मुँह से गुटखा टपक रहा है और आँखों तक लटकती जुल्फों से रूसी झड़कर जैकेट पर गिर रही है। पाँचों को गौर से देखने पर यकीन हो जाता है कि इस देश में सिर्फ ठंड ही नहीं बल्कि बेरोजगारी और महँगाई भी काफी बढ़ गई है और सरकार को सबसे पहले 'युवा कल्याण मंत्रालय' और 'मद्य निषेध मंत्रालय' को एक में मिला देना चाहिए, क्योंकि जिस दिन ठीक से 'मद्य निषेध' हो गया, उस दिन 'युवा कल्याण' अपने आप हो जाएगा।

थोड़ी देर में पाँचों लड़के आँख मलते हुए स्टेशन के बाहर आ गए। बाहर आते ही आपस में विचार-विमर्श होने लगा। सबसे होशियार दिखने वाले एक लड़के ने गुटखा थूककर कहा, "बोंधू, आमादेर स्टेशनटा पेच्छोने छूटे गेचे..."

"चुप करो दादा... वहाँ गारी का स्टॉपेज ही नहीं था तो कैसे उतर जाते? यहाँ से हम लोगों को रिजरब ऑटो पकरके चलना परेगा।"

ऑटो का नाम सुनते ही पाँचों ने झोला उठाकर ऑटो स्टैंड की तरफ कूच किया। इधर सुबह से सूने पड़े ऑटो स्टैंड पर भारी भीड़ उमड़ पड़ी थी। ट्रेन से उतरे सारे यात्री ऑटो में बैठकर हवाई जहाज की स्पीड से जल्दी-जल्दी घर जाना चाहते थे। इस कारण ऑटो स्टैंड का माहौल मछली बाजार बन गया था। लेकिन इस बाजार से दूर एक दारू की दुकान के सामने खड़े होकर दो ऑटो वाले बड़े ही निर्विकार भाव से खैनी बना रहे थे। पाँचों लड़कों को देखते ही उनके हाथ रुक गए, भौंहें तन गईं और मुँह से निकला...

"रे बित्तन!"

"का रे?"

"ई सब आर्केस्ट्रा वाले हैं का भाई?"

"लग तो इहे रहा है भाई। ई सरवा लगन शुरू होते ही मेहरारू-लइका लेकर बंगाल से बलिया चले आते हैं। फिर पूरे लगन उनको रूपश्री, प्रधान आर्केस्ट्रा में नचवाते हैं और अपने सामियाना में सुतकर लइका खेलाते हैं।"

"बक्क बोक्का! ई सब मालदा जिला वाले मजदूर हैं। बलिया-छपरा रेल लाइन पर काम चल रहा है, देखे नहीं हो का? जाकर पूछो तो..."

ऑटो वाला आगे बढ़कर पूछने लगा, "कहाँ जाना है दादा?

"कहीं नहीं जाना।"

"बाँसडीह कचहरी, मनियर?"

"ना।"

"नरही, भरौली, बक्सर?"

"ना दादा।"

"खेजुरी, खड़सरा, सिकंदरपुर?"

"ना।"

"तब गाजीपुर, मऊ, आजमगढ़, देवरिया, गोरखपुर, सिवान, छपरा बक्सर,

आरा, भभुआ, मोहनिया, रोहतास?"

"नहीं भाई, बस करो!"

"तब कहीं तो जाएँगे कि रेलवे स्टेशन पर ट्रेन का डिब्बा गिनने आए थे?"

"एक मिनट रुको... पढ़ो जी का लिखा है!"

पाँचों में सबसे पढ़ाकू दिख रहा एक लड़का कागज निकालकर पढ़ने लगा, "चाँदपुर!"

"वाह!"

चाँदपुर का नाम सुनते ही ऑटो वाले का सूखा चेहरा चाँद जैसा खिल गया। उसकी आँखें इन पाँचों दिव्य मूर्तियों का गहन निरीक्षण करने लगीं, मन में शंख बजने लगे, चित्त में सुगंधित अगरबत्तियाँ जलने लगीं और दिल से आवाज आने लगी, "जय हो भिरगू बाबा! सुबह-सुबह क्या आइटम भेजा है आपने।" लेकिन मौके की नजाकत को समझकर उसने उत्तेजना भरी आवाज को अपनी जेब में छिपाकर पूछा, "आप लोगों को मैनेजर साहब के यहाँ जाना है क्या दादा?"

एक ऑटो वाले के मुँह से मैनेजर साहब का नाम सुनते ही पाँचों लड़के अवाक होकर एक-दूसरे को देखने लगे। किसी ने कुछ नहीं कहा। सब सुन्न पड़ गए। ऑटो वाला मामले की गोपनीयता को झट से समझ गया। उसने दाँत चियारते हुए कहा, "कोई बात नहीं, हम सब समझते हैं। वैसे जब चाँदपुर ही जाना था तो बलिया स्टेशन नहीं आना चाहिए था। सहतवार रेलवे स्टेशन पर उतर जाते, वहाँ से घोड़ा गाड़ी पर सवार होते और सीधे चाँदपुर चले जाते।"

"वो सब छोड़ो... तुम बताओ, तुमको चाँदपुर चलना है कि नहीं?"

"काहे नहीं चलना है, आप आदेश तो करिए।"

"कितना लोगे?"

"कितना देंगे?"

थोड़ी देर में मोल-भाव होने लगा। इधर ठंड बढ़ती जा रही थी और ट्रेन चले जाने के बाद ऑटो स्टैंड के आस-पास की भीड़ भी कम होती जा रही थी। दस मिनट बाद आखिरकार ऑटो वाला विजयी मुद्रा में आकर बोला, "देखिए दादा, फाइनल बात। राम-राम का बेरा है। ठंड देख रहे हैं न... हाथ काम नहीं कर रहा है। विश्करमा छू रहे हैं, झूठ नहीं बोलेंगे। पाँच सौ से पाँच पइसा कम नहीं होगा।"

पाँचों में से तेज-तर्रार दिखने वाले एक लड़के ने कहा, "चार सौ देंगे चलो,

वरना जाओ।"

'जाओ' सुनते ही जैसे जाल में फँसी हुई मछली के जाल से निकल जाने पर मछुवारा तड़पता है, वैसे ही ऑटो वाला तड़पने लगा। "ए दादा, अरे! राम-राम के बेरा नाराज नहीं होते। आपको हम मैनेजर साहब के घर छोड़ेंगे, घर नहीं होंगे तो उनके स्कूल पर छोड़ेंगे। अगर स्कूल नहीं छोड़े तो आपका जूता मेरा सर! समझे!"

औसत भारतीय की तरह जूते वाली बात पाँचों लड़कों को तुरंत समझ में आ गई। कुछ देर तक अपने फटे जूते की तरफ देखकर पाँचों में से एक ने कहा, "ठीक है तब, चलो।"

"पीछे सामान रखो दादा।"

"ना-ना, हम लोग सामान साथ लेकर बैठेंगे, इसमें बहुत जरूरी समान है।"

"ठीक है दादा, जैसी मर्जी।" इतना कहकर ऑटो वाले ने मन-ही-मन गरियाते हुए पगड़ी टाइट बाँधी। मुँह में गुटखा डालकर निरहुआ का गाना बजाया। स्टियरिंग को सुबह का तूफानी नमस्कार किया और चलने लगा। इधर सड़क पर दस मीटर के आगे कुछ दिखता नहीं था। बिना डीपर के चलना मुश्किल हो रहा था। इसी मुश्किल में अखबार वाले, दूध वाले, ट्रेन पकड़ने वाले और कोचिंग पढ़ने वाले इक्का-दुक्का लोग आ-जा रहे थे।

थोड़ी देर में ऑटो शहर के बाहर निकल आया। बाहर निकलते ही पाँचों लड़कों के चेहरे पर हवाइयाँ उड़ने लगीं। उनके चेहरे भय से सिकुड़ गए। एक लड़का अपने मोबाइल को बार-बार कान से हटाकर सटाता रहा। बाकी चारों कौतुक भरी आँखों से बलिया जनपद को देखते रहे! दस-पंद्रह मिनट तक ऑटो में शांति पसरी रही। कोई किसी से बोलता नहीं था, बस मफलर को कान के आगे पीछे कर लेता था। अचानक सबसे किनारे बैठे एक अधेड़ लड़के ने मुँह से मफलर हटाकर साइड मिरर में झाँकते हुए ऑटो वाले से पूछा, "भाई साहब, क्या आप सच में मैनेजर साहब को जानते हैं?"

"जानते हैं? का बात किए आप दादा। मैनेजर साहब के लड़के हैं डब्लू नेता, हम उनके खास आदमी हैं और उनके कॉलेज में मास्टर हैं, मनोहर मास्टर, वो हमारे खास आदमी हैं। इससे ज्यादा का कहें... चलिए रहे हैं, देख लीजिएगा।"

डब्लू नेता का नाम सुनने के बाद पाँचों ने एक-एक गहरी साँस ली। ऑटो

वाले ने गियर बदल दिया और साइड मिरर साफ करते हुए बोला, "दादा, एक पइसा का टेंशन मत लीजिए। जहाँ मैनेजर साहब का घर है न, उसी चट्टी पर तो हमारे भइया बिजली मिस्त्री हैं। किसी से पूछिएगा फूँकन मिस्त्री का नाम। चाँदपुर का बच्चा-बच्चा जानता है उनको।"

ऑटो वाले के धड़ाधड़ जवाब से पाँचों यात्रियों को थोड़ा आश्चर्य हुआ। इस आश्चर्य में थोड़ी देर फिर चुप्पी रही। निरहुआ का गाना भी बंद हो गया। लेकिन ऑटो वाला साइड मिरर में सबका चेहरा पढ़ता रहा और मन-ही-मन मुस्कुराता रहा। थोड़ी देर बाद उसने अपने रूखे चेहरे पर आत्मीयता का क्रीम पोतकर पूछा, "दादा एक बात पूछें?"

"हँ हँ पूछो।"

"आप लोग बंगाल से यूपी बोर्ड का फॉर्म भरने आए हैं क्या?"

इस सवाल के बाद तो पाँचों लड़के एक-दूसरे का मुँह देखने लगे। समझ में नहीं आया कि क्या कहें, कैसे कहें। तब तक सबसे किनारे बैठे एक लड़के ने लजाते हुऐ मामला सँभाल लिया, "हँ... बारहवीं का फॉर्म। किसी से कहिएगा मत, डब्लू भइया मना किए हैं।"

"अरे! सरकार, यही बात आप लोग पहले कहे होते कि यूपी बोर्ड का फॉर्म भरने आए हैं। तब्बे से न जाने का दिस-दैट बतिया रहे हैं। टेंशन मत लीजिए। हम भी परियार साल उसी कॉलेज से इंटर पास हुए हैं।"

"उसी कॉलेज से? सच में?" पाँचों लड़कों ने चेहरा सिकोड़कर एक साथ पूछा।

"तब क्या? जानते हैं हमारा केतना परसेंट था?"

सबसे अधेड़ दिखने वाले लड़के ने पूछा, "कितना परसेंट था?"

"देखिए, जिस दिन से साइंस का पेपर था, उस दिन तो हमारी भैंस बिया गई थी। हम परीक्षा में बैठिए नहीं पाए थे। हमारी जगह हमारे बड़के भइया का छोटका सरवा परीक्षा दिया। इसलिए पैंसठ परसेंट आया नहीं तो ई बुझिए कि हमारा पचहत्तर से ऊपरे हेल गया होता।"

अचानक पाँचों लड़कों के चेहरे पर हँसी तैर गई। इस बार हँसी का आकार लंबवत न होकर आयताकार हो गया। ऑटो वाला तीर सही जगह लगने की खुशी में गाना भोजपुरी से बदलकर हिंदी कर दिया।

'दिल दीवाना ना जाने कब खो गया...'

इधर सामने सड़क पर सुनहरी धूल उड़ रही थी और दूर देस से आए इन अजनबियों की आँखें अब सड़क किनारे उगे सरसों, मटर, चना के फूलों को देख रही थीं। सामने गेंहूँ के खेत हवा में हिल रहे थे और आसमान से सूरज थोड़ा-थोड़ा झाँकने लगा था। तभी पीछे बैठे लड़के की नोकिया मोबाइल पर रिंगटोन बज उठा- 'इश्क दी गली विच नो एंट्री...'

उसने झट से कान में सटाकर कहा, "हैलो-हैलो डब्लू भइया... आवाज आ रही है? हैलो हैलो... हम भोर से ही आपको कॉल कर रहा। हम लोग आ रहा... गारी मिल गया है... छपरा में गारी से उतरा। हम लोग बलिया वाली एक्सप्रेस पकर लिया... हैलो भइया हैलो..."

ऑटो वाले ने गाने की आवाज कम कर दी और पूछा, "टॉवर भाग गया का जी?"

"हँ, दादा।"

"आपका बेसनल है कि हच है?"

"बीयसनल है।"

"तब्बे न भग गया! हच लीजिए हच, एकदम गच-गच पकड़ता है।"

इस बात पर पाँचों लड़के मुस्कुराने लगे। इधर सूरज भगवान की कृपा से कोहरा कुछ कम हो गया। ऑटो वाले की स्पीड बढ़ गई। सामने से आ रहे एक दूध वाले की साइकिल से टकराने के बाद माँ-बहन की दो-चार खतरनाक गाली सुनकर उसने कहा, "वइसे दादा जानते हैं, पिछले साल तो पंजाब, नेपाल, हरियाणा से एक दर्जन स्टूडेंट परीक्षा देने चाँदपुर आया था। सबके रहने, खाने आने-जाने से लेकर पान, तंबाकू और गुटखा की बेवस्था हम ही किए थे। उ सब लोग फर्स्ट डिवीजन पास हो गया है। अभी भी हमको फोन करता है। इस बार भी बोर्ड परीक्षा में हम ही ड्यूटी करेंगे। आप लोगों को भी कवनो परकार का दिक्कत नहीं होगा। ई बुझिए कि अपने घर का कालेज है!"

ऑटो वाले के इस बड़ी-सी आश्वस्ति के बाद पाँचों लड़कों के चेहरे की शिकन कुछ कम हो गई। सब जान गए कि ये ऑटो वाला पहुँचा हुआ फकीर है। दूसरी बात ये कि अनजान जगह पर मौन रहना भीतर के डर को बढ़ाता है। इसलिए बात चाहे कितनी भी फालतू क्यों न हो, करते रहनी चाहिए। फिर तो पाँचों

लड़के सामान्य हो गए। किसी ने ऑटो वाले से पूछा, "आपका नाम क्या है?" आटो वाले ने गियर बदलकर कहा, "स्कूल का नाम तो गोवर्द्धन है दादा, लेकिन चाँदपुर में सब बित्तन कहते हैं।"

किसी ने पूछा, "भैया कल शाम को हम लोग फॉर्म भरकर फिर अपने घर चले जाएँगे, आप स्टेशन छोर देंगे न?"

"का बात किए, स्टेशन क्या चीज है, कहेंगे तो कलकत्ता छोड़ देंगे। हर साल चाँदपुर की फजलु बैंड पार्टी का नचनिया लाने हम ही तो कलकत्ता जाते हैं। जानते हैं पिछले साल जो नचनिया आया था, उ साला आज भी हमको कहीं देखता है तो चुम्मा देकर आई लभ यू बोलता है, लेकिन ई सब लसरघंट से हम दूर रहते हैं। बदनामी न होता है जी। अगले साल बियाह करना है।"

पाँचों लड़के हँसने लगे। लेकिन बियाह का नाम सुनते ही सबसे अधेड़ दिखने वाले लड़के ने पूछा, "भइया, हमारा भी शादी नहीं हो रहा है। किसी तरह से इस साल इंटर पास करना जरूरी है। ई बताइए, सच में यहाँ परीक्षा में नकल करने का सुविधा मिलता है?"

ऑटो वाले ने आँखें चौड़ी करके बताया, "अरे महराज! जो इस्टूडेंट बलिया जिला में हाईस्कूल, इंटर पास नहीं होगा, उसको तीनों तिरलोक, चउदहों भुवन में बरम्हा, बिसनू, महेस भी पास नहीं करवा सकते हैं। और सुविधा तो इतना है कि बस 'सुविधा शुल्क दीजिए और बिलेकबोर्ड पर पेपर हल कर दिया जाएगा, छाप लीजिए। लिख नहीं सकते हैं तो पैसा दीजिए अपने चुपचाप बैठे रहिए, कॉपी आपकी लिखा जाएगी। मने बूझिए कि मैनेजर साहब देवता आदमी हैं, देवता। हर साल सौ-डेढ़ सौ आप जैसे बुजुर्ग छात्रों को हाईस्कूल-इंटर पास करवाते हैं।"

बित्तन की इस बात ने जादू का काम किया। पाँचों लड़के एकदम ढीले पड़ गए। एक-दो लोगों ने अँगड़ाई और जम्हाई लेनी शुरू कर दी। मानो अब तक का सारा तनाव छू-मंतर हो गया हो। तब तक अचानक ऑटो की स्पीड को पीडब्ल्यूडी के ठेकेदारों ने नाकाम कर दिया। ऑटो गड्ढे की संगति पाकर हिचकोले खाते हुए मध्य लय में कत्थक करने लगा। एक लड़के ने जम्हाई खत्म करते हुए पूछा, "दादा, अब चाँदपुर कितना दूर है?"

ऑटो वाले ने झट से ब्रेक मार दिया और एक पान की गुमटी तरफ देखकर कहा, "भइया, एक पान खा लेंगे तो एक किलोमीटर और नहीं खाएँगे तो तीन

किलोमीटर तो मानकर चलिए।"

पीछे बैठे पाँचों लड़के फिर मुस्कुरा उठे। उधर टूटे-फूटे रास्तों और झाड़ियों के बीच कोहरे से झाँकता हुआ वह मील का पत्थर दिखने लगा जिस पर लिखा था- 'चाँदपुर 1 किलोमीटर'।

थोड़ी देर बाद उसी पत्थर के सामने एक आदमी आया और लोटा लेकर बैठ गया। पाँचों लड़कों ने गुमटी की तरफ मुँह फेर लिया। उन्होंने देखा पान वाला अब चूना लगा रहा है और बगल में एक साइकिल वाला मोटरसाइकिल का पंचर बना रहा है। इधर घड़ी साढ़े आठ बजा रही है। सूरज अब आसमान में साफ-साफ दिखने लगा है। सामने एक पुल पर कुछ लड़के बैठकर ट्यूशन जाती लड़कियों को ताड़ रहे हैं। चार लोग एक भैंस और पाड़ी को पकड़कर जबरदस्ती खींच रहे हैं। इसी बीच एक साइकिल झट से गुजरी। साइकिल सवार को देखते ही पान की गुमटी से ऑटो वाला खड़े-खड़े चिल्लाया, "देखिए दादा देखिए, वही मनोहर मास्टर हैं। मैनेजर साहेब के यहाँ जा रहे हैं। वही आप लोगों का फॉर्म भरेंगे और वही परीक्षा में आप लोगों की कॉपी लिखेंगे!"

ये सुनते ही पान की दुकान वाला हँसने लगा। पंचर बनाने वाला मुस्कुरा उठा। पाँचों लड़के दूर जाती हुई उस साइकिल को आँखें फाड़कर देखने लगे! उनकी आँखें उत्साह से चमक उठीं।

बित्तन पान खाकर टॉप गियर लगा दिया। ऑटो फिर दौड़ने लगी! देखते-ही-देखते आँखों के सामने हजारों एकड़ में फैले गेंहूँ और सरसों के लहलहाते खेतों का नयनाभिराम दृश्य नृत्य करने लगा।

पाँचों लड़कों का दिल चाँदपुर को देखने के लिए बेताब हो उठा।

2

चाँदपुर! सरयू किनारे बसा बलिया जिले का आखिरी गाँव! कहते हैं चाँद पर पानी है कि नहीं ये तो शोध का विषय है लेकिन चाँदपुर की किस्मत में पानी ही पानी है। चाँदपुर चलता है पानी में, जीता है पानी में और टूटता भी है पानी में!

सालों से आ रही विनाशकारी बाढ़ ने इसके इतिहास-भूगोल से कई बार छेड़-छाड़ किया है लेकिन बूढ़े हो रहे लेखपालों के कागजों में और दिनभर बीपी-सुगर की दवाई खा रहे बाढ़ नियंत्रण अधिकारियों की आँखों में चाँदपुर की ग्राम सभा एक है, जनपद एक और प्रदेश एक।

इस गाँव में अधिकतर लोग किसान हैं, कुछ फौजी जवान, करीब चार मास्टर, दो क्लर्क, चार बुद्धिजीवी, तीन क्रांतिकारी, दो प्रेमी, एक कवि और अनगिनत नेता हैं।

गाँव में प्रवेश करते ही सड़क टूटनी शुरू हो जाती है। सड़क में अपने-आप पैदा हो गए गड्ढे भारतीय भ्रष्टाचार की गहराई का आलंकारिक वर्णन करते हुए ये बताते हैं कि इस देश में ड्राइविंग लाइसेंस लेने से आसान ठेकेदारी का लाइसेंस लेना और खैनी बनाने से आसान सड़क बनाना है।

लगभग सौ मीटर इसी अंदाज में सीधे चलने के बाद नवीन विद्युतीकरण का शंखनाद करता एक खंभा दिखता है। खंभे पर क्षेत्र के छोटे-बड़े, नाटे, मझोले नेताओं के पोस्टर जोंक की तरह चिपके हैं। एक मिनट बिजली के खंभे और दूसरी मिनट इन पोस्टरों को देखने के बाद यकीन हो जाता है कि खंभे के तार में बिजली दौड़े या न दौड़े गाँव की रगों में राजनीति की बिजली बड़ी तेजी से दौड़ रही है और विद्युत ऊर्जा पैदा करने में भले हम फिसड्डी हों लेकिन राजनीतिक ऊर्जा पैदा करने में हम अभी भी पहले स्थान पर हैं।

बस इसी रास्ते पर थोड़ा-सा आगे चलने पर बाढ़ नियंत्रण बोर्ड का कार्यालय और डाकबंगला पड़ता है। जिसके कैंपस में उग आए आवारा घासों और बेहया के पौधों ने बाढ़ विभाग के साथ-साथ वन विभाग से भी अपना संबंध स्थापित कर लिया है, और बगल में जंग खा रहे पीपा के पुलों, डूबते पत्थरों और बालू की

बोरियों के साथ मिलकर ये ऐलान कर दिया है कि चाँदपुर में बाढ़ छोड़कर सब कुछ नियंत्रण में रहता था, रहता है और आगे भी रहता रहेगा।

डाकबंगले के ठीक बाद गाँव का एहसास कराती गाँव की उन बस्तियों में बने उन घरों के दर्शन होने लगते हैं, जो शहरों के वातानुकूलित कमरों में बैठे योजना आयोग के विद्धानों, स्त्री के वक्षस्थल, कटि प्रदेश और सुरमयी आँखों पर कविता करके उकता चुके रोमांटिक कवियों को कविता करने और गरीबी पर चिंता व्यक्त करने के लिए एक साथ आमंत्रित करते हैं, और धूसर लैंडस्केप रचते हुए दिखाते हैं टूटी हुई झोपड़ियों की ऐसी श्रृंखला, जिसको देखकर कोई भी सहज ही अनुमान लगा सकता है कि लाख प्रयासों के बावजूद ये दुनिया, बाकी दुनिया से कई प्रकाश वर्ष दूर है।

इसी सड़क से हटकर ठीक बायें देखते ही सरयू किनारे हजारों एकड़ परती, उपजाऊ और ऊसर खेतों का एक ऐसा मनोरम मैदान शुरू हो जाता है, जिसको कवि देख लें तो काव्य का एक नया छंद बने। गालिब की नजर फिरे तो मोहब्बत की कोई नई नज्म हो। पंडित रविशंकर देख लें तो तरब के तारों से एक नई आलापचारी उठे। आम आदमी देखे तो मन उसका मयूर और छुट्टा जानवर देख लें तो बेशऊर हो उठें।

देसी भाषा में किसी नदी किनारे बसे ऐसे भू-भाग को 'दियरा' कहा जाता है।

इसी दियारे में किसी बुझ रहे दीये-सा बारहों महीने टिमटिमाता, धरती की रेंगनी में टँगे किसी फटे कपड़े की तरह लहराता, आधा सरयू के इस पार, आधा सरयू के उस पार रहता है चाँदपुर गाँव। ये इस पार और उस पार की भौगोलिक संरचना ही चाँदपुर की ताकत है और यही उसकी कमजोरी।

इस पार की मुख्य सड़क के ठीक बगल में शिव जी का मंदिर है। उसी के ठीक बगल में एक बँसवारी है। बँसवारी के बगल में नीम के नीचे काली माई का चऊरा और चऊरा के बगल में सैकड़ों साल पुराना एक कुआँ, कुएँ के बगल में पीपल का एक विशालकाय पेड़। और पेड़ के नीचे गाँव के ग्राम देवता 'डीह बाबा' हैं।

चैत की कटनी के दिनों में समूचा गाँव इसी बाबा की छाया में अपना खलिहान लगाता है, अनाज की दँवरी करता है। जेठ की धूप में बैठकर सुस्ताते हुए रेडियो पर 'हैलो फरमाइश' के गीत सुनता है और रात के समय दोस्तों की

फरमाइश पर महुआ पीकर सारे गाँव को गाली सुनाता है।

हाँ, बाढ़ के दिनों में ठीक यहीं बैठकर गाँजा फूँकता है, भाँग खाता है और इन सब कामों में कुछ ऊँच-नीच, आगे-पीछे होता है तो हो जाए लेकिन हर मौसम में राष्ट्रीय, अंतरराष्ट्रीय राजनीति बतियाना नहीं छोड़ता है।

अब शिक्षा-दीक्षा की बात करें तो गाँव में एक संस्कृत पाठशाला है। जिसका संस्कृत से वैसा ही संबंध है जैसा राजनीति का नैतिकता और नेता का ईमानदारी से होता है। स्कूल कमेटी में आए दिन होने वाले लफड़े और स्कूल के मैनेजर नथुनी सिंह द्वारा घूस लेकर अपने दूर के दामादों की की जाने वाली भर्ती के बाद ये बड़े ही सम्मान और गर्व के साथ कहा जा सकता है कि संस्कृत पाठशाला घर बैठकर अवैध पैसा कमाने का एक सुसंस्कृत स्थल है।

यहाँ से गिनकर दो मिनट चलने पर एक प्राइमरी और एक मिडिल स्कूल भी बना है। जिसकी दीवारों पर गिनती, पहाड़ा के अलावा 'सब पढ़ें-सब बढ़ें' का बोर्ड लिखा तो है, लेकिन कभी-कभी बच्चों से ज्यादा अध्यापक आ जाते हैं, तो कभी समन्वय और सामंजस्य जैसे शब्दों की बेइज्जती करते हुए एक ही मास्टर साहेब स्कूल के सभी बच्चों को पढ़ा देते हैं।

स्कूल के ठीक आगे पंचायत भवन है, जिसके दरवाजे में लटक रहे ताले की किस्मत और चाँदपुर की किस्मत में कभी खुलना नहीं लिखा है। मालूम नहीं कब ग्राम सभा की आखिरी बैठक हुई थी लेकिन पंचायत घर के बरामदे में साँड़, गाय, बैल खेत चरने के बाद सुस्ताते हुए मुड़ी हिला-हिलाकर गहन पंचायत करते रहते हैं और कुछ देर बाद पंचायत भवन में ही नहीं गाँव की किस्मत पर गोबर करके चले जाते हैं।

हाँ, गाँव के उत्तर एक निर्माणाधीन अस्पताल भी है। जो लगभग दो साल से बीमार पड़ा है। उसकी दीवारों का कुल जमा इतना प्रयोग है कि उस पर गाँव की महिलाओं द्वारा गोबर आसानी से पाथा जा सकता है। साथ ही गाँव के दिलजले लौंडों द्वारा खजुराहो, कोणार्क, वात्स्यायन और पिकासो को मात देती हुईं कुछ अद्‌भुत कलाकृतियाँ बनाकर कला जगत के सम्मुख नई चुनौती उत्पन्न की जा सकती है।

अस्पताल की छत पर बने कुछ अर्द्धनिर्मित कमरे भी हैं। जिनमें दिन में जुआ और रात में गाँव के प्रेमियों द्वारा एक ऐसे शारीरिक कार्यक्रम को अंजाम दिया

जाता है, जो स्थानाभाव में दिन में नहीं किया जा सकता। हाँ, इंटर कॉलेज गाँव से दो किलोमीटर दूर और डिग्री कॉलेज बारह किलोमीटर दूर है।

लेकिन लाख दूरियों के बावजूद चाँदपुर में कुछ ऐसी चीजें हैं, जो एक ही जगह से संचालित होती हैं। जी हाँ, एक ही जगह से! बस उसी जगह ऑटो वाले ने ब्रेक मारकर पान थूक दिया। और बड़े जोर से कहा, "लो दादा आ गए चाँदपुर। ये रहा मैनेजर साहब का घर और वो रहे डब्लू नेता!"

इतना सुनते ही पाँचों लड़के हड़बड़ाकर उठ गए। पाँचों ने अपना-अपना सामान समेटा और आँखें मलते हुए देखा। सामने पूर्व प्रधान नथुनी सिंह उर्फ मैनेजर साहब का चमचमाता हुआ घर स्पष्ट दिख रहा है। घर के आगे खड़े दो-दो ट्रैक्टर, तीन-तीन मोटरसाइकिल और कई नौकर-चाकर ये चीख-चीखकर बता रहे हैं कि गाँव की उन्नति की बात भले असत्य हो लेकिन ये परम सत्य है कि दस सालों में मैनेजर साहब ने अपनी उन्नति करने में कोई कसर नहीं छोड़ी है।

पाँचों लड़के सामान लेकर ऑटो से उतर गए। इधर बरामदे में अलाव ताप रहे मैनेजर साहब के सुपुत्र युवा नेता डब्लू जी ने इनको देख लिया, "आइए-आइए, आप सबका चाँदपुर में हार्दिक स्वागत है! कुर्सी लाव रे।"

झट से एक नौकर कुर्सियाँ ले आया। दूसरा चाय लेने चला गया। डब्लू नेता ने शॉल लपेटकर कहा, "बैठिए-बैठिए। देखिए तो आप लोगों के आते ही धूप भी निकल आया। अब आराम से जाकर सरयू जी में तेल लगाकर नहाइए, मिजाज फरेश होगा। का रे बित्तन?"

बित्तन ने डब्लू जी का पैर छूते हुए सिर हिलाया, "हँ भइया, कहेंगे तो स्नान के बाद चाँदपुर के उस पार भी घुमा देंगे।"

डब्लू नेता ने मना किया, "ना, ना... अभी जिस काम के लिए आए हैं उसको कर लेने दो। जानते हो न कि काम कितना रिस्की हो गया है। परीक्षा के डेढ़ महीने पहले कहीं बोर्ड का फारम भरा जाता है?"

"ना भइया, एकदम ना। वही तो हम इन लोगों को रास्ते में समझा रहे थे। लेकिन भइया कुछ लेकर करवा दीजिए। इस बेचारे का बियाह नहीं हो रहा है। इस दाढ़ी वाले भइया को हाईस्कूल पास न होने के कारण सिक्योरिटी गार्ड का बढ़िया नौकरी नहीं मिल रहा है। ये जोधपुर की एक स्टील फैक्ट्री में काम करते हैं। हई मोबाइल वाले भइया आगे चलकर क्लर्की करना चाहते हैं।"

बित्तन की इस घनघोर पैरवी को सुनकर पाँचों लड़कों के हाथ श्रद्धा से जुड़ गए, "जी भइया, हम लोगों ने तो हाईस्कूल-इंटर में लगातार फेल होने के बाद पढ़ाई ही छोड़ दिया था। अब आपका ही आसरा है।"

डब्ल्यू नेता ने इस विनम्रता और अपनी तारीफ को अस्वीकार करके कहा, "मनोहर जी, इन लोगों का काम आज देख लीजिए, इनको कल जाना भी है!"

"जी भइया।"

पाँचों लड़कों ने मनोहर मास्टर के पैर छूकर झट से प्रणाम किया। मनोहर मास्टर बात करने में मशगूल हो गए। इधर ऑटो वाला बित्तन भी डब्लू नेता से इसी महीने होने वाली चाँदपुर की सरस्वती पूजा के बारे में बतियाने लगा।

उधर मैनेजर साहब ईशान कोण पर बने अपने पूजा घर में पूजा करने में व्यस्त थे और पूजा खत्म होने में अभी समय था। लेकिन बाँध पर घर होने के कारण राहगीरों ने इन लड़कों का हुलिया देखकर सारा मामला समझ लिया और चंद मिनट के भीतर ही हल्ला कर दिया कि बोर्ड की परीक्षा से एक महीने पहले हाईस्कूल और इंटरमीडिएट का फॉर्म भरने बंगाल, झारखंड और आसाम से कई लड़के चाँदपुर आए हैं।

मैनेजर साहब को ये स्थिति समझते देर न लगी। उन्होंने मनोहर मास्टर को बुलाकर कहा, "मनोहर जी, इन लोगों का काम करके जल्दी से ट्रेन पकड़ा दीजिए। बात जिला विद्यालय निरीक्षक तक गई तो दिक्कत होगी। और इनसे साफ-साफ कह दीजिए कि परीक्षा शुरू होने के तीन दिन पहले हमें फुल पेमेंट चाहिए। चालीस हजार से चालीस रुपया भी कम नहीं होगा। ये बनिया की दुकान नहीं है कि उधार खाता चलेगा। इस साल परीक्षा सेंटर लेने में ही कई लाख रुपया लग गया है।"

"जी जी ठीक है।"

"और सुनिए, आज जाकर क्लास लीजिए और सभी विद्यार्थियों से कहिए कि बोर्ड परीक्षा की तैयारी शुरू कर दें। कल शाम तक परीक्षा का फाइनल डेट आ जाएगा।"

इस आदेश को सर आँखों पर उठाकर मनोहर मास्टर ने लड़कों का सारा ज़रूरी कागज जमा कर लिया। और दस मिनट बाद अपनी साइकिल पर सवार होकर सीधे इंटर कॉलेज का रुख कर लिए। थोड़ी दूर बढ़ते ही खेदन टी स्टॉल पर

उनका एक सवाल से सामना हुआ!

"माट साब, बड़ा सबेरे-सबेरे भाग रहे हैं, तनख्वाह मिल गया क्या?"

मनोहर मास्टर इस सवाल को हमेशा की तरह नजरअंदाज करके जेठ के खेत में जुते हुए बैल की तरह सीधे चलने लगे। अचानक उनके सामने एक साइकिल वाले ने ब्रेक मार दिया। मनोहर मास्टर चौंक गए। उनके मुँह से निकला, "अरे राकेश तुम? ये कैसा हुलिया बना लिए हो जी?"

"माट साहेब प्रणाम!"

"अरे! बस करो... जाड़ा पाला में ज्यादा मेहनत न करो। कहाँ सुबह-सुबह झांझा मेल की तरह भाग रहे हो?"

"सर, जा रहे हैं उस आवारा को उठाने। सुना है कि आज आप क्लास लेने वाले हैं?"

मनोहर मास्टर मुस्कुराने लगे, "बिलकुल ठीक सुना है। कल बोर्ड एग्जाम का फाइनल डेट आ रहा है। सभी विद्यार्थियों को आज एक विशेष सूचना भी मिलने वाली है। फटाफट सबको लेकर क्लास में आ जाओ।"

"ठीक है सर आप चलिए, हम अभी आ रहे हैं।"

इतना कहने के बाद राकेश नामक लड़के ने साइकिल का पैडल दबाया और गाँव के उस पूरब टोले की तरफ रुख कर लिया, जहाँ छत पर एक दीवाना लड़का, रात भर लव लेटर लिखने के बाद कुंभकर्णी निद्रा में सो रहा था।

3

पूरब टोले की एक छत पर बने इस छोटे से कमरे की दीवारों से ईंट की अधिकता और बालू-सीमेंट की कमी साफ-साफ झाँक रही है। छत की ओर ध्यान से देखने पर लगता है कि किसी नौसिखिए राजमिस्त्री ने मजदूरी न मिलने का सारा गुस्सा इस कमरे पर निकाल दिया है।

भीतर की दीवारों को अभी प्लास्टर चढ़ाने लायक नहीं समझा गया है। लेकिन कमरे में रहने वाले विद्यार्थी ने अपने बुद्धि, कौशल और ब्राउन पेपर के सहारे कमरे को सजाकर होम डेकोरेशन वालों के सामने एक नई चुनौती पेश कर दी है।

प्लास्टर चढ़ जाने के बाद जब दीवाल की खूबसूरती में चार चाँद लगाने वाली कालजयी पेंटिंग्स की कमी महसूस हुई है, तब उसने अखबारों के रविवासरीय संस्करणों में छपे सिने तारिकाओं की लुभाती मुद्राओं का सहारा लिया है और उन पेपर कटिंग्स को इस अंदाज में चिपका दिया है कि समूचा बॉलीवुड एक ही कमरे में उठ रहा, बैठ रहा और हाँफ रहा है।

यानी कमरे में घुसते ही गोली मारते अजय देवगन का सामना ऐश्वर्या की कमर में हाथ डाले सलमान से हो रहा है, जिसके कारण रवीना टंडन की कमर में मोच आ गई है। इधर संजय दत्त ने रिवॉल्वर निकालकर 'गदर एक प्रेम कथा' वाले सनी देओल की सर पर तानकर समूचा पाकिस्तानी हैंडपंप उखाड़ने का सख्त विरोध किया है।

एक साइड में अक्षय कुमार समंदर किनारे खड़े होकर कम कपड़े में ज्यादा सुंदर दिखने का प्रयास करती प्रियंका चोपड़ा, लारा दत्ता के साथ पानी में आग लगाने की योजना बना रहे हैं। लेकिन मनोज तिवारी ने 'बगल वाली जान मारेली' कहकर उनको कन्फ्यूज कर दिया है।

उधर कमरे के तापमान में तीन डिग्री की वृद्धि करती बिपाशा बसु अपना 'राज' छिपा ही रही हैं कि सामने मल्लिका सहरावत का 'मर्डर' हो चुका है।

हाँ केरल की गर्मी में बैठे 'सिर्फ तुम' के दीपक का हाल बेहाल है। वो नैनिताल की आरती से कह रहा है कि 'केरल में गर्मी है, नैनीताल से सर्दी भेजो'

लेकिन ये क्या, गोविंदा ने 'सरकाए लियो खटिया जाड़ा लगे' गाकर दीपक के अरमानों को बेदर्दी से बुझा दिया है।

इससे ज्यादा दुख की बात ये है कि अँखियों से गोली मारने वाले गोविंदा, आशिक बनाया आपने वाले इमरान हाशमी के बगल में खड़े होकर अपने 'नसीब' को कोस रहे हैं।

ठीक बगल में करीना कपूर की बलखाती कमर की तरफ हिमेश रेशमिया इशारा करके बड़े ही शोकपूर्ण मुद्रा में गा रहे हैं, "झलक दिखला जा... एक बार आ जा आ जा आ जा..."

लेकिन खिड़की की तरफ देखने पर लगता नहीं है कि सिवाय कबूतरों के इस कमरे में कोई बाहरी आता भी होगा!

कमरे में सामान के नाम पर बस एक टूटी हुई मेज है जिस पर कभी न साफ किया जाने वाला एक लैंप रखा है। लैंप से चू रहा केरोसिन, मेज पर रखी ऑर्गेनिक केमिस्ट्री की मोटी-सी किताब से अपना अवैध संबंध स्थापित कर चुका है जिसके कारण विज्ञान की किताबों से ज्ञान कम, मिट्टी तेल ज्यादा टपक रहा है।

सरस सलिल, मनोहर कहानियाँ, फिल्मी कैसेटों के फटे रैपर और आशिकों की शायरी, ये सब बता रहे हैं कि कमरे में रहने वाला विद्यार्थी विज्ञान और मनोविज्ञान में समान रुचि रखता है। उसकी रुचि के आतंक से इन किताबों के नीचे ढेर सारे मच्छरों के प्राण पखेरू उड़ गए हैं, जो अंतिम संस्कार होने का बेसब्री से इंतजार कर रहे हैं।

इधर मेज के सामने ही एक टूटी हुई खटिया है, जिसका आखिरी हिस्से का ओरचन देसी जुगाड़ के सहारे बाँधकर रोका गया है ताकि कोई झटके में बैठे तो खटिए पर बैठा ही रहे, जमीन पर न बैठ जाए।

यही खटिया इस कमरे का बेड और सोफा है। जिस पर फटी साड़ी और पुराने बिछौने के मेल से बना एक नया बिछौना बिछाया गया है। इसी देशी तकनीकी से बनी एक रजाई भी है, जिसे कंबल के ऊपर सटाकर इस कमरे में रहने वाला विद्यार्थी सोता है।

हाँ, खटिया के ठीक ऊपर दो दीवारों को जोड़ता हुआ एक बिजली का केबल भी है। जो बिजली के लिए नहीं, बल्कि कपड़ा टाँगने के लिए प्रयोग में लाया जाता है।

दाहिने ओर की दीवार में एक आलमारी है, जिसमें फिल्मी ऑडियो कैसेटों के आधे दर्जन कुतुबमीनार खड़े हैं। अभी धड़कन, दिलवाले, मोहब्बतें, हसीना मान जाएगी, बेवफा सनम से लेकर सिर्फ तुम, साजन चले ससुराल, बगलवाली, सामने वाली, ऊपर वाली के रैपर छितराए हुए हैं। कुछ कैसेटों की रीलें उलझी हैं, तो कुछ लिखो-फेको पेन से सुलझाने के चक्कर में टूट गई हैं।

इसके ठीक बगल में एक ऑडियो प्लेयर है, जो यूँ तो दक्षिण टोला के सुखारी डॉक्टर को दहेज में मिला था लेकिन डॉक्टराइन ने डॉक्टर साहब को न जाने कौन-सा डोज दिया कि एक दिन टूटकर धराशाई हो गया। फिर दूसरे दिन कबाड़ी की दुकान से मैकेनिक की दुकान तक बनते-बिगड़ते, बिकते इस कमरे में आकर विराजमान हो गया।

ऑडियो प्लेयर के आगे का हिस्सा छोड़कर सारे कलपुर्जे खुले हैं। बेतरतीब तरीके से जोड़े गए तारों को देखकर लगता है कि इस यंत्र को ठीक करने में क्षेत्र के सारे मिस्त्रियों ने थोड़ा-थोड़ा मंत्र फूँका है लेकिन फूँकन की दुकान पर टेस्टिंग के दौरान समूचा सिस्टम ही फुँक गया है। फिर भी विद्यार्थी ने हार न मानते हुए इसको बजने लायक बनाकर अपने हुनर का लोहा मनवा दिया है।

यही कारण है कि इतनी मेहनत और उद्यम से पैदा हो रहे संगीत को अकेले न सुनकर समूचे चाँदपुर को सुनाने का फैसला किया गया है और इसके लिए दो साउंड बक्सों को छत पर लगा दिया गया है।

जैसे ही सुबह बिजली आती है, पहले हनुमान चालीसा सुनाई देता है और फिर कुछ भोजपुरी देवी गीत बजते हैं। इसके ठीक बाद विविध भारती को पानी-पानी करता सदाबहार फिल्मी गीतों का ऐसा कारवाँ उठता है, जो बिजली जाने, कमरे में रहने वाले विद्यार्थी के सो जाने या कहीं चले जाने के बाद ही बंद होता है।

लेकिन इधर कई दिन से चाँदपुर उदास है। बिजली भी नहीं आई है, एक हफ्ते से धूप भी तो नहीं हुई थी। जाड़ा कुछ ज्यादा ही बढ़ गया है। आदमी तो आदमी चाँदपुर के पेड़-पौधे, चिरई-चुरुंग तक सिकुड़ रहे हैं। लेकिन आज भगवान भास्कर की बड़ी कृपा हुई है। सुबह का सूरज आसमान में कुहासे को चीरता हुआ निकलने की जद्दोजहद कर रहा है। जिसे देखकर छोटे बच्चे चिल्ला रहे हैं, "राम-रामजी घाम करऽ सुगवा सलाम करऽ", बूढ़े अलाव तापना छोड़कर आसमान की

तरफ निहार रहे हैं, "हे प्रभु अब तो निकल आइए!"

अचानक धूप का एक टुकड़ा धरती पर दस्तक देता है। आँखों में बैठा कुहासा छँटने लगता है। सहसा पछुआ चलती है। सरसों की पीली चुनरी ओढ़े खेत इठलाते हैं। मटर के फूलों पर शीत की बूँदें मोतियों की तरह चमकती हैं और देखते-ही-देखते इस कुहासे और धूप की लड़ाई में एक नर्म धूप का टुकड़ा इस विद्यार्थी के कमरे में आकर उसे चौंका देता है। मानो कानों में कह रहा हो कि अब तो उठ जाओ। लेकिन ये क्या? नौ बजने को हैं और विद्यार्थी अभी तक सो रहा है!

अचानक कमरे के ठीक नीचे राकेश ने साइकिल की घंटी बजाई। मानो उसने गुप्त भाषा में किसी से कोई बात कही हो। लेकिन इस गुप्त भाषा का किसी पर कोई असर नहीं हुआ। फिर लगातार तीन बार घंटी बजी। लेकिन इस बार भी जवाबी कार्रवाई शून्य रही।

बार-बार घंटी बजाने के बाद भी जब कहीं कोई असर नहीं हुआ, तब राकेश ने घंटी की आवाज और स्पीड दोनों में वृद्धि कर दी और कई मिनट लगातार इस लय में बजाया, मानो सत्यनारायण भगवान की कथा अब शुरू होने जा रही हो! लेकिन इस लयात्मक कथा का न किसी देवता पर असर हुआ न किसी जानवर पर और न ही किसी पेड़-पौधे पर। अचानक राकेश का धैर्य टूट गया और वो पूरे जोर से चिल्लाया-

"मंटुआ रे... ए मंटुआ..."

"अरे उठ रे... पिंकिया गई..."

"स्कूल चलना है कि नहीं?"

"नौ बज गया रे बेहूद्दा!"

"आज तुमको मनोहर मास्टर बुलाए हैं।"

लेकिन ये क्या? इस पुकार पर भी कोई प्रतिक्रिया नहीं हुई। राकेश का सारा धैर्य टूट गया। उसने मान लिया कि सोते हुए आदमी को उठाना बहुत आसान काम है लेकिन सोने का नाटक करने वाले को उठाना वाकई कठिन काम है। अगर भगवान इस लौंडे को हमेशा के लिए उठा देते तो ज्यादा अच्छा रहता। उसकी झल्लाहट बढ़ने लगी। उसने साइकिल को दीवार के सहारे खड़ा किया और छत पर जाने के लिए तेजी से कदम बढ़ाने लगा। लेकिन जैसे ही सीढ़ी पर उसका पहला कदम पड़ा कि सामने से आ रही एक तेज आवाज से उसके कदम

ठिठक गए।

"अरे रकेसवा... रुक! जानते नहीं हो कि लाट साहेब दस बजे तक सोते हैं? तुमसे कुछ छिपा है कि आकर चिल्ला रहे हो? अपना काम देखो। इसको जो पढ़ना है ये पढ़ चुका है। हम इसका भविष्य जान गए हैं। ये रात भर फिल्मी गाना सुनेगा, दस बजे सुबह उठेगा। फिर एक थरिया खाकर, बबरी झारकर, रेडियो लेकर सरयू में नाव चलाएगा। अरे ददरी मेला में बैल बेचकर इसके लिए साइकिल खरीदे कि पढ़कर एक दिन आदमी बन जाएगा, लेकिन इस बैल ने सारा पैसा माटी में मिला दिया। अब तो हम कान पकड़ लिए हैं। सारा सिलेमा का कैसेट तोड़कर सरजू जी में नहीं बहा दिए दिए तो हमरो नाम रमेसर नहीं।"

इस डाँट के बाद सीढ़ी चढ़ रहे राकेश के पैर सुन्न हो गए। वो यंत्रवत खड़ा हो गया। मानो चाहकर भी पैर आगे न बढ़ रहे हों। उसने नजरें नीची कर लीं और पीठ पर टँगा झोला झाड़ने लगा। तब तक फिर आवाज आई...

"सुन रकेसवा... तुमको फिर समझा रहे हैं, इसके पीछे अपना जीवन बर्बाद मत कर। पुरुब टोला से लेकर पच्छिम टोला और उत्तर टोला से लेकर दक्षिण टोला तक कौन लड़का है जो दस बजे तक सोता है? इसी के साथ पढ़े जोगिंदर चौधरी के लड़के बीटेक्स की तैयारी कर रहे हैं और ई ससुर तीन साल से इंटर में फेल हो रहे हैं। तुमको भी फेल होना है?"

इस प्रश्न के बाद तो राकेश को मानो साँप सूँघ गया। उसकी बोलती बंद हो गई। अचानक से एक लड़की की आवाज आई, "बाबूजी ऊ बीटेक्स नहीं, बीटेक कहा जाता है। बीटेक्स तो मलहम होता है।"

इतना सुनकर बाबूजी भड़क गए, "तुम चुप रहो! ज्यादा अकीला फुआ न बनो। जाकर मेरा कुर्ता लाओ।"

इस बात के बाद लड़की चुप हो गई। सीढ़ी पर खड़ा राकेश भी सहम गया। इधर चूल्हे पर लड़की की माँ रमावती खाना बना रही हैं और थाली में खाना परोसती जा रही हैं। तेज आवाज में बोलने वाले रमेसर को आज कचहरी जाना है, लेकिन मंटू के कारण गुस्सा है जो जाने का नाम नहीं ले रहा है। अचानक रमावती की तरफ देखते हुए रमेसर बोले, "देख ले, राजा बाबू राम-राम के बेरा मूड खराब कर दिए। बैठकर रोटी बेल... हो गया कचहरी और खोज लिए दामाद!"

चूल्हे पर रोटी बना रही रमावती ने चूल्हा फूँकना छोड़कर हाथ झाड़ा और

बड़े प्रेम से बोलीं, "जाने दो बच्चा तो है अभी। इस उमर में सबका यही हाल होता है। बड़ा हो जाएगा तो समझदार हो जाएगा न!"

"हँ-हँ यही कहकर तो तुम ने इसको बिगाड़ दिया। बियाह हो गया होता तो इसके बच्चे अब तक स्कूल जा रहे होते। इसकी उम्र में हम चार भैंस रखते थे। बाबूजी अकेले थे। हम ही दियरा से चारा काटकर कपार पर लाते थे, फिर काटते थे तब भैंस खिलाकर पैदल पढ़ने जाते थे। आज न भोजन झट से मिल जा रहा तो नवाबी चढ़ी है राजा साहब को।"

रमावती चुप रहीं! माहौल में एकदम मुर्दा शांति छा गई। राकेश यंत्रवत सर झुकाए, हाथों से सीढ़ी की रेलिंग को साइकिल की चाभी से खुरचते हुए इन सब बातों को सुनता रहा! मानो किसी मूक आदेश का इंतजार कर रहा हो कि जरा-सा आदेश मिले, तो वो दौड़ता हुआ ऊपर मंटू के कमरे में चला जाए और रमेसर की चुभती बातों से जान बचे। लेकिन ये क्या रमेसर हैं कि बिना ब्रेक लिए बोले ही जा रहे हैं। रमावती को राकेश का चेहरा देख दया आ गई। स्नेह से देखते हुए और बात बदलते हुए पूछा, "और बता राकेश, माई कैसी है तुम्हारी?"

राकेश ने लाचार दृष्टि बनाई और रमेसर की गुस्सैल आँखों से नजरें बचाकर कहा, "एकदम ठीक हैं, मौसी।"

"गठिया ठीक हुआ?"

"पहले से ठीक है, मौसी। कल ही बलिया अस्पताल से दवाई लेकर लौटी हैं। डॉक्टर ने कहा है कि हमेशा के लिए तो नहीं, लेकिन चलने-फिरने भर की हो जाएँगी।"

इस जवाब के बाद खाना खा रहे रमेसर की आवाज फिर तेज हो गई। सीढ़ी पर खड़े राकेश की तरफ देखा और बोलने लगे, "ए राधेश्याम कऽ बेटा, पढ़ो-लिखो नालायक! वरना अपने बाप की तरह चाँदपुर घाट पर नाव चलानी पड़ेगी और माई किसी दिन गठिया से मर जाएगी।"

लीजिए हुआ बवाल। रमावती को रमेसर की इस बात पर इतना तेज गुस्सा आ गया कि चिमटा फेंककर और रोटी सेंकना छोड़कर गरजने लगीं, "ये अपशकुन मुँह से निकालते हुए लाज नहीं लगा? ज्यादा गर्मी चढ़ गई है सुबह-सुबह? कौन-सा पढ़कर हाईकोर्ट में जजी कर रहे हो? ईंट-भट्ठा की मुनीमी ही तो कर रहे हो? बाप गोबर पाथते हुए मर गए, तुम ईंटा पाथकर मर रहे हो। अब एक शब्द बोल

दिए तो बता देंगे।"

लीजिए, एक झटके में रमावती की इस मिसाइल के आगे रमेसर ध्वस्त हो गए। आँगन का माहौल एकदम शांत हो गया। मानो बंदूक लेकर लड़ रहे किसी बड़े बंदूकबाज को किसी गुलेल वाले ने चित्त कर दिया हो। रमेसर खाना छोड़कर उठ गए। "ठीक है, हम तो चुप ही रहेंगे अब! जा रहे हैं। जिसको जो मन करना हो करे, ये घर रहने लायक है? सब अपने मन के राजा हो गए हैं! जहाँ एक से अधिक लोग मालिक हो जाए, वो घर कभी घर नहीं रहता है।"

राकेश अभी भी खड़ा रहा। वो निरुद्‌देश्य आसमान में ताकता रहा। रमावती ने रोटी तवे पर रखकर उसकी तरफ प्यार से देखा और भरपूर स्नेह भरी नजरों से दुलारते हुए कहा, "जाओ बेटा राकेश, मंटू को उठा दो। जाओ इनकी बात पर ध्यान नहीं दिया जाता। ये तो ऐसे ही बड़बड़ाते रहते हैं।"

तब तक किसी ने दरवाजे पर दस्तक दी, "कोई है?"

"मुनीम जी, ए रमेसर जी!"

"आ रहे हैं, आ रहे हैं बैठिए।" रमेसर ने उत्तर में आवाज लगाई और आँगन में गड़े हैंडपंप पर हाथ धोते हुए कहा, "ए गुड़िया ठाकुर को पानी पिलाओ, लग रहा कहीं से कोई समाचार आया है।"

गुड़िया मीठा-पानी लेने चली गई। रमेसर गमछा कंधे पर रखे और दालान में चले गए। इधर सीढ़ी पर खड़े राकेश के जान में जान आ गई। एक ठंडी साँस लेकर सीढ़ी चढ़ता गया और सोचता गया कि हे भगवान जान बची तो लाखों पाए, इस मंटुआ कमीने को तो आज छोड़ना नहीं है। इसी खयाल से कमरे में घुसते ही सबसे पहले उसने मंटू की रजाई खींची, फिर बेडशीट हटाया। तकिया फेंक दिया और मंटू की पीठ पर जोर का मुक्का जमाते हुए कहा, "अरे कमीना! चार लाठी देंगे अभी एक मिनट में सारी आशिकी भीतर घुस जाएगी। फिर सोते रहना तेरह बजे तक! पता है मौसा कितना बोले हैं हमको? बंदूक होता तो अब तक सारा चाँदपुर दियरा धुआँ-धुआँ हो गया होता।"

लेकिन ये क्या? इन बातों का मंटू के ऊपर कोई खास असर नहीं हुआ, बस इतना ही हुआ कि उसने हाथ-पैर मोड़कर एक कुंभकर्णी जम्हाई ली और फिर आँखें बंद करके सो गया। ये देखकर राकेश का बचा-खुचा धैर्य भी टूटने लगा, वो याचना की मुद्रा में आ गया, "अरे! मंटुआ, उठ भाई।"

"बक्क यार! सोने दे।"

"काहें नहीं उठ रहे? साढ़े नौ बज रहे, स्कूल नहीं चलना क्या?"

"नहीं जाना।"

गुस्से में राकेश ने रजाई फेंक दी।

"मत जाओ साले! पिंकिया जा रही है, आज परीक्षा का डेट आने वाला है। सोचा कि बता दें तुमसे! लेकिन आज हम कान पकड़ रहे हैं। आज के बाद पिंकिया जाए या पूनमी आए, क्लास चले या बंद रहे। हम अब तुमको कभी जगाने नहीं आएँगे, न कभी तुम्हारे घर आएँगे। कसम खा रहे हैं।"

राकेश इतना कहकर आलमारी में रखे कैसेटों का औचक निरीक्षण करने लगा। अचानक कमरे में लगे दो-चार पोस्टरों को देखकर उसके मिजाज में नर्मी आ गई।

"ठीके है, सो जाओ, हम ई मोहब्बते वाला लेकर जा रहे हैं। धड़कन का तुम हमारा लिए हो याद रखना। एक मेरा बेवफा सनम वाला परदीपवा लेकर चला गया है। कह रहा था की सुखरिया की साली को सुनाना है, साली ने उसका दिल तोड़ दिया है। साला अपना दिल और मेरे कैसेट का रील दोनों तोड़वा लाया है। मिल जाए जरा... उसकी भी आशिकी भीतर घुसानी है।"

इतना कहकर राकेश कमरे से निकलने लगा। मानो अब भैंस के आगे बीन बजाने से क्या फायदा? जाते-जाते थक हारकर एक रामबाण दवाई का प्रयोग कर दिया। "सोवो बेटा सोवो। पिंकिया आज ददरी मेला वाला पियरका सुटरवा पहनकर जा रही है।"

ये सुनते ही मंटू में एक ऐसी अदृश्य शक्ति का विस्फोट हुआ जिसका जिक्र प्रेम के किसी शास्त्र में नहीं किया गया है। उसकी आँखें खुल गईं। खोई हुई चेतना वापस आ गई। मानो प्यासे जेठ को सावन ने आवाज दे दी हो। उसने अपने बिखरे बालों को ठीक किया और एक दिलकश जम्हाई लेकर बड़े प्रेम से राकेश की तरफ देखकर बालों में उँगलियाँ फिराते हुए बोला, "सही में पिंकिया जा रही है?"

"नहीं नहीं, कहाँ जा रही है, वो तो हम झूठ बोलने की प्रैक्टिस करने आए थे न!"

मंटू इस व्यंग्य बाण से चुप हो गया। राकेश ने मफलर सँभालते हुए प्रेम से कहा, "यार अपने मौसा को समझाते क्यों नहीं हो? साला बोलने लगते हैं तो झांझा

मेल की तरह रुकने का नाम नहीं लेते हैं।"

मंटू ने राकेश की शिकायतों को नजरअंदाज करके एक जोर की अँगड़ाई ली और तकिया गोद में भरके राकेश की तरफ देखने लगा, "अरे यार राकेश मौसा को गोली मारो। पता है, हम साला बड़ा खतरनाक सपना देख रहे थे यार। जानते हो, देख रहे थे कि मेरी साइकिल पिंकी की साइकिल में टकरा गई है, और हम दोनों सरसों के खेत में गिर गए हैं।"

"रे चिरकुट आदमी! ज्यादा साहरुख खान मत बनो। पहले साइकिल का पंचर तो बनवा लो तब न साइकिल लड़ाओगे।"

राकेश की इस शिकायत का मंटू पर कोई असर नहीं हो रहा था। उसने बाँहों को हवा में फैलाकर जम्हाई ली और फिर पूछा, "ए राकेश, सही में पिंकिया जा रही है कि दीपावली की तरह मुझसे आज भी मजाक कर रहे हो?"

राकेश को गुस्सा आ गया, "ठीक है हम मजाक कर रहे हैं। तुम सो जाओ आराम से, हम जा रहे हैं।"

राकेश की इस बात के बाद मंटू की मनोदशा में क्रांतिकारी परिवर्तन आया, "अरे! तब पाँच मिनट रुक मेरे भाई, पाँच मिनट... बस, भाई न!"

मंटू ने झट से याचना की मुद्रा बना ली। राकेश तटस्थ भाव से खड़ा रह गया। "भाई न, बस पाँच मिनट।" मंटू ने फिर वही याचना दुहराई।

राकेश कपार पर हाथ रखके खटिया पर बैठ गया।

चंद सेकेंड के अंदर मंटू देह तोड़ता, आईने में बालों को ठीक करता एक फिल्मी सीटी बजाया और चार-पाँच खूब गहरी साँस लेकर घड़ी में देखा कि सुबह के नौ बजकर बीस मिनट हो गए हैं। लैंप के द्वारा केमिस्ट्री की किताब में रासायनिक परिवर्तन हो गया है। उसने लैंप को मेज के नीचे रख दिया और सीधे लोटा लेकर नीचे भागा। पाँच मिनट के भीतर जैसे-तैसे मुँह धोकर, मंत्र स्नान करके, कपड़ा पहनकर फटाफट स्कूल बैग लिए कमरे में लगी प्रियंका चोपड़ा के बेहतरीन 'अंदाज' का दर्शन कर मन-ही-मन- 'आएगा मजा अब बरसात का, तेरी-मेरी दिलकश मुलाकात का...' पाठ किया और मन-ही-मन मान लिया कि भले अभी आग नहीं, पानी नहीं, प्रियंका चोपड़ा नहीं, लेकिन वो अक्षय कुमार से जरा भी कम नहीं है। इसलिए उसे जूते और घड़ी भी पहन लेने चाहिए। उसने महीने से बंद पड़ी अपनी कलाई घड़ी की ओर हिकारत की निगाह से देखा और

घड़ी बंद होने के बावजूद खुद को समय का पाबंद महसूस करते हुए बिना बाल झाड़े, जूता झाड़ने लगा।

मंटू की मासूम आँखों में चमक बिखर गई। क्लास में बगल वाली डेस्क पर बैठी पिंकी के चित्र उसकी आँखों के सामने घूमने लगे। उसने खिड़की से झाँकते सूरज को देख प्रणाम की मुद्रा बनाई और मन-ही-मन धन्यवाद देने लगा कि हे सूरज भगवान! आज आप दस दिन बाद क्या निकले 'चाँदपुर की चंदा' भी निकल आई है। मन पुरइन की पात पर गिर रहे पानी जैसा छलकने लगा कि अचानक इस धन्यवाद कार्यक्रम में ब्रेक लग गया। नीचे से तेज आवाज आई, "टिफिन ले जा ए बबुआ।"

"मौसी भूख नहीं है।"

"अरे नालायक खा के तो जा!"

"अरे! आकर खा लेंगे मौसी, अभी तो क्लास शुरू हो रही होगी।"

इस बात पर फिल्म 'दीवाना' का कैसेट उलट-पलट रहे राकेश के चेहरे पर व्यंग्य भरी मुस्कान तैर गई, मानो मन-ही-मन कह रहा हो कि कौन-सी क्लास जा रहे हो बेटा, हमको सब पता है!

मंटू ने जूता पहनते हुए राकेश से पूछा, "आज संस्कृत वाले सर आएँगे?"

"नहीं रे... तिवारी जी जबसे इंग्लिश मीडियम वाली लड़की से बियाह किए हैं, तबसे उनका भी सारा रूप और लकार खराब हो गया है।"

"और इतिहास वाले?"

"इतिहास क्या चलेगा रे! मास्टर साहब खुद चलने लायक नहीं हैं। जिस दिन होमोसेपियंस के बारे में बताकर घर जा रहे थे उसी दिन टीएस बाँध पर उनको एक बंदर काट लिया।"

इस बात पर मंटू के मुँह से स्वाभाविक रूप हँसी निकल आई। शर्ट की बटन बंद करते हुए बोला, "तुम बहुत हरामी हो रे रकेसवा। क्या मनोहर मास्टर भी नहीं आएँगे?"

"आएँगे यार... वो नहीं आएँगे तो कौन आएगा। चलो तो पहले।"

"बस बस भाई एक मिनट!"

मंटू बड़ी तन्मयता के साथ अपने देशी झोले में काव्य संकलन, गद्य संकलन के बीच में दो-चार इंटर की गाइड और एक-दो ऐसी किताबें रखकर सीढ़ी उतरने

लगा, जिन्हें क्लास के खाली घंटियों में पढ़ने का चलन अब अपने अस्तित्व की अंतिम लड़ाई लड़ रहा था। आँगन में उतरते ही उसने मुँह गोल करके सीटी बजाई और गुनगुनाने लगा, "वो लड़की नहीं, जिंदगी है मेरी।"

गाने को अनसुना कर सामने खड़ी रमावती ने टोका, "सुनो मंटू!"

"क्या मौसी ?"

"बेटा, अब तो समय से उठा करो। कब तक मौसा को हम मनाते रहेंगे ? आज बहुत नाराज थे। राकेश से पूछो, तुम्हारे चक्कर में कितना सुनना पड़ता है मुझे। आज ये भी सुन लिया। पता नहीं बेचारा मन में क्या सोच रहा होगा !"

राकेश ने आँखें झुकाकर धीरे से कहा, "कोई बात नहीं मौसी, इस गधे के लिए तो हम किसी की दुलत्ती भी सह लेंगे।"

मंटू ने हँसते हुए मौसी को गले लगा लिया, मानो ये अपनी गलती छिपाने की कोई पुरानी तरकीब हो। मानो मन-ही-मन कह रहा हो कि ओ मेरी मौसी तुम हो तो क्या फिक्र है। तुम हो तो हम इस मौसा के मौसा को भी देख लेंगे।

देखते-ही-देखते मौसी की आँखों में वात्सल्य का समंदर उमड़ आया। मंटू ने कसकर अँकवारी में पकड़ लिया। एक झटके में रमावती मातृ-प्रेम की प्रांजल मूर्ति में तब्दील हो गई। मंटू छह महीने का कोमल शिशु बन गया। उसकी गहरी आँखों में ठहरा प्रेम छलककर पूछने लगा, 'क्यों सहती हो मेरे लिए किसी की बातें ? कहाँ से लाती हो इतनी ममता, इतनी करुणा और इतना धैर्य ?'

एक झटके में आँगन का दृश्य बदल गया। और भला क्यों न बदले ? कहते हैं यहीं मंटू जब सोलह महीने का था तब इसकी माँ विमलावती को मलेरिया पकड़ लिया। रमावती तब बीमार बहन को देखने उसके गाँव रघुनाथपुर सिवान गई थी। अस्पताल के सभी डॉक्टरों ने हाथ जोड़ लिया। बाप के पास पटना-बनारस ले जाने की औकात नहीं थी। क्या होता ? माँ चल बसी।

दो साल के नन्हे मंटू को रोता देखकर सबका कलेजा फटने लगा। बाप शराबी था। कौन सँभालता बच्चे को! बहन की लाश पकड़ के रो रही रमावती ने छाती से मंटू को लगा लिया था और अपने साथ लेकर चाँदपुर आ गईं।

आज इस घटना के सत्रह साल से ऊपर हो गए। न जाने कितनी बार चाँदपुर में बाढ़ आई और चली गई लेकिन मौसी की दुलार और स्नेह की बाढ़ में आज मंटू भूल गया है कि चाँदपुर उसका गाँव नहीं है। ये मौसी उसकी माँ नहीं हैं। ये

गुड़िया उसकी बहन नहीं है। ये रमेसर उसके पापा नहीं हैं।

आज चाँदपुर के खेत-खलिहान भी जानते हैं कि यही चाँदपुर मंटू का गाँव है। सरयू के कछार पर चलती डेंगी को भी पता है कि यही पूरब टोले के रमेसर मुनीम का घर, मंटू का अपना घर है। यही मौसी रमावती उसकी माँ हैं, जिनको गाँव भर के लड़के चाची, काकी, बड़की माई की जगह मौसी ही कहते हैं।

आज मंटू अच्छी तरह से जानता है कि रमेसर की झुंझलाहट बिलकुल जायज है। पिछले साल की बाढ़ में जब चाँदपुर डूबने लगा था, तभी रमावती को डेंगू पकड़ लिया था। कौन इतना दूर डॉक्टर को दिखाने जाता। ओझा और सोखा के भरोसे होने वाली दवाई से रमावती मरने के कगार पर पहुँच गईं।

हालत जब ज्यादा खराब हुई तो बलिया सदर अस्पताल के डॉक्टर ने हाथ जोड़ के बनारस रेफर कर दिया। पैसे तो थे नहीं। रेवती ईंट-भट्ठे पर मुनीमी करने वाले इसी रमेसर ने चार कट्ठा खेत रेहन रखकर रमावती का इलाज करवाया। रमावती तो जैसे-तैसे बीमारी से ठीक हो गईं, लेकिन घर की आर्थिक हालत बीमार हो गई।

अब रमावती के जीवन का भी क्या भरोसा है! यही कारण है कि आजकल घर में गुड़िया की शादी की बातें चल रही हैं। रमेसर सोच रहे कि भले कुछ खेत बिक जाए लेकिन आँखों के सामने दामाद उतार लें। लेकिन मामला हर जगह दहेज पर अटक जा रहा है। जिसके कारण रमावती और रमेसर दिन-रात चिंता में डूबे रहते हैं।

इधर दिन भर किसी चिड़िया जैसी चहचहाने वाली गुड़िया ने भी अब बाहर आना जाना बंद कर दिया है। गाँव की सखियाँ कहती हैं कि कभी बाहर भी निकल लिया करो। लेकिन गुड़िया पिंजरे में रखे किसी मैनी चिड़िया-सी चुप लगाए रहती है। इसके बावजूद रमावती ने कभी अपना ये दर्द, ये चिंता, मंटू के सामने जाहिर नहीं किया। न ही आज तक किसी चीज की कमी महसूस होने दी। मंटू ने जो भी कहा, मौसी ने झट से हाजिर कर दिया। रमावती मंटू के कुर्ते की कॉलर ठीक करते हुए बोलीं, "बाल तो झाड़ ले ठीक से?"

मौसी के प्रति मंटू का प्रेम देखकर राकेश से रहा न गया। उसने पिन मारते हुए कहा, "ए मंटू, मौसा को भी गले लगा लो एक बार!"

मौसी हँस पड़ीं। गुड़िया ने हँसी छिपाते हुए कहा, "वो तो इसका सारा भूत

भगा देंगे।"

राकेश और मंटू हँसते हुए घर के जनानी दरवाजे से बाहर आ गए, ताकि मौसा से नजरें न मिलें। हुआ भी यही। मंटू के जाते ही रमेसर आँगन में आ गए और आते ही कहा, "ए गुड़िया, उस पार से न्यौता है। नौ फरवरी को तिलक है चौदह को ब्याह। माई से कह दो। और सुनो, मेरा कुर्ता लाओ। नौ बजिया तो छूट गई, अब जीप या टेंपो का सहारा है। मंटुआ उठा कि नहीं?"

"स्कूल चला गया बाबूजी!" गुड़िया ने धीरे से बताया।

रमेसर चुप रहे। उधर रमावती हाथ में कचहरी के कागज लिए बक्से की चाभी को कमरे में खोंसते हुए आँगन में आकर बोलने लगीं, "ठाकुर से कहे होते की ब्याह लायक कोई लड़का बताइए। उस पार भी तो अच्छे लड़के हैं न? बेटी है तो दहेज तो हर जगह देना ही है, इस पार दें चाहें उस पार दें।"

रमेसर इस बात पर चुप रहे! आँगन बुहारते हुए रमावती ने फिर कहा, "अच्छा सुरेमनपुर वाले लड़के का क्या हुआ? क्या कह रहे थे मदन बाबू?"

"कह क्या रहे थे। तीन लाख और एक गाड़ी। पूरा गहना, टीवी, फ्रिज, कूलर सब माँग रहे हैं। लड़का बिकास भवन में चपरासी है। हीरो होंडा गाड़ी छेका में ही चाहिए। कहाँ से दें?" रमेसर ने कुर्ते की बाँह को चढ़ाते हुए कहा। रमावती का चेहरा उदास हो गया।

"मुँह क्यों बन गया बोलो? उ तो सरकारी नौकरी में है। आजकल आठवीं पास लड़के भी बीए की हुई लड़की खोज रहे हैं। जिसके दरवाजे पर एक खटिया तक नहीं है, वो भी दहेज में डबल बेड का पलंग खोज रहा। जिसके यहाँ साइकिल का पंचर एक हफ्ते बाद बनता है, वो भी कह रहा कि हम तिलक में ही गाड़ी लेंगे। समझ में आया कुछ?"

गुड़िया वहाँ से हट गई, हमेशा की तरह! जब-जब ब्याह की बातें होती हैं। बाबूजी की ये सब बातें उसके कानों में पत्थर के तीर की तरह चुभती हैं। एक अनजाना अपराधबोध उसकी साँसें तेज कर देता है।

रमेसर गमछा, शॉल और झोला लिए घर से निकल गए। दरवाजे पर खूँटे पर बँधी बछिया गुड़िया की तरफ देखकर बोलने लगी। घर का पोसुआ कुत्ता मोती उसके आगे आकर पूँछ हिलाने लगा। तब तक घड़ी पौने दस बजा चुकी थी। सूरज की किरणें अब आँगन तक आने लगी थीं। आँगन की नीम पर बैठी

चिड़िया ने फुदकना बंद कर दिया था। बगल के किसी घर से रेडियो की आवाज आ रही थी...

'जब तक पूरे न हों फेरे सात... तब तक बबुनी नहीं बबुआ की...'

4

जैसे दिल्ली, कलकत्ता और बॉम्बे में कनाट प्लेस, दरियागंज, न्यू मार्केट और बड़ा बाजार होता है। वैसे ही चाँदपुर का अपना एक सुपर मार्केट था। ये सुपर मार्केट तब बना, जब सत्तर के दशक में सरयू नदी से सटे गाँवों को बाढ़ से बचाने के लिए टीएस बाँध का निर्माण हुआ। ये बाँध बलिया के तुर्तीपार से शुरू होकर चाँदपुर होते हुए सुरेमनपुर तक जाता था।

तुर्तीपार से सुरेमनपुर जाने के कारण इस बाँध का नाम अखबारों ने टीएस बाँध रख दिया और बिजनेस के देशी विशेषज्ञों ने इसके किनारे हर गाँव का एक सुपर मार्केट बसा दिया। चाँदपुर के सुपर मार्केट की विशेषता ये थी कि यहाँ एक ही दुकान पर सारी चीजें उपलब्ध रहती थीं।

यानी लहसुन-धनिया, आटा, तेल, नमक की दुकान पर झाड़ू, बेलन, तसली भी खरीदा जा सकता था और झाड़ू की दुकान पर चूड़ी, चप्पल, चम्मच भी मिल सकते थे। चप्पल की दुकान पर तेल मिलने की पर्याप्त संभावना रहती थी और कपड़े की दुकान से चूड़ी, टिकुली, सेनुर भी माँगा जा सकता था।

यहाँ साइकिल बनाने वाला मोटरसाइकिल भी बना सकता था और मौका दिया जाए तो ट्रक और ट्रैक्टर भी। लोग उसके इस हुनर का सलाम करते तब तक वो ब्लैक में पेट्रोल और डीजल बेचकर सबको चौंका भी सकता था। मिठाई की दुकान वाला चाय, पान तो रखता ही था, उसने मौके की नजाकत समझकर भाँग बेचना भी शुरू कर दिया था। हाँ, सरयू के रास्ते बिहार से यूपी आने वाली ऊँचे दर्जे के मादक द्रव्यों की फ्रेंचाइजी चाँदपुर दियार में ही थी। बड़ी मेहनत के बाद यहाँ उसकी छोटी-मोटी शाखाएँ ही छितरा पाई थीं, जो ज्यादा-से-ज्यादा बाँध के नीचे महुआ और ताड़ी के नाम से चलती थीं।

लेकिन प्रस्तुत दुकान का संबंध न आबकारी विभाग से था, न ही स्वास्थ्य विभाग से। बल्कि आधा विद्युत विभाग से था और आधा मनोरंजन विभाग से।

दुकान के दरवाजे पर सफेद चूने से मोटे-मोटे अक्षरों में लिखा था- 'यहाँ खराब टीवी टेप बनता है एवं बैटरी चार्ज किया जाता है।'

वहीं बगल में स्केच और दफ्ती के सहारे एक और सूचना दी गई थी-

'दो रुपया में एक गाना... कृपया यहाँ फालतू न बैठें।

प्रो., फूँकन मिस्त्री, ग्राम चाँदपुर।'

इस उपरोक्त सूचना में 'गाने' का संबंध न किसी गायिका से था न ही किसी नृत्यांगना से, बल्कि इसका संबंध एक समस्या के समाधान से था। इस समस्या का संबंध सीधे देश के युवा वर्ग से था, इसलिए इसका महत्त्व देश की किसी भी समस्या से कहीं ज्यादा था। बात ये हुई थी कि उन दिनों गाँव-जवार के आशिकों को एक हिट गाना बजाने के लिए उस फिल्म का समूचा ऑडियो कैसेट खरीदना पड़ता था। कई फिल्मों के एक दो गाने ही ठीक होते थे, बाकी के गाने तेरही पर भी बजाने लायक नहीं होते थे।

ये समस्या वाकई बड़ी समस्या थी और हर बेरोजगार युवा जानता था कि अगर साठ-सत्तर रुपये खर्च करके एक ही गाना बजाया जाए तो कभी भी कटोरा लेकर ट्रेन में गाने की नौबत आ सकती है। इसलिए मौका पर चौका मारते हुए उस समय हर चट्टी-चौराहे पर सादे ऑडियो कैसेट में मनपसंद गाना भरवाने की दुकानें खुलने लगी थीं।

चाँदपुर के फूँकन उर्फ फोंकन मिस्त्री ने भी गाना कॉपी करने का एक साइड बिजनेस कर लिया था। ये बिजनेस सीडी कैसेट मार्केट में आने के बाद अपनी अंतिम साँसें गिन रहा था। लेकिन चाँदपुर में इसके चलते रहने की अभी संभावना पर्याप्त मात्रा में मौजूद थी।

अभी सुबह के दस बज रहे थे और फूँकन की दुकान खुल गई थी। धूप खिलकर सीधे दुकान में आ रही थी। दुकान के एक कोने में उजड़ी हुई टीवी के ठीक सामने विश्वकर्मा भगवान की तस्वीर थी। तस्वीर के सामने अगरबत्ती जल रही थी और दुकान के बाहर रखे साउंड बाक्सों में गाना बज रहा था- 'दिल चीर के देख तेरा ही नाम होगा।'

गाना सुनते ही अचानक बगल वाले दुकानदार के दिल में दर्द उत्पन्न हो गया। उसने वहीं से आवाज दी, "ए फूँकन, तनिक अवजिया मद्धिम करो भाई।"

बगल वाली दुकान डॉक्टर सुखारी लाल की डिस्पेंसरी थी। जिसका नाम हाल ही में 'सुखारी डायग्नोस्टिक सेंटर' से 'अपना क्लिनिक एवं अपना हैलो सेंटर' कर

दिया गया था क्योंकि डॉक्टर साहब ने मार्केट की डिमांड देखते हुए डिस्पेंसरी के साथ पीसीओ भी खोल लिया था। ये पीसीओ मरीजों और खासकर दिल के मरीजों के लिए अभी रामबाण औषधि की तरह काम कर रहा था।

कहते हैं डॉक्टर सुखारी किसी जमाने में दिमागी चट्टी बहेरी बलिया के मशहूर हकीम 'डॉक्टर एम नूरानी, मिलें हर शुक्रवार' के यहाँ कई सालों तक कंपाउंडर रहे थे। इसलिए वो अपने उस्ताद का अनुसरण करते हुए पहले मरीजों का इलाज एलोपैथिक तरीके से करते थे, फिर होमियोपैथिक और अंत में आयुर्वेदिक हो जाते थे, लेकिन पढ़ाई के दौरान स्त्री रोगों के बारे में दो-तीन चैप्टर ज्यादा पढ़ लेने के कारण वो स्त्री रोगों के मामले में बिना मरीज को देखे कोई रिस्क नहीं लेते थे।

एक दिन की बात है कहीं से खबर मिली कि चाँदपुर के नन्हकुआ की भैंस की तबियत ठीक नहीं है। भैंस देखते समय पता चला कि नन्हकू बो भौजी भी ठीक नहीं है। पशु रोग विशेषज्ञ बनकर भैंस देखने गए सुखारी डॉक्टर झट से स्त्री रोग विशेषज्ञ बन गए और नन्हकुआ की नई नवेली स्त्री और नई नवेली भैंस को ठीक कर आए।

लेकिन इसी बीच एक दुर्घटना हुई। हुआ ये कि कई दिन के इलाज के दौरान डॉक्टर साहब के सीने के उस हिस्से में दर्द उभर आया जिसे फिल्मी संगीत वालों ने दिल कहकर कई दशकों से बदनाम किया हुआ था।

कहते हैं नन्हकू की भैंस और मेहरारू तो डॉक्टर साहब के इलाज से ठीक हो गईं लेकिन पहली बार सुखारी डॉक्टर को अपने डॉक्टर होने पर संदेह हुआ और संदेह इतना गहरा हुआ कि दिल में हमेशा दर्द रहने लगा। डॉक्टर साहब ने आज उसी दर्द को ठीक करने के लिए अभी एलोपैथिक, होमियोपैथिक की जगह म्युजिक थेरेपी का सहारा लिया हुआ था और फूँकन की दुकान पर बज रहा ये गाना उनकी ही फरमाइश पर लगाया गया था।

डॉक्टर साहब की आज्ञा मानकर फूँकन ने आवाज कम करने लिए हाथ बढ़ाया ही था कि अचानक सड़क पर एक साइकिल का ब्रेक लगा, चों की आवाज आई! मंटू साइकिल से उतरकर तेजी से फूँकन की तरफ भागा!

"अब क्या हुआ ?" साइकिल पर बैठे-बैठे राकेश ने पूछा।

"एक मिनट भाई, बस एक मिनट रुक जा, फोंकना से एक काम है।"

राकेश एक मिनट, दो मिनट में अंतर समझता तब तक मंटू दौड़ता हुआ

फूँकन की दुकान पर पहुँच गया और हाँफते हुए बोला, "लिखो।"

"क्या ?"

"तू मेरी जिंदगी है...

दिल ने ये कहा है दिल से...

अभी तो मोहबत का आगाज है, अभी तो मोहब्बत का अंजाम होगा...

एक साइड में ये सब भर देना, नहीं तो अंजाम जानते ही हो ? हम स्कूल से लौटकर आ रहे हैं। और सुनो उसको भी भर देना... उ जो गनवा है न, प्रेम रोग वाला- मोहब्बत है क्या चीज हमको बताओ।"

ये सब सुनकर अगरबत्ती जला रहा फूँकन मुस्कुराने लगा।

"मंटू बाबू, मोहब्बत बहुत खराब चीज है। देखो ऊपर क्या लिखा है। लिखा है न कि उधार प्रेम की कैंची है। बाबू असली रोग यही है। याद करो, दीपावली में तुम दिलवाले का गाना भरवाए, छठ में प्रेम रोग का भी, और नया साल में आशिकी का सारा भरके दिए। अब क्या चाहते हो कि हम दुकान बेचकर फजलुआ की बैंड पार्टी में पिपिहरी बजाएँ ? जल्दी से पुराना हिसाब करो, वरना हमारा तुम्हारा मोहब्बत आज ही खत्म !"

मंटू इस धमकी पर चुप हो गया और ऊपर गुड्डू रंगीला के भोजपुरी एलबम 'अस्सी ना पचासी हमके नब्बे चाहीं, ए चिंटुआ के दीदी हमके अब्बे चाहीं' का सूक्ष्म निरीक्षण करने लगा। मानो उसे कोई जवाब न सूझ रहा हो। इधर मौके की नजाकत समझकर डॉक्टर सुखारी ने अपने क्लिनिक से ही आवाज दी, "ए फूँकन, एक बात जाने ?"

"कौन बात डाक साब ?"

"यार कल फजलुआ कह रहा था कि डाक साहब बैंड पार्टी का लौंडा पिपिहरी बजाने वाले के साथ भाग गया है। सट्टा लिखवाकर पूरी पार्टी फँस गई है। साला इन लोकल लौंडा का कोई भरोसा नहीं है कि कब ट्रेन में जाकर घाघरा उठा देगा। जून से फिर कलकतिया नचनिया लाएगा।"

फूँकन ने 'फजलु बैंड पार्टी ग्राम चाँदपुर' के इस नचनिया प्रकरण पर तनिक भी ध्यान नहीं दिया। वो मंटू की आँखों में आँखें डाल खड़ा रहा। मानो जवाब का इंतजार कर रहा हो।

इधर मंटू बगले झाँकने लगा था। उधर राकेश की साँसें घड़ी की सुई के साथ

बढ़ती जा रही थीं। दोनों की नजरों में अपनी इज्जत बचाते हुए कहा मंटू ने कहा, "यार ये तुम्हारा उधार-वुधार कैंची हो चाहे बरछी-भाला हो। कब पैसा रखे हैं तुम्हारा? बोलो? जिस दिन 'अंदाज' का गाना भरवाकर ले गए उसी दिन कैसेट की रील टूट गई। पता न कैसे तुमने अर्थिंग जोड़ दिया था कि टेप की आईसी उड़ गई। तबसे न बिजली आई न हम इधर आए। अभी स्कूल जा रहे हैं लेकिन सरस्वती पूजा से पहले दे देंगे, विद्या कसम!"

इस कसम पर राकेश को गुस्सा आने लगा। वो घड़ी देखते हुए बोला, "अरे यार तुम्हारे दिमाग में भूसा भरा है क्या? बाद में प्रेम रोग नहीं भरवा सकते हो, पहले स्कूल तो चलो।"

राकेश को अनसुना कर क्लिनिक के भीतर से ही डॉक्टर साहब बोले, "और मंटू बाबू, क्या हाल-चाल है? टेपवा हमारा ठीक से बज रहा है न? दिन-रात छत पर 'बेवफा सनम' का गाना सुनाई दे रहा है, कौन दिल तोड़ दिया भाई?"

"अरे! डॉक साहब! टेप तो एकदम ठीके बज रहा है, लेकिन इतना रील तोड़ रहा है कि हमारा दिल टूट गया है।"

डॉक्टर साहब कुछ बोलते इसके पहले फूँकन बोला, "ससुरारी का सामान है तो बजबे न करेगा। भौजाई भी तो बोलती हैं तो लगता है कि साधना सरगम की सगी फुआ बोल रही हैं।"

मंटू हँसने लगा। इधर डॉक्टर साहब चुप रहे क्योंकि वो डॉक्टराइन से बहुत प्रेम करते थे और हमेशा चाहते थे कि कोई उनके सामने उनके बीबी का नाम न ले। ये बात नन्हकू बो भौजी भी जानती थी और चाँदपुर गाँव भी! बस फूँकन को इसकी परवाह नहीं थी और वो मजे लेने के एक भी मौके नहीं छोड़ता था।

लेकिन मंटू को इन सब बातों में कोई रुचि नहीं थी। उसने हाथ मलते हुए कहा, "हमको ये सब नहीं जानना, तुम डॉक्टर साहब से मजाक करते रहना। अभी बस गाना भरो, हम स्कूल से लौटकर आ रहे हैं। मनोहर मास्टर हाजिरी लगा रहे होंगे।" इतना कहकर मंटू जाने लगा। फूँकन खामोशी की चादर ओढ़े हथेलियों को रगड़ने लगा। "बोहनी खराब कर दिए न हमारा?"

साइकिल पर बैठते हुए मंटू चिल्लाया, "अरे! फूँकन भइया, चाँदपुर दियार में जिस दिन दनादन कट्टा चल रहा था उस दिन आपको और आपके भाई बित्तन को बचाने वाले हम ही थे। उस दिन आपको कुछ हुआ होता तो आज बोहनी कराने

लायक नहीं होते, न ही बित्तन ऑटो चलाने लायक।"

इस गर्वित और रौबदार ताने के बाद मंटू के कंधे चौड़े हो गए। फूँकन मुस्कुराने लगा। सुखारी डॉक्टर हँसने लगे। चट्टी में आस-पास की दुकानों में बैठे लोग मंटू को देखने लगे। मंटू साइकिल पर बैठ गया। इधर घड़ी ने सवा दस बजा दिया। राकेश ने पैडल मारा और तेजी से चलने लगा। स्कूल अभी भी डेढ़ किलोमीटर दूर था। लोग बाँध पर बैठकर धूप सेंक रहे थे। कई जगह पुआल सुखाया जा रहा था, तो कई जगह लेवा, गुदड़ी, बिछौने की नमी सेकी जा रही थी।

खेतों में अलग ही नशा छाया हुआ था। मंटू ने सरसों के खेतों की तरफ देखकर अँगड़ाई लेते हुए कहा, "रुको न यार, जरा बाल तो झाड़ लें, वरना पिंकिया कहेगी कि दिन भर तो सलमान खान बनकर सरजू घाट पर नाव चलाते हो और कादर खान बनकर स्कूल आते हो? इज्जत खराब हो जाएगी न यार। एक तो साला आजकल अइसे ही भाव नहीं दे रही है।"

राकेश ने भी भाव नहीं दिया। उसने साइकिल की चाल बढ़ा दी और सामने आ रही भेड़ों के एक झुंड से बचने के लिए दनादन घंटी बजाने लगा। मंटू को अपनी उपेक्षा बर्दाश्त न हो सकी। उसका धैर्य टूट गया। मुँह लटक गया। बड़ी देर सोचने के बाद पूछा, "काहें ओल जैसा मुँह बनाए हो यार, कुछ बोलते क्यों नहीं? अच्छा, सविता भी तो आई होगी न, क्यों? कहीं इसलिए तो तेजी में नहीं हो?"

इतना पूछकर वो सड़क किनारे चल रही गन्ने की पेराई का औचक निरीक्षण करने लगा। राकेश ने सामने आ रही जीप देखकर चाल धीमी करते हुए कहा, "चुपचाप बैठो साले। इतनी बेताबी थी तो सुबह जल्दी उठे होते। किसने कहा था कि दस बजे तक सोओ?"

मंटू साइकिल के पीछे बैठा चुप हो गया। मानो राकेश से अब बहस करना अपना एनर्जी बर्बाद करना हो। अचानक साइकिल फिसलते हुए रुक गई। स्कूल का गेट आ गया। गेट के ऊपर एक बैनर हिल रहा था, जिस पर लिखा था।

'फुलेसरी देवी मेमोरियल इंटर कॉलेज, चाँदपुर। यूपी बोर्ड से मान्यता प्राप्त!'

कहते हैं, इस इंटर कॉलेज को तीन साल में यूपी बोर्ड से मान्यता मिली थी लेकिन एक साल के अंदर ही देश के सुदूर अंचलों में ये मान्यता मिल गई थी कि इस स्कूल से गधा भी पास हो सकता है। यही कारण था कि जल्दीबाजी में स्कूल को ईंट, बालू, सीमेंट और टिन शेड से कामचलाऊ बनाकर सारा फोकस गधों को

पास कराने पर दिया गया था।

अभी छठवीं से लेकर बारहवीं तक की पढ़ाई राम भरोसे चल रही थी। राम भरोसे यादव इस स्कूल के सगे प्रिंसिपल थे। वैसे तो इस कॉलेज में कई क्लर्क और कई प्रिंसिपल थे लेकिन अपनी तमाम योग्यताओं का लोहा मनवाकर मनोहर मास्टर ही इसके एक मात्र स्थायी मास्टर बन पाए थे। बाकी जवार भर के अध्यापकों ने दस-पंद्रह दिन पढ़ाने के बाद अध्यापकी से अच्छा किराना की दुकानदारी करना उचित समझा था।

अभी हिंदी की क्लास शुरू होने वाली थी। स्कूल में कभी जीव विज्ञान तो कभी गणित पढ़ाने वाले मनोहर मास्टर हिंदी भी भला कोई विषय है, इस बात को सत्य मानकर हिंदी पढ़ाने चले आए थे।

मौसम का असर कहें या धूप का, बड़े दिनों बाद क्लास में उस दिन सारे डेस्क भरे हुए थे। इंटर की परीक्षा नजदीक आती जा रही थी। विद्यार्थियों में डर कम उत्साह ज्यादा दिख रहा था। मास्टर साहब ने रजिस्टर देखते हुए कहा, "आज की हाजरी लगी?"

कभी न आने वाले एक छात्र ने तेजी से कहा, "नहीं सर कहाँ लगी, लगा दीजिए।"

मास्टर साहब ने उसकी तरफ बड़े ध्यान से देखा, "अरे हुजूर, आप भी आए हैं क्या?"

क्लास में सब हँसने लगे। लड़का बोला, "यस सर।"

मास्टर साब ने एक एक करके सबका नाम बोलना शुरू किया।

"सोहन!"

"प्रजेंट सर!"

"बुलबुल कुमार!"

"यस सर!"

"कुमारी प्रियंका!"

"प्रजेंट सर!"

"कुमारी बबिता!"

"यस सर!"

"तिलेश्वर प्रसाद!"

"आइल बानीं जी!"

"बेहूदा कहीं का! तमीज सीखो, नहीं तो घर जाकर मछली मारो!"

तिलेश्वर प्रसाद फटे बाँस जैसा मुँह बनाकर हँसने लगा। हँसी की आवाजें क्लास की दीवारों से टकराने लगीं। मनोहर मास्टर ने चश्मा ठीक करके डाँटा, "चुप रहो!"

"इमरान!"

"यस सर!"

"तुम फजलू बैंड वाले के नाती हो?"

"यस सर!"

"फिर नचनिया भग गया जी?"

"यस सर!"

"ओके ओके बैठो... शिवम!"

"यस सर!"

"कुमारी चंदा!"

"उपस्थित सर!"

हाय! इस 'उपस्थित सर' की मीठी आवाज से लड़कों की बेंच पर हलचल मच गई। एक झटके में ऐसा लगा मानो किसी बंजर मरुभूमि में चमेली का फूल खिल आया हो। भरी दुपहिया में रात रानी महक गई हो। पथरीली जमीन पर गुलाब उग आया हो। सारे लड़के टकटकी लगाए कुमारी चंदा की तरफ देखने लगे लेकिन मंटू सर झुकाए न जाने क्या लिखता रहा!

मास्टर साहब बोले, "शशि कुमार!"

मंटू की चेतना वापस लौट गई, "यस सर!"

"ओहो शशि कुमार जी उर्फ मंटू बाबू... बड़े भाग जो दर्शन हुए।"

मंटू ने सर झुका लिया। मनोहर मास्टर रजिस्टर लेकर मंटू के पास आ गए और आँखों में आँखें डालकर धीरे से पूछा, "वाह रे मंटू बाबू! धीरे-धीरे प्यार को बढ़ाना है... यही गाना बज रहा था न शुक्रवार को? प्यार तो बढ़ाना है आपको लेकिन स्कूल नहीं आना है?"

क्लास में हँसी का माहौल बन गया। कुमारी चंदा उर्फ पिंकी मुस्कुराने लगी। राकेश को भी मौका मिल गया, "सर आप तो देखबे किए कि हम इसको उठाकर

लाए, नहीं तो एगारह बजे तक सो रहा होता।"

मंटू अब इस बेइज्जती से झेंपने लगा। लेकिन मनोहर मास्टर थे जो रुकने का नाम न ले रहे थे। मंटू की गर्दन पर गुदे टैटू को निहारते हुए बोल पड़े। "हँ हँ भाई रात भर आशिकी का गाना बज रहा होगा। कल ही तो रमेसर जी मिले थे हमसे। कह रहे थे कि मास्टर साहब, लड़का तो हमारा हाथ से निकल गया, कुछ करिए।"

क्लास के बाकी लड़के-लड़कियाँ हँसने लगे। इस हँसी में हास्य का भाव कम अपने सहपाठी को नीचा दिखाने का भाव ज्यादा था। मास्टर साहब को गुस्सा आ गया, "खबरदार किसी ने हँस दिया तो... हम जो कह रहे हैं, उसे शांति से सुनो, वरना हम जिसको मुर्गा बनाते हैं वो अंडा देकर ही जाता है, ये पता है न?"

सबने कहा, "यस सर!"

"तो चलो बताओ- 'लड़का हाथ से निकल गया', क्या बोला?"

सब एक साथ बोले, "लड़का हाथ से निकल गया।"

"तो बताओ ये क्या है?"

पीछे से एक लड़का झट से बोला, "मुहावरा है माट साहेब, मुहावरा।"

"शाबाश! तुम तिलोत्तम मास्टर से ट्यूशन पढ़ते हो न?"

लड़के ने कहा, "यस सर!"

"तब बैठो... ज्यादा तेजू खान न बनो!"

लड़का बैठ गया। मास्टर साहब ने एक लड़की को उठाकर पूछा, "तुम बताओ जी कि हाथ से निकलने का अर्थ क्या हुआ?"

लड़की बड़ी देर तक आसमान और जमीन को देखती रही। उँगलियों से स्कार्फ को घुमाती रही। मनोहर मास्टर का धैर्य जवाब देने लगा तो वो छड़ी पटककर बोले, "बोलती क्यों नहीं हो?"

लड़की ने दीन-हीन की तरह सर झुका लिया। मास्टर साहब चिल्ला उठे, "कुछ समझ में आ रहा कि ये भी तुम्हारे सर के ऊपर से जा रहा? बताओ जब हिंदी का एक मुहावरा नहीं आ रहा तो फिजिक्स केमेस्ट्री में क्या होगा?"

लड़की के भीतर की सुप्त शक्ति जाग्रत होने लगी, उसने इठलाकर हँसते हुए कहा, "सर वो जैसे पैसा-रुपया हाथ से निकल जाता है न... वैसे ही... निकल गया।"

मास्टर साहब की आवाज कुछ और तेज हो गई, "क्या वैसे ही निकल गया?

यही तो सवाल है मेरा! बैठो... इस क्लास में सब नालायक हो गए हैं, सब! डिसिप्लिन नाम का तो कोई चीज ही नहीं है।"

क्लास में शांति पसर गई। अब मनोहर मास्टर शशि कुमार उर्फ मंटू की तरफ मुखातिब थे, "तो आप ही बताइए शशि कुमार जी... नाम है साधु गंगा दास और कमंडल में जल नहीं है। कैसे बेड़ा पार होगा आपका?"

मंटू मुस्कुराने लगा। मनोहर मास्टर झल्ला उठे, "दाँत चियारना बंद करो बेशर्म। बताओ तो हाथ से निकलने का अर्थ?" मंटू का चेहरा लटक गया। मनोहर मास्टर उसे घूरने लगे। "अच्छा छोड़ो पहले शशि का अर्थ बताओ?"

एक लड़के ने झट से हाथ उठाया, "सर शशि कपूर हीरो है।"

मास्टर साहब ने फिर छड़ी चटकाई, "चुप हो जा नालायक! तुम पश्चिम टोला के टेंगर के घर के हो न?"

लड़के ने सिर हिलाया, "यस सर!"

"तुम भी पढ़ोगे या बाप की तरह दिन भर सिनेमा देखोगे?"

लड़के ने 'ना' की मुद्रा में सिर हिलाया, "नो सर!"

"नालायक!"

लड़के को नालायक जैसी उपाधि में कुछ मौलिकता नजर नहीं आई। वो दाँत चियारते हुए मुँह बनाकर बैठ गया। इधर मंटू के मुँह पर बारह बज गए और घड़ी में पौने ग्यारह। मास्टर साहब लड़कियों की ओर मुखातिब हो गए। एक जगह उनकी दृष्टि ठहर-सी गई।

"तुम बताओ चंदा..."

अपना नाम सुनते ही कुमारी चंदा धीरे से खड़ी हो गई। इधर मंटू ने दिल थाम लिया। उधर राकेश ने सर झुका लिया। सारे क्लास की नजरें उसी तरफ टिक गई। पिन ड्रॉप साइलेंस हो गया। दुपट्टा सही करते हुए चंदा बोलीं, "सर, शशि मतलब चाँद होता है और हाथ से निकल जाने का मतलब अपने अधिकार क्षेत्र से दूर हो जाना।"

ये सुनते ही मनोहर मास्टर के मलिन चेहरे पर प्रकाश फैल गया, "शाबास! देखो देखो, सीखो जरा इससे। एक लड़की दिन भर घर का सारा काम करती है और साथ में कितने मन से पढ़ती भी है। बैठो बेटी बैठो।"

इतनी तारीफ सुनकर चंदा की आँखें गर्व से चमकने लगीं, उसके मुँह का गोरा

रंग चटक चाँदनी में बदल गया और इधर मंटू का दिल भी। क्योंकि उसे पहली बार पता चला कि शशि का मतलब तो चंदा ही होता है और चंदा का मतलब शशि। ये तो कमाल हो गया न। लेकिन दुख तो ये है कि उसे आज तक ये बात मालूम नहीं हो पाई थी। काश कभी उसने किताब पलटकर देख लिया होता! मंटू के मन में सवा मन के लड्डू फूटने लगे। वाह रे चंदा। अब तक घर होता तो छत से फूल साउंड में गाना बजा रहा होता।

"नाम क्या है प्यार का मारा...

घर का पता दो... दिल है तुम्हारा।"

लेकिन अभी मनोहर मास्टर साहब के छड़ी की मार और घर जाकर मौसा से की जाने वाली शिकायत से उसका दिल बैठा जा रहा था। अपमान सहकर अर्जित की गई इन क्षणिक खुशियों का रंग फीका पड़ रहा था। लेकिन रह रहकर वो पायल जैसी आवाज कानों में गूँजने लगती- 'सर, शशि मतलब चाँद होता है।'

मंटू की तंद्रा टूटने लगती। उसने देखा कि अब मास्टर पर्यायवाची और मुहावरा पढ़ा देने के बाद आगामी बोर्ड की परीक्षा में नकल कैसे करें और ज्यादा नंबर से पास कैसे हों इसके टिप्स साझा कर रहे हैं। उसने वहीं कान लगा दिया।

"देखो, ये कल्याण सिंग की सरकार नहीं है... ये मोलायम सिंग की सरकार है, ये तो सबको पता है।"

"जी सर!"

"तो बताओ मुलायम सिंग कौन हैं?"

"सर कल्याण सिंग के भाई हैं।"

"चुप रहो। गुटखा खरीदने के तो पैसे मिल जाते हैं तुमको लेकिन एक जनरल नॉलेज नहीं खरीद सकते? परीक्षा में कौन-सा गाइड खरीद रहे हो तुम लोग?"

पीछे से आवाज आई, "सर काका का गाइड ले लें या विद्या का?"

मनोहर मास्टर कुर्सी पर बैठकर एक गहरी साँस लेते हुए बोले, "देखो परीक्षा में क्वेश्चन तो दोनों से फँसता है। बिद्या का गाइड थोड़ा साइज में बड़ा आने लगा है। उड़ाका दल जब चेक करने आता है तब उसको पॉकेट में रखने या छिपाने में दिक्कत होता है। इसलिए मैं कहूँगा कि काका का भी ले लो और अभी एक महीना समय है अभी से लेकर पूरा गाइड रट जाओ, देखो कि कहाँ कौन-सा टॉपिक है? अगर प्रश्न सूरदास का काव्य सौंदर्य आए तो इतना ज्ञान होना चाहिए कि सूरदास

काका वाली गाइड में किस पन्ने पर हैं? और बिद्या वॉली गाइड में किस पन्ने पर? नकल के लिए भी अकल चाहिए। क्या समझे?"

आवाज आई, "यस सर!"

"तो बताओ सूरदास क्या करते थे? तुम खड़े हो... ऐ तेरे नाम! सूरदास क्या करते थे?"

अपने लंबे बाल सही करते हुए एक लड़के ने कहा, "सर ये तो नहीं पता।"

उसके बगल में बैठा एक दूसरा लड़का उठा और दाँत चियारकर कहा, "सर रेवती स्टेशन पर भीख माँगते थे। कभी-कभी चाँदपुर भी आते थे।"

"चुप नालायक! न जाने कहाँ दिमाग रखकर स्कूल आता है। मैं किस सूरदास कवि की बात कर रहा और ये किस गंजेड़ी चोर की बात कर रहा... मूर्ख कहीं का, बैठ जा!"

लड़का सहमकर बैठ गया। मास्टर साहब तसल्ली की साँस लेकर बोले, "बताओ ऐसे गधों को मुलायम सिंग मायावती क्या जयललिता भी पास नहीं करवा सकतीं। इसलिए कह रहा कि गाइड पे ध्यान दो गाइड पे।"

अचानक घंटी लगी और मास्टर साहब इस अंदाज में खड़े हुए मानो उनका गला छूटा हो। जाते-जाते कहने लगे, "देखो सरस्वती पूजा आ रहा है, पठन-पाठन बंद रहेगा लेकिन यहाँ आकर सबको पूजा करना अनिवार्य है।"

क्लास से आवाज आई, "यस सर! इस बार पूजा में परदा वाला सिनेमा आ रहा है। पहले 'सिर्फ तुम' चलेगा, तब 'दिलवाले', तब 'बॉर्डर' चलेगा!"

मास्टर झल्ला उठे। उनके मुँह से फिर निकला, "चुप नालायक! इतना पढ़ाई पर ध्यान देते तो कितना अच्छा रहता!"

इधर मंटू का हाल बेहाल था, उसे पूरी क्लास में न गाइड सुनाई दिया था, न ही कोई परीक्षा। वो तो प्रेम में सूरदास हो रहा था। देश के हर आशिक की तरह उसे बोर्ड के इम्तेहान से ज्यादा इश्क के इम्तेहान की चिंता सता रही थी। उसके कानों में बस एक ही बात सुनाई दे रही थी- 'सर, शशि मतलब चाँद... चंदा मतलब शशि!'

लेकिन दो चाँद कैसे मिलें? मंटू इसी सवाल में उलझ गया था। उसने देखा कि आज पिंकी ने उसकी तरफ देखा तक नहीं। किस बात की नाराजगी भाई? ठीक है वो बीस दिन बाद स्कूल आया है। लेकिन मोहतरमा आप भी तो गायब

थीं। माना कि आप सुंदर हैं लेकिन एक नजर देख लिया होता तो कौन-सा चाँदपुर डूब गया होता?

मंटू विचारों में डूबने लगा। उसने इशारों से पिंकी की सहेली सविता से कुछ पूछा। सविता ने इशारों से सर को 'ना' की मुद्रा में हिलाया और पिंकी से बात करने में व्यस्त हो गई। मंटू उदास हो गया। क्लास धीरे-धीरे खाली होने लगी।

मंटू के दिल में आता कि वो जाकर पिंकी से एक बार दिल की बात करे। लेकिन वो जानता था कि वो न शाहरुख खान है, न ही पिंकी कॉजोल। हाँ अगर किसी को जरा भी भनक लग गई तो समूचे चाँदपुर को अमरीश पुरी बनने में देर न लगेगी। फिर तो मौसा उसी दिन जान ले लेंगे। मौसी बिना डेंगू के मर जाएगी।

ये सोचकर मंटू का दिल तेजी से धड़कने लगा। वो जान गया कि दो दिलों के प्रेम के बीच ये मर्यादा की एक झीनी चादर है जो थोड़ा-सा अनुशासन, ढेर सारा संकोच के कारण दोनों के बीच में तन गई है। इस चादर को हटाना जरूरी है। लेकिन कैसे? ग्यारहवीं और बारहवीं में बस आँखें ही बात कर पाई हैं और डेढ़ साल से हिम्मत करने के बाद पहला खत मंटू की तरफ से दीपावली में लिखा भी गया है तो न उसका जवाब आया है और न ही उस पत्र की कोई खोज खबर है।

बस इस बात की तसल्ली है कि प्रेम पत्र पहुँच गया है। लेकिन पढ़ा भी गया है या नहीं और कब पढ़ा जाएगा, इस बात की कोई जानकारी नहीं है। राकेश ने मंटू को उठाया, "चलो चलते हैं।"

"कहाँ?"

"बगीचे में, सरस्वती पूजा की मीटिंग है। कल से गाँव भर चंदा काटना है। उत्तर टोला में तो आज सुबह ही कट गया है।" चंदा और उत्तर टोला सुनते ही मंटू की साँसें तेज हो गईं। उसके लिए दुनिया में चंदा का एक ही अर्थ था, वो था बस पिंकी।

पिंकी उठ खड़ी हुई। लड़के भी चल दिए और लड़कियाँ भी जाने लगीं। मंटू ने झोले से निकालकर एक कॉपी सविता की तरफ बढ़ाया और निकलने लगा। सविता ने कॉपी झोले में रख लिया और मुस्कुराती हुई क्लास से बाहर आ गई।

अब सब ग्राउंड में थे, जहाँ साइकिल खड़ी की जाती थी। सारे छात्र निकलते जा रहे थे। पिंकी ने दुपट्टा सही किया और सविता के साथ चलने लगी। मंटू खड़ा होकर देखता रह गया। लेकिन नजरें मिलाने की हिम्मत नहीं हुई।

अब दिन के साढ़े ग्यारह बजने वाले थे। धूप आ और जा रही थी। ठंड बढ़ती जा रही थी। उसने बैग से मफलर निकाला और कान में बाँध लिया। सामने देखा साइकिल रोककर पिंकी ने भी स्कार्फ पहनना शुरू कर दिया है।

प्रेम की ये अबूझ भाषा उसकी समझ में न आई। लेकिन ये समझ में आया कि आज कई दिनों बाद उसके चेहरे पर एक मुस्कान आई है और दिल भीतर-ही-भीतर बोल उठा है।

"अच्छा बबुनी, आपको तो हम सरस्वती पूजा के दिन बताएँगे!"

5

उत्तर टोले के इस आखिरी कोने से सरयू नदी साफ-साफ दिखना शुरू हो जाती है। यहीं एक नीम का भारी पेड़ खड़ा है। पेड़ पर घोसला लगाए चिरई-चुरुंग रोज न जाने किस देश से आते-जाते हैं लेकिन चाँदपुर के लोग इस घर में या तो बर-बियाह, तर-त्यौहार में आते हैं, या कभी-कभार दही मट्ठा, जोरन माँगने आते हैं। बाकी दिनों में गाँव का ये आखिरी घर, दीन-दुनिया से बेखबर, गलती से उगे किसी पेड़ जैसा हिलता रहता है।

घर का दरवाजा सामने बह रही सरयू नदी की तरफ खुलता है जिसे दुआर कहा जाता है। दुआर पर बरामदा नहीं बना है, बल्कि बाँस, पतलो और लकड़ी से तैयार हुई एक मड़ई खड़ी है। जिसमें खटिया, चौकी मच्छरदानी, साइकिल, टॉर्च, रेडियो रखने भर की जगह है। गाँव वाले इसे 'उत्तम यादों की पलानी' कहते हैं।

पलानी के बगल में ही बँसवारी है। वहीं बगल में खाँची, फावड़ा, खुरपी, हल, जुआठ रखने वाला माटी का घर है, जिसको डिस्को नामक विदेशी घास ने जकड़ रखा है।

कहते हैं बाढ़ इस घर को सबसे पहले छूती है। जाड़ा इस घर को सबसे पहले लगता है। और जब जेठ-बैशाख के दिनों में समूचा चाँदपुर जलने लगता है, तब आदमी तो दूर गर्मी के मारे इस घर के आगे खूँटे में बँधी गाय भी पगहा तोड़ देती है।

हाँ घर के नाम पर अभी ईंट का एक कमरा ही बन पाया है, जिसकी छत पर चढ़ने के लिए बाँस की सीढ़ी लगी है। आँगन बड़ा है, जिसके पूर्वी हिस्से में सोने और पश्चिमी हिस्से में खाना बनाने की व्यवस्था की गई है।

अभी माघ का महीना चल रहा है, शुक्ल पक्ष की तृतीया! हवा बता रही कि दो दिन बाद बसंत पंचमी है। साँझ का धुंधलापन गहरा गया है। ठंड, अँधेरा और कोहरा तीनों कहीं आसमान में मिलकर एक साथ बढ़े आ रहे हैं।

अचानक आँगन में जोर का धुआँ उठता है। पश्चिम वाली मड़ई में जल रही लालटेन की लौ मद्धिम हो जाती है। दुआर पर नीम के पेड़ के नीचे दूही जा रही

गाय के पैर से छान खोल दिया जाता है। पलानी में खटिया पर रखी रेडियो की आवाज आती है, "नमस्कार! आकाशवाणी समाचार के साथ मैं हरी संधू!"

तभी आँगन से चिल्लाने की अवाज आती है, "पिंकिया! पिंकिया रे! मर गई का रे?"

"हँ चाची!"

"धुआँ काहें हो रहा रे हरामी? एक बार में सुनाई नहीं देता?"

"लकड़ी नहीं जल रहा चाची!"

"कइसे जलेगी? दिमाग तो मनोजवा बो की टीवी में घुसा रहता है। सोनुआ बिना खाए सो गया तो बता देंगे हरजाई!"

इस गाली के बाद पिंकी की तरफ से कोई जवाब नहीं आया। मानो उसने सुना ही न हो। लेकिन उसके मन में आज डर हो गया। कैसे कहे कि मनोज बो भौजी ने चिट्ठी लिखवाने के लिए बुलाया था। जरा-सी बैठ ही गई तो कौन-सा पहाड़ टूट गया! लेकिन हाय रे! चाची! तुमने सौती का खीस कठौती पर निकालने का फैसला कर ही लिया है तो तुम्हारे जहर बुझे तीर तो सहने ही पड़ेंगे।

चाची के चिल्लाने की आवाज बढ़ गई।

"दिन भर मनोजवा बो के घर जाकर सनीमा देखो। धूप हुआ तो समझ में नहीं आया कि लकड़ी को घाम दिखा दें। छिनार कहीं की!"

पिंकी खामोश होकर चूल्हे को फूँकने लगी। चाची ने उसी लय में पिंकी की बहन पूनम को पुकारा।

"ए पूनम!"

"हँ चाची!"

"क्या घेरकर वहाँ दिन-रात बैठी रहती हो? जाकर जल्दी से चोखा बनाओ। सोनुआ बिन खाए सो जाएगा तो चाम खिंच लेंगे हम इस हरजाई का! दिन भर उस अगलगौनी के घर डिस्को डांस देखेगी, लेकिन एक चूल्हा नहीं जल रहा इससे।"

सामने वाली मड़ई में बीमार दादी को तेल लगा रही पूनम ने तेल की कटोरी रखकर कहा, "हँ चाची। बस अभी बना रहे हैं!"

"अउर सुनो!"

"हँ चाची!"

"चोखा में तेल, मिर्चा कम डालना! एक पाव सरसों एक हफ्ता भी नहीं जा

रहा इस घर में। बाप ने सरसों नहीं बोया है।"

"हँ चाची!"

चाची का भिनभिनाना बंद नहीं हो रहा था। मानो किसी ने मधुमक्खी के छत्ते में हाथ डाल दिया हो। थोड़ी देर रुककर फिर बोलीं, "इस गोरचिमनी को तो ससुरा वाले सुबहे भगाएँगे!"

हाय! इस बात पर खाना बना रही पिंकी और दादी को तेल लगा रही पूनम काँप गईं। आँगन में एक तरफा युद्ध की मुर्दा शांति छा गई। मानो सबने साँस लेना भी बंद कर दिया हो। अचानक खूँटे पर बँधी गाय ने बोलना शुरू कर दिया।

इधर पिंकी कभी धुएँ से पनियाई आँखों को दुपट्टे से पोछते हुए एक हाथ से चूल्हा फूँकती तो कभी दूसरे हाथ से रोटी पलटती और सोचती जाती कि खूँटे में बँधी गाय अपनी मर्जी से बोल तो सकती है। लेकिन इस घर में!

आटे की लोई में आँसू की एक बूँद कब गिरी उसे समझ नहीं आया। धूप न होने के कारण लकड़ी सूख नहीं पाई थी। मिट्टी तेल जब तक छिड़का जाता तब तक लकड़ी जलती फिर बुझ जाती। लेकिन एक तो सरसों तेल के लिए इतना ताना सुनना पड़ रहा, कल से मिट्टी तेल के लिए कौन सुनेगा? ये सब सोचकर पिंकी का जी जल जाता। लेकिन अफसोस कि इससे चूल्हा नहीं जल सकता।

बस गनीमत यही है कि जी जलने की खबर आँगन से बाहर आज तक नहीं गई है। वरना 'बाप ने सरसों नहीं बोया', 'लड़के वाले वाले भगा देंगे', ये बात सुनने की नहीं, पलटकर जवाब देने की है। लेकिन शहरों में दीवारों के कान होते होंगे, गाँव की माटी के ढेले के भी कान होते हैं।

कल से टोले-मोहल्ले में कौन सुनेगा कि बाप के मरते ही चार दिन की बिटिया, माँ जैसी चाची से जबान लड़ा रही है। बेचाल हो गई है। आवारा हो गई है।

बस यही मर्यादा, यही लाज, कभी पिंकी को चुप करा देती है, तो कभी उसकी बहन पूनम को। और भला क्यों न करा दे!

कहते हैं पिंकी जब चार साल की थी, तभी कलकत्ते से एक सुबह फोन आया कि उसके बाप उत्तम चौधरी को ट्रक ने धक्का मार दिया, वो दुनिया में नहीं रहे। समूचा चाँदपुर दहल उठा। परिवार पर मानो वज्रपात हो गया।

आदमी तो आदमी दरवाजे पर बँधे पशु तक रोने लगे- 'बाप रे! एक अकेले कमाने वाले उत्तम और दो-दो बेटी। गाय-गोरू खेत देखने वाला बेरोजगार भाई

उमेश। क्या होगा इस घर का?'

इस सदमे से परिवार अभी उठ भी नहीं पाया था कि गर्मी की एक रात पिंकी की माँ छत से गिर गई। और ऐसे गिरी की आज तक खटिया से न उठ न सकी, न ही कुछ बोल सकी।

लेकिन काली माई, डीह बाबा की बलिहारी! कहते हैं कि दुख में भी आशा की एक जोत भी जलती है, जिससे आदमी जीने का जरूरी ईंधन पैदा कर लेता है।

घर में पिंकी की दादी हैं। नाम है किसनावती देवी। गोरा मुखड़ा, आँखों पर चश्मा, सफेद साड़ी, मुँह में बीड़ी और फुर्ती ऐसी की पूरा चाँदपुर कहता कि किसनौती औरत नहीं, मरद है रे मरद! सहतवार थाने के दरोगा बलराम सिंगवा को इसी चाँदपुर में पानी पिला दिया था किसनावती ने।

आज किसनावती की देन है कि इस घर में तूफान आए सूखा पड़े या फिर हर साल बाढ़ में घर उजाड़ना पड़े। किसनावती बीड़ी पीकर, अपने पोपले मुँह से झट से कहती हैं, "दइबा हो दइबा, हमरे बियाह के साल तो इतनी बाढ़ आई कि गाँव के चालीस जनावर और सत्रह आदमी मरे थे। साँझे सियारिन फेंकरती थी। हाहाकार मचा था, हाहाकार! एक लाश घाटे जाती कि दूसरी का घंटा-घड़ियाल बजने लगता था! बस इतनी-सी बाढ़ देखकर रोने लगे तुम लोग?"

उनके इस कहन में जिजीविषा की एक सुवास थी जिसमें सरजू जी के पानी की तरह ओज था। वरना बड़े बेटे की मौत के बाद किसनावती ने हिम्मत के साथ पतोह और दो नातिन को सँभाला नहीं होता, छोटे बेटे उमेश को शहर कमाने नहीं भेजा होता, पिंकी की बड़ी बहन पूनम को इंटर कराकर शादी नहीं कर दिया होता तो आज हादसे की बाढ़ में डूबा ये घर जिंदगी की राह में रेंग नहीं रहा होता।

लेकिन किसनावती की उम्र बढ़ती गई। एक तरफ बिस्तर पर बड़ी बीमार विधवा बहू तो दूसरी तरफ छोटी-सी पिंकी और पूनम। ऊपर से घर-बाहर का इतना काम! कुछ ही दिन बाद टोले-मोहल्ले के लोगों ने उलाहना देना शुरू किया- 'ए किसनौती, कब तक गोबर पाथकर हाड़ ठेठावोगी। पहले पतोह उतारो पतोह। उमेश का बियाह करो। तुमको आराम मिलेगा!'

ये बात किसनावती के समझ में आ गई। एक हफ्ते बाद किसनावती ने छोटे बेटे उमेश की शादी पास के ही गाँव बलिहार में तय कर दिया। शादी के दिन सहतवार के चैनराम बाबा मंदिर में रामगढ़ की टिकरी बँटी, बलिया के मीना

बाजार से किसनावती ने छोटकी पतोह के लिए बक्सा खरीदा। फजलुआ की बैंड पार्टी का नचनिया ऐसा लहरदार नाचा कि सहतवार के बड़का बाऊ साहेब पप्पू सिंह भी नरभसा गए। और अगले दिन डोली में बैठकर उमेश की मेहरारू चाँदपुर आ गई। नाम था, मैना देवी। छुरी जैसी आँखें, वैसे ही नाक और वैसे ही जबान। चाल में तेजी ऐसी कि आज शादी के छह साल बाद भी समूचा चाँदपुर कहता है- 'अलबत्त मेहरारू पाया है उमेसवा... नागिन फेल है नागिन!'

लेकिन किसनावती के आगे किसी नाग-नागिन की एक न चली। मैना देवी के आते ही किसनावती ने झट से समझाया, "देख मैना, तोर जेठानी बेमार है। अउर ई लक्ष्मी-पारबती जइसन दो बेटी हैं। कवनो दिक्कत हुआ तो खाल खींच लेंगे हम तुम्हारा!"

बाप रे! बलिहार में हल्ला हो गया कि मैनवा की सास तो उससे भी बड़की खेलाड़ी मिली है। साँस भी नहीं लेने देती उसको।

कुछ साल बीते। मौत, दुर्घटना और शादी के बाद धीरे-धीरे इस घर में खुशियों के पर लगने शुरू हो गए। काली माई, डीह बाबा की किरपा से सब कुछ ठीक चल रहा था। नून, तेल, लकड़ी की कोई कमी न थी। देवता-पितर की किरपा हुई। जनवरी में उमेश को बेटा हुआ। किसनावती मारे खुशी के नाचने लगीं। घर में लाउडस्पीकर लगा। पिंकी ने ढोलक बजाकर गाया।

'कहवाँ में राम जी जनम लिहले
कहवाँ कन्हैया जनमें हो...'

समूचा चाँदपुर जान गया कि किसनावती की नातिन कोइलर का गला पाई है कोइलर का।

छठिहार के दिन लौंडा नाच हुआ। फजलुआ को किसनावती ने पैर से छागल और एकावन किलो गेंहूँ दिया।

"रे फजलू खूब नचाओ अपने नचनियाँ को। जय हो भिरगू बाबा! जय हो बलेसर बाबा! अन्हरिया में पड़े चाँदपुर के इस कोने को अँजोरिया से भर दिया। हमरे उत्तिम बाबू फेर हमरी गोदी में आ गए! हे गंगा माई। कातिक में जोड़ा चुनरी और पीठा चढ़ाएँगे।"

देखते-ही-देखते चाँदपुर के इस सूने कोने में चार चाँद लग गए। पूनम, पिंकी की आँखों से रक्षाबंधन को निकलने वाले आँसू थम गए। और दोनों बहनों ने चचेरे

भाई का नाम रख दिया- 'सोनुआ'।

सोनुआ चार साल का हुआ कि ईश्वर इस घर की रौनक बर्दाश्त न कर सका। एक रात पेशाब करने गई किसनावती को लकवा मार गया। उत्तर टोले में हुआ हल्ला, "जल्दी-जल्दी सुखारी डॉक्टर को बुलाओ रे! किसनाउत आजी को हवा मार दिया! अब बहुत दिन बचेगी नहीं!"

सुखारी डॉक्टर ने बलिया भेज दिया। दोपहर तक बलिया सदर अस्पताल के डॉक्टरों ने उमेश को जवाब दे दिया, "ले जाइए। दवाई खिलाइए! उमर अस्सी साल के ऊपर हो रहा है। अब केवल भगवान-भगवान करिए! ऊपर वाले ही रक्षा करेंगे!"

इतना सुनते ही दिन भर गाय, भैंस, खेत, और मजदूरी में उलझे रहने वाले उमेश जमीन पर बैठ गए। पिंकी की माँ अपने खटिया के बगल में लेटी सास की खटिया देखने की हिम्मत न कर सकी। पिंकी और पूनम को तो समझ में नहीं आया कि अब माँ को पकड़कर रोएँ या दादी को!

"ई का किए बाबा चैनराम! कवन पाप किए हम लोग? किसनावती औरत नहीं, देवी थीं, देवी! यही तो थी कि जिनगी के धूप में घड़ी भर चैन मिलता था। आज आप उन्हें भी खटिया पर बैठा दिए?"

कहते हैं इस घटना के ठीक बीस दिन बाद घर के चाभी की रिंग बदल गई। मालकिन बन गई मैना देवी।

उस चाभी से घर के खाली बक्से और तिजोरी तो खुल गए लेकिन बंद हो गया पिंकी के भीतर उत्साह, मासूमियत, उम्मीद का वो ताला। जो किसनावती के ठीक रहने से खुला रहता था।

आजकल पिंकी हों या पूनम, या उमेश सब कम बोलते हैं। विधवा माँ ने बोलना उसी दिन बंद कर दिया जिस दिन वो छत से गिर गई थी। न जाने कौन-सी ग्रह दशा चल रही है कि आज इस घर में हँसी की आवाज गूँजे जमाने हो गए हैं!

आजकल पिंकी खाना बनाती है, सोनू को स्कूल ले जाती, ले आती है। घर का सारा काम करने के बाद पढ़ाई भी कर लेती है। उससे जरा-सी फुर्सत मिलते ही बगल वाली मनोज बो भौजी की चिट्ठी लिख आती है। कोई स्वेटर का नया डिजाइन सीख आती है। रामकिसुन बो आजी का अचार लगा आती है। उनकी मझली पतोह गुड्डुआ बो का आइब्रो बना देती है। टोले में शादी-ब्याह हो तो

ढोलक बजाकर गीत भी गा आती है, लेकिन घर आने पर?

"हरजाई हो गई, छिनार हो गई! सनीमा देखेगी, गाना गाएगी!"

पिंकी साँस नहीं लेती है। वो देखती है। एक तरफ बीमार माँ, मरणासन्न दादी और इन दोनों की सेवा करती बेवा जैसी बहन पूनम!

उसे याद आती है पूनम की शादी। गाँव भर की लड़कियों और रिश्तेदारों को मेहँदी लगा-लगाकर थक गए उसके हाथों ने ढोलक बजाकर जब गाया- 'सावन मासे समधी काहे ना आयो जी।'

तब पूनम के ससुर उधारी यादो ही नहीं, समूचा अचलगढ़ गाँव के बराती वाह, वाह करने लगे, "हँ त दुलहिनिया की छोटकी बहिनिया गजब गाती है।"

लेकिन आज। गीत-मंगल तो दूर पूनम का चेहरा देखने की हिम्मत पिंकी में नहीं बची है। शादी के एक महीने बाद ही बड़की देयादिन रोज पूनम से लड़ने लगी, "एक साड़ी में फाल लगाने तक नहीं आता रे इसको।"

ननद रोज लड़ती, "रे करीयठी! मुँह बंद रख अपना!"

और एक दिन तो सास ने ये तक कह दिया, "कंगाल की बेटी न जाने नइहर से का सीखकर आई है, दाल-भात तक नहीं बनता इससे।"

पूनम की आँखों से तो अश्रुधारा छूट गई। बस उस दिन जहर न मिला कि खाकर हमेशा के लिए सो जाए। रात भर नींद नहीं आई। रात भर उसके पति, ससुर भसुर, ननद, देयादिन, न जाने क्या-क्या बतियाते रहे।

पूनम अगले दिन जैसी ही जगी। ननद ने झट से फरमान सुना दिया, "सुनो, पंडी जी ने साइत निकाल लिया है। चाचा को बुलाकर चाँदपुर चली जाओ। और सोना की सिकड़ी, एक भैंस, चालीस हजार बाकी लेकर आना, तभी इस घर में पैर रखना। नहीं तो वहीं सरजू जी में डूबकर मर जाना!"

पूनम का दिल धक्क से बैठ गया। जैसे-तैसे उसने सुखारी डॉक्टर के पीसीओ पर फोन करवाया। दो दिन बाद चाचा उमेश गाँव के कई लोगों को लेकर पूनम के गाँव अचलगढ़ गए और ससुर उधारी यादो के पैर पर पगड़ी रखकर गिर पड़े।

"उठा लीजिए गरीब की बेटी को... दहेज देने में कहाँ कमी की है? एकावन हजार नगद दिया। अपने घर में भले एक बल्ब न हो लेकिन आपको टीवी, पंखा सब दिया है। अब औकात नहीं कि आपको कुछ दे सकें।"

गाँव के झांझा बाबा ने खूब समझाया, "काहे नहीं मानते हो चौधरी। अब ये

तुम्हारी बेटी है। घर में बीमार माँ, बीमार भौजाई है। एक लड़की अब जवान हो रही। उमेश पर ऐसा जुलुम मत करो!"

लेकिन कोई नहीं सुना। बिहान हुआ। पूनम चाँदपुर आई। किसनावती की आँखों से तो आँसू रुक नहीं रहे थे। पिंकी, दीदी-दीदी कहकर गिर गई, "का हाल बना दिए सब हमरी सिया सुकुमारी का?"

आज पूनम को चाँदपुर आए दो साल बीत रहे हैं आज तक सास-ससुर, दूल्हे ने पूनम की खबर तक नहीं ली है। अब तो टोले में सब बतियाते हैं, "पूनमी का भतार दोसर मेहर रख लिया है!"

ये सब सुनकर उमेश का चेहरा उतर जाता है। उमेश उदास रहते हैं, बहुत उदास।

अभी घड़ी नौ बजाने को है। इस जाड़े-पाले के दिन में चाँदपुर आठ बजे ही खा-पीकर सो जाता है, लेकिन उमेश पौने नौ बजे का समाचार सुनकर ही भोजन करते हैं। उमेश के लिए चार रोटी, आलू का चोखा, एक कटोरा दूध, एक लोटा पानी लेकर पिंकी दुआर पर आ गई है।

"ए चाचा!"

"हँ!"

"खाना!"

"रख दे!"

ओढ़े हुए शॉल को ठीक करके पिंकी ने कहा, "ए चाचा!"

"हँ!"

"उ स्कूल में मनोहर सर जी कह रहे थे कि एक महीने बाद बोर्ड की परीक्षा है।"

"हँ... तब?"

"काका और विद्या का गाइड लेना है। कुछ पइसाऽऽ दे देते!"

केवल पइसा सुनते ही आँगन से बर्तन भड़भड़ाने की आवाज आने लगी। मानो कोई शिकारी तरकश में तीर लगाए पहले से तैयार बैठा हो।

"रे हरजाई, चुपचाप जाके पानी गरम करऽ, एक जानी तो इंटर करके कलेक्टर बैठी हैं न, कि कोई पूछ नहीं रहा? तुम अब बड़का इसपी बनोगी!"

पिंकी का छलनी हृदय टूटकर गिरने लगा। चेहरा रुआँसा होकर सिकुड़ गया।

कंधे से बार-बार फिसल रहे शॉल को सीधा किया, सर झुकाए घर में आ गई। चूल्हे पर पानी रखा और सोचने लगी, 'बाप रे! औरत का कान है कि साँप का?'

चूल्हे पर पानी खौल रहा था और बिना किसी चूल्हे के पिंकी का माथा। हवा कुछ ज्यादा ही बढ़ गई थी। चारों ओर से साँय-साँय की आवाज आती। आदमी तो दूर कुत्ते भी नहीं बोलते थे। उमेश बोले।

"पूनम रे! माई के दवाई दे। कंबल, रजाई ठीक से ओढ़ा! बहुत ठंड है आज!"

पूनम ने वहीं से जवाब दिया, "हँ चाचा, ओढ़ा दिए हैं।"

उमेश को तसल्ली हो गई। मानो पेट भर गया हो। लेकिन उमेश क्या करें? कभी गाय जैसी पूनम का चेहरा याद आता तो कभी उधारी यादो का कसाई जैसा मुँह! समझ में नहीं आता कि माँ की दवा लाएँ या भौजाई की! बड़ी भतीजी को दहेज की बाकी रकम देकर विदा करें या पिंकी को पढ़ाकर उसकी शादी करें। सोनुआ को इंगलिश मीडियम में पढ़ाएँ या फिर दिन-रात मैना के मुँह से निकलता तीर सहें!

ये समझना मुश्किल है। उमेश की आँखों से नींद गायब हुए एक जमाना हो गया है। रजाई से मुँह तोपने के सिवाय चारा ही क्या है? रेडियो बंद हो गया।

इधर पिंकी पानी गर्म करके चाची को दे आई। चाची का माथा खौल गया, "एकदम खौला दी रे? मन तो कर रहा यही पनिया उपरा फेंक दें।" पिंकी चुपचाप लौट आई।

नीम पर बैठी टिटिहरी बोल उठी। समूचा घर-गाँव सो गया। हवा सन-सन करने लगी। चूल्हे के पास वाले खटिया पर पिंकी ने लालटेन की लौ बढ़ा दी।

एक झटके में गालियों की तीरों से रक्तिम हुए उसके सुकोमल मुख-मंडल को पीली रौशनी ने घेर लिया। बिखरे बाल मुख पर आ गए। पिंकी ने स्कूल बैग खोल लिया। लालटेन की लौ के हिलने की गति तेज हो गई। सामने काव्य संकलन के पन्ने उभर आए।

आज ले-देकर यही तो उसके पास एक किताब है। उसे याद आया, ग्यारहवीं में जब उसने चाचा से किताब खरीदने के पैसे माँगे थे, तब कैसे चाची ने चाचा से झगड़ा करके खाना छोड़ दिया था। तीन दिन चाचा-चाची में लड़ाई चलती ही रही। तब कैसे तो कहा था चाची ने, "किताब की का जरूरत है रे रंडी? सब

नकल करके पास हो रहे और तुमको किताब चाहिए? एक जनी पढ़कर कलक्टर बन गईं, अब ई...”

ना ना। आज पिंकी ने तय कर लिया है। भले फेल हो जाएगी लेकिन अब कॉपी, किताब, कलम के लिए पैसे नहीं माँगेगी।

लेकिन पिंकी पढ़ते समय इन सब बातों को भूल जाना चाहती है। रोज-रोज मिलने वाले इन तिक्त और कटु अनुभवों को खुद से दूर कर देना चाहती है। चाहती है कि उसके पास ढेर सारी किताबें हों। परियों के किस्से, राजकुमारों की कहानियाँ, दादी के नुस्खे और नानी के गीत! लेकिन हाय रे दुर्भाग्य! एक काव्य संकलन के सिवाय कुछ तो नहीं है उसके पास!

अचानक उसे मनोज बो भौजी का प्यारा चेहरा याद आ गया। कितनी भला मानुष तो है न भौजी! उसके चलते काव्य संकलन भी देखने को मिल गया। वरना इंटर की किताबें किस रंग की होती हैं, जीवन भर पता नहीं चल पाता।

लेकिन कोई क्या करे? इस चाँदपुर का चलन ही ऐसा है। किसी लड़की को न स्कूल जाने की चिंता है, न ही उनके माँ-बाप को कॉपी-किताब की। सब जानते हैं कि आखिर इंटर बाद बियाह ही तो करना है। सब नकल मार के फर्स्ट डिवीजन पास हो रहे हैं, तो क्या जरूरत है कॉपी-किताब की!

लेकिन पिंकी के हाथों में जैसे ही काव्य संकलन आता है कविता की लयात्मकता उसके बेताल हो चुके जीवन को संगीत से भर देती है। उसकी सखी सविता रोज ताना मारती है, “ए पिंकी, हिंदी पढ़ने से कुछ नहीं होगा रे, आजकल अँग्रेजी और कंप्यूटर का जमाना है। कविता-कहानी पढ़कर क्या होगा!”

लेकिन पिंकी हँस देती। उसे तो ढोलक बजाने, गीत गाने, मेहँदी, सिलाई करने के बाद पिंकी को कोई शौक है तो कविताएँ पढ़ने का। घर के काम से बड़ी मुश्किल से मौका मिलता है। झपकी आ जाती है लेकिन जैसे-तैसे आँख धोकर रात को जब भी बैठती है, महादेवी वर्मा की जीवनी पढ़कर गुनगुना उठती है- “जाग तुझको दूर जाना!”

ये एक लाइन ही तो आज तक उसे समझ में आई है, बाकी का अर्थ क्या होगा उसे पता नहीं, लेकिन न जाने क्यों इसे पढ़कर उसका मन तरंगित हो उठता है। दूर जाने की कल्पना सावन के बादल की तरह मन में उमड़ने लगती है। कल ही तो उसने पढ़ा था कि महादेवी वर्मा ने स्त्रियों की शिक्षा, आर्थिक आत्मनिर्भरता

के लिए खूब काम किए और 'चाँद' नामक पत्रिका का संपादन किया।

देखो तो जरा, उसका नाम कुमारी चंदा, गाँव का नाम चाँदपुर। और महादेवी जी की पत्रिका का नाम 'चाँद', ई तो गजब हो गया न!

सड़क की धूल खाए पौधे पर जैसे सुबह की ओस चमकती है वैसे ही पिंकी के चेहरे पर कौतुक से भरी मुस्कान तैर गई। एक क्षण में सारे गम मंद पड़ने लगे।

सनसनाती हवा ने किताब के पन्ने पलट दिए। काव्य संकलन में रखी गई एक चिट्ठी सामने आ गई। जिसको खोलने की हिम्मत पिंकी दीवाली के बाद आज तक नहीं कर पाई है।

वो सोचती है कि आखिर कैसे खोल ले? कैसे समझाए उस पगले को कि रे लड़के, मधुर स्वप्न के आकर्षण में पगा तुम्हारा प्रेम मेरे मानसिक संत्रास की आँधी में रिमझिम फुहार-सा बरसता तो है। लेकिन कैसे?

जमाने की आग न जाने किस जमाने से जल रही है। कोई जान गया तो उस आग से निकलना मुश्किल ही नहीं असंभव होगा। आखिर चाचा किसको मुँह दिखाएँगे? दादी और माँ जानेगी तो क्या बीतेगी? और चाची, बाप रे! जब कुछ नहीं किया तब तो दिन-रात, छिनार, हरजाई, रंडी तो कहेंगी ही। जान गई तो?

ये सोचकर पिंकी के रोम-रोम काँप उठते हैं।

लेकिन मन तो अजीब पागल है न। तर्कों से कहाँ मानता है! तभी तो सोने से पहले उस पत्र को एक बार छू लेती है। ताकती है, मोती जैसे अक्षरों को। देखती है कि पन्ने को मोड़कर किसी ने कितना खूबसूरत दिल बनाया है, कितने प्यार से लिखा है- 'मेरी प्यारी चंदा! मेरी प्यारी पिंकी!'

मंटू का गोल-सा मासूम चेहरा सामने आ जाता है। मन प्रेम की अगली पुकार सुनने को मचलने लगता है। मर्यादा और डर की कसी हुई डोर टूटने को बेताब हो जाती है। नाजुक उँगलियाँ उन मोती जैसे अक्षरों को सहलाना शुरू कर देती हैं- 'मेरी प्यारी चंदा!'

जबसे पैदा हुई है तबसे किसी ने तो नहीं कहा 'मेरी प्यारी चंदा', ये सोचकर आँखें नम होने लगती हैं। कितना सुख है इस एक संबोधन में। सुख के सारे तार स्पंदित हो उठते हैं। मन मचल उठता है कि आगे क्या लिखा होगा लड़के ने?

लेकिन नहीं! पिंकी से ये प्रेम-वरेम नहीं होगा! रोज सोचती है कि इसे पढ़कर फाड़ देगी। लेकिन फिर न जाने क्यों उदास हो जाती है। अचानक उसकी तंद्रा टूट

गई। जम्हाई आने लगी। हवा के एक झोंके ने लालटेन की लौ को हिला दिया।

पिंकी ने झट से फिर चिट्ठी को झोले में रखकर छिपा दिया। तुरंत पेन से रफ के पन्ने पर कुछ आड़ी-तिरछी रेखाएँ खींचने लगी और देखते-ही-देखते मेहँदी का एक सुंदर डिजाइन उभर आया। वाह!

एक दिन तो उसने पन्ने पर सिलाई मशीन बनाया था और रोज फूल-पत्ती बनाकर खुश होने वाली पिंकी सिलाई मशीन देखकर उदास हो गई थी। सोचने लगी- 'काश! फटी किस्मत सीने की एक मशीन बन पाती तो वो झट से खरीद लेती न?'

मन इस कल्पना से शांत हो उठा। थोड़ी देर में नींद से आँखें कुम्हलाने लगीं। झपकी आती और पिंकी सँभल जाती। मेहँदी की डिजाइन कागज पर उभर आई। और दिल में वो संबोधन भी- 'मेरी प्यारी चंदा!'

पिंकी ने मन में कहा, 'धत्त पगले! दूर हटो आँखों से!'

हवा का झोंका फिर आया। पिंकी ने रजाई गोल कर ली। काव्य संकलन के पन्ने हिलने लगे। रात काफी हो गई थी। पुरईन की पात जैसी उसकी चमकती आँखों ने एक बार फिर पढ़ा-

'बाँध लेंगे क्या तुझे यह मोम के बंधन सजीले?
पंथ की बाधा बनेंगे तितलियों के पर रंगीले?
विश्व का क्रंदन भुला देगी मधुप की मधुर गुनगुन,
क्या डुबो देंगे तुझे यह फूल के दल ओस गीले?
तू न अपनी छाँह को अपने लिए कारा बनाना!
जाग तुझको दूर जाना!'

पिंकी एक झटके में जाग गई और आँखें मलते हुए पढ़ने बैठ गई।

6

आज सरस्वती पूजा है। हाड़तोड़ जाड़े से मुरझाए चाँदपुर को बसंती हवा झकझोर रही है। पूरब टोला से लेकर पश्चिम टोला और उत्तर टोला से लेकर दक्षिण टोला तक गाँव की रगों में लहर लेस दिया है।

इधर गाँव के बाहर साल भर गंदा रहने वाले एक खाली मैदान को साफ करके पंडाल तैयार किया जा रहा है। बाबूजी के पॉकिट से पइसा उड़ाने में पीएचडी होल्डर पंकजवा को आज पंडाल में सिक्योरिटी गार्ड की ड्यूटी मिली है।

"रे भाई, दूर से छुओ दूर से, इस पर सरसत्ती जी रहेंगी। ई गड़हा का होगा रे बोक्का?"

"रे बकलोल! इसमें हवन होगा हवन। रस्सी लगाकर घेरो इसे!"

लीजिए इधर तीन दिन पर नहाने वाला गुड्डुआ पूजा पंडाल की सफाई करवा रहा है, "रे भाई, ठीक से रे ठीक से। झाड़ू नहीं, खरहर लगाओ, एकदम चिक्कन करो, एकदम चिक्कन! ए मनीसवा तुम का उज्बुक की तरह टुकुर-टुकर देख रहे हो जी? जल्दी-जल्दी पानी छिड़को।"

इधर झाड़ू लेकर मनीसवा हाँफ रहा है, उधर जिस सनोजवा ने आज तक किसी मंदिर में एक अगरबत्ती तक नहीं जलाई, वो पूजा के लिए सबसे ज्यादा बेचैन है।

"रे संतोसवा। पंडी जी को जाकर बोलो। कौन सरसत्ती जी की मूर्ति लाने छपरा गया है रे?"

"मंगरा गया है।"

"त ए सार! इहाँ का उखार रहे हो? छपरा पसिंजर का टाइम हो गया है। जल्दी से बित्तन की ऑटो लेकर सहतवार स्टेशन जाओ। और सुनो, भले तीन बार चेनपुलिंग करना पड़े लेकिन मूर्ति में लगी माला की मोती टूटनी नहीं चाहिए वरना तुम लोगों का मुँह तोड़ देंगे।"

अब लीजिए, जिस परदीपवा ने कभी अपने घर लालटेन नहीं जलाया वो जनरेटर लाइट के लिए सुबहे से दौड़ रहा है और जिस सत्यप्रकाश ने आज तक

कोई सनीमा ठीक से नहीं देखा, उन्हें मनोरंजन विभाग की सबसे ज्यादा चिंता हो रही है।

"रे! मंटुआ! फूँकन की दुकान पर जाकर कह दो कि दिलवाले, जिगर, जानवर, बेवफा सनम, तिरंगा और दूध का कर्ज, ये सब लेकर आएगा। अगर बीच में सीडी कैसेट खुस-खास किया तो परदा में इतना छेद होगा कि गिनती-पहाड़ा सब भुला जाएगा।"

मंटू कागज की रंग-बिरंगी पतंगी साटते हुए खिलखिला रहा है। "एकदम सही कहे सतपरकास भाई। आज पहले 'सिर्फ तुम' चलेगा और कुछ नहीं।"

मंटू के साथ पंडाल में तिरंगी चिपका रहा राकेश पिन मार रहा है।

"ए मंटू!"

"का रे!"

"अगर 'सिर्फ तुम' देखने 'सिर्फ वो' आ जाए तब?"

हाय! मंटू की साँस इस तरह अटक गई है, मानो आना-जाना भूल गई हो। आटे की लेई से पतंगी साटते हुए मंटू गुनगुना उठा है- 'जिंदा रहने के लिए तेरी कसम... एक मुलाकात जरूरी है सनम।'

दिल झट से केरल की तरह हरियर हो गया है। "ए राकेश, फिलिमवा देखो हो यार। आरती तो नैनीताल में रहकर दीपक का खत पढ़ भी लेती है। लेकिन ई महारानी तो चाँदपुर में रहकर दूज का चाँद हो गई हैं। आखिर कैसे मुलाकात होगी?"

राकेश मंटू को झकझोर रहा है। "काहें उल्टा साट रहे हो? शाम को दिख जाएगी न, दर्शन कर लेना।"

मंटू झेंप गया है।

इसी बीच पूजा कमेटी के अध्यक्ष और गाँव के युवा नेता, समाजसेवी, भूतपूर्व गायक और वर्तमान में प्रधान पद के प्रत्याशी, मैनेजर साहब के पुत्र डब्लू नेता जी का पंडाल में आगमन हो रहा है। लड़के सलामी ठोंक रहे हैं।

"डब्लू भइया जिंदाबाद!"

"जिंदाबाद-जिंदाबाद!"

"क्या खबर है जवानो?"

"सब ठीक है, डब्लू भइया। मैनेजर साहब ऑफिस में नहीं हैं क्या?"

"कौन साला कह रहा कि नहीं हैं? शाम को विधायक जी को लेकर फीता काटने वही न आ रहे हैं। लेकिन तुम लोग पहले उत्तर टोला में चंदा तो काटो। सिर्फ आठ सौ चंदा मिला है। साँझ को आठ दस कुर्सी, फूल, माला, जलपान की बेवस्था करनी है कि नहीं?"

लीजिए लड़कों में जोश आ गया है, सब जोर से बोल रहे हैं, "करनी है भइया जी, बिलकुल करनी है।"

"तब का मुँह ताक रहे हो? जल्दी उत्तर टोला जाओ और जहाँ-जहाँ से चंदा बाकी है ले आओ, वरना साँझ के बाद कोई आठ आना नहीं देगा।"

हाय! उत्तर टोला और चंदा का नाम आते ही मंटू की हृदय गति रुक गई है। उसके हाथों ने काम करना बंद कर दिया है। दिमाग में कुमार सानू के सदाबहार नग्मे बजने लगे हैं। आँखों के आगे उत्तर टोले की गलियाँ नाचने लगी हैं।

राकेश मुस्कुराहट भरे लहजे में बता रहा है, "ए डब्लू भइया, हमको पता है कौन-कौन घर से चंदा काटना बाकी है।"

डब्लू नेता वहीं से हुरपेट रहे हैं, "तो जाकर काटो न चंदा, और जल्दी से वसूलकर लाओ। तुम भी जाओ रे मंटुआ।"

"बस-बस भइया जा रहे हैं।"

मंटू के दिल में पटाखे छूट रहे हैं, "जय हो माई सरसत्ती! आप इतना जल्दी सुन लेती हैं, हमको तो पते नहीं था!"

राकेश मुस्कुरा रहा है। इधर डब्लू नेता मोबाइल से किसी को आदेश दे रहे हैं, "अरे विधायक जी से कहिए थोड़ा समय से आएँगे, वरना ये चाँदपुर है, समय से वोट देने भी नहीं जाएगा।"

पंडाल में खड़े लोग इस धमकी पर हँस रहे हैं, "बाह डब्लू भइया, एकदम सही कहे!"

इधर मंटू, राकेश, सत्यप्रकाश, प्रदीप, गुड्डू और मंतोष चंदा काटने के लिए उत्तर टोला जा रहे हैं। मंटू की चाल तो देखने लायक है। हाथ में लेई चिपकी है और होंठों पर मधुर मुस्कान।

लेकिन ये क्या। उत्तर टोला में घुसते ही किर्र-किर्र की चिरपरिचित-सी आवाज कानों में घुस गई। मंटू ने राकेश से कहा, "यार लग रहा है कि सुखारी डॉक्टर अपनी एंबुलेंसवा से आ रहे हैं क्या?"

राकेश बोला, "नन्हकू बो भौजी का तबियत तो रात को खराब होता है भाई, ई सुबह-सुबह किधर से आ रहे हैं?"

"अरे! बुड़बक! रात भर इलाज किए होंगे न। डॉक्टर साहब आजकल नाइट रोग स्पेसलिस्ट हैं।"

सब हँसने लगे।

"चुप साला! आज सरसती पूजा है। आज कोई गंदा बात नहीं करेगा।"

तभी डॉक्टर साहब अपनी लूना से प्रगट हो गए। सबने हाथ जोड़ लिया, "डाक साहब नमस्कार!"

"नमस्कार जवानो! कहाँ सुबहे-सुबह घुमाई होने लगा?"

"बस! चंदा काटने उत्तर टोला जा रहे हैं।"

मंतोष ने लूना का हैंडल पकड़कर पूछा, "कल साँझ को हम क्लिनिक पर गए थे। लेकिन पता चला कि आप कहीं इंजेक्शन देने गए हैं?" डॉक्टर साहब मंतोष के हुलिए का भली-भाँति निरीक्षण करने लगे।

"तुम तो एकदम फिट हो, तुमको क्या हुआ भाई?"

"अरे! डाक साहब आप नहीं जानते हैं कि गुप्त रोग की समस्या हो गई है इसे! वरना मलेटरी में भर्ती नहीं हो गया होता?"

प्रदीप की ये बात पूरी भी नहीं हो पाई कि सब हँसने लगे।

"ए भाई आज गंदा बात नहीं, एकदम नहीं।"

सुखारी डॉक्टर कटीली हँसी हँसने लगे, "बहुत बदमाशी हो रही है परदीप बाबू बहुत!"

राकेश बीच में कूद पड़ा, "अरे! डॉक्टर साहब छोड़िए, मंतोसवा का इलाज तो आपके गुरु हकीम जी भी नहीं कर सकते हैं तो आप क्या करेंगे! आपको कम-से-कम गाँव के दिल के मरीजों का तो खयाल करना चाहिए। लेकिन जब जाओ तब क्लिनिक बंद रहता है। फूँकन से पूछो कि डॉक्टर साहब कहाँ हैं तो कहता है कि नन्हकू बो भौजी को इंजेक्शन लगाने गए हैं।"

"अरे नहीं भाई, ये सब अफवाह है। बिलकुल ऐसा बात नहीं है। वो आज... आज सुखन चौधरी की भैंस सुबहे से चिल्ला रही थी। उसी को इंजेक्शन देना था।"

"अरे झूठ न बोलिए डॉक्टर साहब! सब पता है हम लोगों को... सब पता है।"

हाय! आला लटकाए डॉक्टर साहब झट से गंभीर हो गए और आँखों से इशारा करके चुप होने का आदेश देने लगे।

मंटू इस इशारे को समझ गया। उसने डॉक्टर साहब के साथ पीछे बैठे एक लड़के की तरफ इशारा करते हुए पूछा, "ये कौन हैं डाक साहब?"

"ये हमारे साले साहब हैं, उत्कर्ष कुमार जी। अभी दिल्ली से बीटेक कर रहे हैं।" लीजिए, इतना सुनते ही मंतोष ने उत्कर्ष कुमार जी का गाल छू दिया, "अच्छा-अच्छा! इहो हीत तो अपनी गुड्डी दिदिया की तरह एकदम चिक्कन लग रहे हैं।"

राकेश ने पीछे हटकर कहा, "हँ यार! हमको तो पीछे से भी अच्छे लग रहे हैं।"

"ए भाई गंदा बात नहीं, एकदम नहीं। आज सरसती पूजा है।"

डॉक्टर साहब को घेरकर खड़े और चार-पाँच लोग हीहीही करने लगे। साले साहब मन-ही-मन गरियाने लगे। उसी में किसी ने कहा, "हँ हँ बेहूदगी नहीं भाई, साले साहब शहर में रहते हैं, इनसे मजाक-वजाक मत करो।"

मंटू ने मोर्चा सँभाल लिया, "इसमें बेहूदगी की क्या बात है? गाँव के एक आदमी का साला गाँव भर का साला होता है।" पीछे से लाठी लेकर आए दीना चौधरी ने इसमें एक बात और जोड़ा।

"तब क्या! ससुरारी का पेड़, खूँट, गाय, गोरू, खेत, बघार भी सार, सरहज, ससुर लगते हैं। ई तो सार, आदमी हैं।" एक बार फिर सबकी हँसी छूटी। डॉक्टर साहब ने लूना स्टार्ट कर दिया, "तुम लोग मानोगे नहीं, हम अब जा रहे हैं।"

किर्र-किर्र की आवाज फिर गूँजने लगी। राकेश ने कहा, "वाह रे एंबुलेंस वाह!"

डॉक्टर साहब चल दिए। "अच्छा-अच्छा बबुआ बहुत ज्ञान हो गया है। हम जा रहे हैं।"

मंटू ने उनको जाते हुए देखकर कहा, "साँझ को आइए। 'सिर्फ तुम' चलेगा, सिर्फ तुम।

"देखते हैं। मोला चौधरी की पाड़ी गाभिन नहीं हो रही है। उसको देखना जरूरी है।"

जाते-जाते परदीप ने डॉक्टर साहब को डोज दे दिया, "अच्छा डॉक्टर साब,

नन्हकू बो भौजी अभी तक हुई हैं कि नहीं?"

सारे लड़के हँसने लगे, सत्यप्रकाश डाँटने लगा। "रे भाई गंदा बात नहीं, एकदम नहीं! आज सरसत्ती पूजा है। जल्दी-जल्दी, उत्तर टोला चलो।"

ताली पीटकर हँसते हुए सारे लड़के उत्तर टोला की तरफ चल पड़े। लेकिन सत्यप्रकाश को ये मजाक पसंद नहीं आया। वो रास्ते भर सबसे लड़ता रहा। "साले संस्कार नाम की चीज नहीं है तुम लोगों के पास? पूजा-पाठ के दिन इस तरह का मजाक होता है?"

"हँ हँ चुप करो, होता है। ज्यादा चिंगारी न बनो। जब गाँव भर काकी, त बोले केने ताकी? साला आदमी साली-साला से मजाक न करेगा तो किससे करेगा, का रे राकेस? अभी तो डॉक्टर साहब की साली गुड्डी जी इंटर का परीक्षा देने चाँदपुर आ रही हैं। हमीं लोग न नकल करवाने जाएँगे? का रे राकेस?"

"बिलकुल परदीप भाई, सतपरकसवा साला बुजुर्ग हो रहा है। इसको का बुझाएगा?"

इसी कहा-सुनी, हँसी-ठिठोली में उत्तर टोला आ गया। वहाँ एक गाय पगुरा रही थी। कुछ कुत्ते देह में लगी माछी को माटी में रगड़कर धूप सेंक रहे थे। खेतों की तरफ देखने पर आँखें नवीनता के फुहार से नहा उठती थीं। पिंकी के घर का दरवाजा देखते ही मंटू का दिल तेजी से धड़कने लगा। नजर सँभल गई। मफलर हटाकर बिखरे बाल ठीक किया, स्वेटर झाड़कर फटे जूते में लगी धूल को साफ किया और धीरे-धीरे चलने लगा। राकेश को ये सब देखकर बर्दाश्त न हुआ।

"बस करो यार। बरात लेकर नहीं आए हो, चंदा माँगने आए हो।"

मंटू हँसकर चुप हो गया। आखिर कैसे कहे कि तुम लोग चंदा माँगने आए हो। हम तो अपनी चंदा को देखने आए हैं! इतने में चंदा का घर आ गया। चारों लोग दरवाजे के सामने रुक गए। मंटू ने उत्तेजना छिपाते हुए बाकी लड़कों की तरफ देखकर राकेश से चुप रहने का इशारा किया, "रे बकलोल! का बकर-बकर बोलते रहते हो! सब जान जाएँगे, बवाल हो जाएगा। चुप रहो!"

पता नहीं क्यों घर का दरवाजा अभी तक बंद था। उमेश चाचा कहीं दिख नहीं रहे थे। सत्यप्रकाश ने आवाज दी, "ए चाची! के बा घर में हो?"

कोई नहीं निकला। न कोई जवाब आया। "हम लोग चंदा माँगने आए हैं।"

मंटू ने पीछे से खोदा, "रे पाड़ाऽऽऽ"

राकेश की चेतना जागृत हुई उसने वाक्य सुधारा, "उ हम लोगों को सरसत्ती पूजा का चंदा चाहिए।"

एक झटके में दरवाजा खुला, पर्दा हिला, चों की आवाज हुई और मंटू का दिल धड़क उठा। मानो क्षण भर में कोई मन की मुराद पूरी होने जा रही हो। दरवाजे की ओट से आवाज आई, "चाचा तो अपने ससुरारी गए हैं बाबू, चाची के बाबा की तबीयत ठीक नहीं है। साँझ तक लौटेंगे।"

हाय! मंटू का दिल धक्क से बैठ गया। क्या सोचा था क्या हो गया। आँखें तो पिंकी को खोज रही थीं, लेकिन ये कौन आ गया, पूनम? धत्त साला, किस्मतवे भैंस के गोबर से लिखा है।

तब तक मंतोष ने कहा, "इस टोला में यही दो-चार घर बाकी है, हम लोग सोचे कि पहले उमेश चाचा के घर से शुरू करते हैं।"

अचानक आँगन से आवाज आई, "कौन है दिदिया?"

पूनम इस सवाल को अनसुना करके मंतोष से बतियाने लगी।

"साँझ को चाचा आएँगे, जाकर पंडाल में ही दे देंगे।"

सवाल का जवाब न पाकर पिंकी दुपट्टा ठीक करते झट से दरवाजे पर आ गई। और आते ही उसकी आँखें मंटू से टकरा गईं। उसके कदम पीछे हट गए। तुरंत परदे में छिपकर दुपट्टा ठीक करने लगी। साँसें तेज हो गईं। आँखों में लाज का काजल उतर आया। मंटू ने मुस्कुराकर नजरें जमीन में गड़ा दीं।

राकेश मंटू का हाथ पकड़कर पूनम से बोला, "सुनो, साँझ को पिंकी को लेकर आना है। हम लोग परदा का सिनेमा मँगाए हैं। 'सिर्फ तुम' चलेगा।"

ये सुनते ही परदे में छिपी पिंकी मुस्कुरा उठी। पूनम ने कहा, "ठीक है।"

मंटू तो नजरें ऊपर न कर सका। सारे लड़के 'ठीक है' कहकर दूसरे घर की तरफ चलने लगे।

पूनम के सहपाठी रहे सत्यप्रकाश ने जानकारी में वृद्धि की, "रे पूनमी, साँझ को 'सिर्फ तुम' के साथ, 'जिगर' और 'बंटी और बबली' भी चलेगा, सबको लेकर आना है।"

पूनम के चेहरे पर थोड़ी हँसी आई। पिंकी भी एक अरसे बाद हँस पड़ी। दोनों बहनों ने हँसते हुए एक-दूसरे को देखा। मानो उनकी आँखें कह रही हों कि बस दो घंटे से चाची नहीं हैं तो आज इस घर में कितना सुख है न?

ये सब सोचकर पिंकी मचलने लगी, "बाप रे! जिगर भी चलेगा! अजय देवगन करिश्मा कपूर हैं उसमें। रे दिदिया, केतना नीक लगती है न करिश्मा कपूर इसमें? एकदम ददरी मेला की गुड़िया जैसी!"

पूनम कुछ नहीं बोली। लेकिन पिंकी रात रानी के फूल जैसी खिल उठी। कभी मंटू की याद आई तो कभी काव्य संकलन में रखे उस कागज के टुकड़े की, जो आज तक खोला नहीं गया था। होंठों पर झट से गीत उभर आए।

'प्यार के कागज पे दिल की कलम से
पहली बार सलाम लिखा
मैंने खत महबूब के नाम लिखा...'

इधर बाकी घरों से चंदा माँगकर धीरे-धीरे सारे लड़के पंडाल की तरफ चलने लगे। रास्ते में राकेश ने मंटू को एक बार फिर चिकोटी काटा। मंटू ने धीरे से पूछा, "ए राकेस!"

"हँ बोलो।"

"मेरी चंदा केतना सुंदर लगती है न! एकदम सरसत्ती जी की मूर्ति जैसी! और केतना मीठा बोलती है जी, एकदम रामगढ़ के टिकरी जैसी मिठकी बोली। मुस्कुराती है तो लगता है कि साधना अगरबती जल रही है। देखते ही मन पवित्तर हो जाता है।"

राकेश ने हँसते हुए सिर हिलाया, "बात सही है बेटा। लभ लेटरवा में ई सब बतिया काहे नहीं लिखते हो?"

मंटू उत्तेजित हो गया, "यार इस बार तो इतना लिख दिए हैं कि पत्थर भी पढ़ लेगा तो उसके भीतर का लभ फफाने लगेगा। लेकिन ई महारानी खोलकर देखती ही नहीं है। का करें! साला हमारा नक्षत्रे खराब चल रहा है और राशिफल में रोज लिख रहा है कि जीवन साथी का सहयोग मिलेगा। अरे घंटा सहयोग मिलेगा!"

राकेश हँसने लगा।

"रे उजबक, राशिफल में सब झूठ होता है। हमारे राशि में तो जिस दिन लिखता है कि स्त्री सुख मिलेगा उस दिन बाबूजी भोरे-भोरे चार पैना पीठ पर लगा देते हैं।"

मंटू हँसने लगा। और बहुत देर चलने के बाद पूछा, "ए यार, पिंकी साँझ को आएगी न? कहीं नहीं आई तब यार?"

“आएगी, आएगी, जरूर आएगी। लेकिन पहले साँझ को तो आने दो।” राकेश ने सांत्वना दिया। मंटू मुस्कुराकर साँझ का इंतजार करने लगा।

***

देखते-ही-देखते साँझ हो गई है। लाउडस्पीकर पर बजते देवी गीत से समूचा चाँदपुर गमक उठा है। इधर पंडाल में मूर्ति के सामने लोहे वाली कुछ कुर्सियाँ लगी हैं। वहीं बैठने के लिए पुअरा बिछाकर दरी डाल दी गई है। जल्दी-जल्दी विधायक जी के स्वागत का बैनर लिखवाकर लाया गया है। दो लड़के बैनर लगा ही रहे हैं कि तभी पंडाल में चाँदपुर के इकलौते कवि और नाटककार अलगू आतिश उर्फ लुकारी उर्फ चिंगारी जी का प्रवेश होता है।

चिंगारी जी को देखकर सब हैरान हैं। हैरानी स्वाभाविक है। आजकल गाँव में हल्ला है कि चिंगारी जी बलिया के गुदरी बाजार की नामी नचनिया कजली के नयनों के बान से घायल हैं। कोई कहता है कि नहीं भाई कलकत्ता में एक डांसर से बियाह करने के बाद चिंगारी जी चूड़ी की दुकान खोले हैं।

लेकिन सत्य जो भी हो परम् सत्य ये है कि जनपद के कवि भोला प्रसाद आग्नेय जी के सबसे सुयोग्य शिष्य चिंगारी जी जहाँ भी रहें, सरस्वती पूजा और रामलीला के समय किसी बूढ़े पक्षी की तरह अपने घोसले में लौट आते हैं। और इन्हीं लड़कों को लेकर रामलीला का शानदार मंचन करवाते हैं। यही कारण है कि गाँव के सारे लड़कों के लिए वो सम्माननीय हैं। ये अलग बात है कि पीठ पीछे उन पर हँसने वालों में भी यही लड़के शामिल हैं। अभी इन्हीं लड़कों के द्वारा पैर छूने की प्रक्रिया चल रही है। चिंगारी जी आशीर्वाद दे रहे हैं, तभी उनकी नजर एक बैनर पर टिक जाती है। मुँह से निकलता है, “बड़ी विडंबना है बंधु! किस जड़बुद्धि ने बैनर लिखा है? स्वागत को स्वगत लिख दिया। व्याकरण की इतनी अक्षम्य त्रुटि!”

“अरे! छोड़िए चिंगारी जी। अगले साल विधायकी का इलेक्शन है तो सब आ रहे हैं। वरना चाँदपुर में झाँकने नहीं आता कोई। ऐसे नेता का स्वागत नहीं, स्वगत ही होना चाहिए।”

चिंगारी जी मन मसोसकर बोले, “यद्यपि कि आप सत्य कह रहे हैं सत्यप्रकाश जी... लेकिन इस तरह की असावधानी से गाँव की प्रतिष्ठा का हनन होता है।”

सत्यप्रकाश खिसियाए साँड़ जैसा फुँफकार उठा, "काहे की प्रतिष्ठा? काहे का हनन? जब प्रतिष्ठा रहेगी तब न हनन होगा?"

चिंगारी जी गर्दन हिलाकर, चश्मा ठीक करते हुए मुस्कुराने लगे और प्रतिष्ठा पर लिखी गई अपनी एक ताजा कविता सुनाने लगे।

इधर देखते-ही-देखते उत्तर टोला का हाल कवितामय हो गया है। आज तो ऐसा लग रहा है कि मानो हर घर में कोयल बोल रही हो। पिंकी को घर में गाते और झूमते हुए आज तक किसी ने नहीं देखा था। आज न जाने सुबह से उसे क्या हुआ है। पूनम उसकी अनजानी खुशी देखकर संतोष से भर गई है। किसनावती के कान में पिंकी ने कहा, "ए आजी, ए माई, जा रहे हैं पंडाल में। तुम दोनों के लिए प्रसाद लाएँगे, सब रोग ठीक हो जाएगा। अगले नवरातन तक तुम दोनों झूम-झूम के पचरा गाओगी।"

'कवना बने बोले ले कोइलिया
त कवना बने मोर बोले हो
ए देवी मइया, कवना बने बोले सहरेसवा...'

अहा! पिंकी गुनगुना उठी है। लेकिन जा रे लकवा! हमारी इस कोयल जैसी आजी की आवाज छीन ली और माई के मुँह से हँसी। पिंकी बोली, "आज तो सरसती से जाकर यही कहेंगे कि हे माई, हमरे आजी और माई को ठीक कर दीजिए। अभी तो आजी से विदाई का गीत सीखना है और माई से खेलौना, का रे दिदिया?"

पूनम मुस्कुराकर रह गई। किसनावती को क्या सुनाई दे! जवाब में पिंकी के हाथ पर हाथ रखकर होंठों को हिला दिया। पिंकी झट से तैयार हो गई। कितने दिन बाद तो आज खुद को शीशे में देखने का मन किया है। हिरनी जैसी उसकी आँखें खुद को निहारते समय चमक उठती हैं। कभी बाल को सही करती है तो कभी दुपट्टे को, तो कभी खुद को। शीशे में कितना भी देखती है आज, मन नहीं भरता है।

कितने प्यार से तो उसने अपने लिए ये पीला स्वेटर बुना था। स्वेटर पर लाल रंग का चाँद बनाया था। लेकिन जाड़ा बीत गया, पहनने की नौबत न आई। चाची से कौन सुनता कि छिनार हो गई है, फैशन कर रही है।

अचानक दरवाजे पर आकर एक लड़की ने आवाज दी, "पिंकी दीदी! पिंकी

दीदी! मनोज बो भौजी बुला रही हैं।"

"हँ-हँ बस आ रहे हैं।" पिंकी ने जवाब दिया।

अब पूनम को पिंकी की चिंता सता रही है। सात बजने को हैं। चाचा नहीं आए। गाय नहीं दुहाई। कहीं चाची आ गई तब?

"सुन रे, जल्दी से चले आना। चाची जान गई न, तो आज ही तेरा गोधन कूटकर विदाई कर देगी। फिर गाती रहना पचरा!"

पिंकी ने पूनम को आश्वस्त किया, "हम आ जाएँगे दिदिया, तुम बस अपना, माई और आजी का खयाल रखना।"

इधर मनोज बो भौजी बाल झाड़कर गोड़ रंग रही थीं। बड़े दिन बाद पिंकी को इतना उत्साहित देखकर अचरज में पड़ गईं, "का बात है जी बबुनी? आज आप बड़ी खुश हैं? हाय! नवका-नवका स्वेटर पर बना चाँद तो देखो! बियाह तय हो गया का?"

"बक्क भौजी!" पिंकी ने मारे लाज के सर झुका लिया।

दोनों ननद-भौजाई हँसने लगीं। भौजी ने पिंकी का गाल छूकर कहा, "बबुनी हमार एकदम फुलगेना जैसी लग रही हैं।"

पिंकी के गोरे गाल मारे शरम के लाल हो गए। भौजी को गले से लगाकर कहा, "बक्क भौजी!"

इधर पूजा पंडाल के लाउडस्पीकर से आवाज तेज हो गई है। बार-बार एक ही बात कही जा रही है, "चाँदपुर नवयुवक मंगल दल आपका हार्दिक स्वागत और अभिनंदन करता है। आप सभी ग्राम वासियों से निवेदन है कि जल्दी से आकर अपनी जगह ले लें, बिना प्रसाद लिए कोई नहीं जाएगा।"

ये सुनते ही बच्चे चिल्लाने लगे हैं, "हमको भी परसादी दो। पापा हमू चलेम ससत्ती जी देखे!"

मनोज बो भौजी का बबुआ रो रहा है, "मम्मी हमके फुलौना..."

"बक्क! उहाँ फुलौना नहीं आएगा। पूजा करने चलना है, पूजा।"

पिंकी ने उसे गोद में उठाकर चूम लिया है, "अले ले ले हमार बबुआ!" सहसा उसे मंटू की याद आ गई है। उसकी भी आँखें तो ऐसी ही हैं न। एकदम भटकोआ जैसी। आत्मा प्रेम संगीत से आंदोलित हो रही है।

इधर पूजा पंडाल में भीड़ उमड़ आई है। हल्ला हो गया है, फिलिम वाला आ

गया, फिलिम वाला आ गया। जल्दी से अपनी जगह ले लो। ई देखिए, झांझा बाबा, रमेसर, दीना और खेदन एक जगह मुड़ियाकर बैठे हैं। गुड़िया भी रमावती के साथ आई है। मंटू सज-सँवरकर एकदम तैयार है। ब्लू कलर का पैंट, एक पुराना टी-शर्ट, उसके ऊपर खाकी रंग का जैकेट। कपार पर मफलर। बड़े परिश्रम के बाद तो उसे प्रसाद बाँटने की ड्यूटी मिली है। डब्लू नेता ने माइक सँभाल लिया है।

"प्यारे भाइयो-बहनो! आज के कार्यक्रम में मुख्य अतिथि माननीय संजय भइया उर्फ विधायक जी पधार चुके हैं। अतः आप लोगों से निवेदन है कि अपने-अपने जगह पर स्थान ग्रहण करें। माल्यार्पण का कार्यक्रम शुरू हो रहा है।"

तब तक पिंकी भी मनोज बो भौजी के साथ आकर पंडाल में बैठ गई। सरस्वती जी की मूर्ति देखते ही उसके हाथ जुड़ गए। आँखें बंद हो गईं। न जाने क्या बुदबुदाने लगी! क्या-क्या तो माँगना था। लेकिन कैसे माँगना था, सब भूल गई। उसके होंठों ने बुदबुदाया-

'नव गति नव लय ताल छंद नव
नव पर नव स्वर दे!'

फिर एनाउंस हुआ। माननीय मुख्य अतिथि जी ने पाँच सौ एक रुपये देने की घोषणा की है। नवयुवक मंगल दल समिति चाँदपुर आपका हार्दिक स्वागत एवं अभिनंदन करता है। लीजिए पंडाल की लाइट चली गई। हुआ हल्ला। पता चला जनरेटर बंद हो गया। एक झटके में टॉर्च जलने लगे। रॉड की चमकती दूधिया रौशनी की जगह मद्धिम-सी पीली रौशनी ने घेर लिया। मानो सैकड़ों जुगनू चमकने लगे हों। पिंकी की आँखें पहली बार मंटू को खोजने लगीं। पास बैठी गुड़िया ने पिंकी की तरफ इशारा किया, "ए पिंकी, हमारे बियाह में गीत गाने आओगी न ?"

पिंकी हँसकर बोली, "क्यों नहीं गुड़िया, कब है ?"

"देखो कल बाबूजी मंटू के साथ शादी का दिन तय करने जाएँगे।"

पिंकी मुस्कुरा उठी।

"तब तो पक्का आएँगे गुड़िया।"

"पक्का न ?"

"एकदम पक्का!"

दोनों हँसने लगीं। दोनों को हँसता देखकर दूर बैठे मंटू ने अपनी नजरों को फेर लिया। एक झटके में जनरेटर स्टार्ट हो गया। विधायक जी ने माइक सँभाल लिया।

"प्यारे भाइयो एवं बहनो! आज बड़े हर्ष का दिन है। हम अपनी पार्टी और नेता जी की तरफ से आप सबको बधाई देने आए हैं। आपने देखा चाँदपुर में जब बाढ़ आई थी तब लगा कि टीएस बाँध टूट जाएगा और गाँव डूब जाएगा। हमें काफी दुख हुआ। हम तो पार्टी के काम से लखनऊ गए थे। मैनेजर साहब और डब्लू जी ने बताया कि गाँव के कई जानवर डूबकर मर गए हैं। काफी दुख हुआ। लेकिन हम पूरा प्रयास कर रहे हैं कि यहाँ विकास हो। मैनेजर साहब ने ही बताया कि बाढ़ राहत की सामग्री काफी कम है। हम अगले साल उसे बढ़ाने का प्रयास करेंगे। आप तो जानते हैं कि चाँदपुर का आधा हिस्सा 'चक विलियम' सरजू नदी के पार रहता है। हम जानते हैं कि वो लोग अपने जनपद और इससे मिलने वाली सुविधा से कट गए हैं।

बड़े दुख की बात है कि आज तक वहाँ बिजली नहीं पहुँच पाई है। हमने इस साल सोलर लाइट का इंतजाम किया है। एक प्राइमरी स्कूल का बजट भी पास करवाया जा रहा है। जल्दी चक विलियम का अपना स्कूल होगा। वहाँ के बच्चे सिर्फ दियर में भैंस नहीं चराएँगे बल्कि पढ़ाई करेंगे। हमारी पार्टी प्रदेश और जनपद के इस आखिरी गाँव में विकास पहुँचाने के लिए कटिबद्ध है।"

ये सुनते सत्यप्रकाश से बर्दाश्त न हुआ। उसने मंटू के कान में कहा, "जल्दी से बाढ़ राहत पैकेज बढ़वाइए सर! डब्लू नेता परधानी लड़ने वाले हैं। बहुत खरचा है इस साल।"

मंटू हँसने लगा। सभा खत्म हो गई। माइक से एनाउंस होने लगा, "दोस्तो, चाँदपुर पूजा समिति आपका हार्दिक स्वागत और अभिनंदन करती है। थोड़ी देर में फिलिम शुरू होगा। कृपया अपना-अपना जगह ले लें।"

जनता में हड़कंप मच गया। जो जहाँ था वो बैठने के लिए हल्ला करने लगा। आँखों के सामने एक बड़ा सफेद परदा जो बाँस के सहारे बँधा हुआ था, हवा से हिलने लगा। फिल्म शुरू हो गई।

परदे पर लिखकर आया Panasonic VCD... बच्चे ताली पीटने लगे।

एक गाना शुरू हुआ- 'सिरवा पे मुकुट सोभे लीलरा पर बिंदिया, सेर पर सवार भइली भैरो जी के दिदिया।'

"रे भाई! ई त कल्पनवा गा रही है!"

परदे के पास बैठे मंटू ने सख्त हिदायत दी, "ए फूँकन, सिर्फ तुम लगाओ

जल्दी।"

माइक से फिर एनाउंस हो रहा है, "गाँव वासियों से निवेदन है कि आकर अपनी जगह ले लें। शुरू होने जा रहा सुपरहिट फिल्म 'सिर्फ तुम', थोड़ी ही देर में।"

उधर मुख्य अतिथि चले गए। ठंड के कारण गाँव के बुजुर्गों ने भी अपनी-अपनी दालान का रुख कर लिया। "चलो रे, अब रामायण महाभारत चलता तो बैठते भी।"

पंडाल में बच गए बच्चे, युवा और गाँव के भाई-भौजाई। पंडाल की कुछ बत्तियाँ बुझा दी गईं, पंडाल में अँधेरा हो गया। इस अंधकार में पहली बार मंटू ने पिंकी को देखा। पियरका सूट, लाल कलर का शॉल, धानी सलवार, डबल चोटी, गोरे से मुखड़े में मासूमियत का पिटारा, आँखों में काजल और बालों में उलझी आँखें। उसके दिल में प्रेम के जलते दीपक की बाती हिल-सी गई।

सिनेमा शुरू हो गया।

'परित्राणाय साधूनां विनाशाय च दुष्कृताम।
धर्म संस्थापनार्थाय संभवामि युगे युगे।।'

भगवान की मूर्ति देखते ही सब लोग हाथ जोड़ लिए। पीछे से आवाज आने लगी, "रे भाई, ई कवन भक्ति फिलिम लगा दिया रे फोकना? मंटुआ, भक्ति देखने हम लोग आया है जी?"

आगे से किसी ने आवाज दी, "एकदम ओल हो का? सब फिलिम के स्टार्ट में भगवान का पूजा-पाठ होता है, चुपचाप देखो!"

फिल्म स्टार्ट हो गई, गाना आ रहा है- 'डरने की क्या बात है... ऊपर वाला अपने साथ है!'

पिंकी मुस्कुरा उठी है। आज तो सच में ऊपर वाला अपने साथ है। जय हो सरस्वती माई! इधर सबकी नजरें हीरो के नाम पर टिकी हैं। एक-एक कर पात्रों के नाम आ रहे हैं।

डायलॉग - अनीस बज्मी
म्यूजिक - नदीम श्रवण
लिरिक्स - समीर

कहीं से आवाज आई, "रे यार सलमान खनवा भी है! अरे साला जैकी

सरफवो है! तब त अमरीश पुरियो होगा? अब तो पक्का मार-पीट होगा।"

लड़के हाथ मल रहे हैं। किसी ने उसके मुँह पर टॉर्च मारकर जोर से डाँटा, "अरे! ललबहदुरा के बेटा! भग साले इहाँ से। ई मार-पीट वाला फिलिम नहीं है, ये प्यार-मोहब्बत वाला फिलिम है।"

पिंकी हँसने लगी है। मानो कितने दिन बाद तो आज जीने का मौका आया है। इस एक-एक पल को, एक-एक दृश्य को, एक-एक गीत को महादेवी जी की कविता की तरह आत्मा में बसा लेना चाहती है।

लीजिए हीरोइन आ गई। रेलवे स्टेशन पर। शायद कहीं जा रही है।

"बाप रे! केतना सुंदर है! नाम भी आरती है।" उसे देखते ही मंटू के दिल में प्रेम की नाव हिलोरें लेने लगी- 'पियरका ड्रेस, इधर पिंकी का पियरका स्वेटर! एकदम मैचिंग-मैचिंग!'

तब तक पब्लिक में हल्ला हो गया। "चोर-चोर।" आरती का पर्स छीनकर चोर भाग गया रे!

मनोज बो भौजी के मुँह से निकला, "कुत्ता! मुअना ददरी मेला में हमारा पर्स लेकर ऐसे ही एक चोर भग गया था।"

पिंकी की नजरें परदे पर टँग गईं, वो मुस्कुराने लगी- 'ट्रेन में आरती के सामने बैठा लड़का केतना भलमानुस है। बेचारे को अकेली लड़की पर दया आ गई है।'

"लो जी ट्रेन में नचनिया आ गए। केतना सुंदर-सुंदर हैं जी। साला छपरा पसिंजर में तो सब लूँगी पेहेन के मोटका-मोटका करिया लौंडा चढ़ जाते हैं- ए बाबा निकाल न रे। उठाऊँ क्या? लेकिन इसकी नचनिया तो एकदम कटीली है।"

"रे भाई, सब देसीलवा लौंडा नहीं, बम्बइया लौंडा है, एकदम फजलुआ बैंड पार्टी के हिनवा जइसा।"

गाना शुरू हो गया।

"देखो जरा देखो बल खा के चली है।

पतली कमर लचका के चली है।

कभी तो कुड़ी..."

मंटू हँसने लगा। पिंकी ने साल में मुँह छिपा लिया। दोनों के मन नृत्य करने लगे। तब तक सीन बदल गया।

"देख देख रे। ये नैनीताल है। वाह यार केतना सुंदर है। यही न आरती का

घर है।"

जो दर्शक पहले से 'सिर्फ तुम' देख चुका है वो खिसियाकर कहता है, 'बक्क चुप रहो! ई आरती का घर नहीं है। वो अपने जीजा के यहाँ रहती है। दिल्ली नौकरी खोजने गई थी। पर्स चोर लेकर भाग गया। सब साटिकफिटेक और मारसीट भुला गया। अब नौकरी कैसे मिलेगा इसलिए तो रो रही है। आरती के जीजा उसको डाँट रहे हैं।"

दीना की छोटकी पतोह ने पल्लू सीधा करते हुए कहा, "भक्क, आजकल के जीजा भी न। एकदम मऊग होते हैं। बेचारी को डाँट रहे हैं, उसका क्या दोष है?"

पिंकी और मनोज बो भौजी मुस्कुरा उठीं। लेकिन आरती को रोता देखकर पिंकी का चेहरा उदास हो गया। मंटू ने पिंकी को चुपके से देखा, मानो कह रहा हो, "हे भगवान! दू-दू गो फिलिम एक साथ देखने की शक्ति दे दो!"

"लो लो।" दर्शकों में उत्साह की लहर, "हीरो यही है यही। संजय कपूर!"

"अरे! इसका तो कई फिलिम देखा है। ई करिस्मा कपुरवा का भाई है का रे?"

"भक्क साला चुप रह! 'छुपा रुस्तम' वाला हीरो है।"

अब सबका ध्यान परदे पर अटक गया है। फिल्म का हीरो दीपक दिल्ली से केरल जा रहा है। दीपक को ट्रेन में आरती का पर्स मिल गया है। पर्स में सर्टिफिकेट और मार्कशीट के साथ आरती का पता भी है। केरल जाकर दीपक ने आरती को पर्स भेज दिया है। आरती पर्स पाकर खिल उठी है। फिल्म देख रहे सब लोग खुश हो गए। वाह-वाह! कितना अच्छा आदमी है दीपक!

"अरे साला, ये कौन आ गया! अरे इयार! ये तो जानी लीवरवा है। अब तो सनीमा में मजा आएगा। अरे कादर खान, हीहीही। कादर खान का पीसीओ तो एकदम सुखारी डॉक्टर जैसा है।"

बद्री की पतोह कहती है, "कादर खान भी सुखारी डॉक्टर से कम मउग नहीं लग रहा है।"

पिंकी एक बार फिर हँसती है। लीजिए केरल की एक लड़की दीपक पर फिदा हो गई है। मलयालम में बोलकर पटा रही है। बद्री की पतोह ने फिर कहा, "तनी इस हरजाई का बेलाउज देखो। चूची दिखा रही है। अइसने छिनार सब तो देस-परदेस में मरदों को चैन से रहने नहीं देती हैं।"

पिंकी का हँसते-हँसते पेट फूल रहा है। मनोज बो भौजी कभी हँसती हैं, कभी घूँघट ठीक करती हैं, तो कभी गोद में सोए बबुआ के सर पर हाथ फेर देती हैं। उनको अपने मरद की क्या चिंता, उनके सैयाँ तो अभी सीमा पर ड्यूटी कर रहे हैं। उनको कोई नहीं पटा सकता है।

इधर पिंकी परदे के आगे खो गई है। मन में आनंद ऐसा बरस रहा है कि समेटने के पात्र कम पड़ रहे हैं। कितने सालों बाद तो ये मौका आया है खुलकर जीने का। वरना, कल से तो वही ताना, वही लानत, वही डाँट। जय हो सरस्वती माई रक्षा करना!

लो जी। दीपक ने आरती को खत लिख दिया। अब तो पक्का प्यार होगा। बाप रे! आरती भी लेटर लिखने लगी। पिंकी की आँखों में वो मंटू का लव लेटर कबूतर की तरह फड़फड़ा उठा!

आरती गा रही है-

'कोरे कागज पर मैंने सारा अरमाँ निकाला

मेरे इस दिल में था जो खत में सब लिख डाला

पहली-पहली बार मोहब्बत की है...'

मंटू ने आहें भरनी शुरू कर दी। समझ नहीं आता था कि सामने परदे पर गा रही आरती को देखे या सामने खामोश बैठी अपनी आरती को। हाय! दीपक को आरती ने फिर खत में क्या लिख दिया है।

"दीपक जी, हमेशा ये होता है कि प्यार आँखों से शुरू होकर दिल में उतरता है। हमारा प्यार दिल से शुरू होकर आँखों में उतरेगा। ये हमदर्दी है या प्यार। ये एक खत में लिखकर जरूर सुलझाइएगा। जिंदगी भर साथ तो एक पत्नी ही दे सकती है।"

आरती ने दीपक को अपने हाथ से बुनकर स्वेटर भेजा है। सीने पर जलता हुआ दीया बनाया है। पिंकी मुस्कुरा उठी, "ए भौजी, स्वेटर का केतना बढ़िया डिजाइन है न? और ये भी तो देखो, आरती ने कहा है कि जब हम दोनों पहली बार मिलें, तब आप यही स्वेटर पहनकर आना!"

दीना चौधरी की पतोह ने फिर कहा, "बाप रे, इस कलजुग में बिना मेहरारू को देखे, हेतना परेम करने वाला मरद कहाँ नसीब होता है?" पिंकी के अधरों पर मुस्कान उतर आई। वो मंटू की तरफ देखने लगी। लीजिए हीरो को सब केरल वाले

मारने लगे। कोई बोला, "मारऽ मारऽ दउरा के मारऽ अरे कइसा हीरो है इयार। इसको तो यार एकदम मारने ही नहीं आ रहा है!"

बगल में बैठे एक बारह साल के लड़के ने झट से ज्ञान दिया, "साला इसको मारने नहीं आ रहा, अब तक सनी देवला चाहे मिथुना होता तो मारके इनका नक्सा बिगाड़ दिया होता।"

लौंडों को अब मजा आया है। अब तक सब बोर हो रहे थे। अब सब बहुत खुश हैं, "मार-मार और मार!"

लेकिन ये क्या, पिंकी तो उदास होकर मंटू की तरफ देखने लगी। लेकिन मंटू कहीं गायब हो गया। किधर गया जी? पिंकी बेचैन हो गई। इधर परदे पर दीपक केरल की नौकरी छोड़कर दिल्ली जा रहा है। आरती भी तो दिल्ली आ गई है। अब तो पक्का दोनों मिल जाएँगे।

"अरे! ये लो, दोनों स्टेशन पर टकरा गए। लेकिन कैसे पहचानें? किसी ने किसी का फेस थोड़े देखा है जी।"

"ई कवन हीरोइन है, सुष्मिता सेनवा है रे! बीबी नंबर वन में यही है। अरे साला दीपक अब इसके पास नौकरी करने गया है। अच्छा हँ हँ। अब चीन्हा गई!"

"अरे! राम कइसा कपड़ा पहनी है। दीपक को पटा रही है। बाप रे इसका घर तो देखो।" गाना बज रहा है- 'होश न खबर है ये कैसा असर है... तुमसे मिलने के बाद दिलवर!'

पिंकी ने शरमाकर सर झुका लिया है। गाने को कनखी से देख रही है, गाने को याद कर रही है। मानो कल से अब हर पल यही गाएगी। लीजिए दीपक नौकरी और सुष्मिता सेन दोनों को छोड़कर चला गया।

"हे भगवान क्या दीपक को आरती मिल जाएगी?"

"अरे! जैकी सरफवा मिल गया और दीपक उसके साथ ऑटो चलाने लगा। अरे! ये देखो सलमान खान!"

"आरती के जीजा कह रहे हैं कि सलमान खान से बियाह कर लो, बड़का रइस आदमी हैं। हे भगवान अब दीपक का क्या होगा?"

लेकिन वाह रे आरती का प्यार। सलमान खान से बियाह करने से मना कर दी। मंटू के मन में आरती के प्रति श्रद्धा बढ़ गई। उसकी आँखें पिंकी की तरफ टिक गईं। पिंकी ने कनखी से देखा और नजरें घुमा ली मानो कोई देख न ले!

लीजिए दर्शकों की नींद टूट गई, सब सन्न हैं। आरती ने दीपक को तो देखा नहीं है, बेचारी अब उसे अकेले शहर में कैसे खोज पाएगी?

"बाप रे! आरती के आते ही दिल्ली में बारिश! अरे अरे! आरती तो दीपक के ऑटो में ही बैठ गई! मिल गई मिल गई। अब बियाह होगा।"

हल्ला कर रहे लड़कों को दीना चौधरी की पतोह ने डाँटा, "अरे, नतिया दोगलवा चुप, जब एक-दूसरे को देखा ही नहीं तो कैसे मिल गई रे?"

ई तो गजब हो गया है। दीपक के ऑटो में बैठकर उसे ही खोज रही है। लेकिन दोनों जान नहीं पा रहे हैं कि दोनों प्रेम करते हैं। दीना चौधरी की पतोह ने कहा, "हे काली माई! दोनों को मिला दीजिए। तुमको हम परसादी चढ़ाएँगे।"

जनता खामोश है। गाना बज उठा है- 'जिंदा रहने के लिए तेरी कसम... एक मुलाकात जरूरी है सनम...'

आरती का दुख देखा नहीं जा रहा है। लड़कियाँ और महिलाएँ रो रही हैं। आज पहली बार पिंकी को रोते हुए अच्छा लग रहा है। मंटू एकदम उदास हो गया है। लग रहा जैसे रो न दे।

ये क्या, दीपक आरती को अपने कमरे में ले गया। नहा रही है आरती। दीपक भी अब आरती का दिया हुआ वो स्वेटर पहन लिया है। लेकिन ये क्या, "भक्क बुड़बक स्वेटर के ऊपर ये क्या पहन लिया, ऑटो वाला वर्दी? अब कैसे पहचानेगी? स्वेटर तो छिप गया।"

दीना की पतोह ने कहा, "एही से बिना देखे एयार-पेयार नहीं करना चाहिए। बेचारी आरती के दुख से करेजा फट रहा है!"

लो भाई अब आरती जा रही है नैनीताल। स्टेशन आ गया। दीपक के दोस्त को कह आई है कि दीपक आए तो बता देना। बाप रे दीपक के ऑटो में ही बैठकर स्टेशन जा रही है। हे भगवान! सबने साँसें थाम ली हैं। अब लगता है कि कभी नहीं मिल नहीं पाएगी।

लो अब त ट्रेन खुल रही है, आरती जा रही है। पिंकी की आँखों से आँसू रुक नहीं रहे हैं। मंटू जहाँ बैठकर देख रहा है, वहाँ से हटकर पीछे खड़ा हो गया है। कोई क्या कहेगा कि एक फिलिम देखकर रोने लगे! सब हाथ मल रहे हैं काश आरती स्वेटर पर बना दीया देख लेती। अरे! लॉस्ट टाइम में देख लिया। पहचान गई आरती, सब ताली बजाने लगे। अब दोनों गले मिल रहे हैं।

पिंकी ने आँसुओं से भीगी आँखों को पोछ लिया है, मानो बारिश वहाँ नहीं, यहाँ हो रही है। प्रेम की बारिश। मंटू कहाँ है ? होता तो वो भी ऐसे ही गले लगाकर उसे चूम लेती। मंटू मुँह धोने जा रहा। गुड़िया देख ली तो दिन भर चिढ़ाएगी। पिंकी का चेहरा संतोष से भर गया है। आज पहली बार रोने में सुख महसूस हुआ है। मन हल्का हो रहा है। भीड़ उठने लगी है।

भौजी ने कहा, "ए पिंकी, चलो बड़ी रात हो गई।"

पिंकी खड़ी हो गई। इधर मंटू प्रसाद बाँटने के लिए खड़ा हो गया है। अब पिंकी क्या बोले और क्या कहे, समझ में नहीं आ रहा है। दीपक का दर्द तो उसकी आरती समझ गई लेकिन इस दीपक के दर्द को ये आरती कब समझेगी ? जय हो सरस्वती माई दया करिए!

सब प्रसाद लेकर चले जा रहे। भौजी ने भी प्रसाद ले लिया। पिंकी जान-बूझकर लाइन से पीछे हो गई। उसके हाथ फैल गए। जान-बूझकर मंटू ने पिंकी के हाथ से हाथ सटा दिया। पिंकी हाथ खींचकर मुस्कुराने लगी। मंटू के भीतर झुरझुरी-सी उठ गई, मानो सारा प्रसाद उसे ही दे देगा। एक मुट्ठी में चार मुट्ठी के बराबर।

बगल के एक बुजुर्ग ने डाँटा, "हँ हँ कम कम प्रसाद दो, अभी बहुत लोग हैं।"

मंटू कैसे कहे कि जिसे पूरा दिल दे दिया हो उसे कम कैसे दिया जा सकता है। इधर प्रसाद लेकर पिंकी सिकुड़ती चली जा रही थी। ठंड से नहीं, प्रेम से! उधर रात काफी हो गई थी। गाँव कोहरे से ढक गया था। अँधेरे से रास्ता दिख नहीं रहा था। कुत्ते बोल रहे थे।

पिंकी ने भौजी का हाथ थाम लिया। पीछे मुड़कर देखा, मंटू अब तक खड़ा होकर उसे प्यार से देख रहा है। पिंकी मुस्कुरा दी। मंटू भी मुस्कुरा उठा।

पंडाल में 'सिर्फ तुम' का वो आखिरी गीत फिर से बजने लगा-

'मेरी आँखों में जले तेरे ख्वाबों के दीये
कितनी बेचैन हूँ मैं यार से मिलने के लिए
मेरे बिछड़े दिलवर तू जो एक बार मिले
चैन आ जाए मुझे जो तेरा दीदार मिले
जिंदा रहने के लिए तेरी कसम
एक मुलाकात जरूरी है सनम...'

7

गाँव का दक्षिण टोला। यहीं माटी और ईंट की खूबसूरत कलाकारी से बना एक और घर है। घर के आगे खूब लंबा-चौड़ा दालान और दालान के आगे बाउंड्री वाल से सटा एक बड़ा-सा दरवाजा खड़ा है।

कुछ साल पहले तक इस दालान की सुबह मानस की चौपाइयों से शुरू होती थी। दोपहर जवानों के रंगीन किस्सों से और शाम होते-होते छोटे बच्चों के खेल तमाशे शुरू हो जाते थे। अँधेरा होते ही नीम के पेड़ पर कोयल राग यमन गाने बैठ जाती। नन्ही गौरैया फुदकना भूल जाती। कबूतर न जाने किस देश से लौट आते। रात होते-होते तीन-चार कुत्ते इसकी रखवाली में भों-भों करने लगते।

इसके अलावा हफ्ते में एक-दो दिन ऐसा आता कि यहाँ पुराने नेताओं की गर्दन पर हाथ रखकर राजनीति के दाँव-पैंतरे सिखाए जाते। नये नेताओं को राजनीति के खेत में साँड़ की तरह दागकर छोड़ दिया जाता। गाँव के प्रधान हों या ब्लॉक प्रमुख, जिला पंचायत अध्यक्ष हों या फिर विधायक-सांसद, चुनाव के पहले सबको इस अखाड़े में हाजिरी देनी पड़ती।

लेकिन जैसे किसी चीज की एक मियाद होती है। वैसे ही इस घर और दालान के सुनहरे दौर की एक मियाद थी।

कहते हैं इस घर के मालिक जंगबहादुर सिंह के तीन लड़के इंजीनियर हो गए। गाँव-जवार में हल्ला हो गया- 'मास्टर साहेब का तो भाग जाग गया रे।'

देखते-ही-देखते लोग अपनी बेटी ब्याहने के लिए इस दालान में दौड़ने लगे। तीनों की शादी खूब दहेज लेकर, धूम-धाम से की गई। तीनों के बाल-बच्चे शहर में ही पढ़ने-लिखने लगे और धीरे-धीरे तीनों ने चाँदपुर आना-जाना बंद कर दिया।

बेटी तो थी नहीं। अपनी पत्नी लीलावती के साथ चाँदपुर में रह गए जंगबहादुर सिंह का शरीर रोगों से घिरने लगा। चश्मे के नंबर और दवाइयों के डिब्बे बढ़ने लगे।

तभी हुआ एक बवाल। जमीन के एक टुकड़े पर कुछ देयाद, पट्टीदारों की नजर टेढ़ी हो गई। जंगबहादुर सिंह को अकेला और बीमार समझकर पुराना

हिसाब निपटाने का अवसर मिल गया। देखते-ही-देखते खेत के एक हिस्से पर पट्टीदारों ने अवैध कब्जा कर लिया। मामला थाना, कोर्ट-कचहरी, लखनऊ होते हुए हाईकोर्ट तक पहुँच गया। लेकिन इस दालान के आशीर्वाद से नेता बने कुछ लोगों ने न इसकी सुध ली, न ही जंगबहादुर सिंह का हाल-चाल लिया।

जंगबहादुर सिंह शरीर के रोग और देयाद-पट्टीदार दोनों से अकेले मुकदमा लड़ते रहे। पाँच साल के मुकदमे में जमीन तो किसी के नाम नहीं हो सकी लेकिन कोर्ट-कचहरी में चक्कर काटने के कारण जंगबहादुर सिंह का गाँव में एक नया नामकरण हो गया- 'मोकदिमा बाबा उर्फ झांझा बाबा।'

आज वो इसी नाम से गाँव में जाने जाते हैं। छह फीट की ऊँचाई, खद्दर का कुर्ता और सदरी पहनकर, पान खाने वाले चौहत्तर साल के बाबा की इज्जत कुछ ऐसी है कि रास्ते में खड़े लौंडे-लफाड़े उनको देखते ही सावधान की मुद्रा में हो जाते हैं। बड़े-बड़े लोग पान की दुकानों से हट जाते हैं। लड़कियाँ दुपट्टा ठीक करके मुँह बंद कर लेती हैं। औरतें पल्लू सीधा करके 'प्रणाम बाबूजी' कहती हैं।

लेकिन अपने घर में? पूछिए मत!

बड़े बेटे ने दिल्ली में घर बनवा लिया है, छोटे बेटे ने बैंगलोर में और मझिला बेटा मुंबई में घर लेने की तैयारी कर रहा है।

पिछले साल गर्मी की बात है। बाबा अपने दिल्ली वाले लड़के के घर गए थे। साथ में पत्नी लीलावती भी थीं। एक रात बाबा की तबियत खराब हो गई तो बड़े बेटे सुधीर ने उनको समझाया, "पापा, अब अम्मा के साथ यहीं रह जाइए। जमीन के एक छोटे से टुकड़े के लिए कब तक जान देते रहेंगे!"

झांझा बाबा ने आँखें बंद कर ली और बिस्तर पर निढाल होकर गिर गए। मानो इन बातों का कोई खास असर न पड़ा हो। लेकिन कुछ दिन बाद दवाई का असर होने लगा, बाबा की तंदुरुस्ती लौटने लगी। चलने-फिरने बोलने-बतियाने लायक जैसे ही हुए कि वातानुकूलित कमरे उनको काटने लगे। दो-तीन कमरों में सिमट चुका जीवन उनको ही धिक्कारने लगा।

रात को बाबा ने एक भयावह सपना देखा। देखा कि कुछ लोग उनके घर को तोड़ रहे हैं, कुछ लोग दालान को। तभी जोर की तूफानी बारिश आ गई है। बारिश में घर की दीवारें गिरने लगी हैं। सुबह होते ही कुछ लोग चौखट में लगी सौ साल पुरानी लकड़ी के लिए मारा-मारी कर रहे हैं। तो कुछ लोग नीम के पेड़ को

काट रहे हैं। नीम के पेड़ पर बैठी कोयल रो रही है, उसके आँसू पोछने के लिए न गौरैया बची है न ही कबूतर। मानस की पोथी और तुलसी जी की माला को कुत्तों ने नोचना शुरू कर दिया है।

बाबा की झट से नींद खुल गई। और ऐसी खुली कि चार दिन नींद नहीं आई। आखिरकार वो एक दिन आ गया जब बहू-बेटे के ऑफिस जाने से पहले ही बाबा ने कहा, "मर जाएँगे लेकिन अपने पुरखों की माटी, अपनी जड़ को नहीं छोड़ेंगे। हमारा टिकट कटा दो, हम चाँदपुर जाएँगे।"

हुई आफत। बहू नाराज होकर ऑफिस चली गई। बड़े बेटे ने छोटे भाई को फोन किया, छोटे ने मझले को, मझले की वाइफ ने छोटे बेटे की वाइफ से झगड़ा किया और आखिरकार एक कंपनी में एचआर सँभालने वाली सबसे बड़ी बहू ने खाना देते हुए एक फैसला सुना दिया, "का करेंगे पुरखों की माटी लेकर! वही न एक पुराना घर, एक आम का बगीचा, चार बीघा खेत जो हर साल बाढ़ में डूब जाता है! हम तो कबसे कह रहे बेच दीजिए। हम लोग नौकरी करें कि जमीन का मुकदमा लड़ें कि आपकी दवाई करवाएँ?"

बाबा चुप रह गए। क्या बोलते!

बड़े बेटे ने साँझ को खाने की मेज पर एक बार फिर कहा, "देखिए पापा, आप गाँव जाएँगे तो हम लोग मेंटली डिस्टर्ब रहेंगे। वहाँ आप बीमार पड़ेंगे। कौन यहाँ से देखने जाएगा? इतनी फुर्सत नहीं हमें, यहाँ आराम से रहिए, हमें भी रहने दीजिए!"

बाबा उस रात न कुछ बोल सके, न खा सके, न सो सके! सबसे महँगे गद्दे पर लेटकर गाँव की टूटी खटिया का ओरचन याद आया। एसी से निकलती ठंडी हवा में शरीर पसीने-पसीने होने लगा। महँगे टाइल्स से सुसज्जित बाथरूम में नहाते हुए सरयू नदी का घाट याद आया। याद आया खेदन की दुकान पर होने वाली वो साँझ की बतकही। वो अपना प्राइमरी स्कूल। आँखों के सामने सरजू की कछार पर पसरी अपनी माटी और डेंगी में बैठकर बिदेसिया गीत गाता हिरामना मलाह। बाबा के दिल से हूक उठने लगी, "हम बाप-दादा की माटी बेच दें? ये दिन देखने से पहले उँगलियाँ गलकर गिर न जाएँ मेरी!"

अगले दिन की बात है। बहू-बेटे ऑफिस जा रहे थे। बच्चे स्कूल चले गए थे। घर में बची थीं तो उनकी धर्मपत्नी लीलावती देवी। बाबा से कहने लगीं, "ए जी,

हमको भी एक छन नीक नहीं लग रहा। न इन सबका बोली, न पहनावा, न रहन-सहन। भर दिन बनैली मुर्गी जैसे कभी इस कमरे से उस कमरे में। उस कमरे से उस खिड़की में टहलते रहो। मन उबिया रहा। केतना हुलास से आए थे कि चलो बेटा-पतोह के संगे रहेंगे। नाती को राजा-रानी की कथा-कहानी सुनाएँगे, गुड्डा-गुड़िया बनाकर संग में खेलेंगे और दो रोटी खाकर राम-राम भजेंगे तो बुढ़ौती कट जाएगा। लेकिन ई सब तो कम्पोटर पे कहानी सुन रहे हैं। उसी पर खेला खेल रहे हैं। अब बुढ़िया की कथा-कहानी और खेल इनको कहाँ ठीक लगेगा।"

बाबा ने सर झुका लिया। लीलावती का चेहरा उतर आया। बाबा की आँखें रोने न लगें, इसलिए लीलावती ने फिर समझाया, "ए जी छोड़िए चाँदपुर। ज्यादा दिन अब जीना नहीं है। कुछ साल की बात है, मिलकर यहीं काट लेते हैं।"

बाबा भड़क गए, "पगला गई हो का? कुछ साल? हम यहाँ एक मिनट नहीं रहेंगे। तुमको रहना है तो तीन महीने दिल्ली, चार महीने बंबई और पाँच महीने बैंगलोर रहो। हम से अब यहाँ एक छन न रहा जाएगा।"

लीलावती रोने लगीं। बाबा फिर गरजे, "चुप रहो! ज्यादा-से-ज्यादा क्या होगा? मर जाएँगे तो ये बेहुद्दे नहीं आएँगे, न आएँ। मरने के बाद कौन देखने आता है कि कौन-कौन आ रहा है, कौन-कौन जा रहा है। लेकिन इनके और तुम्हारे कहने से हम अपने पुरखों की माटी नहीं बेचेंगे।"

लीलावती खामोश हो गईं। आँखों से निकलते आँसू तेज हो गए। लेकिन बाबा तो धुन के पक्के। अगले दिन झोला उठाया और स्वतंत्रता सेनानी की जनरल बोगी में बैठकर चाँदपुर आ गए। तीनों बेटे इस पागलपन पर हैरान रह गए। लीलावती के रोने का ठिकाना न रहा।

इधर किटी पार्टी में गई बड़ी बहू को कालोनी की भाभियों ने लिपिस्टिक ठीक करते हुए सांत्वना दिया, "लीव इट यार! लेट्स एंज्वॉय! यू नो, मैं तो पीकू के डैडी से कहती हूँ कि यार तुम अपने पैरेंट्स का ध्यान रखो। ये सो कॉल्ड ब्लडी, संस्कार हमसे न झेला जाएगा। दिन भर बच्चों को देखो, रात को तुमको झेलो और फिर ऊपर से दिन भर तुम्हारे पैरेंट्स को दवाई दो। और ये पैरेंट्स लोग उफ्फ! ये लोग चलते-फिरते सीसीटीवी कैमरे हैं यार! पर्सनल स्पेस की वाट लगा देते हैं। फक इट!"

इतना सुनते ही एक लेडी ने अपने तंग कपड़ों को ठीक करते हुए कहा, "सेम

हेयर टीना डार्लिंग! लीव इट! चियर्स!"

फिर शीशे की महँगी गिलासों में बर्फ छलकने लगे।

और इधर झांझा बाबा के टूटे चश्मे में पानी!

लेकिन गाँव तो गाँव हैं। लाख दुश्मन इस घर की खत्म होती रौनक पर हँसें, लाख बहू-बेटे अपने गाँव की उपेक्षा करें, लेकिन गाँव के लोग अपने झांझा बाबा को कैसे भूल सकते हैं! चाँदपुर चट्टी पर कदम रखते ही हुआ हल्ला, "बाबा आ गए रे! बाबा आ गए!"

देखते-ही-देखते सूना पड़ा दालान फिर गुलजार हो गया। नीम के सूने पेड़ पर रौनक उतर आई। भरी दुपहरी में गौरैया ने चहचहाना शुरू कर दिया। साँझ को सूने दालान में सुंदर कांड का आयोजन हुआ। अरसे बाद दक्षिण टोले में ढोलक-झाल की आवाज गूँज उठी। बाबा की शांत धमनियों में रक्त का प्रवाह उमड़ने लगा। सालों बाद बाबा ने जोर से गाया-

"जिमि अमोघ रघुपति कर बाना। एही भाँति चलेउ हनुमाना।।"

पीछे से गाँव के हिरामन, दया, दीना, खेदन और रमेसर ने ललकार कर जोर से गाया-

"जलनिधि रघुपति दूत बिचारी। तैं मैनाक होहि श्रमहारी।।

बोलीं बोलीं बजरंग बली की जय! सियावर रामचंद्र की जय!"

और उसी दिन झांझा बाबा का ब्लड प्रेशर, सुगर सब ठीक हो गया। प्रसाद खाते हुए रमेसर ने कहा, "बाबा, चिंता करने की कोई बात नहीं है। आपको नवेडा-दिल्ली में नहीं, अब यहीं रहना है। आपके तीन नहीं, तीस-चालीस बेटे-पतोह इस गाँव में अभी जिंदा हैं।"

फिर तो सुबह से गाँव के बुजुर्गों की दालान में बैठकी होने लगी। किस्से और कहकहों का दौर चल निकला। नीम पर कोयल लौट आई। कबूतर और गौरैये ने अपने घोसलों को सजाना शुरू कर दिया।

"बाबा, आज पतोह ने पकौड़ी छाना है। बाबा, आज दाल पिठौरी खा लो! बाबा लीजिए, आज मालपुआ बना है।"

बाबा-बाबा सुनकर, बाबा का मन अघाने लगा। आँखों से सुख के आँसू गिरने लगे। मन सोचने पर विवश हो गया कि ये स्नेह, ये लगाव, ये आत्मीयता और भाव हाड़-मांस की फैक्ट्री बन रहे शहर में संभव था क्या ? कभी नहीं!

लेकिन गाँव में सब लोग एक जैसे तो नहीं हैं न? कभी-कभार कोई पूछ ही देता, "बाबा, बेटों की कोई खबर आई क्या?"

बाबा चश्मा पोछकर कहते, "छोड़ो भाई, अच्छा होता कि एक बेटी होती। कम-से-कम बुढ़ौती में अपने बाप का चौखट तो घूम जाती!"

बस इसी एक बेटी की कसक ने आज चाँदपुर की हर बेटी को बाबा की बेटी बना दिया है। किसी जाति की लड़की की शादी हो। पेंशन आए या नहीं आए, कोई चिंता नहीं। कोई बस कह दे कि बाबा, आज वर देखने जाना है। तो बाबा हाजिर! चलो चलो! कोई कुछ माँग दे कि बाबा तनी-सा आर्थिक मदद चाहिए। लो जी बैंक से पैसे निकालकर तुरंत हाजिर! ले भाई काम कर, बाद में देना!

बाबा को अब इसी में आनंद आता है और इसी में सुख मिलता है।

फिलहाल सुबह के दस बज रहे हैं। दालान में बैठकर बाबा किसी खसरा-खतौनी में उलझे हुए हैं। भगवान की कृपा से खूब तेज धूप निकल आई है। नीम के पेड़ के नीचे जल रहे अलाव के धुएँ से उसकी पत्तियाँ हिल रही हैं। तभी मंटू ने द्वार के सामने ब्रेक मार दिया। बाइक झटके लेकर थोड़ा-सा फिसलते हुए रुक गई। रमेसर भड़क गए, "रे बेहुद्दा! देखाई नहीं देता? चार थप्पड़ देंगे, एक मिनट में सारा सिनेमा का नशा उतर जाएगा।"

बाबा दालान में बैठकर हँसने लगे, "आओ रमेसर आओ। छोड़ो भाई। मंटुआ बछरु है अभी। लेकिन ये मोटरसाइकिल कहाँ से उठा लाए?"

रमेसर ने सामान्य होते हुए कहा, "ए बाबा चलना है दूर, तो सोचे कि कौन बार-बार जीप या बस बदलेगा। आपको भी दिक्कत होगा, इसलिए एक दिन के लिए गाड़ी की बेवस्था कर लिए।"

बाबा मुस्कुरा उठे, "अरे पागल! बस-जीप का दिक्कत देखा जाएगा तो किसी की बेटी का बियाह तय होगा? बुड़बक कहीं का!"

रमेसर मुस्कुराने लगे। मंटू सावधान की मुद्रा में जम्हाई लेते हुए बुदबुदाने लगा- 'हे भगवान! आज इन दो महापुरुषों को झेलने की ताकत देना।'

इधर बहुत देर तक सोचने के बाद बाबा बोले, "ए रमेसर!"

"का बाबा?"

"देखो, सिकंदरपुर में एक लड़का है। बीएड करके कोचिंग पढ़ाता है। घर का अकेला है। एक-डेढ़ बीघा खेत है। गाँव-समाज में इज्जत है। क्या पता राम

जी की दया हो, गुड़िया के भाग्य से नौकरी लग जाए।"

रमेसर पशोपेश में पड़ते हुए ठहरकर बोले, "बाबा, बात तो आपकी ठीक है लेकिन आज जहाँ चलना है वहाँ मामिला सेट है। लड़का बलिया विकास भवन के समाज कल्याण विभाग में चपरासी है। सरकारी नौकरी है, ऊपर से गाँव भर में हल्ला है कि तनख्वाह से ज्यादा तो ऊपरवार कमाता है।"

इतना सुनकर बाबा बेचैन हो गए, "पागल हो गए हो क्या? चपरासी से गुड़िया की शादी होगी? हम जो कह रहे हैं सुनो। सिकंदरपुर वाले लड़के की समाज में प्रतिस्ठा है। उसका बाप सुखदेव चौधरी मेरे ही साथ रेवती में मास्टर था। इज्जतदार आदमी है। गुड़िया की इज्जत करेगा।"

रमेसर नहीं माने और बाबा के सामने याचना की मुद्रा धारण कर लिए।

"बाबा, आजकल एमे-ओमे, इएड-बीएड का भरोसा नहीं है। मनोहरा भी तो बीएसी बीएड करके मैनेजर साहेब के इंटर कॉलेज में पढ़ा रहा है। एक दिन रो-रोकर कह रहा था कि मैनेजर साहेबवा टाइम से तनखाह नहीं देता है और दिन भर इक्के के घोड़े की तरह खटाता है। बाबा, सरकारी नौकरी की बाते अलग है। जहाँ हम लोग जा रहे हैं वहाँ मामला सिर्फ दहेज में फँस रहा है। आप चलिए। आप दबा के बतियाएँगे। हमको साहस मिलेगा। मामला झट से सेट हो जाएगा।"

बाबा खामोश रह गए। क्या करते? सामने बेटी के सुखी जीवन की कल्पना में बैठे बाप के माथे पर बैठी चिंता की रेखाओं ने उन्हें सहज बना दिया। चौकी से खड़े होकर बोले, "ठीक है, जब नहीं मानोगे तो चलो। रे मंटुआ, कोठारी में से कुर्ता, धोती, सदरी, साल, चश्मा निकालो।"

बाबा तैयार हो गए। तीन बेटों के कारण कभी दामाद खोजने की नौबत तो नहीं आई लेकिन रमेसर की गुड़िया उनकी अपनी बेटी से कम थी क्या? बिलकुल नहीं!

घर से निकलते ही गाँव के लोग पूछने लगे, "कहाँ की तैयारी है रमेसर? बाबा को लेकर कचहरी चल दिए क्या?"

बाबा ने रमेसर से कान में कहा, "किसी से कुछ मत बताना। आजकल गाँव में बहुत बियाहकटवा घूम रहे हैं। खेदन की छोटकी बेटी का बियाह नकुलवा इसलिए कटवा दिया कि उसकी बड़की बेटी की शादी कहीं तय नहीं हो रही थी।"

रमेसर ने इस बात से सहमति जताई। "हँ बाबा, एक से बढ़कर एक उखारन

चाँदपुर में पड़े हैं, मौका मिलते ही जड़ सहित उखाड़ देते हैं।"

मंटू इन दोनों की बातों को सुनता रहा। मुस्कुराता रहा। बाइक चाँदपुर चट्टी पर आ गई। मंटू ने देखा, सुखारी डॉक्टर अपना क्लिनिक खोल रहे हैं। फूँकन की दुकान पर गाना बज रहा है- 'थोड़ा-सा प्यार हुआ है, थोड़ा है बाकी... हम तो दिल दे ही चुके, बस तेरी हाँ है बाकी...'

गाने की लाइन सुनते ही अचानक मंटू का संतुलन बिगड़ गया। आगे का ब्रेक ज्यादा दब जाने के कारण गाड़ी जरा झोल खा गई। रमेसर खिसिया उठे, "कहाँ धेयान है रे आवारा?"

बाबा मंटू को समझाने लगे, "सँभाल के बबुआ सँभाल के, सामने धियान रखो, सामने।"

मंटू गाने को नजरअंदाज करके सामने देखने लगा। चाँदपुर चट्टी का मंजर कुछ अलग रंग में नजर आ रहा था। फजलू बैठकर अपनी बैंड पार्टी की नचनिया के साथ बीड़ी पी रहा था। बैंड पार्टी का गायक गुड्डू रंगीला की होली का रियाज मार रहा था। शायद आज कहीं सट्टा में जाना था इसलिए बैंड पार्टी का ड्रेस धूप में सुखाया जा रहा था। युवा नेता डब्लू जी पान की दुकान पर आने वाले बोर्ड परीक्षा के साथ ग्राम परधानी इलेक्शन की चर्चा कर रहे थे। दो आदमी और दो कुत्ते खेदन की चाय की दुकान में बैठे थे और कवि अलगु आतिश उर्फ लुकारी उर्फ चिंगारी जी का एकल काव्य पाठ जारी था।

बाबा ने कहा, "मंटुआ, गाड़ी रोको और बजरंगी की दुकान से एक पान लाओ। आज गुड़िया की शादी तय होगी। शुभ घड़ी है, पान खाकर ही कहीं निकलना चाहिए।"

मंटू बाइक खड़ा करके पान की दुकान की तरफ दौड़ा।

रमेसर पैसा निकालने लगे, "जो रे, बाबा के लिए पान ले आ।"

बाबा इस बात से नाराज हो गए, "पगला गए का! अब तुम पान का पैसा दोगे? जंगबहादुर सिंह को? बुरबक! गुड़िया हमारी बेटी नहीं है क्या?"

रमेसर मुस्कुराकर रह गए, मानो ये आश्वस्ति न हो कोई संजीवनी हो जो मुरझाए मन को जिंदा कर रही हो। मंटू दौड़ा-दौड़ा पान लेने चला गया। तभी बाबा ने रमेसर के कान में कहा, "ए रमेसर!"

"हँ बाबा!"

"हम सुखरिया डॉक्टर की गाँव में बड़ी शिकायत सुन रहे हैं। का तो ई नन्हकुआ बो से फँस गया है? सही बात है क्या?"

रमेसर पास खड़े एक कुत्ते को पैर से खदेड़ते हुए बोले, "बाबा, घोर भठजुग चल रहा है। नन्हकुआ जबसे फरीदाबाद नौकरी करने गया है, तबसे नन्हकुआ बो परधानी चुनाव की तैयारी में लगी है। तभी से ई धुआँ उठा है। बिना आग के धुआँ तो उठता नहीं है!"

बाबा बोले, "जो भी हो। लेकिन सुखरिया का रहन पहले से भी ठीक नहीं था। ई तो जवार जानता है की लँगोट का ढीला आदमी है। पहले भी जहाँ क्लिनिक खोला था, उहाँ एक सेठ की छिनार पतोह का बेलाउज खोलते हुए पकड़ा गया था। बड़ी मार-मारे थे सब।"

रमेसर ने सहमति जताई, "बाबा, बात तो सहीये है। नन्हकुआ बो भी कम रंगीली थोड़े है, बिना लिपिस्टिक लगाए तो गोबर भी नहीं पाथती है।"

इसी कानाफूसी के बीच मंटू पान लेकर आ गया, "बाबा, पान लीजिए।"

बाबा ने पान रमेसर की तरफ बढ़ाया। बाइक स्टार्ट हो गई। और तीनों चल दिए।

थोड़ी दूर जाकर बाबा ने कहा, "ए रमेसर! लड़के का बाप क्या करता है?"

रमेसर बोले, "पहले एक भट्ठा की मुनीमी करता था। फिर एक तहसीलदार की गाय चराया। फिर तीन-पाँच करके लड़के की नौकरी लगवा दिया। अब छोटका लड़के को इंजीनियर बनाने के लिए दिल्ली भेज दिया है।"

"बेटी भी है?"

"हँ एक बेटी है। तभी तो सोच रहा है कि बेटे का ज्यादा-से-ज्यादा दहेज लेकर बेटी को दे दे। जमाना बड़ा होशियार है बाबा!"

बाबा बोले, "धीरे चलाओ मंटू धीरे! दिमाग कहाँ तेरा?"

सड़क के दोनों तरफ सरसों के हिलते पीले फूलों में खोया मंटू इस डाँट के बाद सावधान हो गया। आखिर कैसे कह दे कि दिमाग कहाँ है! कैसे कह दे कि पिंकी ने पहले दिल चुराया था लेकिन रात को बचा-खुचा होश-हवाश भी चुरा लिया है।

तभी अचानक रमेसर ने मंटू का कंधा दबा दिया, "रोक रोक!" मंटू ने गियर बदलकर गाड़ी धीमे कर दी। लड़के वालों का गाँव आ गया।

मंटू ने देखा, गाँव के बाहर तीन कमरे का एक निर्माणाधीन मकान है, जिसके आगे बालू, छड़, सीमेंट और ईंट अस्त-व्यस्त हालात में बिखरे पड़े हैं। मकान के आगे एक भैंस पूछ हिला रही है। भैंस की पीठ पर मक्खियाँ भिनभिना रही हैं। एक बुजुर्ग लाठी लेकर टूटी हुई पलानी के सामने खटिया पर बैठे हैं। खटिया पर एक कटोरी में चूड़ा और गुड़ रखा है। पास में ही कफ सीरप की बोतल है। कुत्ते का एक पिल्ला गुड़ की तरफ ललचाई आँखों से देखते हुए खटिया पर बैठे बुजुर्ग के टूटे चप्पल को कुतर रहा है।

तभी, रमेसर ने मंटू से कहा, "बस-बस यहीं रोक दे। आइए बाबा, आइए। यही वो घर है।"

बाबा ने चश्मा ठीक किया और बाइक से उतरकर घर का निरीक्षण करने लगे। मंटू सभ्य लड़के की भाँति उनके पीछे-पीछे चलता रहा। इधर आगे-आगे चल रहे रमेसर ने ऊँची आवाज में पूछा, "पाय लागी बाबा! दीनानाथ जी हैं क्या? हम लोग चाँदपुर से आए हैं।"

बुजुर्ग के कानों तक आवाज जाती इसके पहले ही एक व्यक्ति फटी हुई गंजी और लुंगी पहनकर घर से बाहर निकल आया, "कुर्सी लियावो रे परदुमना!"

"आइए-आइए रमेसर जी! सुबह से आपका ही तो इंतजार कर रहे थे।"

कुर्सी आ गई। लकड़ी की टूटी कुर्सी में उलझी धोती को ठीक करते हुए बाबा बैठ गए। ठीक सामने एक टूटी खटिया पर रमेसर और मंटू को भी जगह दी गई।

"दीनानाथ जी, इनसे मिलिए, ये हमारे गाँव के जंगबहादुर सिंह जी हैं। लोग इनको झांझा बाबा कहते हैं। आप प्राइमरी स्कूल में हेडमास्टर थे। तीन लड़के हैं और तीनों दिल्ली, बम्बे, बंगलोर में इंजीनियर हैं। मेरे अपने बाबा जब जिंदा थे, तबसे इनके परिवार का सहजोग हम सबको मिलता रहता है।"

दीनानाथ जी ने बाबा के सामने हाथ जोड़कर कहा, "प्रणाम बाबा!"

तब तक रमेसर की नजर मंटू पर चली गई, "और इनसे मिलिए, ये हैं गुड़िया की मौसी के लड़के शशि कुमार। इस साल इंटर की परीक्षा देंगे। गोड़ लागो बाबूजी का।"

मंटू सबके पैर छूने लगा। दीनानाथ मंटू का औचक निरीक्षण करने लगे, "तब तो ठीके है। स्वकेंद्र में नकल तो खूब हो रहा है। जब तक मोलायम सिंह जी हैं, खूब बढ़िया मेरिट बनाओ बबुआ। मेरिट बनाकर ही आज हमारे साढ़ू का लड़का

इंजीनियर हो गया है। उसके बियाह के लिए आठ लाख दहेज, चार चाका गाड़ी लेकर लोग उसके दरवाजे पर खड़े हैं लेकिन हमारे साढ़ू बारह लाख से बारह पैसा नीचे लेने को तैयार नहीं हैं।"

रमेसर ने चेहरे पर बनावटी मुस्कान लाकर कहा, "हँ... अब इससे कम क्या चाहिए! आजकल एक लाख और एक गाड़ी तो सफाईकर्मी माँग रहे हैं। मलेटरी-पुलिस वाले पाँच लाख। मास्टर साहेब हो गए तो दस लाख और डॉक्टर, ऑफिसर की तो बाते छोड़िए।"

दीनानाथ ने प्रतिवाद किया, "लेकिन भाई साहब, इंजीनियरिंग की पढ़ाई में बड़ा खरचा है। कम-से-कम दस-बारह लाख न मिले तो क्या फायदा बियाह करने से?"

झांझा बाबा को इंजीनियर और दहेज के फायदे की सुनने में जरा भी दिलचस्पी नहीं हो रही थी। थोड़ी देर रुककर पूछे, "ई भैंस कहाँ से खरीदे हैं दीनानाथ जी?"

"जी कातिक में ददरी मेला से। जब बाबूजी ठीक-ठाक थे तो पाँच-छह भैंस रखते थे। लेकिन हम अकेले हैं क्या करें। एक यही है बस!"

बाबा बड़े गौर से भैंस को देखने के बाद बोले, "खूब नीमन बाँट है, गर्दन पर भी जम रही है।"

"जी बाबा, चार किलो साँझ-सबेरे दूध देती है।"

इसी बीच दो-तीन लोग कहीं और से आ गए। दीनानाथ जी खड़े हुए और सबसे परिचय कराने लगे।

"रमेसर जी, ये हमारे चचा के लड़के हैं मोहन चौधरी। हावड़ा में कपड़े की दोकान है। दू गो ट्रक चल रहा है। इनका भी एक बेटा इंजीनियरिंग पढ़ रहा है।"

पैलगी हुआ। सबने कहा, "आइए मोहन जी बैठिए। तब तक बिस्कुट-पानी आ गया था। रमेसर पानी पीते हुए बोले, "अब काम की बात की जाए, बहुत टाइम हो गया है। चाँदपुर जाते-जाते तो गाय-गोरु का समय हो जाएगा। पंडी जी को बुला लीजिए।"

दीनानाथ बोले, "पहले लेन-देन तो तय हो जाए। फिर साइत पर बिचार किया जाएगा।"

लेन-देन का नाम सुनते ही झांझा बाबा ने हस्तक्षेप किया, "ए दीनानाथ बाबू!"

"हँ बाबा!"

"का उमिर हुआ तुम्हारा?"

"जी बाबा, बावन साल।"

"तो सुनो, हमसे बीस-बाइस साल छोटे हो।"

"जी बाबा!"

"देखो, बुजुर्ग का अनुभव ही उसका गहना होता है।"

"जी जी बाबा, ये तो सही बात है!"

बाबा मुस्कुराकर बोलने लगे, "देखो बबुआ, हमारे घर में एक नहीं तीन-तीन इंजीनियर हैं। हम भी तीनों की शादी में खूब दबाकर दहेज लिए। खूब बढ़िया टेंट, समियाना, नाच-बाजा, भोजन-पानी में पैसा खर्चा किए। लेकिन बबुआ, जिनगी के इस अंतिम दौर में आकर समझ में आ रहा है कि दहेज एक-दू लाख ऊपर-नीचे हो जाए, नाच-बाजा में थोड़ा कम खर्चा हो जाए, लेकिन पतोह के रहन-स्वभाव, संस्कार से कभी समझौता नहीं करना चाहिए! क्योंकि सबसे बड़ा धन यही है। यही ठीक रहेगा तो सारा धन ठीक रहेगा और ये ठीक नहीं रहेगा तो तुम्हारे पास बाँस भर धन हो जाए, बर्बाद होने में एक छन नहीं लगेगा। तुम आँख मूँदकर बेटे का बियाह करो। गुड़िया जैसी लड़की तुम्हारे घर को स्वर्ग बना देगी। ये इस बुजुर्ग का वादा है।"

वाह! रमेसर तो बाबा की बात से मन-ही-मन ख़ुश हो गए। लेकिन दीनानाथ को बाबा की बात बहुत रास नहीं आई। जैसे ही ये एहसास हुआ कि बुढ़वा कोई नई चाल चलेगा। झट से बोल पड़े, "ए बाबा, आपकी बात सोरहो आना सही है। लेकिन हमारा लड़का भी कम रहनदार नहीं है। यही नगरा का एक चौधरी तीन लाख नगद, हीरो होंडा गाड़ी, सोना की सिकड़ी, फ्रिज, कूलर, सोफा सब दे रहा था। उसकी भी लड़की बहुत पढ़ी-लिखी सुंदर और संस्कारी थी। बस हमारी मलिकाइन को पसंद नहीं आई, क्योंकि एक तो कम पैसा मिल रहा था ऊपर से हमें लड़की पाँच फीट सात इंच की चाहिए थी।"

झांझा बाबा चुप हो गए। रमेसर दीनानाथ की बात से सहानुभूति प्रगट करने लगे, "जी जी, सही बात।"

इधर मंटू अभी भी कहीं गुम था, मानो उसे किसी गैर-भाषी देश में जबरदस्ती बैठा दिया गया हो। अचानक झांझा बाबा ने कहा, "चौधरी, वइसे आपके बबुआ

कितने तक पढ़े हैं?"

दीनानाथ इस सवाल से थोड़े असहज हो गए, "अब का कहें बाबा, आप शायद न जानते हों। आठ में था तो उसका हाथ टूट गया। नहीं तो पढ़ाई-लिखाई तो एकदम फस-क्लास थी। बेमारी के कारण हाईस्कूल भी पास न हो पाया। कुछ साल तक एक साहब के यहाँ ड्राइवर था। तब तक चपरासी की भर्ती आई तो सलेक्शन हो गया।"

रमेसर सहानुभूति प्रगट करते हुए बोले, "कोई बात नहीं, जो सरकारी नौकरी आज पा गया उसके आगे पीएचडी किए लोग भी फेल हैं।"

दीनानाथ हँसने लगे।

तभी अचानक एक अठाईस साल के लड़के ने बाइक का ब्रेक मारा। मंटू ने देखा, उसके कपार से सरसों तेल चुचुआ रहा है। मुँह गुटखा से सिकुड़ गया है। कपड़ा देखकर एहसास हो जाता है कि बेचारे को मकर संक्रांति के बाद नहाने का टाइम नहीं मिल पाया है। दीनानाथ खुश होकर बोले, "ई लीजिए, आ गए विकास बाबू, देख लीजिए अपना दामाद!"

"प्रणाम करो जी! ये लोग चाँदपुर से आए हैं।"

विकास जी ने जबरदस्ती सिर झुकाया और सीधे घर में चले गए। झांझा बाबा ने चश्मा निकालकर बड़े गौर से देखने के बाद कहा, "चौधरी, भैंस का सब दूध मत बेचो। जरा इनको भी पिलाओ, अहीर का बेटा अइसा दूबर होगा तो कइसे काम चलेगा?"

दीनानाथ ने कहा, "बाबा, गाँव से बलिया आने-जाने में ही थक जाता है, जबसे नया डीएम आया है, काम बहुत बढ़ गया है।"

लीजिए इसी बीच पंडी जी आ गए। सबने पंडी जी को दंडवत किया, "सीताराम जी, सीताराम! बैठिए पंडी जी, बैठिए!"

अब रमेसर बड़े ही कातर स्वर में आवाज धीमी करके कहने लगे, "देखिए, ढाई लाख, एक गाड़ी तो ठीक था। इसी में नाच-बाजा, सिकड़ी, सोफा, कूलर, फ्रिज, टीवी पलंग, आलमारी बक्सा, दुनिया भर का सामान भी देना है। बारात की सेवा अलग है। कम-से-कम आप नाच-बाजा सँभाल लें तो बड़ी राहत होगी। कुछ भी कम हो जाएगा तो मेरे ऊपर उपकार हो जाएगा।"

इतना कहकर रमेसर हाथ जोड़ लिए। दीनानाथ खामोश हो गए।

झांझा बाबा ने कहा, "चौधरी देखो, आजकल जिस गाँव में रंडी का नाच हो रहा है वहाँ पक्का मार हो रहा। हर साल हमारे ही गाँव में हो जाता है। अब ये बताओ कि रमेसर बेटी का बियाह करेंगे कि जाकर नाच-बाजा में मार-पीट सँभालेंगे? अरे, टीवी-सनीमा कर दो। रंडी पतुरिया को बुलाकर आजकल गाँव में नचवाना खतरे से खाली नहीं है।"

दीनानाथ बोले, "बाबा, हमरे बियाह में तीन सौ में गोड़ऊ का नाच हुआ था। तबसे हमारा बड़ा सउख है कि बेटे के बियाह में जिला का सबसे बढ़िया बैंड पार्टी और नाच करेंगे।"

झांझा बाबा इस तर्क सहमत न हुए, "सुनो दीनानाथ और रमेसर, न तुम्हारा न इसका। बीच का रास्ता निकालो। सवा दू लाख फाइनल। नाच का बोझ मत डालो। चाँदपुर में एतना लौंडे-लफाड़ी हैं कि फजलुआ का नचनिया हर साल भग जाता है तो रंडी की नाच कौन सँभालेगा! बवाल होगा तो भुगतना तुम दोनों को पड़ेगा। बड़-बुजुर्ग की बात भी माननी चाहिए।"

इतना सुनते ही रमेसर ने अपनी पगड़ी को दीनानाथ के पैर पर रख दिया, "बाबा की बात मान लिया जाए दीनानाथ जी, मेरी बेटी अब आपकी बेटी है।"

दीनानाथ खमोश हो गए और रमेसर खुश। मानो बाबा को लाना सफल हो गया हो। पंडी जी ने दोनों समधियों का चेहरा पढ़कर पतरा खोल लिया।

"श्री गणेशाय नम:

शुभ विवाह! दिन 29 अप्रैल 2006 का उत्तम है।"

पंडी जी को दक्षिणा और भोजन कराकर बिदा किया गया। रमेसर, मंटू और झांझा बाबा भी खुश होकर भोजन करने लगे। लेकिन इसी बीच घर के भीतर से एक-दो औरतों की तेज-तेज आवाज आने लगी। घर में तूफान जैसा चलने लगा। झांझा बाबा ने खाते हुए धीरे से कहा, "तुम्हारी समधिन तो तेज है रे बबुआ रमेसर, और दामाद भी कम नहीं है।"

रमेसर पानी पीकर चुप हो गए। भोजन के बाद दीनानाथ घर से निकल आए और बड़े ही कातर स्वर में कहा, "देखिए रमेसर जी। हमारी मालकिन मान नहीं रही है। पैसा बहुत कम हो गया है। नाच भी आपको करना पड़ेगा। ढाई लाख से कम मत करवाइए, नहीं तो हमारा जीना मुहाल हो जाएगा।"

रमेसर दाँत चियारकर दीन-हीन की तरह हाथ जोड़े खड़े रहे, "ठीक है, अब

तो दिन तय हो गया है। अब तो आपकी खुशी में हमारी खुशी है।"

दोनों समधी विदा हुए। चला-चली का समय आ गया, दंड प्रणाम हुआ। झांझा बाबा को धोती से और मंटू को इक्यावन रुपये से विदाई हुई। मंटू ने बाइक चालू करके राहत की चार-पाँच साँस ली। बाइक चलने लगी। इधर सड़क पर साँझ हो आई थी। सड़क के दोनों तरफ से धुआँ उठ रहा था। रास्ते में कुछ दूर आने पर बाबा ने कहा, "ए रमेसर!"

"हँ बाबा!"

"ई दीनानाथ चौधरिया तो मेहरारू के कंधे पे बंदूक रखकर फायर कर दिया रे।"

रमेसर हारे हुए जुआड़ी की तरह हँसने लगे, "ए बाबा, खेल खत्म हो गया तो ज्यादा क्या सोचना, चलिए जो होगा देखा जाएगा। अब उनत्तीस अप्रैल का चिंता किया जाए।"

मंटू के दिल में उनत्तीस अप्रैल मचलने लगा। देखते-देखते चाँदपुर चट्टी करीब आ गई। मंटू ने देखा, सुखारी डॉक्टर की दुकान पर बुखार के मरीज और फूँकन की दुकान पर कुछ दिल के मरीज जमा हो चुके थे। उसने गियर बदलकर दो नंबर लगा दिया। फूँकन की दुकान पर गाना बज रहा था-

'साँसों की जरूरत है जैसे जिंदगी के लिए
बस एक सनम चाहिए आशिकी के लिए...'

'तेरी चाहतों ने ये क्या गम दिया

8

तेरे इश्क ने यूँ दीवाना किया
जमाने से मुझको बेगाना किया
दीवाने तेरे प्यार में बड़ा ही बुरा हाल है
खड़ी हूँ तेरी राह में न होश न खयाल है
एक मुलाकात...'

ये आकाशवाणी का गोरखपुर केंद्र है। शाम के छह बजने जा रहे हैं। आज की हमारी सायंकालीन सभा यहीं समाप्त होती है।

'समाप्त' सुनते ही सिलवट पर मसाला पीस रही पिंकी के चेहरे की चमक भी समाप्त हो गई। हाथ रुक से गए। नजरें सीधी हो गईं। भीतर हूक-सी उठने लगी। उलझे बालों को सीधा किया और फिर मसाला पीसने लगी। तब तक काफी अँधेरा हो चुका था। रसोई वाली मड़ई में दिया जल रहा था। आजी को साँझ की दवाई खिलाने के लिए पूनम पानी गर्म कर रही थी।

पिंकी ने रेडियो की तरफ उदास होकर देखा और मुस्कुरा उठी। उसे याद आया कि रेडियो पर गाना सुनने के लिए एक बार चाची ने इतना डाँटा था कि उसने रेडियो की तरफ देखना भी छोड़ दिया था। दो दिन गालियाँ सुनती रही। सिसक-सिसककर रोती रही। सब पूछते कि कहो पिंकी क्या हुआ, किसी ने कुछ कहा? लेकिन पिंकी ने न किसी से कुछ कहा था, न ही कुछ बताया था। बस कसम खाया कि आज के बाद रेडियो को आँख उठाकर नहीं देखना है।

लेकिन हाय रे फिल्म 'सिर्फ तुम'! हाय रे दीपक-आरती का प्यार! इस एक गाने के लिए आज सारी कसम टूट गई। इस एक गाने के लिए कल सुबह से लेकर दोपहर और शाम से लेकर रात तक मीडियम वेव, शॉर्ट वेव के स्टेशन बदलते-बदलते हाथ दुखने लगे। आखिर इतनी मेहनत के बाद गाना आया भी तो जलते तवे पर पानी छिड़ककर चला गया।

बस संतोष इस बात का है कि इस अधूरे गाने ने मन में एक स्फूर्ति जगा दी है। पिंकी अपने सारे गम भूल गई है। मसाले को कटोरी में रखकर उसने सोचना

शुरू किया कि इन दो दिनों में कितनी खुलकर साँसें आई हैं। हवा कुछ और ज्यादा मादक लगी है। फूल कुछ और ज्यादा सुंदर लगे हैं। कोयल कुछ ज्यादा गुनगुनाई है। गाय के बछड़े पर ज्यादा प्यार आया है। सरसों के रंग में रँगाई धरती और खूबसूरत हो उठी है। महादेवी जी की कविताएँ पहले से ज्यादा समझ में आई हैं।

लेकिन ये कत्तई समझ में नहीं आया है कि उसे कैसे-कैसे सपने आने लगे हैं। पढ़ने बैठती है तो न जाने क्या-क्या पढ़ने लगती है। लिखने बैठती है तो न जाने क्या-क्या लिख देती है। कभी स्वेटर की डिजाइन बनाती है तो कभी मेहँदी की डिजाइन। हर डिजाइन में एक दिल और दिल में एक चाँद बना देती है फिर चाँद बनाकर जल्दी-जल्दी मिटा भी देती है।

और घर का काम करना शुरू करे तो आफत ही आफत! पानी भरते, बर्तन धोते, झाड़ू लगाते हुए रुक जाती है। आज पहली बार दाल में नमक ज्यादा और सब्जी में कम हो गया। रोटी बनाई तो आटा चालना भूल गई। और हद तो तब हो गई जब शीशा में मुँह देखने पर पूनम ने टोक दिया, "सुबह से केतना बार बाल झाड़ोगी रे? पगला गई हो क्या?"

पिंकी लजा गई। कैसे कहे कि कितनी बार झाड़ेगी! कैसे कहे कि इस बसंती हवा में मिल रही फगुनी हवा का असर है कि प्रेम के अनजाने पक्षी उसकी बंद हो चुकी खिड़की पर आकर बैठते जा रहे हैं! कौतुक से भरा उसका मन कभी मंटू के बारे में सोच रहा है तो कभी दीपक और आरती के बारे में। और सोचते-सोचते समूचा ध्यान खिड़की पर टँगे झोले जैसा टँग जा रहा है।

आज तो पिंकी मनोज भौजी से पूछ ही बैठी, "ए भौजी, अब तो दीपक-आरती की शादी हो गई होगी न?"

भौजी इस मासूमियत पर खूब हँसी थी और चिढ़ाते हुए कहा था, "प्यार के हवा लग गया का बबुनी को?"

पिंकी शरमा गई थी, "बक्क भौजी!"

फिर भौजी ने एक-एक करके अपने बियाह का फोटो दिखाया था, "ये देखो, तुम्हारे फौजी भइया का तिलक चढ़ रहा है। ये बारात आ रही है। ई देखो उमेश चाचा बैठकर छोला खा रहे हैं। ई देखो, कन्यादान, ई रहा दुआर छेकाई, और ई रहे गुरहत्थी कर रहे मोटकु भसुर जी।"

इन फोटो को देखते-देखते पिंकी खो-सी गई। भौजी ने अपने बियाह के सारे

किस्से सुना डाले।

"देखो-देखो, इसमें तुम्हारे फौजी भइया माला पहना रहे हैं। और ई देखो सिंदूरदान!"

पिंकी इस तस्वीर को देखती रह गई। मानो देखने से मन न भर रहा हो।

"ए भौजी, बियाह में केतना सुंदर लगते हैं न दूलहा, दुलहिन?"

भौजी ने फिर मजाक किया, "ए बबुनी, घबड़ाइए नहीं, आपो का दूल्हा ऐसे ही माँग में सिंदूर डालेगा।"

पिंकी का मन इस चुहल से खिल उठा था। तब तक विदाई की तस्वीरें आ गईं। भौजी भी उदास हो गईं और पिंकी भी। अचानक किसी ने दरवाजे पर आवाज दी, "ए पिंकी, पूनम दीदी बुला रही है।"

भौजी ने दो लड्डू देकर पिंकी को विदा कर दिया, "कल आओ तो भइया को एक चिट्ठी लिख दो, तुम्हारी राइटिंग का बड़ा तारीफ करते हैं भइया।"

पिंकी ने कहा, "ठीक है भौजी।" इतना कहकर घर चली आई थी। तबसे घर का काम करते-करते मसाला पीसने बैठ गई कि इसी बीच उसका बहुप्रतीक्षित गाना रेडियो पर आया और आकर झट से चला भी गया।

अचानक पूनम ने पिंकी को पुकारा, "कहाँ दिमाग रहता है जी? चाचा तबसे बाल्टी माँग रहे, गाय दूहना है।" पिंकी की चेतना वापस लौट आई, "हँ दिदिया दे रहे हैं।" झट से बाल्टी लेकर पिंकी दरवाजे पर आ गई।

इधर गाय को सानी-पानी दे रहे उमेश चाचा आज न जाने क्यों बड़े उदास लग रहे हैं। गाय का दूध दुहने में उनका एकदम मन नहीं लग रहा है। पूनम की उदासी उनसे देखी नहीं जा रही। आज गाँव के दीना ने खबर दी है कि पूनम का दूल्हा शहर में ही दूसरी शादी कर लिया है। कोई कहता है कि ना रे, उ तो अपने भइया की साली से फँस गया है। कोई कहता है कि ना ना भाई, उसकी भौजाई ने उसको फँसा लिया है।

ये सुनकर तीन-चार दिन से उमेश का कान पकने लगा है। गाँव में जितने लोग हैं, उतनी किस्म की बातें हो रही हैं। कुछ दुश्मनों का तो हँस-हँसकर बुरा हाल है। यही कारण है कि गाँव में न कहीं निकलने का मन होता है, न ही किसी से मिलने का। जहाँ भी जाओ, सब यही सवाल पूछते हैं, "माई कैसी है उमेश? भौजी कैसी है? पूनमी के ससुराल वालों ने कुछ खबर दिया? छोड़ देंगे क्या रे उसको? अब

तो पिंकिया भी सेयान हो गई। उसका भी तो बियाह-शादी देखो।"

कल मनोहर मास्टर मिले तो मन और खट्टा हो गया। कहने लगे, "पूनम को तलाक क्यों नहीं दिलवा देते उमेश जी। कम-से-कम उसका खर्च तो उसको मिलने लगेगा।"

उमेश का दिल तलाक का नाम सुनकर ही काँप गया। सुबह गाय दूहने बैठे तो हाथ काँपता रहा। दोपहर चारा काटने बैठे तो ससुर उधारी का मुँह याद आता रहा। मन चिल्ला उठा- 'कितना लोभी और नीच आदमी है साला! भगवान किसी दुश्मन को भी ऐसा रिश्तेदार न दें। ससुरा चालीस हजार के लिए अपनी बेटी जैसी पतोह का दो साल तक न हाल-चाल लेने आया, न ही किसी को भेजा।'

यही सब सोचकर उमेश का खून खौलने लगता है। मन में आता है कि जाकर उधारी को खूब गाली दे आएँ। लेकिन इससे क्या मिल जाएगा? अगर दस-बीस हजार की बात हो तो कल ही उमेश गाय बेच दें। किसी से कर्जा लेकर विदा करें। खेत रेहन रख दें, गहना बेच दें। जब गाँव में इज्जत ही नहीं बचेगी तो खेत-बघार, गहना-गुरिया का क्या होगा! लेकिन बाप-दादा के पसीने से सनी माटी को बेचकर भी कौन-सी इज्जत बच जाएगी!

गाँव में हँसने वालों को तो हँसने का बहाना चाहिए। जो आज हँस रहे हैं वो कल इस बात पर हँसेंगे कि उमेश ठीक नहीं किया रे! खेत बेचना और बेटी बेचना एक बराबर है। इससे बड़ा पाप कुछ नहीं!

फिर ये दूसरा ताना कौन सुनेगा! फिर गाँव का ताना तो आदमी घड़ी भर के लिए सुन भी लेगा लेकिन इस घर की आफत को कौन झेलेगा! पिंकी को दो रुपया देने पर तो मैना दो दिन तक लड़ती है। कर्जा लेने पर घर को कच्चे न चबा जाएगी!

बस यही तो उमेश का दुख है जी, यही सबसे बड़ा दुख है। आजकल इस दुख का वर्गीकरण हो गया है। माँ, भौजाई, भतीजी का दुख एक तरफ, पत्नी का दुख एक तरफ। ये दुख हर साल आने वाली बाढ़ से भी बड़ा दुख है। बाढ़ तो आकर चली जाती है। लेकिन ये बाढ़ कब जाएगी, किसी को पता नहीं।

अभी रात के आठ बज गए हैं। उमेश गाय को बाँधकर पलानी में आ गए हैं। गाँव में सब कहते हैं कि जाड़ा अब जा रहा है। मौसम अब ठीक होगा। लेकिन जैसे ही रात गहराती जाती है, ठंड बढ़ने लगती है।

अचानक पिंकी ने दरवाजे पर आकर आवाज दी, "ए चाचा!"

उमेश का खोया मन मिजाज वापस लौट आया, "का रे?"

"चाय ले लऽ"

"रख दे।"

पिंकी चाय देकर आँगन में चली गई। लेकिन उमेश ने उसे पुकारा, "ए पिंकी!"

"हँ चाचा!"

"आओ इधर।"

पिंकी आकर सामने खड़ी हो गई।

"कबसे परीक्षा है?"

"18 फरवरी से चाचा।"

"तब तो बहुत दिन नहीं है। गाइड खरीदने में केतना पैसा लगेगा?"

"तीन सौ चाचा।"

"ई पइसा ले, कल जाकर सुबह ही खरीद लेना, नहीं तो साँझ को चाची आ जाएगी। फिर देती रहना परीक्षा।"

इतना कहकर चाचा ने चेहरा दूसरी तरफ घुमा लिया। मानो पिंकी से नजर मिलाने की हिम्मत न बची हो।

इधर पिंकी का चेहरा भोर के सुनहले रंग की तरह खिल उठा- 'वाह रे भगवान! दो दिन से खुशियाँ बिन सावन-भादो के बरस रही हैं।'

पिंकी मन में ही दौड़ने लगी- 'रे दिदिया, रे माई, रे आजी, अब तो चाचा ने गाइड खरीदने का पैसा दे दिया। अब तो तुम्हारी चंदा बिना नकल किए फर्स्ट डिवीजन आएगी, फर्स्ट डिवीजन।'

पिंकी दौड़कर घर में चली गई। पूनम ने पूछा, "का हुआ रे, का एकदम सनक गई है?"

पिंकी ने जाकर झट से बताया, "रे दिदिया, चाचा ने परीक्षा का गाइड और सीरीज खरीदने का पैसा दे दिया।"

पूनम मुस्कुरा उठी। दिन-रात गाली और ताना सुनने वाली बहन का दो दिन से यूँ उछलना पूनम को अच्छा लग रहा है। लेकिन इस क्षणिक खुशी की अंतिम परिणति जानकर वो उदास होती जा रही है। दिल से आवाज आती है, "बस आज भर पिंकी। कल से तो फिर छिनार, हरजाई सुनना ही है।"

लीजिए आ गई समस्या। अब पिंकी पैसे कहाँ रखे? गुल्लक में? नहीं-नहीं गुल्लक में नहीं। न जाने कितने गुल्लक तो मुँह बाए बैठे हैं। गुल्लक में सिक्कों की खनक से मन कितना खिल उठता है। एक अनजानी खुशी घिर आती है। लेकिन हाय रे भाग्य! आज तक कभी पाँच रुपया से ज्यादा उसके पास रहा ही नहीं। लेकिन आज तो तीन सौ हैं। पिंकी उसे चार बार गिनती है- 'पचास का दो, सौ का दो। कुल मिलाकर तीन सौ।'

अचानक उसे याद आया कि कल चाची के आने से पहले वो जाकर गाइड न खरीदी तो आफत हो जाएगी। चाची की डाँट वो तो सुन लेगी। लेकिन चाचा? वो नहीं सुन पाएँगे और पिंकी से चाचा का मुँह देखा नहीं जाएगा।

उसने देखा, चूल्हे के सामने ही स्कूल वाला बैग टँगा है। उसने झट से बैग खूँटी से उतार लिया और सोचने लगी कि बैग में पैसा स्थिर रहेगा बिलकुल उस मुड़े हुए कागज की तरह। कागज को याद करते ही जिगर में हलचल-सी हो गई। बैग का चेन खोलते ही पिंकी गुनगुना उठी-

'प्यार के कागज पे दिल की कलम से।
पहली बार सलाम लिखा
मैंने खत महबूब के नाम लिखा...'

गाना गुनगुनाते काव्य संकलन की किताब निकल आई। वही पन्ना फड़फड़ाने लगा।

'मेरी प्यारी चंदा! प्यारी पिंकी!'

उसका मन बोल उठा, 'उफ्फ! बस भी करो। हम इतने प्यारे होते तो दिन-रात चाची की गालियाँ सुनते!'

लेकिन जैसे मिठाई देखकर छोटे बच्चे का मन ललचता है, वैसे ही इस चिट्ठी को देखकर पिंकी का मन ललचने लगा। जब से 'सिर्फ तुम' देखकर लौटी है बार-बार मन करता है कि खोलकर पढ़ ले। देख ले कि मंटू ने क्या लिखा है? कहीं दीपक की तरह गाना तो नहीं लिखा है! या आरती की तरह हाल-चाल तो नहीं पूछा है! कहीं शायरी तो नहीं लिखा है न!

अचानक बाल सुलभ मन उत्सुकता की आँधी में उड़ने लगा। हाथ जैसे ही खत खोलने को बढ़े। चाचा ने जोर से डाँटा, "पिंकिया रे!"

"हँ चाचा!"

"का कर रही तबसे? जल्दी रोटी बना। माई को दवाई खिलाना है।"

"हँ चाचा, बस जा रही हूँ।"

उफ्फ बीमार माँ का नाम आते ही पिंकी सब कुछ भूल जाती है। माँ को दवाई देने में देर हो गई। सच में वो पगला गई है क्या! ये सोचकर जल्दी-जल्दी बैग रख दिया। शॉल को खटिया पर फेंक दिया, "बस माई दो मिनट रुक। झट से आटा सानकर चूल्हा जलाकर रोटी बना रही हूँ।"

आज न जाने क्यों रोटी बनाना उसे अच्छा लग रहा है। तवे पर जाते ही रोटी झट से फूल जाती है, एकदम गोल! मंटू के चेहरे जैसी! रोटी देखकर पिंकी मुस्कुरा उठती है। सोचने लगती है- 'आरती भी तो शादी के बाद अपने दीपक के लिए ऐसे ही रोटी बनाती होगी न! ये फिलिम वाले हीरो-हीरोइन का बियाह तो दिखा देते हैं। उसके आगे क्या हुआ नहीं दिखाते हैं। अरे, आगे का भी तो दिखाना चाहिए न कि कैसे शादी हुई, कैसे सास-ससुर मिले, सास झगड़ा तो नहीं कर रही, ननद कैसी है? और कब बच्चे हुए, बच्चे का मुँह हीरो जैसा हुआ कि हीरोइन जैसा?' अचानक पिंकी को ये सोचकर हँसना आ गया और उसके होंठ खुद-ब-खुद हिलने लगे-

'काश मेरा दिल भी कोई कागज का टुकड़ा होता
रात को तेरी बाँहों में तकिए के नीचे सोता।'

मन गिटार के तार की तरह बजने लगा। लेकिन 'पहली-पहली बार मोहब्बत की है' गुनगुनाने के पहले ही वो चुप हो गई।

पिंकी ने देखा कि आज तो चमत्कार हो गया। एक झटके में सारी रोटियाँ बन गईं। मन उड़ने लगा। पूरा चाँदपुर आँखों के सामने घूमने लगा। उसका स्कूल, उसकी क्लास, उसके मनोहर मास्टर। क्लास में बैठा वो मंटू नामक लड़का, जिसे उसके नाम का मतलब तक नहीं पता है। न जाने कैसे इंटर पास होगा पगला! न जाने क्या पढ़ता-लिखता होगा!

लेकिन पिंकी कल से पढ़ेगी। कल स्कूल जाएगी और मनोहर मास्टर से मिलेगी। सखी-सहेली से हाल-चाल पूछ आएगी। लेकिन ये किस रेडियो से आवाज आ रही? पिंकी चौकन्ना हो गई।

'किसी से तुम प्यार करो
तो फिर इजहार करो

कहीं न फिर देर हो जाए...'

अभी आप सुन रहे थे फिल्म अंदाज का गीत, जिसे आवाज दी थी कुमार सानू और अलका याग्निक ने।

पिंकी रेडियो की आवाज सुनकर सोचने लगी। लगता है चाचा ने ही रेडियो चालू किया है। सब बढ़िया-बढ़िया गाना रात में ही आता है। मनोज बो भौजी एकदम सही कहती है।

लेकिन चाचा की याद जैसे ही आई वो खाना देने की तैयारी करने लगी। थोड़ी देर में सबने खा लिया। और चाचा ने फिर हिदायत दी, "देख पिंकी, सुबह ग्यारह बजे तक किताब लेकर चली आना। वरना महारानी कल आ रही हैं।" पिंकी ने आश्वस्त किया कि वो कल जल्दी लौट आएगी।

रात के दस बज गए। चाँदपुर सोने लगा है। माघ-फागुन की हवा कानों को सिहरा रही है। पिंकी ने झट से कान बाँध लिया है। घर के बाहर कुत्ते बोल रहे हैं। उत्तर टोला में एक कुत्ता बोलता है तो दूसरा पश्चिम टोला से बोलता है। मानो एक कुछ पूछ रहा हो तो दूसरा कुछ जवाब दे रहा हो। किताब में भी तो लिखा है सब जीव-जनावर अपनी-अपनी भाषा में बोलते-बतियाते हैं। सब प्यार-मोहब्बत करते हैं। बस आदमी नहीं कर पाता।

इधर माँ को खाँसी आ रही है। पूनम ने सिरप दिया लेकिन किसी काम का नहीं है। पिंकी सोच रही है कि गाइड खरीदने से पैसा बचा तो कल ही सुखारी डॉक्टर की दुकान से खाँसी की बढ़िया दवाई लाएगी।

अचानक तेज हवा चली, आँगन में टँगे कपड़े गिर गए। बर्तन खड़खड़ाने लगे। पिंकी को याद आया कि उसने तो आज दरवाजा खुला ही छोड़ दिया है। शायद कुत्ता घुस आया है। झट से दरवाजा बंद किया, "बाप रे चाची नहीं थी, वरना अभी के अभी भादो के अन्हरिया की तरह बिजली तड़कने लगती!"

पिंकी शॉल ओढ़कर पढ़ने बैठ गई। आज पहली बार उसे पता चल रहा है कि प्रेम और पढ़ाई दोनों ही परीक्षा है, लेकिन सारे विद्यार्थी भ्रम में पड़ जाते हैं कि कौन-सी परीक्षा पहले दी जाए? यही तो गलत करते हैं।

पिंकी को प्रेम नहीं, बोर्ड परीक्षा में टॉपर बनना है। वो मन-ही-मन सोचने लगी कि काश चाचा ने पहले ही पैसा दे दिया होता तो आज गाइड की जरूरत नहीं पड़ती।

थोड़ी देर में हवा दीये कि बाती हिलाने लगी। पिंकी ने अंजुरी की ओट से उसे रोक लिया। काव्य संकलन के पन्ने फड़फड़ा गए। आज महादेवी को नहीं, पिंकी दिनकर को पढ़ेगी। देखो तो जरा। पुरुरवा अपनी उर्वशी से क्या कह रहा-

मर्त्य मानव के विजय का तूर्य हूँ मैं
उर्वशी! अपने समय का सूर्य हूँ मैं
अंध तम के भाल पर पावक जलाता हूँ
बादलों के शीश पर स्यंदन चलाता हूँ

पर न जाने बात क्या है?

इंद्र का आयुध पुरुष जो झेल सकता है
सिंह से बाँहें मिलाकर खेल सकता है
फूल के आगे वही असहाय हो जाता
शक्ति के रहते हुए निरूपाय हो जाता

बिद्ध हो जाता सहज बंकिम नयन के बाण से
जीत लेती रूपसी नारी उसे मुस्कान से।

नारी की मुस्कान? नयन का बाण। सच में पुरुष बिंध जाता है? पिंकी के चेहरे पर भी मुस्कान तैर गई। कविता पढ़कर एक नई ऊर्जा आ गई। उसे तो ये भी पता नहीं कि कौन है उर्वशी है कौन है पुरुरवा! लेकिन याद आया कि एक बार क्लास में उसने बिना किताब के ही ये कविता सुना दिया था तो सारे लड़के ताली बजाने लगे थे। पीछे से मंटू ने कहा था- 'वाह चंदा जी वाह!'

मंटू की याद आते ही पिंकी के हाथ उस चिट्ठी के पन्ने की तरफ बढ़ने लगे। मन में द्वंद्व चलने लगा। तीन महीने से जिस चिट्ठी को खोलने की हिम्मत नहीं हुई उसे आज कैसे खोल दे?

पिंकी ने चारों तरफ नजर घुमाई। देख लिया कि माई, आजी, पूनम, चाचा सब सो गए हैं। उँगलियाँ उस पन्ने पर अपने आप फिरने लगीं। प्रेम के जलते दीये

से मुस्कान की लालिमा निखरने लगी। मंटू ने लिखा था-

मेरी प्यारी चंदा

मेरी प्यारी चंदा

तुमको याद है तुम पिछले साल पियरका सूट पहनकर शिव जी के मंदिर में दीया बारने आई थी। ए करेजा, जो दीया मंदिर में जलाई थी, वो तो उसी दिन बुता गया। लेकिन जो दीया मेरे दिल में जर गया है न, वो आज तक भुकभुका रहा है।

आज हम रोज तुम्हारे प्रेम के मंदिर में दीया जराते हैं, रोज मूड़ी पटककर अगरबत्ती बारते हैं। डीह बाबा, काली माई, पिपरा पर के बरम बाबा, से लेकर बउरहवा बाबा मंदिर तक जहाँ भी जाते हैं, हर जगह दिल में तीर बनाकर लिख आते हैं- 'चाँदपुर की चंदा'। लेकिन ए पिंकी, हमको इहे बात समझ में नहीं आता कि हमारे पूजा-पाठ में कौन अइसन कमी है जो दिल की बजती घंटी तुमको सुनाई नहीं दे रही है ?

तुमको का पता कि तुम्हारे एक 'हाँ' के चक्कर में आज हम तीन साल से इंटर में फेल हो रहे हैं। साला जेतना मेहनत लभ लेटर लिखने में किए हैं, ओतना मेहनत पढ़ाई में कर लिए होते तो अब तक यूपी में लेखपाल होकर खेतों की चकबंदी कर रहे होते। लेकिन का करोगी! मोहब्बत में अँखिया आन्हर और आदमी बानर हो जाता है न। हमारा भी हाल बानर का हाल हो गया है।

जानती हो, रात को जबरदस्ती पढ़ने बैठते हैं तो अड़हुल के फूल जैसी तुम्हारी आँखें याद आती हैं। खाने बैठते हैं तो याद आती है तुम्हारी गुड़ जैसी मिठकी बोली। सोने जाते हैं तो तुम्हारा सुग्गी जैसा चेहरा सोने नहीं देता है। नाव चलाते हैं तो तुम्हारा मखमल जैसा दुपट्टा हाथों को बाँध लेता है। मंगर, बुध, बियफे, शुक तो छोड़ो, अतवारो को मन नहीं लगता है।

अब कइसे बताएँ कि मन लगाने के लिए अखबार से काट-काटकर करिश्मा कपूर, शिल्पा शेठी, प्रियंका चोपड़ा, लारा दत्ता सबका फोटो कमरे में लगाए हैं। लेकिन तुम्हारा जो फोटुआ दिलवा में सटा है न, उसके आगे सब हीरोइन फेल है, सब!

ऊपर से मौसी अलग डाँट रही है। मनोहर मास्टर अलगे डाँट रहे हैं। रकेसवा अलगे चिढ़ाता है। कल तो छत पर गाना बजाने के लिए मौसा अतना पीट दिए कि मन किया कि मूस मारने वाली दवाई खाकर मर जाएँ। लेकिन ए पिंकी, बस

तुम्हारा सुगुनी जइसन चेहरा देखकर इरादा बदल दिए।

अच्छा ई सब छोड़ो। पता है कल हम सपना देख रहे थे कि तुम पियरका सूट पहनकर चाँदपुर घाट पर नहाने आई हो और हम नाव चला रहे हैं। तुमको देखते ही हमारा दिलवा ललमोहरा की आटा चक्की की तरह धुकधुका रहा है। हम झट से अजय देवगनवा वाला स्टाइल में आँख मार दिए और तुम इस बार हमको देखकर भागी नहीं हो बल्कि धीरे से आकर नाव में बैठ गई हो। और हम साला एतना खुस हैं कि डिनो मारियो जैसा मुँह बना के 'राज' फिलिम का गाना गा रहे हैं- 'कितना प्यारा है ये चेहरा जिस पे हम मरते हैं।' तब तक मउसा ने आकर पीछे से एक थप्पड़ लगा दिया- 'रे पाड़ा उठ, जाके गोबर फेक!'

ए करेजा, उसी भोर में मोहब्बत का सारा सपना भैंस के गोबर में मिल गया। मन तो किया कि अभी पाड़ा-पाड़ी, भैंस बेचकर एक उत्तर टोला में घर बनवा लें और छत पर बैठकर दिन-रात तुमको टुकुर-टुकुर देखें। लेकिन आँखि किरिया कह रहे हैं, कंटरोल कर लिए।

जाने दो, का करोगी मोहब्बत के दुश्मन सिर्फ चाँदपुर वाले नहीं हैं, हमारे-तुम्हारे घर वाले भी हैं। बस एक बार प्रेम से, बस एक बार हाँ बोल दो कि हमरी अन्हरिया जिनगी में अँजोर हो जाए।

कल दिल पर हाथ रख के स्कूल में तुम्हारा वेट करूँगा।

जवाब के इंतजार में एक शाइरी के साथ...

ढिबरी में तेल नहीं झोपड़ी अन्हार है
ए पिंकी तेरे प्यार बिना जीना बेकार है

तुम्हारे प्रेम में पागल
शशि उर्फ मंटू
चाँदपुर...

9

जबसे हल्ला हुआ है कि सुखारी डॉक्टर की सगी साली गुड्डी जी इंटरमीडिएट की परीक्षा देने चाँदपुर आई हैं, तबसे गाँव के लौंडों में जीजा बनने की होड़ लग गई है। कौन असली जीजा है और कौन गुड्डी जी को परीक्षा में नकल करवाने जाएगा? ये प्रश्न अभी बोर्ड परीक्षा के सभी प्रश्नों पर भारी पड़ रहा है।

अभी साँझ होने वाली है और चाँदपुर चट्टी के एक कोने में बैठकर इस प्रश्न का हल खोजा जा रहा है।

"ए यार, हमको तो गुड्डी जी एको बार जीजा नहीं कही, उधर सात बार परदीपवा को 'जीजा जी नमस्ते' कहती हैं, ई कइसे हो सकता है रे रकेसवा?"

"हरे सनुआ। बताओ हमको तो गुड्डी जी के पियार में कल से बोखार हो गया है। आखिर सुखारी डॉक्टर की नानी हमरे फूफा के मौसी की भवह लगती हैं, तो हम भी कहीं से जीजा हुए कि नहीं, का रे बबलुआ?"

सनुआ और बबलुआ अभी जोड़-घटाना, गुणा-भाग करके रिजल्ट निकालते ही हैं कि इधर बेचारे फूँकन के दिमाग का फ्यूजे उड़ जाता है, "भागो तो सब लोग यहाँ से। का दुकानदारी के टाइम कपार खाने लगा रे?"

सत्यप्रकाश समझाइस दे रहा है, "चुप रहिए फूँकन जी। ये मामला बहुत गंभीर है। बोर्ड परीक्षा और होली दोनों नजदीक है। गुड्डी जी को नकल करवाने कौन जाएगा और गुड्डी जी के गोरे गालों में रंग कौन लगाएगा? इस समस्या का समाधान तत्काल प्रभाव से होना जरूरी है।"

सारे लड़के सत्यप्रकाश की बात का समर्थन कर रहे हैं। इधर फूँकन हाथों में पेचकस लेकर खड़ा हो गया है, "देखो भाई अभी दुकानदारी का समय है। ज्यादा बहस से कोई फायदा नहीं होगा। इसका तो एक ही समाधान है कि जैसे डॉक्टर साहब गाँव भर के डॉक्टर हैं, वैसे ही डॉक्टर साहब की साली गाँव भर की साली है। और गाँव भर की साली है तो गाँव भर के जीजा उनको नकल करवाने जाएँगे। बात खत्तम!"

गुड्डुआ अपनी जगह से खड़ा हो गया, "अरे लँड़बकवा, तब तो इस हिसाब

से डॉक्टर साहब की मेहरारू भी गाँव भर की मेहरारू है?"

ताली बजाकर प्रदीप ने एक नया रिजल्ट दे दिया, "इस हिसाब से तो नन्हकू बो भौजी भी गाँव भर की गर्लफ्रेंड हैं? और तुम भी तो गाँव भर के मिस्त्री हो! फिर तो तुम्हारी भी मेहरारू गाँव भर की मेहरारू हुई?"

लीजिए हँसी का विस्फोट हो रहा है। फूँकन निरुत्तर होकर मुस्कुरा रहा है। चारों तरफ से एक से बढ़कर एक आरोप-प्रत्यारोप लगाए जा रहे हैं। बीच में रस परिवर्तन के लिए गाली-गलौज का तड़का भी लगाया जा रहा है। गुड्डू तेज आवाज में गाना गाने लगा है-

'गाँव के सुखरिया के रहे उ साली
देखे में भोला बाकी बड़की खेलाड़ी
दर्द दिल के बढ़ा के गइल
आइल हीतई में उ चार दिन खातिर
बाकी हलफा मचा के गइल...'

सारे लड़के ताली बजाकर हँस रहे हैं मानो जीवन के क्रूर सत्यों को खूँटी पर टाँगकर भूल गए हों भविष्य की सभी चिंताएँ और सारा दुख। कौन नहीं जानता कि किसी एक की साली गाँव भर की साली नहीं हो सकती है। लेकिन ये चाँदपुर गाँव है। ये बेवजह खुश होने और बेवजह दुखी होने के बहाने खोज ही लेता है।

इसी खोज के दौरान फूँकन का माथा खराब हो रहा है। वो निरुत्तर होकर एक खराब हो चुकी टीवी बीसवीं बार ठीक करने में फिर भिड़ गया है। टीवी बनवाने आया लड़का भी हाईस्कूल का स्टूडेंट है। उसके हाथ में काका की गाइड, बोर्ड परीक्षा का प्रवेशपत्र और आँखों में ढेर सारी याचना है, "ए भइया केतनो एंटीना घुमाते हैं, खाली झिलमिलाता है। शुक, शनिचर, अतवार कहियो फिलिम नहीं देख पाते हैं।"

फूँकन पेचकस रखके झल्ला उठा है, "इसको कबाड़ी को क्यों नहीं बेच देते जी? साला इसको बनाते-बनाते तो हमारा दिमाग का नस ढीला हो गया है।"

टीवी बनवाने वाले का मुँह उतर गया, मुँह लटकाकर बोला, "ई टीवी हमारे भइया को दहेज मिला है न, का करें, भौजी बेचने नहीं देतीं।"

बेंच पर बैठे लड़के हँसते हैं, "अरे बाबू फोंकन सिंग बलमुआ, नस ढीला हो गया है तो डॉक्टर साहब से शिलाजीत काहें नहीं ले लेते हो। ई दहेजुआ टीवी

है। तुमको तो दहेज में एक टॉर्च भी नहीं मिला था। तुम का जानो इस टीवी की अहमियत क्या है?"

लीजिए, खराब टीवी के बीच ही एक बेहतरीन रेडियो का आगमन हो गया है। क्षेत्रीय कवि श्री अलगू आतिश उर्फ लुकारी उर्फ चिंगारी जी का पदार्पण हो रहा है। कवि जी के मुखमंडल पर साहित्यिक तेज फफा रहा है। कुर्ता, पजामा, झोला और चश्मा पर दृष्टिपात करते ही लग रहा है कि शायद रेडियो पर कोई गंभीर काव्य पाठ करके सीधे यहीं चले आ रहे हैं। इसकी पुष्टि उन्होंने आते ही कर दी है।

"हाँ सत्यप्रकाश जी, कल 'युवा वाणी' कार्यक्रम में मैंने नौजवानों के नैतिक पतन पर एक काव्य पाठ किया है।"

सत्यप्रकाश की भौंहे तन गई हैं, "अरे! आप भी गजब आदमी हैं। यहाँ इलाज के अभाव में चाँदपुर के नौजवानों को शीघ्रपतन हो रहा और आप नैतिक पतन के चक्कर में पड़े हैं?" सारे लड़के हँसने लगे हैं।

"रे भाई धीरे-धीरे, गंदा बात नहीं, वरना सुखारी डॉक्टर का साली प्रेम अभी जाग जाएगा।"

सत्यप्रकाश इन चिंताओं से दूर चिंगारी जी से पूछ रहा है, "चिंगारी जी, एक बात बताइए।"

"जी-जी पूछिए।"

"जैसे सुखारी डॉक्टर गाँव भर के डॉक्टर हैं, तो इनकी साली गाँव भर की साली हुई कि नहीं?"

चिंगारी जी कुछ देर सोचकर, फिर एक महीन हँसी हँसते हुए बता रहे हैं, "देखिए, आत्मीय संबंधों की ऊष्मा तो सिर्फ देवर-भाभी और जीजा साली के संबंधों में ही संचरित होती है। तथापि गुड्डी जी फागुन में चाँदपुर पधारी हैं, तो उन पर सबका हक स्वाभाविक है।"

राकेश चिंगारी जी की बात सुनकर उत्साहित हो गया है, "ए फूँकन। अब तो चिंगारी जी ने मोहर लगा दिया है। गाँव की सार्वजनिक साली गुड्डी जी की कसम! आज से चाँदपुर चट्टी पर केवल फगुआ बजेगा फगुआ।"

चिंगारी जी ने बात को काट दिया, "आपके विचार उत्तम हैं राकेश जी। परंतु अपनी संस्कृति में सर्वप्रथम लोक गायन की परंपरा रही है और हमेशा याद रखिए, हँसी-मजाक एक तरफ, लेकिन कोई भी संस्कृति तभी टिकती है जब समाज अपने

लोकाचार का सम्मान करता है।"

प्रदीप चिंगारी जी की बात सुनकर झल्ला गया, "अरे महराज, ई सब भारी-भारी बात काहे कर रहे हैं? ई आकाशवाणी का चाँदपुर केंद्र है गोरखपुर केंद्र नहीं। इहाँ अभी युवा वाणी नहीं, लंठ वाणी चल रहा है। अपने गाँव के लिए आप अलगु यादव 'लुकारी' हैं, चिंगारी नहीं। ए फूँकन बजाओ, गाना!"

फूँकन द्वारा माहौल को हल्का करने के लिए मनोज तिवारी जी को लाया गया है। वो गा रहे हैं-

'रंगवा सुखाता हमरा गुड्डी के बोलावा हाली
भइल बाड़ी रसवा मोसम्मी के
कवनो चिंता नइखे हमरा ओ निकम्मी के...'

इस गाने को सुनते ही 'हाय-हाय! होय-होय! जिया-जिया हो गुड्डी जी! की एक सामूहिक ध्वनि हो रही है। आस-पास सड़क पर चल रहे लोग मुस्कुरा रहे हैं। राकेश आवाज तेज करके बता रहा है, "एकदम सही बात है। गुड्डी जी मोसम्मी का रस ही नहीं गुलरी का फूल भी हो गई हैं।"

इधर सुखारी डॉक्टर का पारा गर्म हो रहा है। भरे फागुन में पसीने से भीग रहे हैं और क्लिनिक से तनतनाते हुए निकल आए हैं, "ए आवारा सब! चुप रहो! क्या सब फालतू बातें हो रही हैं? तुम्हारी अपनी बहनें भी किसी की साली हैं। और वो सब भी अपने-अपने जीजा के घर जाती हैं, थोड़ा तमीज सीखो तमीज! ए फूँकना, आवाज कम करो। हम मरीज देख रहे हैं और तुमको लंठई सूझ रहा है!"

"बाप रे! डॉक्टर साहब तो सही में गरमा गए भाई! ए भाई, गुड्डी जी का कोई नाम नहीं लेगा वरना डॉक्टर साहब अभी क्लिनिक बंद करके नन्हकू बो भौजी को इंजेक्शन लगाने चले जाएँगे।"

डॉक्टर साहब मजबूर होकर हँसने लगे हैं। लेकिन फूँकन उनकी मजबूरी क्यों समझे? उसे तो डॉक्टर साहब के गुस्से का हर नक्शा याद है। वो समझाता है, "ए डॉक्टर साहब! अब फागुन में भाभी और साली-सरहज से मजाक नहीं होगा तो किससे होगा? आपकी तरह सबका स्पेसल जुगाड़ थोड़े है!"

सुखारी डॉक्टर आत्मसमर्पण की मुद्रा में हाथ जोड़कर मरीज देखने लगे हैं। चिंगारी जी भोजपुरी फगुआ गीत सुनकर मन-ही-मन मुस्कुरा रहे हैं, "फूँकन जी, गीत तो मधुर है लेकिन इसके भाव अत्यंत ही अश्लील प्रतीत होते हैं।"

गुड्डू और राकेश चिंगारी जी पर झल्लाते हैं, "बक्क महराज! आप क्या चाहते हैं कि होली में हम लोग संतोषी माता की आरती बजाएँ? आप गलत पार्टी में आ गए हैं। उस तरफ देखिए, झांझा बाबा खेदना की दुकान पर बैठकर कुछ मीटिंग कर रहे हैं। जाइए-जाइए बुजुर्गों की पार्टी में जाइए, लौंडों की पार्टी में आपका कोई काम नहीं है, अब सीधे रामलीला में आइएगा।"

"हो गई न बेइज्जती ?" सुखारी डॉक्टर चिंगारी जी की तरफ देखकर आँखों से ही पूछ रहे हैं। चिंगारी जी ही-ही-ही हँसते हुए सड़क के उस पार खेदन की दुकान पर आ गए हैं।

सड़क के इस पार का नजारा भी कुछ कम मनोहर नहीं है। आज खेदन की ये दुकान गाँव के सीनियर सिटीजनों का सबसे बड़ा अड्डा है। यहाँ जीवन की अनबुझ पहेलियों पर माथा-पच्ची होती है। आता बुढ़ापा और जाती जवानी का विश्लेषण होता है। और कुछ नहीं होता तो समसामयिक घटनाओं पर टिप्पणी की जाती है और फिर चाय के कुल्हड़ों के साथ ही उन समसामयिक चिंताओं को फेंककर अपने-अपने घर प्रस्थान किया जाता है।

दुकान के भीतर दृश्य कुछ यूँ है। एक तरफ बैठे हैं झांझा बाबा और रमेसर जी। दूसरी तरफ हैं दीना चौधरी, हिरामन मल्लाह और आस-पास के चार-पाँच वो वरिष्ठ लोग, जिनके लिए ये दुकान शुगर, ब्लडप्रेशर की दवा से कहीं ज्यादा जरूरी है। आज बात देश की राजनीति से शुरू होकर गाँव की राजनीति पर केंद्रित ही हुई है कि तभी चिंगारी जी ने दुकान में प्रवेश किया है।

"आइए-आइए चिंगारी जी, बड़े दिन बाद!" खेदन ने चाय चढ़ाते हुए स्वागत किया है।

"जी-जी, आकाशवाणी में काव्य पाठ था।"

झांझा बाबा चिंगारी जी के हुलिया का औचक निरीक्षण कर रहे हैं, "ए कवि जी एक बात बताइए, आदमी को कब लगता है कि उसकी जवानी अब जा रही है ?"

चिंगारी जी शरमा गए। उन्हें ऐसा लगा मानो फूँकन की दुकान की तरह यहाँ भी उनका मजाक उड़ाया जाएगा। एक गहरी साँस लेकर धीरे से बोले, "अब हम का बताएँ, बड़े बुजुर्ग आप लोग हैं, आप ही लोग बता सकते हैं।"

झांझा बाबा अत्यंत गंभीर भाव में बोल पड़े, "देखिए, चालीस साल के बाद

जब आदमी ये तय नहीं कर पाए कि वो जवानों के साथ रहे कि बुजुर्गों के साथ, तब समझ लेना चाहिए कि अब जवानी जा रही है। जैसे कि आपकी अब जा रही है। आप चट्टी पर आए और आते ही उन आवारा लंठों के साथ बैठ गए!"

हाय! चिंगारी जी का चेहरा उतर गया। मन में द्वंद्व चलने लगा। अपने जवान होने पर संदेह होने लगा। लेकिन चिंगारी जी को अपनी सार्वजनिक बेइज्जती गवारा नहीं थी। उन्होंने खादी का झोला सही करते हुए झट से कहा, "आपकी बात सत्य है, परंतु देश के युवाओं के मानसिक उत्थान के लिए एक कवि जीवनभर संघर्ष करता है और ये संघर्ष उनके मध्य में रहकर ही संभव है, दूर रहकर नहीं।"

इस बात पर चाय छान रहा खेदन बड़े खतरनाक तरीके से खिसियाया।

"अरे! चुप रहो लुकारी। कइसा उत्थान जी? ई सब लंठ हो गए हैं। न काम न धाम, बस इधर की बात उधर, उधर की बात इधर। एक सुखरिया है और दूसरा फूँकना। तीसरा फजलुआ है। ई तीनों मिलकर चाँदपुर चट्टी का माहौल एकदम खराब कर दिए हैं।"

झांझा बाबा गंभीर हो गए। तब तक चाय खौलकर कुल्हड़ में उतर गई। बाबा पहली घूँट लेकर बोले, "बबुआ, हम तो ये सोचकर हैरान हैं कि हमारे समय परीक्षा के एक महीने पहले नींद नहीं आती थी। लेकिन इन सबके चेहरे पर कोई चिंता ही नहीं है।"

दीना ने कहा, "ए बाबा, जब माँ-बाप ही बेटा-बेटी को नकल करवाने जा रहे हैं, तब काहे की चिंता, और काहे की पढ़ाई!"

लीजिए, दुकान पर बातों का ये कारवाँ बढ़ता ही जा रहा है। साढ़े चार बजने को आए हैं। दिन भर धूप होने के बावजूद न जाने क्यों मौसम में सिहरन और चाय की खपत बढ़ती जा रही है। कुछ लोग अखबारों के पन्नों को पढ़-पढ़कर फाड़ चुके हैं, तो कुछ लोग फाड़ने का काम कर रहे हैं। इसी बीच चाँदपुर के गंगा लोहार, रामू कहार और विजय नाई का दुकान में प्रवेश होता है।

"राम-राम झांझा बाबा! राम-राम रमेसर बाबू!"

"राम-राम गंगा भाई, आओ-आओ। बड़ी लंबी उमर है तुम तीनों की। हम तो घर जाने वाले थे। एक डेट नोट कर लो। मेरी बेटी गुड़िया की शादी उनत्तीस अप्रैल को है। सबको रहना जरूरी है।"

गंगा लोहार चाय पीने लगे, "अरे मलिकार, हम तो पवनी हैं। आपके बियाह

में रहे, आपकी बेटी के बियाह में भी रहेंगे। आप इसका टेंशन काहे ले रहे हैं?"

अचानक गंगा लोहार को देखते ही झांझा बाबा का चेहरा उदास हो गया। उन्होंने गंगा के गिरते स्वास्थ्य का निरीक्षण किया और बड़े ही उदास स्वर में पूछा, "ए गंगा, तबियत ठीक है न? काहे बड़ा दुबरा गए हो भाई? दिल्ली से लड़का मनीऑर्डर करता है कि नहीं?"

इस सवाल पर गंगा लोहार भी उदास हो गए हैं, "ए बाबा, अब आपसे क्या कहें, मन में आता है तो करता है। नहीं तो नहीं करता है। बस जिनगी की गाड़ी को जैसे-तैसे घसीट रहे हैं। अब बस ऊपर वाले के आदेश का इंतजार है। जब बुला ले!"

गंगा की आवाज की उदासी देखकर झांझा बाबा की चिंता की लकीरें और गहराने लगीं। उन्होंने चश्मा निकालकर मुँह पोछते हुए कहा।

"तब तो बड़ा बुरा हाल है। बताओ, एक तरफ बेरोजगारी और पलायन बढ़ रहा, दूसरी तरफ गाँव के देशी रोजगार चौपट हो रहे हैं। जिस लड़के को गाँव में रहकर लोहा-लक्कड़ का बढ़िया मिस्त्री बनना था, वो दिल्ली-फरीदाबाद में होम गार्ड की ड्यूटी कर रहा है।"

ये बात सुनने की देर थी कि अखबार से आँखें हटाकर एक सज्जन बोल पड़े, "क्या करेगा गाँव में रहकर। बताइए जरा? बाभन, भूमिहार, बाबू साहब लोग हजाम से साल भर हजामत बनवाएँगे। और बदले में का देंगे? साल भर में एक बोझा गेंहू, होली में चार पुआ और तरकारी। शादी में सौ रुपये की साड़ी और एकावन ठो रुपया। अब इस जमाने में गाँव का लोहार, हजाम, कहार कैसे जिएगा? उसके बेटे दिल्ली, नोएडा और सऊदी नहीं जाएँगे तो का खाने बिना मरेंगे?"

"मास्टर साहब, बात तो एक लाख की कह रहे हैं आप। लेकिन क्या सरकारी उदासीनता और नीतियाँ खराब नहीं हैं? आज गाँव का लोहार, बढ़ई, कुम्हार केवल वोट बैंक में तब्दील हो गए हैं। न किसी को इनके धंधे की चिंता है न ही रोजगार की। बस वोट से मतलब है, वोट से!"

मामला गंभीर होने लगा। सारी बातों को काटते हुए अचानक गंगा लोहार ने झांझा बाबा से पूछ दिया, "ए बाबा, आपके लड़के लोग गाँव आए थे कि नहीं?"

इस सवाल के बाद झांझा बाबा उदास हो गए। एक यही तो अनुत्तरित-सा

प्रश्न था, जिसके सामने झांझा बाबा बार-बार निरुत्तर हो जाना चाहते हैं। चेहरा रुआँसा होने लगता है। मौके की नजाकत समझकर रमेसर ने बात ही बदल दिया, "ए गंगा, एक बार फिर सुन लो, 29 अप्रैल को कहीं नहीं जाना है।"

गंगा ने चाय पीते हुए कहा, "ए रमेसर भाई, हमारा इतिहास उठाकर देख लो। और कहीं जबान खाली गई हो तो बताओ।"

रमेसर मुस्कुराने लगे।

इधर घड़ी ने पाँच बजा दिया। उधर फूँकन की दुकान पर होली के गीतों की आवाज तेज हो गई और सारी बहस साली को नकल कराने से अब साली को रंग लगाने के फायदे पर शिफ्ट हो गई। लेकिन तमाम बहसों के बावजूद गुड्डी जी का असली जीजा कौन है और नकल करवाने कौन जाएगा, इसका समाधान अब तक न हो सका। तब तक फूँकन ने मनोज तिवारी से गियर बदलकर गोपाल राय की तरफ रुख कर लिया, गाना बजाने लगा।

'जीजा जीजा कहिके जियावत नइखे
अउरी मुआवऽ तिया हो
हमरा भउजी के छोटकी बहिनिया साँचो
बड़ा तरसावतिया हो...'

लीजिए सब लौंडे कोरस में कोरस मिलाकर गा रहे हैं, "सुखारी बो के छोटकी बहीनिया साँचो, बड़ा तरसावतिया हो!"

इसी हो-हल्ला के बीच अचानक सड़क पर एक चिरपरिचित साइकिल का ब्रेक लगा। गाना सुनकर दुकान पर हल्ला कर रहे सारे लड़के शांत हो गए। उनकी आँखें चौड़ी हो गईं, "ई कवन हीरो आ गया रे?"

राकेश अपनी जगह से उठ गया, "धत्त ससुरा, ई तो अपना मंटुआ है, ई कैसा हुलिया बनाए हो जी, कौन पीट दिया तुमको?"

मंटू के चेहरे से थकान स्पष्ट हो रही है। और लग रहा है कि आज उसने साइकिल कुछ ज्यादा ही चला दिया है।

राकेश खिसिया उठा, "गजब आदमी हो तुम। चाँदपुर घाट से लेकर सरयू पार चकविलियम तक खोज मारे। खोजते-खोजते पागल हो गए। कहाँ गायब थे यार?"

मंटू ने साँस पर नियंत्रण करते हुए कहा, "यार क्या बताएँ, आज तनिक स्कूल

चले गए थे। मनोहर मास्टर से कुछ जरूरी काम था।"

राकेश मुस्कुरा उठा, "ठीक है राजा! खूब छिपा लो। जिस दिन फँस जाओगे उस दिन पार-घाट हम ही लगाएँगे।"

सत्यप्रकाश ने मंटू को एक नई जानकारी दी, "मंटू, तुम्हारे मौसा खेदन के चाय की दुकान पर ही बैठे हैं। देख लिए तो बवाल होगा। इधर छिपकर बैठ जाओ। मौसा का नाम सुनते ही मंटू की साँसें ऊपर-नीचे होने लगीं। लेकिन कुछ लड़कों ने अपना-अपना सामंजस्य खिसका लिया और मंटू को बैठा लिया। मंटू को अपने बीच में पाकर फूँकन को जोश आ गया, "रे मंटू, होली में गाना नहीं भरवाओगे क्या? अरे गुड्डी जी परीक्षा देने गाँव में आई हैं, एक दिन छत पर बजाकर जोगीरा सुना दो भाई!"

"कौन गुड्डी जी?" मंटू की आँखें चौड़ी हो गईं।

"यार तुम कहाँ रहते हो भाई? यहाँ दो घंटा से उसी पर मीटिंग चल रहा कि डॉक्टर साहब की साली गाँव भर की साली हैं कि नहीं?"

मंटू हँसने लगा, "एकदम हैं, इसमें कोई शक सुबहा थोड़े है।"

सत्यप्रकाश ने उत्तेजित होकर पूछा, "तब बताओ साली जी को रंग लगाओगे न?"

मंटू मुस्कुराते हुए इधर-उधर देखने लगा। वो कैसे कहे कि वो किसे रंग लगाना चाहता है? किसके साथ होली मनाना चाहता है? उसके दिल में जो अबीर-गुलाल उड़ रहा है, उस पर किसका हक है? मंटू न जाने कहाँ खो गया। अचानक होश आया तो उसे गुस्सा आ गया।

"ए यार फूँकन, एक बार 'राजा हिंदुस्तानी' नहीं तो 'सिर्फ तुम' वाला गाना बजा दो यार। ये का इस मउगा गुड्डू रंगीलवा का फूहड़ गाना बजा रहे हो।"

सुखारी डॉक्टर क्लिनिक से फिर बोले, "अरे इन आवारों को समझाओ मंटू, जब मरीज़ों के आने का समय हुआ तब ई सब गुड्डू रंगीला का गाना सुन रहे हैं।"

फूँकन ने झट से कैसेट बदल दिया- लीजिए राजा हिंदुस्तानी। हाजिर है।

"आए हो मेरी जिंदगी में तुम बहार बनके
मेरे दिल में यूँ ही रहना तुम प्यार प्यार बनके..."

गाने की लय बदल गई। इधर लड़कों की बातचीत की लय भी बदल गई। हँसी-मजाक का माहौल अब थोड़ा व्यवस्थित होने लगा। सबको अपने-अपने

घर की याद सताने लगी। इसी बीच सड़क पार खेदन की दुकान पर एक अलग ही नजारा शुरू हो गया। जैसे गाँव में हाथी आने पर बच्चों में कौतूहल होता है। माहौल कुछ ऐसा ही बन गया। युवा नेता डब्लू जी के साथ चार पाँच अजनबी लड़के खड़े होकर सिगरेट पी रहे थे, सबकी आँखों में यही सवाल तैर रहा था कि ये लोग कौन हैं?

गुड्डू ने बड़े देर तक गौर करने के बाद पूछा, "रे सत्यप्रकाश, यार चाँदपुर में लोग तो फोटो खिंचाने तब आते हैं जब बाढ़ आता है। ई बाढ़ के पहले नया मनई कहाँ से आ रहे हैं रे?"

सुखारी डॉक्टर क्लिनिक से बाहर निकल आए। इतने में उनको बित्तन नजर आ गया। फोकन अपने भाई को देखते ही सारा मामला समझ गया।

"अरे भाई, ये लोग हरियाणा, पंजाब, राजस्थान और नेपाल से हाईस्कूल, इंटर की परीक्षा देने आए हैं। कई दर्जन तो रेवती, सहतवार में रुके हैं। बित्तन आज मैनेजर साहेब का कार्यालय घुमाने लाया था।"

इधर खेदन की दुकान पर भी यही चर्चा हो रही है। चाय पीकर चराचर जगत की समस्त समस्याओं को निपटा चुका वयोवृद्ध समाज इन नये चेहरों पर टिका है। खेदन से झांझा बाबा पूछ रहे हैं, "रे खेदना, ई परीक्षा देने आए हैं सब कि दारू गाँजा पीने?"

खेदन बता रहा है, "बाबा मैनेजर साहब ने इन सबसे तीस-तीस हजार लिया है, सबसे तगड़ी वसूली हुई है, तो हर किस्म की बेवस्था तो देनी पड़ेगी न। देखिए बित्तन को, अपनी ड्यूटी में लगा है।"

झांझा बाबा ने सिर पर हाथ रख लिया, "वाह रे मैनेजर साहेब। जवानी में सिवान से मँगाकर कट्टा बेचे, फिर गाँजा बेचने लगे, उसके बाद दारू। और जब नेतागिरी में आए तो स्कूल खोलकर डिग्री बेचने लगे। आज तुम्हारे स्कूल में मनोहरा जैसे बीएसी बीएड लड़के बायो की जगह हिंदी पढ़ा रहे हैं और डबलुआ जैसे ग्यारह फेल लड़के मैनेजर साहब का मनेजमेंट सँभाल रहे हैं। क्या जमाना आ गया है!"

सारे बाहरी लड़के गाड़ी में बैठकर जा रहे हैं।

इसी बीच सुखारी डॉक्टर की दुकान के ठीक सामने एक छोटी-सी साइकिल ब्रेक मारकर रुक गई। हल्ला कर रहे सारे लड़के शांत हो गए। कुछ ने सिर झुका

लिया कुछ का मुँह न खुला। पान खा रहे एक लड़के ने सारा पान थूक दिया और मंटू का मुँह खुला का खुला और सिर झुका का झुका रह गया।

लाल रंग का पतला स्वेटर, नीला सूट, नीला दुपट्टा, लाल टोपी और बिखरे बाल। बाप रे, मंटू के दिलवा का जनरेटर बिना तेल-पानी के धुकधुकाने लगा।

राकेश ने मंटू का पैर दबा दिया। मंटू ने नजरें थोड़ी और नीचे कर ली। मानो इस खुशी को कोई देख न ले। कोई जान न ले कि दिल किस करवट हिल रहा है।

उधर क्लिनिक में डॉक्टर सुखारी पूछ रहे हैं-

"किसको खाँसी हुआ है?

अच्छा आजी को?

और माई ठीक हैं?

पूनम के ससुराल से कोई आया?

बड़े हरामी हैं सब..."

डॉक्टर साहब के सवालों का जवाब इतना धीरे से आ रहा कि पिंकी की आवाज सुनाई नहीं दे रही है। फूँकन ने गाना बदलकर आवाज धीमे कर दिया है।

'तुम दिल की धड़कन में रहते हो... रहते हो।'

मंटू के दिल में तराने बज रहे हैं कि तभी किसी ने आवाज देकर सारा प्रेम संगीत बेसुरा कर दिया है, "रे मंटू, खेदन की दुकान पर तुमको मौसा बुला रहे हैं।"

हो गई न आफत! ऐसा लग रहा है मानो परदे पर खूबसूरत फिल्म चल रही हो, तब तक बिजली चली गई हो। साला इतना छिपकर तो बैठे थे। कौन देख लिया? कौन जाकर कह दिया रे? मंटू मन मसोसकर उठ खड़ा हुआ। राकेश को मौका मिल गया, "जाओ बेटा, आसिकी का जूते से बड़ा पुराना संबंध है। आज तुम्हारे लिए दो-चार जूते का इंतजाम हो गया।"

सब हँस रहे हैं। मंटू का मुँह उतर आया। थोड़ी देर में खेदन की दुकान पर हाजिर होना पड़ा। मौसा रमेसर जी के चेहरे का गुस्सा साफ-साफ दिख रहा है, "रे बेहुद्दे! पाँच बजने जा रहे हैं। का वहाँ बैठकर आवारागर्दी कर रहे हो, आँय? सुधरोगे नहीं क्या तुम? नहीं सुधरना है तो साफ-साफ बता दो। उसका भी इंतजाम हम करेंगे।" मंटू सर झुकाकर जाने लगा है, "हँ जा रहे हैं।"

"क्या जा रहे हो? कपार जा रहे हो!"

रमेसर का गुस्सा और उधर राकेश, सत्यप्रकाश, गुड्डू, संटू और फूँकन

समेत सारे लड़कों की हँसी जाने का नाम नहीं ले रही है। इधर झांझा बाबा और चिंगारी जी चर्चा कर रहे हैं, "ए भाई, इस बार होली का ताल कब ठोका जाएगा? का हो रमेसर?"

रमेसर ने कहा, "होली तो मनेगा बाबा, लेकिन उसके पहले हलुवाई, टेंट सामियाना और नाच ई सब बुक करना जरूरी है, उधर समधिन का फरमाइस खत्मे नहीं हो रहा है।"

"अच्छा, अब क्या माँग रही हैं?"

रमेसर उदास होकर बोले, "का कहें, कह रही हैं कि हमरे बहिन के बेटे की शादी में बीस बनारसी साड़ी मिली थी तो बेटे की शादी में पच्चीस बनारसी साड़ी नहीं मिलेगा तो बेइज्जती होगी कि नहीं?"

झांझा बाबा झल्लाए, "अच्छा, समधिन से पूछो तो उनके बियाह में केतना साड़ी मिला था? हमारे भी तीन बेटे हैं। हम भी दहेज लेकर बियाह किए हैं। लेकिन सौख-सिंगार का एक लिमिट होता है कि नहीं?"

खेदना पकौड़ी छानते हुए कहा, "ए बाबा, ई बतिया सबको बेटी की शादी में ही समझ में आती है। बेटे की शादी में तो सब भूल जाते हैं। सबको लगता है कि जेतना हो सके लड़की वाले को लूट लो।"

इन दहेज की बातों में दिलचस्पी न लेकर मंटू किसी थके हुए बैल की तरह घर की तरफ चल दिया है। अब चाँदपुर चट्टी आँखों से ओझल हो रही है। आज मौसा की डाँट मंटू को बहुत खराब जरूर लगी है लेकिन बाह रे पिंकी बबुनी! अब तक तो शिल्पा और माधुरी को ही फेल करती थी, आज तो ऐश्वर्या राय को भी पानी-पानी कर दी हो। लगता है नहा-धोके, अगरबत्ती जलाके आज फिर एक लेटर लिखना पड़ेगा।

मंटू के कदम आगे नहीं बढ़ रहे हैं। ऐसा लग रहा है जैसे पैरों में जंजीर पड़ गई है। तभी एक हवा का झोंका आता है और बगल से एक साइकिल सर्र से गुजरी है। और ऐसी गुजरी है कि मंटू के मन में एक चिर-परिचित गंध समा गई है। आँखें कुछ क्षण के लिए बंद हो गईं। मन मकई के दानें की तरह फूटने लगा। उसने देखा आँखों के सामने नायाब मंजर है। पिंकी साइकिल से चली जा रही है और समूचा होश-ओ-हवाश भी जा रहा है। दिल इतना अधीर, इतना बेचैन तो कभी नहीं हुआ। मंटू के कदम दौड़ रहे हैं। मन किसी प्रेम पतंग की भाँति हवा में उड़ रहा है।

मंटू की चेतना लौट आई। उसने देखा बाहर अँधेरा हो गया है। कुत्ते बोलने लगे हैं। हर घर के बाहर धुआँ हो रहा है और गाय-भैंसें दुही जा रही हैं।

मंटू घर आ गया लेकिन दिल-दिमाग अभी स्कूल और सुखारी की दुकान से आने को तैयार नहीं हैं। तभी उसे याद आया कि आज स्कूल की कॉपी में सविता ने कुछ दिया है। कहीं पिंकी ने लभ लेटर पढ़ तो नहीं दिया। कहीं उसका जवाब तो नहीं लिख दिया? मन करता है अभी जाकर देखे। लेकिन कोई देख लिया तो?

दरवाजे से मौसा ने आवाज दी है, "ए मंटू बाल्टी लाओ, गाय दूहना है।"

गाय दुही जा रही है। मंटू का दिमाग चट्‌टी पर अटका है। अखिर जवाब देना होता तो पिंकी ने दो महीने पहले ही दे दिया होता। कॉपी में होता तो सविता मुस्कुराई तो होती, कुछ कहा भी तो होता, लेकिन उसने बस यूँ ही थमा दिया।

दूध दुहकर आँगन में आ गया। गुड़िया चाय ले आई है। लेकिन मंटू को पीने का मन नहीं कर रहा। उसे तो बेचैनी है कि झोला खोलकर एक बार देख ले कि सविता ने बस कॉपी ही वापस किया है या उसमें कुछ और भी है।

लेकिन देखता है कि हमेशा हँसकर बोलने वाली गुड़िया शादी का दिन तय हो जाने के बाद उदास हो गई है। आते ही 'का रे आवारा' कहने वाली गुड़िया ने आज कुछ नहीं कहा है। मौसी का चेहरा भी न जाने क्यों उतरा रहता है। जिस दिन से गुड़िया की शादी तय हुई है, रोज रात को उसको पकड़कर रोने लगती हैं।

मौसा भी घर कम ही आ रहे हैं। मंटू भी चुप है। क्या बोले! गुड़िया की विदाई के समय क्या होगा, भगवान जाने!

रात के दस बज गए। मंटू के कमरे में मोमबत्ती जल रही है। उसका प्रकाश दीपक और आरती के ऊपर पड़ रहा है। कैसेट के रैपर, कपड़े, कॉपी-किताब सब बिखरे पड़े हैं। दिल बल्लियों उछल रहा है। हाथ बस्ते में समाकर कॉपी में कुछ खोज रहे हैं। लेकिन कुछ तो नहीं है। चिट्‌ठी होती तो ऊपर से ही समझ में आ जाता न? लेकिन ये क्या जमीन पर एक पन्ना बिखर गया।

बाप रे! केतना दिमाग रखी है लड़की। वाह रे हैंडराइटिंग! क्या लिख दिया रे! मंटू की ह्रदय गति रुक रही है। वर्षों से प्रेम के सूखे आँगन में आज बारिश हो रही है। मंटू की आँखें उन बूँदों के आगे बिछ गई हैं-

प्यारे मंटू!

आज दिल की कलम से प्यार के कागज पर तुम्हारे मोहब्बत का दीया जलाकर लिख रही हूँ। समझ में नहीं आ रहा कैसे कहूँ कि मेरे पास दिल भी है और कान भी। कैसे कहूँ कि खामोशी भी कभी-कभी लाउडस्पीकर से ज्यादा तेज आवाज करती है। हमारी खामोशी को हमारा इनकार मत समझो।

हम जानते हैं तुम्हारे छत पर बजता एक-एक गाना मेरे लिए ही तो बजता है। मेरे लिए ही तो तुम मौसा के पॉकिट से पैसा चुराकर फूँकन की दुकान से गाना भरवाते हो और फिर घर आकर मेरे लिए ही मौसा से मार खाते हो। लेकिन का करोगे हम लड़की हैं न! चाचा, माई और आजी का मुँह देखकर बहुत कुछ सोचना पड़ता है बबुआ। डर लगता है कि कहीं चाँदपुर में बदनामी न हो जाए। कहीं कोई ये न कहे कि उत्तम चौधरी की बेटी पिंकिया तो आवारा हो गई।

लेकिन क्या कहें, जबसे तुम्हारे साथ 'सिर्फ तुम' देखा है न, तबसे दिन भर 'पहली-पहली बार मोहब्बत की है' बज रहा है और रात को 'आँखों में नींदें न दिल में करार' सुनाई दे रहा है। कैसे बताऊँ कि दर्द भी उठ रहा है और प्यास भी जग रही है, याद भी सता रही है। हाल ये है कि बिना बात के मैं मुस्कुरा देती हूँ, आधी रात को उठकर बाल झाड़ लेती हूँ और भोर में उठकर शीशा में मुँह देखकर हँसने लगती हूँ। तब तक चाची डाँट देती है- 'रे पिंकिया, जल्दी से चूल्हा जराव।'

ए मंटू, सिर्फ तुम्हारा ही नहीं हमारे इश्क का भी सारा मीठा सपना चौकी-बेलन और झाड़ू-पोछा में खतम हो जाता है। तब दिल कहता है कि सपने में जीना छोड़ दो पिंकी। तुम 'सिर्फ तुम' की आरती नहीं हो, न ही मंटू दीपक है। न तुम नैनीताल में रहती हो, न ही वो केरल रहता है। ये तो चाँदपुर गाँव है। इहाँ ज्यादा शारुख-काजोल बनने की जरूरत नहीं है। यहाँ हर टोले में एक दर्जन अमरीश पूरी घूम रहे हैं, जो काजोल का बियाह कब कादर खान से करवा देंगे, कोई नहीं जानता है।

इसलिए ए मंटू, प्यार-मोहब्बत ठीक है लेकिन हम चाहते हैं कि तुम सबसे पहले अपनी पढ़ाई पर ध्यान दो। जितना अगरबत्ती तुम मेरे लिए जलाते हो उसका आधा अगरबती भी सरस्वती जी के सामने जला लोगे तो क्लास में कभी मनोहर सर के सामने सिर झुकाने की नौबत नहीं आएगी।

आज हम इसलिए खुश नहीं हो सकते कि तुम बहुत ध्यान से मेरी खूबसूरती देखते हो। हम खुश उस दिन होंगे जिस दिन तुम इतने ही ध्यान से किताब देखने

लगोगे। उस दिन तुम पर गर्व होगा कि चलो जिस लड़के से मैं इतना प्रेम करती हूँ, वो मेरी क्लास का सबसे तेज लड़का है। लेकिन बताओ जरा, ये कितने शर्म की बात है कि तुमको तो आज तक अपने नाम का मतलब नहीं पता है। जानते हो उस दिन क्लास में सबसे ज्यादा कौन दुखी था? हम दुखी थे हम। इतने दुखी कि तुम्हारी तरफ देखने का भी मन नहीं हुआ। अब तक सोचकर गुस्सा आता है, अब तक।

छोड़ो, जाने दो। जानते हो, हम कल भोर में सपना देख रहे थे कि हमारा और तुम्हारा बोर्ड का परीक्षा एक्के कमरा में पड़ा है और पता है उस कमरे में का हुआ है? ना-ना, नहीं बताऊँगी। कहने में बहुते लाज लग रहा है। जा रही हूँ मसाला पीसना है, फिर गाय के लिए भात बनाना है। बर्तन धोकर रात को पढ़ाई भी करनी है। अब परीक्षा में भेंट होगा। अपना खयाल रखना।

आई लव यू टू मंटू!

आवारा की तरह घूमना मत। लायक बेटा की तरह पढ़ाई करना। वरना सब लभ लेटर जाना बंद हो जाएगा।

तुम्हारी
चाँदपुर की चंदा

10

इंटरमीडिएट की परीक्षा का आज पाँचवाँ दिन है। फूलेसरी देवी इंटर कॉलेज चाँदपुर के विद्यार्थी कमरे में परीक्षा दे रहे हैं और उनके घर वाले कमरे के बाहर से प्रश्नों का उत्तर खोजकर खिड़की से भेजते जा रहे हैं। एक लड़का खिड़की से चिल्ला रहा है, "ए पापा चौथा हो गया। जल्दी से पाँचवाँ लाइए।"

उधर बगल वाली खिड़की से आवाज आ रही है, "ए फूफा, तीसरा छूट रहा है।"

एक लड़का तो अपने बाप पर ही दाँत पीस रहा है, "तबे से इनसे प्रश्न सात माँग रहे हैं, ना इनको बिद्या में मिल रहा है ना काका में! घरवे कहे कि तनी पढ़ लीजिए हो। एहू साल फेल करवाके मानेंगे।"

इतना सुनते ही आठवीं में दो बार फेल मुखदेव मिसिर गाइड लेकर कूद रहे हैं, "ए भाई तनिक इसमें सातवाँ खोज दो तो। हमारे लइका का सिर्फ यही बाकी है।"

वो आदमी चश्मा निकालकर खिसिया रहा है, "अरे! रुकिए भाई। आपका लइका अभी एक्के बार फेल हुआ है। हमारा वाला तीन बार फेल होने के बाद झोंटा बढ़ाकर भोजपुरी गायक बन गया है। बहुत देवता-पीतर की भखौती के बाद तो इस साल फारम भरा है। बताइए न उसका हम नकल करवाएँ कि आपका करवाएँ?"

ये दुख सुनने के बाद मुखदेव मिसिर का मुँह चोथा जैसा सूख रहा है। इधर इसी स्कूल से इंटर पास कर चुके चार-पाँच लड़के इस अंदाज में गाइड और सीरीज से उत्तर निकाल रहे हैं, मानो ताश खेलने बैठे हों। उत्तर मिल जाने के बाद परदीपवा की खुशी का ठिकाना नहीं है, "भाई न इसे दे दो, गुड्डी जी को यही जीवनी लिखना है। भाई न हमारे जीवन का सवाल है। ई मोहब्बत का सवाल है। आँखि किरिया।"

इतनी याचना के बाद एक लड़के को दया आ रही, "अच्छा भाई ले जाओ। गुड्डी जी से कह देना हम खोजे हैं।"

परदीपवा खिड़की पर चढ़के कॉपी लिख रही गुड्डी जी को बुला रहा है, "ए साली जी, अरे! सुन रही हैं? ए साली जी, आठवाँ हुआ?"

गुड्डी जी बेचारी वहीं से बैठे-बैठे ना की मुद्रा में सिर हिला रही हैं। परदीपवा की बाँछें खिल रही हैं, "लीजिए हमारे पास है। लीजिए, जल्दी करिए।"

गुड्डी जी शरमाते हुए खिड़की पर आ गई हैं। बेचारी करें भी तो क्या करें! सुखारी जीजा को तो दिन-रात इंजेक्शन लगाने से ही फुर्सत नहीं है। बस नाम भर के जीजा हैं। लेकिन भला हो परदीपवा का जो इतने प्रेम से साली का खयाल रख रहा है।

"ए साली जी, पहले ई बताइए कि सच्ची में प्यार करती हैं कि खाली अइसे ही देख-देख हँसती हैं? हम तीन दिन से आज भी सूत नहीं पाए हैं। हमारा सब मोहब्बत भोर में जियान हो रहा है।"

लीजिए ये सुनकर गुड्डी जी खिड़की पर शांत खड़ी हैं। बड़ा धर्म संकट है जी। समझ में नहीं आ रहा है कि इंटर की परीक्षा में पास हो जाएँ या परदीपवा के प्यार में फेल हो जाएँ! इधर परदीपवा का धैर्य टूट रहा, "अरे एक बार तो बोल दीजिए न, ए गुड्डी जी। कम-से-कम हम मोहब्बत के इम्तेहान में पास तो हो जाएँ।"

अब गुड्डी जी के मासूम से चेहरे पर हवाइयाँ उड़ने लगी हैं। का करें, का ना करें, समझ नहीं आ रहा है। इधर कक्ष निरीक्षक बित्तन कुमार खैनी बनाना छोड़कर वहीं से चिल्ला रहे हैं, "ये क्या खिड़की पर रासलीला हो रहा जी? ये कौन-सा तमाशा लगाए हो यहाँ पर? आवारा कहीं का! ए जाकर बैठो तुम। कल अखबार में फोटो छप जाएगा, सेंटर सीज हो जाएगा, तब समझ में आ जाएगा।"

बेचारी गुड्डी जी। मोहब्बत के इस दीर्घउत्तरीय प्रश्न को छोड़ने का फैसला करके सिर झुकाकर चुपके से नकल सामग्री लिए खिड़की से जाकर अपने सीट पर बैठ जाती हैं। इधर परदीपवा की खुशी आसमान छू रही है, "ए गुड्डी जी, अउर केवनो दिक्कत-परसानी होगा तो बताइएगा। इस बित्तना को तो हम कल चट्टी पर देख लेंगे। प्रेंसफल साहब रामभरोसे जी मेरे मामा के सगे सार हैं। डर कवना बात के?"

उधर कमरा नंबर दो का माहौल इसलिए गरम हो गया है कि एक कक्ष निरीक्षक ने रेवती के बाबू साहब के हाथ से गाइड छीन लिया है। बाबू साहब के

सगे पापा को गेट के बाहर ये बात मालूम हो गई है। वो लाठी लेकर मूँछ गरम कर रहे हैं, "कवन मास्टर सारे के एतना हिम्मत है जो हमारे लइका को नकल करने नहीं दे रहा? निकल, आज टाँग तोड़ते हैं।"

इधर एक कमरे में गुटखा खा रहे दो लड़के तो सिर्फ इसलिए परेशान हैं कि एक कक्ष निरीक्षक की ड्यूटी कर रहे मास्टर साहब सिर्फ अपनी सरहज का नकल करवा रहे हैं और बाकी लड़कों के हाथ से गाइड छीन ले रहे हैं। तब तक उसी कमरे से एक लड़का चिल्लाता है, "ए मास्टर साहब, तनी खैनी बनाइए। अइसा प्रश्न आइल है कि मनवे अऊँजाइल है।"

मास्टर साहब खैनी बना रहे हैं। उधर एक कोने में दो परीक्षार्थी मुँह लटकाकर बैठे हैं। उनको देखकर लगता है कि इनका इस दुनिया में कोई नहीं है। समझ में नहीं आ रहा है कि ये लोग मेला घूमने आए हैं कि परीक्षा देने। एक गुटखा चबा रहा परीक्षार्थी उनसे पूछता है, "काहें बैठे हो जी आप लोग? गाइड खोलकर लिखिए। एतना नकल का सुविधा पूरा दुनिया में कहीं नहीं मिलेगा।"

बैठे हुए लड़के मुँह में पान घुलाते हुए मंद-मंद मुस्कुराते हैं। उनके बगल में बैठा एक दूसरा लड़का बताता है, "यार तुम अपने काम पर ध्यान दो। ये लोग मैनेजर साहेब के कैंडिडेट हैं। हरियाणा, राजस्थान, आसाम, बंगाल से आए हैं। इनको तो बस बैठकर टाइम पास करना है। इनकी असली कॉपी तो कार्यालय में लिखी जा रही है।"

लीजिए, अचानक परीक्षा सेंटर पर हल्ला होने लगा। पता चल रहा है कि सचल नकल रोधी दस्ता यानी उड़ाका दल चेकिंग करने आ गया। परीक्षा केंद्र के बाहर पुलिस का सायरन गूँज उठा। हर क्लास रूम में भगदड़ का माहौल हो गया है। कक्ष निरीक्षक चिल्ला रहे हैं, "फेंको-फेंको... डीएम और एसपी दोनों आए हैं। इस बार जो पकड़ा गया, उसको जेल से मुलायम सिंह के नाना भी नहीं निकलवा सकते हैं।"

तब तक अचानक चार-पाँच लोगों का दल एक कमरे में धावा बोलता है और नकल कर रहे हर परीक्षार्थी से गाइड छीन लेता है, "ए निकालो-निकालो, फेंको-फेंको! ए वहाँ से उठो! ओय अंडरवियर से निकालो! ए मुँह में क्या रखे हो जी?"

"गुटखा खाए हैं, सर।"

"तो जाकर मुँह साफ करो नहीं तो सारा सेंटर साफ हो जाएगा।"

लड़का जल्दी-जल्दी में खिड़की से गुटखा थूक रहा है। उधर पूरे सेंटर के कक्ष निरीक्षक और रनिंग गॉर्ड सबको समझा रहे हैं, "देखिए, सब लोग गाइड फेंककर अपने-अपने जगह पर सीधा बैठ जाएँ। जितना आ रहा है उतना लिखें, नकल एकदम न करें।"

सारे लड़के गाइड फेंककर सीधा हो जाते हैं। तब तक मैनेजर साहब के पुत्र डब्लू नेता और प्रिंसिपल रामभरोसे जी छड़ी पटकते हुए पूछ रहे हैं, "इस कमरे में कौन-कौन सुविधा शुल्क नहीं दिया है जी? जो नहीं दिया है उसको तुरंत दूसरे कमरे में बिठाया जाएगा।"

इस सवाल पर सब चुप हैं। कमरे में एकदम शांति छा गई है। कुछ परीक्षार्थी क्या बोलें समझ नहीं पा रहे हैं। एक दूसरे मास्टर साहब टहलते हुए सूचना दे रहे हैं।

"देखिए, आप लोगों से बार-बार कहा जा रहा है कि नकल करने की जब इतनी सुविधा दी गई है तो इसके लिए 'सुविधा शुल्क' देना ही पड़ेगा। लेकिन बार-बार आप लोग सुविधा शुल्क देने में आनाकानी कर रहे हैं। अगर यही हाल रहा तो मैनेजमेंट को कोई कड़ा डिसीजन लेना पड़ेगा।"

डब्लू नेता ने जोश में एक लड़के का कॉलर पकड़कर खड़ा कर दिया है, "इस कमरे में किस-किस का सुविधा शुल्क बाकी है जी? ए बित्तन जी, सबका गाइड छीनो और पॉकिट चेक करो। ये लोग ऐसे नहीं मानेंगे।"

एक दूसरा मास्टर डंडा बजाता है और मुड़ी नवाकर लिख रहे एक लड़के का कॉलर पकड़ लेता है, "रे तेजू खान रुक! सुनाई नहीं दे रहा है कि डब्लू जी क्या बोल रहे हैं?"

इधर एक लड़का गुटखा को मुँह में शिफ्ट करके टोकता है, "ए माट साहेब, जो लड़के सुविधा शुल्क दे दिए हैं, उनको तो नकल मारने दीजिए। उनके हाथ से काहें गाइड छीना जा रहा है, बताइए?"

मास्टर साहब ने आवाज की ऊँचाई को बढ़ा दिया है, "चुप रहो! सब लोग कान खोलकर सुन लो। आज हिंदी में नकल करने दे रहे हैं। अभी मैथ और फिजिक्स सब बाकी है। सोच लेना तुम लोग उस दिन क्या होगा? जूता-मोजा तक पहनकर नहीं आने देंगे।"

प्रिंसिपल साहब रामभरोसे जी अलग ही हाँफ रहे हैं। मानो आज सुविधा

शुल्क वसूली का टारगेट पूरा नहीं कर पाएँगे, "कौन इस कमरे में ड्यूटी कर रहा जी?"

"जी सर, हम हैं, बित्तन।"

"आप सेंटर सीज करवाएँगे क्या बित्तन जी? देख रहे हैं सिगरेट कौन फेंका है इसमें?" जिस लड़के के बगल में सिगरेट का टुकड़ा है वो डर जाता है, "सर जी हम नहीं हैं, हम तो सिर्फ गुल लगाते हैं।"

इधर छड़ी चमकाने वाले मास्टर से एक लड़की कह रही है, "ए मौसा जी, सातवाँ नहीं हुआ है, कहीं से भेजवा दीजिए न।"

मौसा जी होंठों पर उँगली रखकर इशारों में समझा रहे हैं, "सांति सांति! इन सबको चले जाने दो, बस कुछ मिनट की बात है।"

डब्लू नेता जी के नेतृत्व में वसूली गैंग अब दूसरे कमरे में चला गया है। इस कमरे का माहौल जरा सामान्य हुआ है जिसके कारण समूचे वसूली गैंग की माँ-बहन का तेज-तेज स्मरण किया जा रहा है। कुछ परीक्षार्थी मुड़ी नवाकर फिर से गाइड में उत्तर खोज रहे हैं। इधर कक्ष निरीक्षक बोल रहे हैं, "बस पच्चीस मिनट टाइम है। जल्दी-जल्दी बाकी प्रश्न करिए। जिनका हो गया है, वो रिवीजन करें।"

उधर कोने में बैठे दो परीक्षार्थियों में बहस चल रही हैं, "यार तुलसी दास महाभारत में थे कि रामायण में?"

दूसरा समझदार लड़का चुप करा रहा, "पागले हो का जी, रामायण और महाभारत दोनों लिख दो। आधा नंबर तो आराम से मिलेगा।"

इधर पिंकी के हाथ रॉकेट की तरह चले जाते हैं। आँखें बार-बार आसमान की तरफ देखती हैं और फिर कॉपी पर गड़ जाती हैं। इतनी एकाग्रता, इतनी प्रतिबद्धता कि आस-पास बैठे सारे परीक्षार्थी परेशान हैं। लेकिन पिंकी इन सबसे एकदम बेखबर होकर दीपशिखा की व्याख्या करने के बाद महादेवी जी की जीवनी लिख रही है। जीवनी लिखने के बाद उनका एक चित्र भी बना दिया है। वैसी ही साड़ी वैसा ही चश्मा।

उधर दूसरे कोने में बैठे मंटू का बुरा हाल है। बेचारे को लभ लेटर लिखने के अलावा और कुछ लिखने की आदत तो है नहीं। पिंकी से पढ़ाई करने की इतनी सारी हिदायत के बाद भी ए से बी कॉपी में आते-आते उसकी हालत खराब हो गई है। वो बार-बार कोने से झाँककर पिंकी को देख लेता है। पिंकी भी जब-तब

कनखी से मंटू को देख लेती है। तब तक दोनों की नजरें टकरा जाती हैं। पिंकी की आँखें शरम के मारे उठ नहीं रही हैं। मानो कितनी बड़ी गलती पकड़ ली गई हो। इतने में एक कागज का टुकड़ा आकर पिंकी के आगे गिर जाता है, "पिंकी देख रही है, पगले ने कुछ पूछा है।"

"ए करेजा, उपमा अलंकार की परिभाषा उदाहरण सहित लिखकर फेंक दो न। तुम्हारी कसम बस एक यही प्रश्न छूट रहा है।"

पिंकी ने उसी कागज पर उत्तर लिखकर फेंक दिया है। और मन-ही-मन मंटू की इस शैतानी पर मुस्कुरा रही है। तब तक एक मास्टर साहब इस फेंकाफेंकी को देख लेते हैं, "ए लड़के क्या फेंक रहे हो जी? तब से देख रहे है कि बेचैनी नहीं जा रहा है तुम्हारा। सांति से मुड़ी गाड़कर क्यों नहीं लिख रहे हो? बीस मिनट है, बस बीस मिनट।"

मंटू सिर नवाकर उपमा अलंकार का उदाहरण देखता है। उदाहरण के आगे पिंकी ने लिखा है- 'मुख चाँद-सा सुंदर है। यहाँ मुख की उपमा चाँद से दी गई है।'

हाय! मंटू उपमा अलंकार का उदाहरण देखकर सुलग रहा है। साँस कहाँ से आ रही और कहाँ जा रही है कुछ समझ नहीं आ रहा है। मन में कहता है- 'बाप रे! ई उदाहरण है? जीए न देबू का हो चाँदपुर की चंदा? मन तो कर रहा कि उदाहरण के नीचे उ गनवा लिख दें- चाँद तारे फूल शबनम, तुमसे अच्छा कौन है... लेकिन नहीं-नहीं, कॉपी चेक करने वाला मास्टर बहुत हरामी होता है सब, गाना पढ़कर फेल कर देगा।'

लेकिन फेल हो या पास सब मिलाकर मंटू को आज पहली बार परीक्षा देना, पढ़ना और लिखना अच्छा लग रहा है। पहली बार उसे मन कर रहा कि काश दिन भर-रात भर ऐसी ही परीक्षा होती रहे। ऐसे ही पढ़ाई चलती रहे और हमेशा पिंकी आँखों के सामने रहे तो कितना अच्छा हो।

लीजिए तब तक घंटी लग गई। कॉपियाँ छीनी जा रही हैं।

कुछ लड़के आँख मल रहे हैं। हरियाणा, दिल्ली, राजस्थान वाले लड़कों को जम्हाई आ रही है। उधर कार्यालय के सामने डब्लू नेता नोट गिनते हुए प्रिंसिपल साहब को डाँट रहे हैं, "बहुत कम कलेक्शन हो रहा है। कल से किसी तरह बेवस्था टाइट करिए वरना इस साल का टारगेट पूरा नहीं हो पाएगा।"

कम कलेक्शन सुनकर रनिंग गार्ड बने मनोहर मास्टर बित्तन पर चिल्ला रहे

हैं, “मात्र पंद्रह मिनट शेष है। जल्दी करिए बित्तन जी जल्दी!”

बित्तन जल्दी से कलकत्ता वाले लड़कों की तरफ जाकर पूछ रहा है, “और दादा, क्या हाल? मजा है न?”

पाँचों लड़के जम्हाई लेते हुए मुस्कुरा रहे हैं, “सब ठीक बित्तन दा, एक पान हो तो खिलाइए न, बैठे-बैठे मिजाज गरबरा गया है।”

तब तक एक दूसरा लड़का पूछ रहा है, “दादा, ऐसा लग रहा है कि सब लरका लोग परीक्षा देने नहीं, पिकनिक मनाने आया है।”

बित्तन पान देते हुए मुस्कुरा रहा है, “अरे भाई! पिकनिक ही समझिए। सुविधा शुल्क टाइट है तो सब सुविधा है।”

लीजिए, उधर मंटू को असुविधा हो रही है- ‘एतना जल्दी तीन घंटा कैसे हो गया जी? अरे अभी तो पिंकी को मन भर देखे भी नहीं थे यार।’

कक्ष निरीक्षक सूचना दे रहे हैं, “देखिए, अगली परीक्षा होली के बाद होगी। जो सुविधा शुल्क नहीं देगा उसे अकेले फील्ड में बैठाया जाएगा। ऐसा व्यवस्थापक श्री डब्लू जी का आदेश है।”

मंटू के पास बैठा एक लड़का सिर नीचे करके खिसिया रहा है, “फोद जी का आदेश हमारे इस पर। गुटखा खाने का पइसा तो है नहीं, इनको हम सुविधा शुल्क दे दें। अलग बैठा देंगे तो उसी दिन इतना बम मारँगे कि सारी प्रेंसपलई और मनेजरई भीतर घुस जाएगी।”

मंटू उसे समझा रहा है, “ए भाई, गंदा बात नहीं, डब्लू जी चाँदपुर के प्रधान बनने वाले हैं, इज्जत करो इज्जत।”

लीजिए, इसी हो-हल्ला के बीच घड़ी ने शाम के पाँच बजा दी। फाइनल घंटी बज गई। आज की परीक्षा समाप्त हो गई। सारे परीक्षार्थी अब घर जा रहे हैं। दूर प्रदेशों से परीक्षा देने आए विद्यार्थियों के लिए आज मुर्गे और लिट्टी की व्यवस्था की गई है। यह चर्चा का विषय बन गया है। उधर बित्तन कॉपियों की गिनती करके बंडल बना रहा है।

इधर मंटू ने घर जाते हुए पहली बार पिंकी की तरफ देखकर कुछ बुदबुदाया है। पिंकी भी आज पहली बार उसे देखकर मुस्कुराई है, मानो प्रेम की शुरू हो रही परीक्षा का आज प्रवेशपत्र मिल गया हो। मानो दोनों की आँखें कह रही हों कि प्रेम जब साथ हो तो कोई भी परीक्षा खूबसूरत हो जाती है। मंटू यही सोचकर मुस्कुरा

रहा है। इधर सविता पिंकी से पूछ रही है, "ओय चाँदपुर की चंदा, होली में रंग लगाने आओगी न?"

पिंकी हँस रही है, प्रेम की वही उजली हँसी। क्या कहे समझ नहीं आ रहा है। मारे शर्म के गाल पर गड्ढे बन गए हैं। शायद मंटू ने इन गड्ढों में रंग भर दिया है। प्रेम की होली का रंग!

***

आज होली है।

चाँदपुर के बुढ़वों के सरदार झांझा बाबा की दालान में आज गाने-बजाने वालों की मंडली जुटने लगी है। कल साँझ को ही भाँग और दारू पीने वालों का प्रवेश निषेध करते हुए नोटिस जारी किया गया था कि फगुआ गवाई में किसी का मुँह महक गया, उसको समाज से बिना किसी नोटिस के बाइकॉट कर दिया जाएगा।

इसी नोटिस का असर ऐसा हुआ है कि गाँव के शरीफ बुजुर्ग झाल मंजीरा लेकर दालान में बैठ गए हैं। बीच में शंकर-पार्वती जी, हनुमान जी का फोटो और उस पर माला चढ़ा दिया गया है। अगरबत्ती दिखाया है खेदन और रमेसर ने। तब तक गाँव के ढोलकवाह दुक्खी चौधरी ने धींन्न मारकर ढोलक का साउंड चेक किया और मन-ही-मन सीना तानकर कहा, "वाह रे दीना चौधरी, जनानी ढोलक को भी मरदानी की तरह रखा है।"

हरमुनिया मास्टर ने भी हवा देकर हरमुनिया की रीड को ठीक किया है। अब सारे झलवाह तैयार हैं। इधर टेरी भरने वालों ने भी कमर कस लिया। इनको देखकर लगता है कि सब लोग आज ही वज्रासन सीखकर आए हैं। तब तक झांझा बाबा ने चिलम में गाँजा चढ़ाकर शिव जी के सामने रखकर दोनों बाँह को ऊपर उठा दिया है-

"बोलीं-बोलीं शंकर भगवान की जय! बोलीं-बोलीं काली मईया की जय! सरजू माई की जय!"

हरमुनिया मास्टर ने धुन बजा दिया है। ढोलकवाह दुक्खी ने एक जोर से तिहाई मारा है–

'तक धीं धा धा धाऽऽऽ

तक धीं धा धा धाऽऽऽ

तक धीं धा धा धाऽऽऽ'

झांझा बाबा के मुँह से निकल गया, "शिव शंकर खेले फाग... जोगिन संग लिए।"

दुक्खी ढोलकवाह ने झट से ताल दीपचंदी शुरू कर दिया- धा धीं धा धा धींऽऽऽ

कोरस गाने वाले तार सप्तक पर जाकर कोरस देने लगे-

"संग लिए हो संग लिए

शिव शंकर खेले फाग

गौरा संग लिए..."

थोड़ी ही देर में चाँदपुर की फिजाएँ बुजुर्गों के इस सामूहिक अंतर्नाद से गूँज उठी हैं। गाँव की रग-रग में एक लहर-सी दौड़ रही है। साल भर कटाई-दँवाई से थका मन तरोताजा हो रहा है।

"सिया निकसे अवधवा के ओर होलिया खेले राम लला..."

वाह रे जवान वाह। झांझा बाबा सब अपना दुख भुला गए हैं। गाँव के तमाम बुजुर्गों की सूनी पड़ी नाड़ियों में लोक की ऊर्जा संचरित हो रही है। जिसमें उत्तेजना नहीं एक स्थायित्व है। वही स्थायित्व जो इसी लोक की आत्मा के संगीत से पैदा हुआ है, जो काट रहा है अवचेतन में छिपे वर्षों पुराने नैराश्य को, साट रहा है बेचैनी की उगती दरारों को, छाँट रहा है उदासी के घने बादलों को।

झांझा बाबा कह रहे हैं, "दीना चौधरी की पतोह तो बड़ा जबरदस्त पुआ बनाती है ए रमेसर, कटहल की रसदार तरकारी और एक थरिया पुआ। साथ में घर का बना पापड़। ए भाई गायक लोग, पहले नास्ता करो। पेट में अन्न रहेगा, तबे ढोलक पर हाथ चलेगा और मुँह से आवाज निकलेगी।"

सब लोग एक-एक पुआ खा रहे हैं। बाबा बोले, "ए भाई, कम-कम खाना है।"

लीजिए ये लौंडे कहाँ से आ गए जी? इनको कौन बुलाया? सत्यप्रकाश, गुड्डू, संतु, प्रदीप, मंतोष और फूँकन मिस्त्री। खेदन हाथ में पुआ लेकर पूछ रहा है, "कहाँ से जी?"

झांझा बाबा सबका स्वागत कर रहे हैं, "चाँदपुर के सब लोग आ गए क्या

जी ? फजलुआ को बुलाकर पुआ खिलाओ कि खाली ईद में सेवई ही खाओगे।"

"अरे! उसको सुबहे खिया दिए बाबा। अब तक तो दारू मारकर कहीं मुर्गा छील रहा होगा।"

ऐलान हुआ- 'भाइयो-बहनो! अब सुनिए लुकारी उर्फ चिंगारी जी की आवाज में एक धधकता फगुआ।'

हरमुनिया झाल वाले तैयार हैं। बलिया जनपद की आग्नेय धारा के कवि चिंगारी जी डायरी के पन्ने पलट रहे हैं। सत्यप्रकाश खिसिया रहा है, "अरे! गाइए महराज, ये आकाशवाणी का गोरखपुर केंद्र नहीं है। चाँदपुर है चाँदपुर।"

चिंगारी जी का गला बैठ गया है, "यद्यपि काफी दिनों से अनवरत काव्य पाठ के कारण गले में शुष्कता आ गई है। किंतु आप लोगों से सहयोग अपेक्षित है।"

सत्यप्रकाश खिसियाता है, "अरे! गइबा यद्‌दपि के फूफा! रसदार फगुआ नहीं हुआ तो हम लोग चले जाएँगे।"

मंतोष भी खिसिया रहा है, "अरे! बड़ा स्लो आदमी हैं आप चिंगारी जी। पता न कौन आपका नाम चिंगारी रख दिया!"

दुखी ढोलकवाह को अब बर्दाश्त नहीं हो रहा है। रह-रहकर मुड़ी हिलाकर एक तिहाई मार देता है। झाल-मंजीरे वाले भी टुनटुना देते हैं- छन छन छन्न छन्न... धा धीं धा धा धीं...

गुड्डुआ को बर्दाश्त नहीं हुआ। लीजिए शुरू हो गया, "नकभेसर कागा ले भागा... मोरा सैयाँ अभागा ना जागा..."

"वाह रे गुड्डुआ जवान! ये आवाज की ताकत है।"

चाँदपुर के हर घर के भीतर ये आवाज जा रही है और ऐसी जा रही है कि पूड़ी बेल रही मनोज बो भौजी का चेहरा देखते खिल गया है। ढोलक की थाप के साथ उनका हाथ भी तेज हो रहा है। चूड़ियाँ खनखनाने लगी हैं। मानो ये चूड़ियाँ भी दूर बज रहे ढोलक की संगति कर रही हों।

"उड़ी-उड़ी कागा पलंग पर बैठे..."

'पलंग! अरे पलंग... ई का होता है रे मटीलगना ?' जबसे मनोज बो भौजी के सैयाँ जी का ट्रांसफर सियाचीन में हुआ है तबसे तो भौजी ने पलंग की तरफ देखा तक नहीं है।

"सेजिया का रस ले भागा..."

हाय रे सेजिया! पूछो दीना की पतोह से... जिसका मरद जबसे पैसा कमाने सूरत चला गया है तबसे फगुआ के दिन पुआ दूध से नहीं आँख के लोर से बनाती है।

"मोरा सैयाँ अभागा ना जागा..."

सैयाँ अभागा! सैयाँ का करे? वो दिल्ली, मुंबई, फरीदाबाद, सूरत और लुधियाना की फैक्ट्री और मिलों में काम न करे तो चाँदपुर में चूल्हा जलेगा? यही बेरोजगारी और पलायन तो सबसे बड़ा कागा है रे गुड्डुआ!

अब गाँव का असली गायक परदीपवा ने सुर लगा दिया है, "गोरिया पतरी जइसे लचके लवंगिया के डाँढ़..."

मंटू को अब जाकर कुछ फगुआ समझ में आया है। उसमें भी बस दो ही शब्द- गोरिया और पतरी!

'ए चाँदपुर की गोरिया!' उसका मन नाच रहा है प्रेम की नाच।

कवि चिंगारी जी सत्यप्रकाश को समझा रहे हैं, "यद्यपि उच्च कोटि का साहित्य उर्दू और खड़ी बोली में ही नहीं वरन लोकगीतों में भी होता है, उपमा तो देखिए जरा। कवि कह रहा है कि नायिका इतनी पतली है कि उसकी कमर लौंग के पेड़ की डाली जैसी लचक रही है।"

पास बैठे लोग सहमति में सिर हिलाते हैं। तब तक अगली लाइन प्रदीप ने गा दी है।

"पनवा नियर गोरी पतरी... फुलवा नियर सुकुवार हो..."

मंटू का हृदय पुलकित हो रहा है। फूल जैसी सुकुवार तो है ही मेरी पिंकी! एकदम सरसों और चना के फूल जैसी!

अब जोगीरा हो रहा है। जोगीरा वही न, जिसको बिना सुने फगुआ सुनना बेकार जान पड़ता है। कहते हैं बैजनाथ बाबा गाँव के नामी जोगीरा गायक हैं। भर फागुन गाँव की भौजाइयों के वो एकमात्र देवर बन जाते हैं क्योंकि उनके मुँह से जोगीरा सुनना राम के मुँह से रामकथा सुनने जैसा लगता है। झांझा बाबा ने आदेश दिया और बैजनाथ बाबा ने जोगीरा ललकार दिया-

'सा रा रा रा जोगीरा-सा रा रा रा रा...
वाह भाई वाह... वाह खेलाड़ी वाह!

होली खेले चारों भइया महान
चारों भइया महान
वाह जोगी जी वाह, वाह खेलाड़ी वाह!
डंका बजावेले वीर हनुमान
सिया राम चंद्र की जय!'

"वाह-वाह... वाह-वाह! जियो रे जवानो! अद्भुत! आनंद!"

"अब उठो भाई अब आएगा असली मजा।"

"बिलकुल असली मजा तो अब आएगा जब सुखारी डॉक्टर की साली जी में डाला जाएगा।"

"ए चुप रहो, गंदा बात नहीं। बड़-बुजुर्ग लोग यहीं हैं।"

"अरे ससुर रंग डालने की बात हो रही है, रंग।"

लौंडा सब साली जी में रंग डालने के लिए बेचैन है। परदीपवा का दिल आटा चक्की की तरह धुकधुका रहा है। लेकिन सुखारी डॉक्टर तो गायब हैं। का तो किसी के भैंस की तबियत सही नहीं है। यार होली को भी गायब, ना-ना भाई। ई रंग न लगवाने का बहाना है।

सत्यप्रकाश धीरे से कह रहा है, "गुड्डू जी को बुलाइए, थोड़ा-थोड़ा लगवा लें।"

सुखारी की माई गरिया रही हैं, "आवा दोगला, मटीलगना!"

गुड्डी जी इस गाली को नजरअंदाज करके खिड़की से परदीपवा को देखकर हँस रही हैं। एकदम कातिल हँसी। लड़के लिहो-लिहो कर रहे हैं। रे भाई उत्तर टोला होली खेलने चलना है का?

सब कह रहे हैं उस टोला में होली खेलने वाला कोई नहीं है। अबीर के समय चला जाएगा। रंग में रँगाई लड़कों की आँखों को देखकर राकेश मंटू को समझा रहा है, रंग खेलने से फेस की शाइनिंग खत्म हो जाती है। आदमी करिया हो जाता है।

मंटू जबसे ये शाइनिंग वाली बात सुना है तबसे उदास हो गया है। सब होली का मजा खराब हो रहा है, "काहे लगा दिया रे तू लोग साला... सब फेस का ग्लो

खतम हो जाएगा तो क्या मुँह दिखाएगा अपनी पिंकिया को?"

राकेश उसे समझा रहा है, "अरे बकलोल हो क्या?" पिंकिया को तो देखते ही तुम्हारा फेस अपने आप चमकने लगता है। अपने आप।"

मंटू हँसता है, "ए राकेश!"

"का रे?"

"ए यार, अब तो बस एक ही अरमान है, पिंकी गुड़िया की शादी में आ जाए और अकेले में एक मुलाकात हो जाए।"

राकेश उसे आश्वासन देता है, "आ जाएगी भाई आ जाएगी, चिंता मत कर!"

रंग का नशा बढ़ता जा रहा, मंटू उँगलियों पर गुड़िया की शादी का दिन गिनता है- बस डेढ़ महीने... और डेढ़ महीने!

"ए राकेश, डेढ़ महीने बाद दो चाँद मिलेंगे- चंदा और शशि।"

11

अप्रैल का महीना और शादी-ब्याह का घर। आज गुड़िया की बारात आनी है। मंटू को साँस लेने की फुर्सत नहीं मिल रही है। सुबह से साँझ हो गई लेकिन न खाने की चिंता है, न नहाने की। जैसे-जैसे दोपहर हो रही है, वैसे-वैसे व्यस्तता बढ़ती जा रही है। घर में जो जहाँ है वहीं से आदेश दे रहा है, "ए मंटू, तनिक लाइट और टेंट वाले को खबर करो!"

"ए मंटू, चार किलो चीनी दो किलो मैदा..."

"ए मंटू, तनी सब्जी वाले से पूछो, टमाटर नहीं लाया अब तक?"

"ए मंटू, फूफा रेवती स्टेशन पर दुई घंटा से खड़े हैं।"

मंटू की साँसें अटक जाती हैं। सुध-बुध नहीं है कि वो कहाँ है। उसे चिंता नहीं है, भूख, प्यास और थकने की। और भला चिंता करके क्या करे! जिस बहन ने बचपन से लेकर आज तक उसकी सबसे ज्यादा चिंता की है, वो गुड़िया तो कल विदा हो जाएगी। फिर देर तक बाल झाड़ने पर, तेज गाना बजाने पर और दिन में दो बार शर्ट बदलने पर कौन कहेगा- 'रे आवारा, सुधर जो!'

लेकिन भला हो गाँव के लड़कों का। सब इस तरह मेहनत कर रहे हैं, मानो उनके अपनी बहन की शादी हो।

राकेश अपने घर से एकदम नया बिछौना लाया है। गुड्डू ने खटिया, सत्यप्रकाश ने बर्तन और परदीपवा और संटुआ ने अपनी मोटरसाइकिल। रिश्तेदारों के लिए जगह कम न हो इसलिए दीना चौधरी ने अपने मवेशियों को बगइचा में बाँध दिया है। वहीं रमेसर के सबसे बड़े दुश्मन जगत चौधरी ने तो आज सब गिला-शिकवा भूलकर अपने दुआर से जाने का रास्ता दे दिया है, "भाई दुस्मनी तो रमेसर से है न। बेटी तो पूरे गाँव की बेटी है।"

फूँकन के जिम्मे आज गाना बजाने से लेकर माइक साउंड, लाइट और झालर की जिम्मेदारी है। मंटू का सख्त आदेश है, "कान खोलकर सुन लो, सिर्फ प्यार-मोहब्बत का गाना बजना चाहिए। अगर गलती से भी गुड्डू रंगीला, राधेश्याम रसिया का फूहर गाना बज गया तो तुम्हारा भोंभा फूट जाएगा। और सुनो, एक

भोंभा ऐसा लगाओ कि उत्तर टोला की तरफ गाना एकदम साफ-साफ सुनाई दे।"

फूँकन ने धमकी को संज्ञान लेकर उत्तर टोला की तरफ सदाबहार नग्मा शुरू किया-

'मिलते-बिछड़ते यूँ चलते-चलते
हम हो गए तुम्हारे
कैसा असर है हम बेखबर हैं
बदले हैं ये सितारे...
ओ याराऽऽऽ
क्या दिल ने कहा...
क्या तुमने सुना!'

राह चलते-चलते मंटू इस गीत को गुनगुनाता है और मुस्कुराता है। सारी थकान मिट जाती है। राकेश मंटू की हालत देख एक व्यंगात्मक हँसी हँस रहा है, "वाह रे फूँकन! ई फिलिम हम देखा है। इसमें जितेंद्र का लइका हीरो है और धर्मेंद्र की लइकी हीरोइन।"

मंटू मुस्कुराता है। मानो दिल पूछ रहा हो- 'ओय चाँदपुर की चंदा! क्या दिल ने कहा, क्या तुमने सुना!'

अब पता नहीं चंदा ने सुना या नहीं लेकिन इस सदाबहार नग्मे को सुनकर झांझा बाबा बड़े परेशान हो गए, "ए लौंडे, धीरे-धीरे लाउडस्पीकर बजाओ। कान में दरद हो गया है।"

इधर घर के बाहर धधकते चूल्हे में कोयला लाल हो गया है। चूल्हे की पूजा हो रही है। रोरी, अक्षत, जल और फूल- 'जय हो अगिन देवता! जय हो अन्नपूर्णा माई! कारज-परोज सुफल करिए।'

"ए हलुवाई लोग, जल्दी से रसबुनिया क्यों नहीं छान रहे हो जी? ए भाई तुम क्या एक घंटा से खैनी बना रहे हो? सब कोयला नुकसान हो रहा है... ए गंगा इधर आओ।"

गंगा लोहार को पूड़ी बनवाने की जिम्मेदारी दी गई है। गरमा-गरम हाथी के कान जैसी नरम पूड़ी। आज छन जाए तो तीन दिन तक रूई जैसी मुलायम रहेगी। फिर रसबुनिया चाहे खटमिठिया के संग खाते रहो या रिश्तेदारों को बाँटते रहो।

दीना चौधरी हलवाइयों पर खिसिया रहे हैं, "ए भाई पगड़ी वाले, का बतिया रहे हो जी ? काहे नहीं आटा सनवा रहे हो ? चार बजे तक सब माल रेडी चाहिए।"

लेकिन सब्जी धोने वाले तो आए ही नहीं। सब्जी की जिम्मवारी खेदन के जिम्मे है। उसने आज अपनी चाय-पान की दुकान बंद रखी है।

"ए भाई, दोकानदारी तो जिनगी भर होगा और पइसा रोज आदमी कमाएगा। लेकिन संघतिया की बेटी के बियाह में कोई कमी हुआ तो जिनगी भर बेइज्जती कौन सहेगा!"

इधर रामू कहार, विजय नाई का तो ड्यूटी आँगन में है। हर रस्म में उनका काम है। एक रस्म खत्म होता है कि दूसरा झट से शुरू हो जाता है। उधर रमेसर का दिमाग बैठता जाता है। ब्याह की रस्में अलग। ऊपर से गाँव-समाज की जिम्मेदारी अलग! कोई आता है- पइसा दीजिए, बाजार जाना है। कोई आता है- ए रमेसर जी रूदल चौधरी बुला रहे हैं। कोई पूछता है- ए काका लालमुनि सिंह को कार्ड गया है कि नहीं ?

अभी ये सब काम निपटता ही है तब तक आँगन से बुलाहट आ जाती है- आइए-आइए पियरी धोती पहनकर! माड़ो में बैठना है।

रमेसर का चेहरा काला पड़ गया है। होंठ सूख गए हैं। कई बार बैग से पैसा निकालते वक्त हाथ काँपने लगते हैं।

बेटी का बाप होना आसान थोड़े है जी ? बेटी का बाप होना पहाड़ होना है, जिसे अपने भीतर से नदी भी निकालनी है और तूफान भी रोकना है।

इधर रिश्तेदार चले आ रहे हैं। गर्मी कपार पर नाच रही है। माटी कोड़कर घर की औरतें आ गई हैं। गुड़िया की सरजू पार वाली मामी माथे पर चार नंबर वाली टिकुली साटकर गा रही हैं-

"कहँवा के पियर माटी
कहाँ के कुदार हे
कहँवा के सात सोहागिन माटी कोड़े जास हे..."

इधर विजय बो नाउन परेशान है कि नेग नहीं मिल रहा, खाली मेहरारुन का नाच हो रहा है, "ए जल्दी करो मानर पूजना है। अभी बियाह का सब बिधि बाकी है। और ई लोग का नाच खत्तमे नहीं हो रहा है।"

दीना की पतोह का तो नाचने से मनवे नहीं भर रहा है। साड़ी का पल्लू कमर

में खोंसकर ललकार रही है, "बजाव भइया चमरा... बजाव शहनाई!"

चमाइन अपना बाजा लेकर खिसिया रही है, "ई कवन देस की मेहरारू है जी लिपिस्टिक वाली? एकदम फजलुआ के बैंड पार्टी का लौंडा फेल की है। ए जल्दी से नेग निकालो। कपार पर घाम लग रहा है।"

इधर बेचारी रमावती अलग परेशान है। रह-रहकर रो रही गुड़िया का चेहरा देखकर कलेजा फटता है। उधर कौन सामान कहाँ है, कब किसको क्या देना है, किसको बुलावा भेजना है, इसकी चिंता भी अलग ही है। ऊपर से हर रस्म में बइठने की अलग झंझट। कई बार तो मन इतना परेशान हो जाता है कि मारे दर्द के कपार दुखने लगता है। दिल की धड़कन बढ़ जाती है, दवाई खानी पड़ती है।

और ये रिश्तेदारी में आई औरतें? इनका तो पूछिए ही मत। इनमें से कुछ तो बस एक-दूसरे की शिकायत बतियाने आई हैं- उसका भतार हइसा है, तुम्हारी पतोह कइसी है, फलानी ने फलाना के सँगे ये किया, उसकी सास एक नम्मर की छिनार है, सब लूट रही हैं आदि के साथ अपने-अपने घर की बड़ाई।

और जरा इनको देखो तो। न जाने कवन देश की अप्सरा उतरी हैं। चार घंटा में पाँच साड़ी बदल चुकी हैं। हर आधा घंटा पर लिपिस्टिक पोत रही हैं। अउर भगवान ने हुँड़ार जइसा मुँह नहीं दिया होता तो धरती पर किसी को रहने नहीं देतीं। अभी कुछ बोल दो तो कोंहड़ा जइसा मुँह लटक जाएगा।

लेकिन छोड़ो आज भर की तो बात है। कल से तो सब अपनी दीन-दुनिया में व्यस्त हो जाएँगी। बिना इनके कैसा बियाह और कैसी शादी! ई मेहरारू और लइकी ही हैं कि इनसे शादी-ब्याह का घर बिना बिजली-बाती के जगमग रहता है।

अब बिजली-बाती जलने लगी है। धीरे-धीरे गाँव के लोग दरवाजे पर जमा हो रहे हैं। मंटू एक बार जाकर बाहर देख आता है। गाँव की तमाम लड़कियाँ आ रही हैं, कहीं पिंकी तो नहीं आई? गुड़िया ने गीत गाने के लिए बुलाया है। आएगी तो जरूर! और कहीं उसके घर वाले नहीं आने दिए तो! मंटू का दिल झट से बैठ जाता है।

राकेश कनखिया रहा है, "रे लड़के, कपड़ा बदल लो। अब लोगों के आने का समय हो रहा है।"

मंटू खिसियाता है, "कवन लोग रे बेहुद्दा?"

"उत्तर टोला के गीत गाने वाले लोग और कौन लोग रे बेहुद्दा!"

मंटू दौड़ा लेता है राकेश को, "साले सब लोग जान जाएँगे, हल्ला मत करो।"

इधर आँगन में हल्ला हो रहा है। पंडी जी कथा कह रहे हैं। माड़ो को खूब सजाया गया है। घर-आँगन एक अजीब-सी मीठी खुशबू से महक रहा है। रह-रहकर गीत गूँजने लगते हैं, शंख बज उठता है।

अब का हुआ ? आ गई समस्या ?

"अरे गुड़िया का मेकअप कौन करेगा ? किसी को कहा गया है कि नहीं रे ?"

रमावती की बड़की ननद खिसियाती है, "मेकअप अब नहीं होगा तो क्या गुरहत्थी पर बैठने के पहले मेकअप होगा ?"

आही दद्दा, ई बात रमावती तो भूल ही गई थीं, "ए मीना, गाँव में कौन बढ़िया दुलहिन सजाता है जी ?"

एक लड़की बताती है- हम सजा तो देंगे लेकिन मेकअप करने नहीं आता है। कोई बताता है- काहें चिता किए हो जी, उत्तर टोला के उत्तम यादव की बेटी है न, उसको बुलाओ !

"अच्छा, पिंकिया ?"

"हँ हँ पिंकिया।"

"पिंकिया को बुलाओ रे!" रमावती चिल्लाती हैं, "जाओ बुला लाओ तो उसको। जाओ रे मंटुआ।"

मंटू की बाँछें खिल रही हैं। दिल में धुकधुकी हो रही है- हाय! बुलाने के लिए उसे भेजा जा रहा है। लेकिन वो इसी ड्रेस में जाएगा ?

तब तक मौसी उसके सपनों पर गंगाजल छिड़क देती हैं, "तुम रहने दो, हम किसी और को भेज देते हैं।"

'हो गया न सपना खत्म ?' मंटू मन-ही-मन खुद से कहते हुए देख रहा है कि दो छोटी लड़कियाँ पिंकी को बुलाने जा रही हैं।

इधर झांझा बाबा बाहर खिसिया रहे हैं, "ए मंटू, दो आदमी तुम्हारे गाँव रघुनाथपुर से आए हैं। मिठाई ले आओ, उनको पानी पिलाओ।"

मंटू उदास होकर बाहर जाता है कि देखे तो जरा गाँव से कौन है। बाबूजी तो नहीं आ गए! वो भला मेरा मुँह क्यों देखना चाहेंगे! जाकर पैर छूता है। बाबूजी नहीं आए लेकिन बाबा आए हैं। बाबा दयालू चौधरी, चश्मा लगाकर मंटू को देख रहे हैं, "अरे! मंटुआ तो एकदम बियाह करने लायक हो गया जी! परीक्षा कैसा

हुआ बबुआ?"

"एकदम बढ़िया बाबा।"

"रघुनाथपुर कब आओगे?"

"आएँगे बाबा, पहले आप जल्दी से पानी तो पीजिए।"

बाबा बड़े खुश हैं। लड़का तो नालायक निकल गया लेकिन नाती बड़ा लायक और संस्कारी लग रहा है। भला हो रमेसर बाबू का, वरना अपनी माँ के साथ ये भी मर गया होता। तब तक राकेश आकर मंटू के कान में धीरे से कहता है, "उधर देखो कौन आ रहा है?"

मंटू की पलकें नहीं झपक रही हैं। आँखें गहरी होती जा रही हैं। साँसें रुक रही हैं। सामने रमावती पिंकी का हाथ पकड़कर कह रही हैं, "ए पिंकी, आ गई तुम! गुड़िया को सजा दो तो बबुनी। गाँव में तुम्हारा बड़ा शोर है कि पिंकिया सबसे अच्छा दुल्हन सजाती है।"

पिंकी मुस्कुराती है, "ठीक है चाची!"

इधर विजय बो नाउन खिसिया रही हैं, "अरे! अभी तो चुमावन बाकी है जी। जल्दी से चुमावन करो। गीत गाओ जी चुमावन का। ए पिंकी, तबसे गला बैठ गया है, तुम गाओ तो जरा।"

रमावती पल्लू सीधा करके गुड़िया को चूमने लगती हैं। पिंकी ने ढोलक सँभाल लिया है।

"हरी-हरी दुबिया अंजुरी भर चाउर रघुनंदन हरी
चुमही चलेली अम्मा सोहागिन रघुनंदन हरी..."

"अरे! बाप रे! ई तो एकदम कोयल जैसा गाती है रे!"

"बस करो बस करो चाची, बहुत तारीफ हो गया। पिंकी को इतनी तारीफ सुनने की आदत नहीं है।"

लीजिए लिपिस्टिक वाली ई मेहरारू तो हर काम में तेज है जी। गुड़िया की भौजाई लगेगी।

"ए गंगापरही मेहरारू, लुग्गा सही करो फोटो बिगड़ जाएगा। जल्दी-जल्दी चूमो।"

पिंकी ने गीत बदल दिया-

"अगल से चुमईहऽ भाभी बगल से चुमइहऽ हो

भइया से छुवावल जोबना माथे जन लगइहऽ हो..."

पिंकी को गाता हुए देखने के लिए, मंटू बार-बार आकर कनखी से देख लेता है- 'वाह रे बबुनी, आज ललका सूट में तो एकदम दीवाली के फुलझड़ी फेल हो गया है।'

लेकिन हाय रे! आफत, जइसे ही नजर ठहरती है कि कोई बोल देता है, "ए मंटू, पानी लाओ। इनको मिठाई खिलाओ। ए मंटू, का आँगन में खड़े हो जी? बाहर निकलो।"

राकेश खूब मजा ले रहा है। पिंकी तो मंटू को देख भी नहीं पा रही है। शायद लजा रही होगी। लीजिए, पता चला है कि दुआर पर मैनेजर साहब आ गए हैं। साथ में डब्लू डेंजर नेता और मनोहर मास्टर भी आए हैं। रमेसर उनके आगे हाथ जोड़कर खड़े हैं, "आप आ गए तो हमारा जग्य सफल हो गया।" झांझा बाबा मैनेजर साहब को एक मिनट देखना पसंद नहीं करते हैं। वो उठकर दूसरी तरफ जा रहे हैं। मंटू मिठाई लाया है। सत्यप्रकाश, गुड्डू डब्लू नेता को घेरकर खड़े हैं। झांझा बाबा मनोहर मास्टर को पास बुलाकर पूछ रहे हैं, "क्या जी माट साहेब, तनख्वाह मिला कि नहीं?"

मनोहर मास्टर मुस्कुराते हैं, "छह महीने बाद, दो महीने का मिला है।" ये सुनकर झांझा बाबा की गर्मी बढ़ रही है, "साला सुविधा शुल्कवा वसूलकर मैनेजर सहेबवा करता क्या है?"

मनोहर मास्टर इस पारंपरिक प्रश्न पर पारंपरिक मुस्कान बिखेर रहे हैं। इधर डब्लू नेता एक रसगुल्ला खाकर, दो बार डकार मारकर छत की तरफ देख रहे हैं, "यार सजावट फोंकना किया है का जी?"

सत्यप्रकाश बताता है, "हँ हँ वही किया है।"

लीजिए इसी बीच कवि चिंगारी जी आ गए, "आइए, आइए चिंगारी जी। मिठाई खाइए, लीजिए।"

"मात्र आधा खाएँगे सत्यप्रकाश जी!"

"अरे! पूरा खाइए कवि जी। सुगर की एक गोली बढ़ा लीजिएगा।"

"यद्यपि कि काफी गर्मी है किंतु आपके प्रेम वश अल्प मात्रा में लेना ही पड़ेगा।" कहकर चिंगारी जी मिठाई खाने लगे।

इधर डब्लू नेता जी से गुड्डू बड़ा खुश होकर बता रहा है, "ए डब्लू भइया,

रात को नाच आ रही है। एकदम जिला टॉप कजरी का नाच।"

"अरे! कजरी कवन है रे भाई?"

"गुदरी बाजार बलिया की सबसे खतरनाक डांसर है। जहाँ उसकी नाच आती है, उस जवार में हल्ला हो जाता है।"

डब्लू नेता को कजरी का नाम सुनकर लहर लेस रहा है, "ए सुनो जवानो, हम मैनेजर साहब के साथ छपरा जा रहे हैं, एक न्यौता है। वहाँ से लौटते ही नाच में आते हैं। स्टेज के आगे एक खटिया हमारा भी रिजर्व रखे रहना है। क्या समझे?"

"अरे डब्लू भइया, हम आज घर से खटिया और मच्छरदानी लेकर नाच देखने जाएँगे।"

नाच का नाम सुनकर सारे लौंडों में जोश की लहर है, "अरे! इसी कजरी का नाच जब पर-साल सहतवार में आया तो चार राउंड गोली चला। सुबह सामियाना में गोली और दारू की बोतल का ढक्कन बेचकर गाँव वाले राजा हो गए।"

इसी बीच मंटू का हाथ एक छोटी-सी लड़की पकड़ लेती है, "मंटू भइया, मंटू भइया, तुमको गुड़िया दीदी बुला रही है।"

"कहाँ जी?

"छत पर!"

बाप रे! अब क्या हुआ? जबसे गुड़िया की शादी तय हुई है, मंटू गुड़िया की तरफ देखना नहीं चाहता है या शायद देख ही नहीं पाता है। गुड़िया बुला रही है, ये सोचकर उसके मन में सिहरन-सी हो जाती है। समझ में नहीं आता कि कल से इस सूने घर में मौसा-मौसी का क्या हाल होगा! गइया बहुत रोएगी। और वो मोती जिसे गुड़िया ने पोसा है, उसका क्या हाल होगा! दिल उसका धक्क से बैठ जाता है। उसके पैर छत पर आकर रुक जाते हैं। ये क्या, उसके कमरे में तो पिंकी और गुड़िया बैठी हैं।

पिंकी मंटू का कमरा ही देखकर परेशान है, "दीदी, ये कमरा है कि बॉलीवुड का कबाड़खाना है? इसमें तो दीपक और आरती भी दीवार से चिपके हैं। ये कागज पर दिल बनाकर किसने लिखा है 'चाँदपुर की चंदा?"

पिंकी दीवार से नजरें हटा लेती है। साँसें तेज हो जाती हैं। झट से पूछती है, "इसमें कौन रहता है गुड़िया दीदी?"

गुड़िया धीरे से बताती है, "वही, तुम्हारे क्लास वाला लड़का।" पिंकी हँसती है।

तब तक मंटू कमरे में आ जाता है, "कोई बात है क्या गुड़िया?"

गुड़िया की नजरें नीची हैं। मंटू से मिलाने की हिम्मत नहीं हो रही है, "सुनो, किसी को सहतवार भेजकर मेकअप का सामान मँगा दो।"

"कौन-कौन समान चाहिए, एक कागज पर लिख दो!"

मंटू बैग से निकालकर एक रफ और पेन पिंकी को दे देता है। पिंकी लिखने लगती है। पन्ने पलटते ही उसके हाथ रुक से जाते हैं। हर पन्ने पर बस दो ही नाम लिखा है- चंदा उर्फ पिंकी। चाँदपुर। फिर कुछ शायरी। फिर दिल और दिल में बना तीर। ये देखकर पिंकी के हाथ काँपने लगते हैं। पसीना गिरने लगता है। साँसें और तेज होती जाती हैं। झट से रफ मंटू को दे देती है, "तुम्हीं लिखो।"

"काहें? लिखिए न मिस जी!"

"नहीं-नहीं तुम लिखो।"

मंटू झट से आकर पिंकी के पास बैठ जाता है। पिंकी दुपट्टा सही करते हुए थोड़ा-सा खिसक जाती है। तब मंटू को एहसास होता है कि वो ज्यादा ही करीब आकर बैठ गया है। लेकिन ये भीतर कौन-सी गुदगुदी हो रही है, समझ के बाहर है। ये भी आज तक समझ नहीं आया कि पिंकी कौन-सा इत्तर लगाती है जो हर वक्त पूजा की थाली जैसी गमकती रहती है। मंटू की चेतना वापस लौट आई है।

"बोलो, क्या-क्या लिखें?"

"फाउंडेशन... मस्कारा... आइलाइनर... और एक सेटिंग पाउडर। बाकी तो है ही।"

मंटू एक-एक चीज को लिखता है। पिंकी देख रही है उसे लिखते हुए। लोग कमरे में आ रहे हैं, जा रहे हैं। बाहर का हल्ला बढ़ गया है। फूँकन ने लाउडस्पीकर में गाना बदल दिया है-

'पास वो आने लगे जरा-जरा
नजरें चुराने लगे जरा-जरा...'

मंटू नजरें नीची करके मुस्कुराता है। शायद जिंदगी का सबसे हसीन सपना आज उसकी नजरों के सामने है। इसी कमरे में सोकर, लेटकर और बैठकर आज डेढ़ साल से जिसका ख्वाब उसने देखा था, वो ख्वाब आज साकार हो रहा है-

'जय हो शिव जी! जय हो सुरसती माई!'

मंटू को चुहल सूझ रही है, "ए पिंकी, मेरा भी मेकअप हो जाएगा न?"

"धत्त! हमको बस लड़की का करने आता है।"

"अच्छा-अच्छा... वैसे एक बार लड़के पर ट्राई कर लोगी तो का बिगड़ जाएगा। वैसे तुमको तो हम देखकर ही गोरे हो जाते हैं।"

पिंकी हँसते हुए खिसक जाती है, "अच्छा बबुआ पहले जाकर नहा लो। लग रहा होली के बाद टाइम नहीं मिला है।" मंटू के भीतर की गुदगुदी बढ़ रही है, "भागो रे! नहीं तो कोई देख लेगा, तो हो जाएगा बवाल।"

मंटू कमरे से बाहर निकलते ही आसमान में उड़ रहा है। कैसे बताए कि ए पिंकी, हम जबसे तुम्हारे प्यार में नहा रहे हैं, तबसे पानी से नहाने की चिंता नहीं रहती है। खुशी तो इतनी मिली है कि मन कर रहा फोंकना के माइक में हल्ला कर दें- ए चाँदपुर वालो, आज चिट्ठी से निकलकर हमारी चंदा ने हमसे बात किया है।

लो जी। उधर झांझा बाबा हलवाई को चार गारी दे रहे हैं, "कहाँ धियान रहता है जी तुम लोगों का! दिन में गाँजा पियोगे और रात होते ही दारू! और जब देखोगे कि आदमी का इज्जत बिगड़ने के कगार पर है तब तुम्हारा डालडा खत्तम हो जाएगा तो कभी सब्जी ओरा जाएगा।"

हलवाई ने दाँत चियार दिया है, "ए बाबा, हम रमेसर जी से पैसा माँगकर अभी डालडा ला रहे हैं, आप बस आराम से बैठिए।"

"ससुर इतनी-सी बात के लिए रमेसर को बुलाओगे? बैंड पार्टी की आवाज सुन रहे हो? बारात कपार पर आ गई है। लो पैसा लो, जाकर जल्दी लाओ!"

देखते-ही-देखते चाँदपुर में हल्ला हो गया है। बारात आ गई। हँ जी बारात आ गई। बाजा बज रहा है- जिमी जिमी जिमी.... आजा-आजा-आजा... आजा रे मेरी जान!

गाँव के लोग बारात देखने चले आ रहे हैं। इधर सत्यप्रकाश एंड पार्टी का जी मचलता है कि तनिक बैंड पार्टी का नचनिया देख लिया जाए। फजलुआ के बैंड पार्टी से बढ़िया है कि खराब? लेकिन इतनी जिम्मेदारी और इतना काम है कि साँस नहीं लिया जाता। बरातियों को नाश्ता कराते-कराते बुरा हाल हो चुका है।

इधर द्वारपूजा की तैयारी शुरू हो रही है। दरवाजे पर एक चौकी लगा दिया गया है। उसके सामने दामाद का आसन बिछाया गया है। कलश के सामने गौरी-

गणेश रखकर पंडी जी बैठ गए हैं। रमेसर ने पियरी धोती, गंजी जनेऊ पहना हुआ है। उधर छत की मुडेर पर जैसे गौरैया फड़फड़ाती है वैसे ही हलचल मच गई, "ए सखी, चलो-चलो दूल्हा देख आए दूल्हा। ए गुंजा, पिंकी को बुलाओ जी।"

"अरे! उ गुड़िया का मेकअप कर रही है..."

लो जी दुलहा गाड़ी से उतर गया, "अरे! कहाँ जी हमको तो दिख ही नहीं रहा?"

"बक्क सखी, तनिक साइड हो जाओ, थोड़ा हमको भी दूल्हा देखने दो जी।"

"दुलहा तो बड़ा साँवर है जी।"

"बक्क गुड़िया दीदी जइसा नहीं है।"

"का देखकर रमेसर बाबा बियाह कर रहे हैं रे!"

"ऊपर से इतना दहेज और समान। जोड़ी ठीक नहीं है।"

"पागल हो क्या जी, दूल्हा सरकारी नौकरी में है। रोज पाँच सौ ऊपरवार कमाता है।" एक दादी डाँटती हैं, "ए लड़की, का बकर-बकर बतिया रही हो जी, जल्दी-जल्दी द्वारपूजा का गीत गाओ।"

तब तक दूल्हा देखने पिंकी भी आ जाती है। लो जी गाँव की लड़कियों ने पिंकी को माइक थमा दिया है, "ए पिंकी, गाओ तो एकदम झझकार के।" पिंकी के होंठ मुस्कुराने लगे हैं। कंठ ने खुद ही आवाज दे दी है-

"आपन खोरिया बहारऽ ए रमेसर पापा
आवतारे दुलहा दामाद ए लाला!
बियहे के माँगेले बेटी हो गुड़िया बेटी
जिन्ह बेटी दल के सिंगार हे लाला!"

इधर, बैंड बाजा का लौंडा क्या नाच रहा है जी! कोई बता रहा है ये तो रानीगंज बैरिया का हब्बाश बैंड पार्टी है जी। जिला का सबसे महँगा बाजा है। पिंकी दुलहा देखकर गुड़िया के पास आ गई है क्योंकि अभी मेकअप का फाइनल टच देना बाकी है। बैंड पार्टी की आवाज सुनते ही गुड़िया की उदासी और गहरा गई है। वो रह-रहकर पिंकी का हाथ पकड़ लेती है। आँखों से आँसू गिरने लगते हैं। ऐसा एहसास होता है कि कल से ये घर, ये चौखट, ये नीम का पेड़, दरवाजे पर बँधी गाय, गाँव की सहेलियाँ और गाँव की गलियाँ सब पराई हो जाएँगी। कल चाँदपुर दूज का चाँद हो जाएगा। जय हो सरयू मइया, आपका भी तो कहीं नइहर होगा न!

गुड़िया की खामोशी बढ़ रही है। इधर हुआ है हल्ला। का हुआ जी का हुआ? अरे! बैंड पार्टी के नचनिया को कोई पीछे से खोद दिया रे!

"अरे रे! चाँदपुर के लौंडा बहुत बिगड़ा है सब, बहुत।"

झांझा बाबा सबको गरिया रहे हैं, "ई सब सारे गाँव की इज्जत माटी में मिलाएँगे। अभी तो नाच बाकी है। देखो उसमें सब क्या करते हैं।" इधर आँगन में पता चल रहा है कि गुरहत्थी आ गया। वर पक्ष के पवनी कपार पर बक्सा, डाल, मऊर, अटैची लेकर चले आ रहे हैं। साथ में भसुर जी, ससुर जी देवर जी सब आ रहे हैं। पूरा माड़ो भर गया है।

गुड़िया आकर बैठ गई है। गुड़िया को देखकर सबकी आँखें चौड़ी हो गई हैं। एक तरफ माड़ो में वर पक्ष के लोग हैं, दूसरी तरफ गाँव की औरतें बैठी हैं। सब आँखें फाड़कर देख रही हैं। आखिर क्यों न देखें, गुरहत्थी में ही तो पता चलता है कि दुलहन को कितना साड़ी, गहना ससुर-भसुर ने चढ़ाया है।

तब तक माड़ो में भसुर जी आ गए। ये क्या भसुर की आँख चढ़ी है। दारू पीकर आया है क्या जी!

पिंकी ने ढोलक खिसका लिया है-

'धीरे-धीरे हो भसुर धीरे-धीरे
हमरा मड़वा में अईहऽ भसुर धीरे-धीरे...
झुमका चढ़ावऽ भसुर टिकवा चढ़ावऽ
नथिया चढ़ावऽ गले हरवा चढ़ावऽ
बिछुआ चढ़ावऽ भसुर धीरे-धीरे
हमरा मड़वा में अइहऽ भसुर धीरे-धीरे...'

भीतर गुरहत्थी शुरू है और बाहर भोजन। गाँव भर के लोग जमीन पर खाने बैठे हैं। गाँव भर के लड़के खाना खिला रहे हैं। भातृत्व और प्रेम भोजन में उतर आया है। क्या दुश्मन क्या दोस्त, सब एक लाइन में बैठकर भोजन कर रहे हैं। एक पात उठ जाती है तो दूसरी बैठ जाती है। तीसरी इंतजार करती है। बिलकुल किसी यंत्र की भाँति।

पूड़ी चला रहा है मुखदेव का लड़का संटुआ। सामने गाँव के बृजबिहारी चौधरी बैठे हैं। संटुआ के घर से मुकदमा चलता है। पिछले हफ्ते ही दोनों के

घरों में लड़ाई हुई है। लेकिन संटुआ पूड़ी चलाते वक्त उनसे भी पूछता है, "ए पूड़ी-पूड़ी।"

ब्रिजबिहारी हाथ से इशारा करते हैं, "रख दो।"

"ए, खटमिठिया दो जी।"

"भाई तनी-सा पोलाव।"

इधर भोजन की चिंता छोड़कर मंटू घर में आ गया है। पता चला है कि गुरहत्थी हो गया है। साड़ी-गहना सब चढ़ गया है। लेकिन साड़ी-गहना देखकर गाँव की औरतें मुँह बना रही हैं। कइसे लड़के वाले हैं जी। इतना दहेज लिया लेकिन न एक्को साड़ी बढ़िया चढ़ाया है न गहना। बस बेटी वालों से ही इनको नोचना है क्या!

कोई उत्तर नहीं देता। भाई लड़का सरकारी नौकरी में है। बात खत्तम!

अब घड़ी रात के दस बजा रही है। मंटू गाँव की लड़कियों को मिठाई बाँट रहा है। मंटू को न जाने कबसे इस पल का इंतजार था। सरस्वती पूजा की वो रात याद आ रही है क्योंकि अभी सामने पिंकी खड़ी है। मन तो कर रहा है पिंकी को सब उठाकर दे दे और कह दे, "ए हमार लौंगलत्ता, तुम्हारी गुलाब जामुन जैसी आँखों की कसम, बस एक छेना खा लो कि दिल हमारा राजभोग हो जाए।"

पिंकी लजा गई है। आखिर मंटू के सामने कैसे मिठाई खाए। प्लेट को हाथ में रख लेती है। रमावती कह रही हैं, "खा लो बेटी, खा लो।"

"ना चाची, घर जाकर खा लेंगे।"

पिंकी सोच में पड़ गई है। आखिर अकेले मिठाई कैसे खा ले, वो तो पहले माँ को ले जाकर देगी। पूनम को देगी और दादी को। कितना दिन तो हो गया उसको कोई ढंग का मिठाई खाए। संतोष का भाव उसके चेहरे पर गाढ़ा हो रहा है। मंटू इस बात को समझ गया है। इशारे में समझा रहा है, "अरे यार! घर के लिए हम दे रहे हैं न, तुम तो खा लो।"

पिंकी लजाती है। मंटू अधीर हो जाता है। काश उसके वश में होता तो अपने हाथ से अभी खिला देता। पिंकी मंटू की अधीरता देखकर हँसती है। वही जादुई हँसी। हँसी देखकर मंटू की सारी थकान मिट रही है। इशारों में ही पूछ रहा है, "और एक पैकेट दें क्या?"

"बक्क!"

पिंकी के मुँह से मंटू को ये बक्क और धत्त सुनना कितना अच्छा लगता है! ऐसे भी कोई मना करता है क्या भला! इतने प्यार से! तब तक रमावती से पिंकी कह रही है, "ए चाची, हम घर जा रहे हैं। नहीं तो मैना चाची डाँटने लगेगी।"

रमावती खिसियाती हैं, "तुम जाओगी तो कौन कन्यादान का गीत गाएगा रे! जाकर उस मैनवा से कह देना कि तुमको हम गीत गाने के लिए रोके थे।"

पिंकी सहमकर बैठ जाती है, "ठीक है चाची।"

गाँव के लगभग सभी लोग भोजन कर चुके हैं। अब बारात की बारी है। दुलहा के पापा जी और फूफा जी का मुँह फूला हुआ है। गाँव की औरतें कह रही हैं कि इनका मुँह ही ऐसा है, एकदम नैचुरल, फूला हुआ नहीं है। कोई कहता है- व्यवस्था में कोई कमी भी तो नहीं हुई है। तब का मुँह फुलाए हैं!

पता नहीं। जब तक बेटी की विदाई न हो जाए मुँह इनका फूला ही रहेगा। ऐसा शादी के शास्त्रों में लिखा था लेकिन उस पन्ने को किसी फूफा ने फाड़ दिया था।

दीनानाथ समधी जी को देखकर महिलाएँ गारी गा रही हैं-

'सावन मासे समधी काहे ना आयो जी
कटहर के अधिकाई जी
कटहर के कोवा राउर एथिया में डलबो
एथिया त खूबे परपराई जी।'

लीजिए इसी गाली-मंगल के बीच कहीं दूर से कानों में बैंजो की आवाज आ रही है। लग रहा है कि बारात में नाच शुरू हो गया। सब लड़के एक-एक करके उस शामियाना में जा रहे हैं, जहाँ बारात रुकी है।

ई देखो सुगनवा को, साला जवार का सबसे बड़ा नचदेखवा है। बीस किलोमीटर के भीतर कहीं नाच आ जाए, बस लाठी लेकर हाजिर! रात भर नाच देखने के बाद सुबह गाय लेकर दियरा में जाता है चराने। गाय चरने लगती है और वह खुद किसी पेड़ के नीचे सो जाता है।

लेकिन आज तो कजरी नाम सुनकर गाँव के बुढ़वा भी नहीं मान रहे हैं।

"ए बाबा, अरे देह में घीव पोतकर राम-राम करिए न। बुढ़ारी में डांसर का ढोढ़ी देखना जरूरी है का!"

बाबा दाँत पीसकर चश्मा ठीक कर रहे हैं, "चोप्प! अभी तेरे जैसे लौंडे बाबा पैदा कर देंगे रे मंगरा!"

"ई का जी! सत्यप्रकाश के पापा और भैया जी भी नाच देखने आए हैं। और संटू के तो बाबा भी हैं। एक साथ सब नाच देखेंगे क्या जी, जा रे जमाना!"

सबकी नजरें स्टेज पर टँग गई हैं। दस-बारह चौकी लगाकर नाच का स्टेज बना है। स्टेज के पीछे एक परदानुमा घर बना दिया गया है। नाच के कलाकार मेकअप कर रहे हैं। दरवाजे पर डंडा लेकर गाँव के सबसे चरित्रवान लौंडे पंकजवा की ड्यूटी लगाई गई है, जिसकी मुस्तैदी अगर बीएसएफ वाले देख लें तो शरमाकर सधुआ जाएँ।

गाँव के तीनफुटिया लौंडे उससे पूछ रहे हैं, "ए पंकज सर, केतना डांसर हैं जी?"

"ए पंकजवा, कजरी कपड़ा बदली कि नहीं अभी?"

पंकज डंडा पटककर खिसियाता है, "भक्क साला! भगो यहाँ से। घूस समय से पहुँच गया होता तो आज मैं कहीं और ड्यूटी कर रहा होता। यहाँ डांसरों को लहंगा-चोली नहीं अगोर रहा होता।"

लड़के हँसते हुए स्टेज की तरफ भाग रहे हैं। इधर स्टेज के सामने का नजारा गजब है। दाहिने ओर बाप, बाँये बेटा और पीछे बाबा। एक्के साथ तीन पीढ़ी एक-दूसरे से छिपकर नाच देख रही है। लो जी लेडिस आ गई।

"बाप रे, इहे कजरी है का रे परदीपवा! अरे इसका कमर है कि माचिस की तीली है रे! ई तो गुड्डी जी से ज्यादा कटाह है रे परदीपवा।" परदीपवा सीटी बजा रहा है।

"ई कौन फायर किया जी? बराती के लोग हैं का?"

"हँ हँ वही हैं। लगता है मेड इन चाँदपुर दियर दारू की बारात तक सप्लाई हो गई है। जय हो मैनेजर साहब की!"

बित्तन मुस्कुरा रहा है। लो जी गाना शुरू। कजरी ने तूफान मेल की तरह नाचना शुरू किया है।

'आरा हिले बलिया हिले छपरा हिलेला
कि तहरी लचके जब कमरिया, सारी दुनिया हिलेला!'

इनाम की बारिश हो रही है, "चाँदपुर के भूतपूर्व बीडीसी प्रत्याशी कमलेसर उर्फ करिया जी की तरफ से ग्यारह रुपया का पुरुस्कार आया है। लाहे लाहे दिल से सुकुरिया अदा करती हूँ।"

शुक्रिया अदा सुनकर तीन पीढ़ी एक्के साथ चिल्ला रही है, "अरे जिया करेजा, सुकुरिया अदा करके त हिला दिहलू हो। हई दियार में पाँच बीघा लिख दी का तहरा नावे हो!"

डांस हो ही रहा है तब तक जोकर आ गया। छोटे लड़कों के भीतर भारी कौतूहल है कि साला ई जोकर एक साथ आठ दस बीड़ी कैसे भकर-भकर पी रहा है। एकदम मशीन गन जैसा। गाना भी गा रहा है।

'बबुनी बीड़ी पियत जात रहली डोली में
आग लगवली चोली में ना।
बबुनी के माई बाप शौकीन
दिहले बीड़ी सलाई कीन
आदत सिखले रहली नइहर के हमजोली में
आग लगवली चोली में ना।'

सब ताली बजाकर हँस रहे हैं- वाह रे जोकर, हिला दिया रे!

लेकिन ये क्या, जोकर ने झट से ढोलक वाले को रोक दिया- 'धा तिरकिट धा धा धा...'

"ए बबुआ रुको। काहे दाँत चियार दिए जी झट से, बीड़ी पीता आदमी नहीं देखे हो?"

बच्चे ताली बजाकर हँसते हैं, "नहीं देखे हैं।"

जोकर टोपी सीधा करके समझाता है, "सुनो सुनो! इहाँ बबुनी मने ईना-मीना नहीं हुआ। बबुनी मने हम आप जइसन आदमी। जात रहली डोली मने अर्थी पर सजकर जा रहा है। उसको फूल, माला, धूप, अगरबत्ती से सजाया गया है। आग लगवली चोली... मने समसान घाट पर इस माटी के चोले में आग लगा दिया गया है।"

"अरे वाह रे जोकर वाह! कमाल कर दिया रे! लो एगारह रुपया का इनाम। केतना गहरा बात कह दिया जी!"

अब एनाउंसर स्टेज पर आ गया है, "दोस्तो, प्रियंका नाट्य कला परिषद शुरू करते हैं नाटक- भाई का वध।"

दारू पीए हुए लौंडे चिल्ला रहे हैं, "ए एनाउंसर, राजा-राजा करेजा में समाजा पर रिकार्डिंग डांस लगाओ वरना हम अभी तुम्हारा वध करेंगे।"

इधर आँगन में विवाह की रस्म शुरू हो गई है। गीत-मंगल गाया जा रहा है। दोनों दल के पंडी जी में मंत्र पढ़ने का कम्पटीशन शुरू है। नाउन का मन घबरा रहा है, "बक्क! ई बुढ़ऊ पंडी जी जान-बूझकर देरी कर रहे हैं।"

रमावती लड़कियों की तरफ से इशारा कर रही है, "अरे रुकी क्यों हो? गाओ गाओ।"

पिंकी ने ढोलक बजाकर गाना शुरू किया है- धा चटाक धिं ता चटाक धीं...

'चलनी के चालल दुलहा, सूप के फटकारल हे,
दिअका के लागल बर, दुआरे बाजा बाजल हे
आँवा के पाकल दुलहा, झाँवा के झारल हे
कलछुल के दागल दुलहा, बकलोलपुर के भागल हे
सासु का अँखिया में अन्हवट बा छावल हे...'

मंटू रह-रहकर झाँक जाता है। पिंकी नजरें नीची करके हँसने लगती है- 'वाह रे लड़का, देखो तो इसको... जरा-सा भी देखे बिना इसको चैन नहीं मिल रहा है।'

तब तक कन्यादान शुरू हो गया। एक झटके में सबके चेहरे की रंगत चली गई। दुलहा के हाथ में दुलहिन का हाथ है। संग में बाबूजी रमेसर का हाथ। रमावती का चेहरा देखा नहीं जा रहा है। आँसुओं को आँखों में छिपाकर पिंकी ने गाना शुरू किया है-

'कोठवा ऊपर बाबा मोरवा रे बोलुए
बोलिया रे सुहावन लगुवे
आज के रतिया हो बाबा जागल रहीहा
आजू घरवा चोरिया हो जइहें
सब रे संपत्तियाँ बाँची जइहे
गुड़िया रे बेटी चोरिया हो जइहें...'

पिंकी रो रही है। गा रही है। उसे क्या पता? गीत जब आत्मा के कंठ से फूटते हैं तो सुनने के लिए आँखों से आँसू तक बाहर जा जाते हैं। और लोग कहते हैं फलाने गाते-गाते रो देते हैं। आज यही हो रहा है पिंकी के साथ। पिंकी के आँसू रुक नहीं रहे हैं। आखिर क्यों रुकें, कल चाँदपुर की एक और चिरइया चोरी हो जाएगी न!

विवाह संपन्न हो गया। कोहबर में चलो रे!

इधर घड़ी ने रात के तीन बजा दी है। पिंकी आँसू पोछ रही है। देख रही है चाचा उमेश दरवाजे पर टॉर्च लेकर खड़े हैं। रमावती से पिंकी ने याचना किया है, "चाची, हम अब घर जा रहे हैं।"

रमावती ने पिंकी को खाना-मिठाई देकर विदा किया है, "ए बेटी, किसी दिन आराम से घर आना।"

तब तक हो गया हल्ला, "कौन फायर कर रहा है जी?"

"अरे! सामियाना में गोली चल गया रे। मार-पीट झगड़ा हो गया। हँ हँ तीन आदमी का कपार फूट गया है।"

"मंटू भी घायल है।"

"झांझा बाबा का हाथ टूट गया रे!"

"दूल्हा का भसुर बेहोश है!"

"रे लाठी निकाल... रे बंदूक निकाल!"

माड़ो से सब लोग निकलकर शामियाना की तरफ दौड़ रहे हैं। लगातार फायरिंग और भगदड़ से सारा चाँदपुर जग गया है। पता नहीं क्या होगा!

"हे शिव जी, हे सरजू माई, रक्षा करिए!"

12

आज तक नावों के चप्पू इतने चुप न हुए थे कि सरयू के पानी को खबर न हो। आदमी की आँखें इतनी खामोश न हुई थीं कि पता न चल सके आँखों के सामने बैठे व्यक्ति के हृदय का समाचार। हवाएँ इस कदर नीरस न बही थीं कि तितलियों को भूलना पड़े फूलों का पता।

लेकिन इतना तो सबको पता है कि आज फूलों जैसी गुड़िया की शादी को एक महीना हो गया है। शादी की उस भयानक रात का वो काला मंजर आज तक चाँदपुर की आँखों में दर्ज है। चाँदपुर के इतिहास में ऐसा कभी नहीं हुआ कि घराती और बाराती बंदूकें, लाठी और डंडे लेकर एक-दूसरे की जान के प्यासे बन गए हों। लेकिन ऐसा हुआ, 30 अप्रैल की सुबह तीन बजे।

दो घंटे तक चली मार-पीट में दर्जनों गाड़ियों के शीशे टूट गए। दो लोगों को गोली लगी। नाच की नृत्यांगना ने अस्पताल जाते-जाते दम तोड़ दिया। टेंट-शामियाना लाइट वाले हाथ जोड़ते-जोड़ते अपने हाथ-पैर तुड़वा बैठे। इसके बाद भी उपद्रवियों ने किसी को नहीं बख्शा। सब के सब पीटे गए। कौन किसको पीटा और क्यों पीटा, ये आज भी चाँदपुर की सबसे बड़ी पहेली है।

यही कारण है कि आज एक महीना बाद भी चाँदपुर का हर आदमी दूसरे आदमी को शक की निगाह से देखता है। बहुत सँभालकर बोलता है। क्या पता कौन किसकी बात कहाँ जाकर कह दे, कौन किससे फिर उलझ पड़े!

इधर आज मंटू को ठीक से खाना खाए महीना बीत चुका है। नींद कब आती है, कब जाती है, ये न नींद को पता है न बिस्तर को। सुबह से दोपहर और साँझ कब होती है, न मंटू को पता है न उसकी आँखों को।

उसे तो याद आता है गुड़िया की शादी की रात का वो मंजर। जब खुशियाँ और गम एक साथ दस्तक दे रहे थे। एक तरफ पिंकी को रात भर देखने और बार-बार बहाने बनाकर छेड़ने की खुशी थी, तो दूसरी तरफ गुड़िया की सुबह होने वाली विदाई का गम था।

तब हवाओं में वो रवानी थी कि गम भी अच्छा लग रहा था। हृदय उछल रहा

था। लेकिन ये आज तक समझ में नहीं आया कि प्रेम की तान छेड़ चुके हृदय के सारे तार एकाएक कैसे बेसुरे हो गए! आखिर कौन-सा गुनाह मंटू ने किया है कि उस पर एफआईआर हो रहा है!

बस यही सोच-सोचकर मंटू रोता है। राकेश उसे गले से लगा लेता है। सरयू पार निचाट दियारे के एक कोने में दीया जलता है। और इसी दीये के पास दोनों की सुबह होती है, शाम होती है और एक गहरी उदास रात भी।

रात भर चाँद को ताकते हुए कभी मौसी का रोता हुआ चेहरा याद आता है तो कभी दिन भर थाना-कचहरी दौड़ते मौसा का। कभी गुड़िया की उदास आँखें आती हैं तो कभी पिंकी की करुणाभरी पलकें। कभी झगड़ा छुड़ाते झांझा बाबा याद आते हैं तो कभी लाठी की वार को अपने हाथ पर रोकते खेदन, दीना, हीरामन और गंगा लोहार। लेकिन इन यादों का क्या है, यादें आती हैं और एक गहरी उदासी साँसों के साथ रेंगने लगती है। माथा गर्म होने लगता है। पसीना छूटने लगता है।

अभी-अभी खबर मिली है कि गुड़िया के ससुराल के चार लोगों पर रमेसर ने एफआईआर किया है। वहीं चाँदपुर के करीब दर्जनों लोगों पर गुड़िया के ससुर दीनानाथ ने भी एफआईआर किया है। दोनों पक्षों के बीस से ज्यादा लोग अभी भी फरार हैं।

रमेसर ने खाना-पीना छोड़ दिया है। नई रिश्तेदारी एक क्षण में दुश्मनी में बदल जाएगी, ये कौन जानता था! इकलौती बेटी के भाग्य का सूरज उगते ही बादलों में घिर जाएगा, ये किसको पता था! जरूर कोई पिछले जन्म का पाप हुआ होगा, तभी भगवान ये दिन दिखा रहे हैं।

दीना की छोटकी पतोह तो पल्लू खोसकर कहती है, "हे डीह बाबा, इस डीह के पुरुब बेटी का बियाह आज के बाद कभी नहीं करना है, कभी नहीं। चाँदपुर की बेटियों के लिए उ दिशा अशुभ है अशुभ!"

इधर मैनेजर साहब नथुनी सिंह का दालान बोर्ड परीक्षा के बाद आज फिर गुलजार हो गया है। मार-पीट में जमानत कराने से लेकर थाना-कचहरी में पैरवी करवाने वाले लोग दिन भर दौड़ रहे हैं। वहीं परधानी चुनाव की तैयारी में व्यस्त डब्लू नेता सबकी प्रार्थना सुन रहे हैं। नृत्यांगना के सामने दारू पीकर धकाधक फायर करने वाले आज उनके सामने भीगी बिल्ली बनकर चरणों में लोट रहे हैं, "डब्लू जी, विधायक जी से कहकर केस से बचा लीजिए, नहीं तो बेटे का भविष्य

चौपट हो जाएगा।"

इन भीगी बिल्लियों के चेहरे को देखकर लगता है कि मनुष्य जब विपत्ति में घिरता है तो मनुष्यता के कुछ और करीब आ जाता है। उसके भीतर की लगभग मृत हो चुकी संवेदना जागती है और उसके भीतर का अहंकार याचक बन जाता है।

मैनेजर साहब नथुनी सिंह उसी याचना को बखूबी समझ रहे हैं। सबसे बतिया रहे हैं। आश्वासन ले और दे रहे हैं। इस लेन-देन की खबर चाँदपुर दियारे तक ही नहीं, चाँदपुर चट्टी तक चली गई है।

आज फूँकन की दुकान पर इसी खबर को लेकर एक उच्चस्तरीय बैठक चल रही है। बैठक में सदा उपस्थित रहने वाले कुछ गणमान्य सदस्य फरार चल रहे हैं। हमेशा हँसी-मजाक करने वाले चेहरे आज उत्साहहीन हैं। उनके चेहरे पर चिंता की लकीरें हैं और आवाज एकदम धीमी है।

इधर फूँकन अनमने मन से एक बिगड़ी हुई सीडी को अठारहवीं बार ठीक करते हुए और बैठक में उजागर हो रहे रहस्यों को कान लगाकर सुन रहा है।

"रे गुड्डू!"

"हँ रे!"

"एक बात बताओगे भाई?"

"पूछो भाई।"

"गुड़िया की शादी में मार-पीट हुआ, ये तो समझ आ रहा है..."

"हँ आ रहा है।"

"लेकिन साला ये क्यों नहीं समझ में आ रहा है कि गाँव में जिसने कभी लाठी से साँप नहीं मारा हो वो भी उस रात हाथ में कट्टा लेकर नाच देखने गया था! जिसके पास जहर पीने के पैसे नहीं थे, वो भी दारू पीकर नागिन डांस कर रहा था!"

गुड्डू की भौहें तन गई हैं। वो अपनी जगह से खिसक रहा है, "रे भाई, धीरे बोलो धीरे। एकदम धीरे-धीरे।"

"तुम यार बउचट के बउचट ही रहोगे। पहले ये बताओ कि डब्लू नेता मुँह बाँधकर दूल्हे के भाई को क्यों मार रहे थे?"

"हँ भाई, मुँह तो बाँधे थे, तभी तो गुड़िया के ससुर ने अज्ञात लोगों पर एफआईआर करवाया है।"

बगल में गुमसुम बैठा सत्यप्रकाश चौंककर पूछ रहा है, "ऐसा क्यों हुआ भाई? हमको तो समियाना से हमारे बाबूजी भगा दिए। बेटे के सामने नाच देखने में उनको लाज लग रहा था। हमको तो आज तक कुछ समझ में ही नहीं आया कि किससे किसकी दुश्मनी थी!"

गुड्डू खैनी मुँह में डालते हुए पसीने को पोछ रहा है।

"बेटा ये गाँव की पाल्टिक्स है। ये मित्थुन चक्रवर्ती की फिलिम नहीं कि लास्ट में हीरो गुंडे को मार के हीरोइन से बियाह कर लेगा। इहाँ हीरो कब गुंडा बनेगा और गुंडा कब हीरो बन जाएगा, ये कोई नहीं जानता।"

सत्यप्रकाश परेशान हो रहा है। सत्य इतना अँधेरे में छिप जाएगा इसका अंदेशा उसे भी नहीं था। उसने झल्लाकर कहा, "छोड़ो यार आल्टिक्स-पाल्टिक्स। साला हमको तो समझ नहीं आ रहा कि अगर गलती बारात वालों ने की थी तो फिर डब्लू नेता को राकेसवा और मंटुआ क्यों पीट रहे थे! जबकि दोनों दिन में चार बार डबलुआ को सलामी ठोकते हैं।"

बगल में बैठा परदीप बता रहा है, "भाई गाँव में तो हल्ला है कि मंटुआ गाँव छोड़कर भग गया है या फिर राकेसवा के साथ कहीं दियारे में छिप गया है।"

फूँकन अचानक चौंक गया!

"ए भाई, तुम क्या बोले जी! मंटुआ गाँव से भग गया, ये कैसे जानते हो तुम?"

"ए भाई, काहे बिजुक रहे हो जी। तुमको पता है कि शादी की रात को एक कांड हो गया है।"

"कौन-सा कांड भाई?"

"गाँव में हल्ला है कि शादी की रात को मंटुआ पिंकिया का हाथ पकड़कर एक कमरे में ले गया।"

"ले जाकर क्या किया?"

"एकदम भकचोंहर हो का, बूझो आगे क्या किया होगा! जवान लड़का-लड़की कमरे में हाथ जोड़कर शांति पाठ थोड़े करेंगे, कुछ नीमन-बाउर करेंगे।"

ये सुनकर एक लड़के की माथे की लकीरें सिकुड़ रही हैं, "ए गुड्डू भाई, जमाने से आज विश्वास उठ गया भाई। किसी के चेहरा देखकर उसके चरित्र का अंदाजा नहीं लगाया जा सकता है। हम तो इस पिंकिया को बड़ा शरीफ लड़की

समझते थे।"

ये सब सुनकर फूँकन के कान खड़े हो रहे हैं। मंटू की फरमाइश पर शादी की रात बजाए गए सारे गाने याद आ रहे हैं। लेकिन मंटू तो उसका यार है। यार की गलती भला गलती लगती है! उसने सोल्डर रख दिया।

"रे गुड्डू, ई जानकारी कौन दिया? कौन देखा था पिंकी को कमरे में जाते हुए? फर्जी समाचार मत फैलाओ भाई, किसी की इज्जत, इज्जत होती है।"

"रुबिया भाई रुबिया। हम थोड़े कुछ कह रहे हैं।"

"कवन रुबिया रे?"

"पश्चिम टोला वाली।"

"वाह वाह! और कोई नहीं मिला तुमको समाचार देने के लिए! जानते नहीं हो कि रुबिया कितनी सत्ती-सावित्री है! ब्लाक के एक अधिकारी के साथ इसी साल गेंहूँ के खेत में पकड़ाई थी। पर-साल इसी डब्लू नेता के साथ अस्पताल की छत पर पकड़ ली गई थी। ये तुम नहीं देखे थे? साला सई मुस खाई के बिलार भइली भगतिन। ई सर्टिफिकेट देगी पिंकिया को!"

"अच्छा जाने दो भाई छोड़ो। एक धमाका न्यूज सुनो।"

"सुनाओ, जल्दी सुनाओ।"

धमाका का नाम सुनते ही अचानक से टीवी का तार जोड़ रहे फूँकन का हाथ सोल्डर से जल गया। वो बैठे-बैठे याचना की मुद्रा में आ गया।

"ए धमाका न्यूज! अब भाई बहुत हुआ। अब मेरा दिमाग मत खराब करो यार। जाके खेदना की दुकान पर बैठके न्यूज सुनाओ। एक तो ऐसे ही दुकानदारी में मन नहीं लग रहा।"

सत्यप्रकाश और गुड्डू फूँकन की उदासी को देखकर उसे आश्वस्त कर रहे हैं, "भाई, कोई अब इधर-उधर की बात नहीं करेगा। कोई नहीं। ए फूँकन को कोई कुछ नहीं बोलेगा।"

सब हाँ में हाँ मिलाते हैं, "ठीक है भाई, कोई नहीं बोलेगा।"

फूँकन सिर झुकाए पेचकस उठाकर नट लगा रहा है। उसके सामने एक लड़का टकटकी लगाए देख रहा है। फूँकन का गुस्सा बढ़ रहा है, "ए लड़के, जरा पीछे हटो, नहीं तो ये तुम्हारी दहेजुआ टीवी अब बनेगी नहीं। तुम अपनी भौजी को कह दो, टीवी से पहले अपना दिमाग ठीक करवाएँ। हम एक मिनट में ठीक

कर देंगे।"

सत्यप्रकाश को मजाक सूझ रहा है, "अरे! भौजी को काहे बुला रहे हो, सुखारी डॉक्टर का असर हो रहा का जी तुम पर भी!"

फूँकन की हँसी गायब है, "यार हम हाथ जोड़ लिए कि टीवी नहीं बनेगा लेकिन उ न जाने कवना देश की मेहरारू है, जो एक्को बात नहीं समझती है।"

फूँकन को गुस्सा देखकर टीवी बनवाने आया लड़का मुँह लटकाकर जा रहा है। परदीप उसके कान में कह रहा है, "ए बबुआ जाकर भौजी को बुला लाओ। फूँकन भइया करेंट चेक करने के लिए बुला रहे हैं।"

"ए भाई कंट्रोल, कंट्रोल। लड़के से गंदा बात नहीं, एकदम नहीं। आज तो साला ऐसे ही मजाक-वजाक का मन नहीं है।"

फूँकन इतना कहकर फिर उदास हो गया है। वो चाहता है कि उसकी दुकान से ये लोग जल्दी उठें और कहीं और चले जाएँ लेकिन सिर्फ चाहने से क्या होता है! वो दुकान से निकलकर दुकान के पीछे वाली झाड़ी में घुस रहा है। इधर रहस्मयी चिंतन कर रहे चिंतकगण पैर पर पैर चढ़ाकर गंभीर मुद्रा में आ रहे हैं। कब जाएँगे पता नहीं।

फूँकन दुकान छोड़कर चला गया है। देख रहा है कि सुखारी डॉक्टर की दुकान भी कई दिन से बंद है। साला! न जाने चाँदपुर को क्या हुआ है आजकल! गाँव में तो ये भी हल्ला है कि परदीपवा सुखारी की साली से रात को पलानी में भेंट किया था। लेकिन अपना गलती कोई नहीं देखता है न? सबको दूसरों की बात बतियाने में मजा आता है।

फूँकन दुकान छोड़कर हट गया है।

साँझ हो गई है। अँधेरा बढ़ रहा है। गर्मी की रात में टह-टह अँजोरिया निकल आई है। दिन में तो ऐसा लग रहा था कि हवा में किसी ने लुत्ती लगा दिया है। लेकिन चाँदपुर में रात को हवा चाँद से आती है। एकदम शीतल मंद सुगंधित।

कुत्ते बोल रहे हैं। लगता है उनके भी अपने गैंग होते हैं। एक हफ्ते में एक आध बार उनके बीच भी मामला आर-पार हो ही जाता है। उनका भौंकना रुक नहीं रहा है।

इधर आज झांझा बाबा ग्लानि में हैं। जबसे कपार फूटा है, बाँह टूटी है, तबसे दालान में लेटे रहते हैं। हिला-डुला भी नहीं जाता है। हाथ से न चश्मे को पकड़

पाते हैं और न ही मानस की पोथी को। वो तो भला हो दीना चौधरी और उनकी पतोह का कि समय से खाना-पीना बन जाता है। दीना भी हल्दी-चूना लगा देते हैं। दवाई दे देते हैं। लेकिन जैसे ही पुरुवा बहती है, बाबा का दर्द बढ़ जाता है।

कल बलिया सदर अस्पताल के डॉक्टर ने कहा है कि हड्डी का चोट है, थोड़ा वक्त तो लेगा लेकिन गाँव के कुछ लोग कह रहे हैं कि बुढ़ौती में हड्डी पर लगा चोट जिनगी भर कभी ठीक नहीं होता है। दीना मनौती माँग रहे हैं, "हे काली माई, बाबा का दुख हरिए, कष्ट से उऋण करिए।"

गाँव के लोग दिन भर बाबा का कुशल-क्षेम जानने आते हैं। दिन भर कोई-न-कोई आकर पास बैठा रहता है। वह बाबा से बस ये नहीं पूछता कि उनके बेटे आएँगे या नहीं। दीना ने मना किया है कि ये सवाल किसी को नहीं पूछना है, बाबा की आत्मा दुखी हो जाती है।

लेकिन आज पता चला कि बाबा के बड़े बेटे सुधीर ने बलिया शहर में रह रहे अपने एक साढ़ू भाई के यहाँ फोन किया है कि आप बाबूजी को गाँव से अपने घर बुला लीजिए। लेकिन बाबा ने अभी उस साढ़ू को चार गाली देकर भगा दिया, "किसी दूसरे के दरवाजे पर जाने से पहले मर न जाएँ हम। भाग यहाँ से! जब तक आखिरी साँस है हम अपने चौखट पर ही रहेंगे।"

साढ़ू का मुँह ताला की तरह लटक गया। दीना ने उसको समझाया, "ए बबुआ जाने दीजिए। हिंदू का पुरनिया साठ साल बाद थोड़ा-सा सटकता है। उसके गाली को भी आशीर्वाद समझना चाहिए। आप ही बताइए, जो आदमी इस दुख में अपने बेटे के पास नहीं जा रहा है, वो भला आपके घर जाएगा!"

रिश्तेदार चुपचाप सिर हिलाते हुए गाड़ी के किक को पैर से दबा रहा है। उसके ज़ाते ही उमेश का आगमन हो रहा है। उमेश की आँखों में उदासी का ज्वार-भाटा है, हाथ में कमंडल, लाठी, कंधे पर गमछा। लेकिन होंठों पर बाबा की बेहतरी की दुआ। बाबा उमेश को टकटकी लगाए देख रहे हैं।

"बैठ उमेश, बैठ।"

उमेश क्या कहें। बाबा को देखकर मन विचलित हो रहा है।

"ना बाबा, ठीक है। बस आपको देख लिए, मन में संतोष हो गया। दूध लाए हैं, पी लीजिएगा। अब चल रहे हैं। घर में सब रास्ता देख रहे होंगे।"

बाबा चश्मा उतारकर पूछ रहे हैं, "अरे एक छन रुक रे पगला।"

"हँ बाबा।"

"पूनमी के ससुरा वाले कुछ खबर किए?"

"ना बाबा, कहाँ किए!"

"हम तो कहीं से मुँहा-मुँही सुने हैं कि पूनम का दुलहा जिस औरत से बियाह कर लिया था, उस औरत से एक बेटा हुआ है।"

इतना सुनते ही उमेश के शरीर का सारा खून सूखने लगा है। ऐसा लग रहा है कि हवा अगर तेज चल जाएगी तो झट से जमीन पर गिर जाएँगे। गमछे को कंधे पर रखकर उमेश खड़े हो गए हैं। मानो अब न सवाल सुनने की हिम्मत बची है, न ही जवाब देने की।

इधर पिंकी का हाल भी बेहाल है। गाँव भर में हल्ला हो गया है कि पिंकिया मंटुआ से रात को अकेले में भेंट करने गई थी। परसों इंटरमीडिएट का रिजल्ट भी आ गया। सतहत्तर प्रतिशत मार्क्स आने के बावजूद भी पिंकी रोती रहती है, आँसू पोछती रहती है। किससे कहे कि गाँव में कुछ लड़कियाँ उससे जलती हैं। उनको जलन होता है उसके सिलाई, कढ़ाई, पेंटिंग करने से, उसके गीत गाने से और क्लास में हमेशा फर्स्ट आने से! ये सब उनका ही किया-कराया है।

आखिर उसकी बातों को घर में कौन सुनेगा! बस आँसू ही सुनते हैं, आँसू ही बोलते हैं। पिंकी का मुँह बंद रहता है।

गुड़िया की शादी के बाद तो मानो इस घर पर नजर ही लग गई है। चाचा आजकल घर नहीं आते हैं लेकिन कल चाची ने चाचा उमेश से लड़ते हुए साफ-साफ कह दिया है, "देखो अब ये इंटर पास हो गई। अगर इस साल नवंबर में पिंकिया की शादी नहीं हुई तो या तो तुम घर में रहोगे या हम रहेंगे। इसे छिनरपन करने के लिए यहाँ नहीं रखना है। एक तो उस पूनमी को झेल ही रहे हैं, अब इसको कौन झेलेगा!"

इधर पूनम का भी रो-रोकर बुरा हाल है। कई दिन से कुछ खा नहीं रही है। आजी किसनावती दिन भर खाँसती हैं। सब दवाई सिरप फेल हो गया है। खाना-पानी छोड़ चुकी पिंकी की माँ की आँखों से बस पानी ही निकलता है। भगवान भी बड़ा कारसाज है। दुख भेजता है तो सँभलने का मौका तक नहीं देता है।

पिंकी किसे सँभाले? खुद को या चाचा, आजी, माँ और बहिन को? पता नहीं।

हवा चल रही है, तूफानी हवा। आँखों के सामने कैलेंडर हिल रहा है। मई बीत चुका है। आसमान में किसी शैतान जैसे बादल छा रहे हैं। एकदम काले-काले। अँजोरिया रात एक झटके में अन्हरिया रात हो गई है। सियार न जाने कहाँ से बोल रहे हैं। मंटू के मड़ई का दीया बुझ तो नहीं गया है! पता नहीं। इंटरमीडिएट का रिजल्ट आया और वो देखने भी नहीं गया। क्या होगा देखकर! गुड़िया की शादी में हुए बवाल के बाद तो लगता है कि जिंदगी ने अपने इम्तेहान में फेल ही कर दिया है। इंटर पास करके भी कौन-सी किस्मत बदल जाएगी?

उधर दियारे में तूफानी हवा चल रही है। एक झटके में लगता है कि सरजू जी की तरफ कोई औरत रो रही है। नीम के पेड़ पर बैठी टिटिहरी की आवाज डरा रही है। कुत्ते न जाने क्यों रह-रहकर रोने लगते हैं। गाय की आँख के कोर से पानी निकलता रहता है। चाँदपुर में कुछ और अशुभ होगा, कुछ और अशुभ होगा!

बारिश! बारिश होने लगी है।

हे सरजू माई, चाँदपुर की रक्षा करिए!

13

पंद्रह दिन से लगातार बारिश! बेहिसाब बारिश! सुबह हो गई है लेकिन अँधेरा खत्म होने का नाम नहीं ले रहा है।

न जाने किस देश के बादलों ने चाँदपुर के आसमान को ढक लिया है। इस निचाट निस्तब्धता में अचानक हवा तेज हो जाती है। पानी की बौछार तीर की तरह देह पर लगने लगती है। मड़ई में हुक्का पी रही हेमवंती देवी के हाथ अपने आप जुड़ जाते हैं, "हे सरजू माई, रहम करऽ माई!"

इधर नब्बे साल के ननकिसोर का मुँह जेठ के खेत की तरह सूख रहा है। बहुत हिम्मत के बाद लाठी के सहारे उठते हैं। टूटा चश्मा ठीक करते हुए, हाथ को बरौनी से लगाकर आसमान की तरफ झाँकते हैं और फिर हताश होकर बैठ जाते हैं।

आँखों के सामने सरयू नदी का मंजर बूढ़ी हो रही पुतलियों को कँपा देता है। न जाने कहाँ-कहाँ से घास, फूस, टायर, लकड़ी, खटिया और बक्से बहते हुए चले आ रहे हैं। दियारे के हजारों बीघे खेत जलमग्न हो रहे हैं। जिधर भी आँख उठती है, पानी ही नजर आता है। बहुत दूर एक नाव दिखती है। गमछा और छाता लिए एक नाविक बाँस के सहारे नाव को धीरे-धीरे खेता चला आ रहा है, मानो इस तट-विहीन बौखलाई नदी में संतुलन की साधना करके लौट रहा हो! उसकी आँखों में न भय है, न ही चेहरे पर चिंता। हाथ किसी कुशल साजिंदे जैसे चल रहे हैं। नाव की दरारों में रखी रेडियो से आवाज आ रही है- 'मंगल भवन अमंगल हारी...'

अचानक आसमान में बिजली चमकती है। रेडियो खरखराने लगता है। नाव हिलने लगती है। नाविक खड़े होकर नाव को सँभालता है। तब तक किसी के पुकारने की आवाज आती है।

"ए हीरामन, हीरामन होई!"

"अरे सुना हो, हम उमेश!"

"ए हिरामन भइया, हेने आवा हो।"

हीरामन के कान में जैसे ही आवाज पड़ती है, उसके हाथ तेज-तेज चलने लगते हैं, "आखिर उमेश को क्या हुआ, कोई बात तो नहीं हो गई?" हीरामन टकटकी लगाए उसी तरफ देख रहा है। पता चला है कि आज सुबह-सुबह उमेश अपना घर उजाड़ रहे हैं। पिंकी के होंठों पर पपड़ी है और माथे पर पसीना। आँखें आँसुओं से पथरा गई हैं। आखिर जिस घर को बनाने में चाचा ने पसीना जला दिया हो, उसे उजाड़ने के लिए करेजा को पत्थर करना पड़ेगा न।

हीरामन ने नाव को घर के आगे लगा दिया। मैना चाची चिल्ला रही है, "रे पिंकिया, का खड़ा होके देख रही रे, जल्दी-जल्दी घर से अटैची, बक्सा, आलमारी, खटिया, बिछौना, बर्तन, सब निकाल!"

उमेश खिसियाते हैं, "रे पिंकिया, बक्सा छोड़ पहिले माई और भौजी को सँभाल!"

पिंकी का दिल-दिमाग तो गुड़िया की शादी के बाद ही काम करना बंद कर चुके हैं। लेकिन सरजू के पानी की तरह मलिन हो रहे माँ और दादी के चेहरे को देखकर पैर भी जवाब दे रहे हैं। आजी को एक तरफ से पूनम उठा रही है तो दूसरी तरफ, माँ को पिंकी। लेकिन दिल है कि बैठा जा रहा है। वही चिंता सता रही है, "हे ईश्वर अब आगे क्या होगा?"

हीरामन नाव में बीड़ी पीते हुते उमेश को डाँट रहा है, "ए उमेश, माई को गोदी में उठा लोऽ!"

उमेश किसनावती को गोदी में उठा रहे हैं। जर्जर अस्थि पिंजर हो चुका शरीर खाँसने की वजह से हिल रहा है। आजी और माई को लेकर पूनम नाव में बैठ गई है। नाव चल रही है। हीरामन रेडियो से आ रही रामचरित मानस की चौपाइयों में खो गया है।

इधर पिंकी आँगन में आ गई है। आकर देख रही है कि आँगन में ठेहुन तक पानी उतर आया है। बारिश तेज होती जा रही है। उसके सामने है, कबूतर का घोसला, अड़हुल के फूल, मेहँदी का पेड़, तुलसी जी का चौरा। पूनम की शादी में घर की दीवारों पर बना कोहबर। ये सब पूछ रहे हैं- क्या हम भी डूब जाएँगे?

कहीं से कोई जवाब नहीं आता। उमेश चिल्लाते हैं, "रे पिंकिया, का सोच रही है, जल्दी चल!"

पिंकी काँपती है। देखती है कि गाय-गोरु भी काँप रहे हैं। क्या बड़े, क्या बूढ़े सबके चेहरे की रौनक गायब है। उन बच्चों की आँखें भी खामोश हैं, जिन्होंने अपनी बाँस के कोपल जैसी आँख से दुनिया को देखना शुरू किया है। किसी ने हाथों में लट्टू थाम लिया है तो किसी ने टायर वाली गाड़ी। गोलुआ के पापा डाँट रहे हैं, "इसको लेकर कहाँ जाओगे? है कहीं जगह टायर नचाने और लट्टू खेलने की?"

गोलुआ रोता है।

बड़े-बड़ों को समझ नहीं आता है कि आखिर इन बच्चों को कैसे बताएँ कि बेटा तुम एक ऐसे गाँव में पैदा हुए हो, जहाँ हर साल बाढ़ आती है और आदमी हर साल खिलौना बन जाता है।

उधर चाँदपुर चट्टी पर खेदन अभी चूल्हा जला रहा है। पता चला है कि बाढ़ नियंत्रण बोर्ड के एक बड़े अधिकारी अपने सरकारी गाड़ी से टीएस बाँध का मुआयना करने आए हैं। साथ में दो-चार अर्दली और एक दो समाजसेवी भी हैं। समाज सेवी पत्रकारों के आने का इंतजार कर रहे हैं।

गाँव के हर आदमी की आँखें सवाल कर रही हैं। हर आदमी अपना सामान लेकर भाग रहा है। बाँध पर रह-रहकर जानवरों को हाँकने की आवाजें आ रही हैं। अधिकारी जी तोंद सहला रहे हैं।

"देखिए भाई, आप लोग तो जानते ही हैं कि बाढ़ आने से पहले प्रत्येक बाढ़ पीड़ित इलाके में लाखों रुपये के पत्थर गिराए जाते हैं। लेकिन का करेंगे, इस बार टेंडर पास होने में ही समय लग गया, वरना हालात नियंत्रण में होते!"

टेंडर का नाम सुनते ही चाय के साथ खेदन का माथा भी उबलने लगा है।

"चुप रहिए सर! साफ कहिए कि ऊपर से नीचे तक कमीशन तय नहीं हो पा रहा था, इसलिए टेंडर में देरी हो गई। तीन दिन पहले ही तो आकाशवाणी गोरखपुर से खबर आई कि बलिया में सरजू खतरे के निशान से ऊपर बह रही है। चाँदपुर बैराज पर खतरा बढ़ने की संभावना है। लेकिन आप लोग उधर मैनेजर साहब के साथ मीटिंग करते रहे और इधर चाँदपुर डूबता रहा।"

अधिकारी साहब खेदन के हुलिए का निरीक्षण कर रहे हैं।

"अरे भाई, हमको मत बताइए। हमको सब पता है। कल ही तो डीएम साहब ने आदेश दिया कि आज दोपहर तक सब लोग सुरक्षित स्थान पर चले जाएँ, वरना

चाँदपुर कभी भी डूब सकता है।"

खेदन के कान से पसीना आ रहा है।

"बस करिए महराज बस! वही पचासों सालों से चली आ रही बात! वही सुरक्षित स्थान! वही बाढ़ राहत! वही आपदा नियंत्रण! यही सुनते-सुनते तो न जाने हमारी कितनी पीढ़ियाँ गुजर गईं। आज चाँदपुर के बच्चे-बच्चे को एबीसीडी और गिनती-पहाड़ा से पहले आपके ये तीन-चार जुमले याद हो जाते हैं। एप्पल मने सेव होता है कि केला होता है ये तो उनको पता नहीं लेकिन इतना जरूर जान जाते हैं कि सुरक्षित स्थान का मतलब चाँदपुर की बाँध पर बनी सड़क होता है और सड़क के दोनों किनारे बने प्लास्टिक के घर राहत शिविर कहे जाते हैं। आपदा नियंत्रण उसको कहा जाता है जिसमें अफसरों, नेताओं और समाज सेवियों की मौज होती है! कहिए कुछ गलत बोले हैं तो?"

खेदन को खिसियाता देखकर अधिकारी साहब को जम्हाई आ रही है। उनके साथ एक स्थानीय पत्रकार सिगरेट की कश ले रहे हैं। दीना हाथ जोड़कर अधिकारी जी के सामने खड़ा है।

"सर! सरजू इस पार के दस गाँव और उस पार के बारह से चौदह गाँव डूब रहे हैं। और न ही सरकारी नावें अब तक आई हैं न ही भोजन-पानी का इंतजाम हुआ है। आप बताइए, दो दिनों से जानवर भूखे चिल्ला रहे हैं। जमीन दिखती नहीं कि घास-फूस खा सकें! भूसा पानी में तैर रहा है। जिसके पास भूसा है, वो अलगे नवाबी झाड़ रहा है। लोग क्या करें!"

"लोगों को गोली मारिए। पहले आप चुप रहिए। आप लोग आदमी हैं कि शिकायत पेटिका! तबसे बकर-बकर बोले जा रहे हैं।"

अधिकारी जी अपने अर्दली को डाँटकर अपनी खोपड़ी खुजा रहे हैं, "ई कहाँ चाय पीने बैठा दिया जी हमको, और कोई दुकान नहीं दिखी क्या तुमको!"

अर्दली कान में ईयरफोन लगाकर अपनी सरहज का हाल-चाल ले रहा है। इधर खेदन की चाय खौल चुकी है और उसका माथा भी। अचानक एक समाजसेवी जी हाँफते हुए कहीं से आ रहे हैं, "सर, एक फोटो हो जाता तो ठीक रहता। मेरा ग्यारह बजे से एक जगह और प्रोग्राम है।"

खेदन उसे घूरता है, "अरे तो जाइए न! कौन यहाँ रोक रहा है आपको!"

पास में खड़ा एक पत्रकार खेदन के खतरनाक मूड से वाकिफ है, वो

समाजसेवी को साइड करके झट से बात बदल रहा है, "छोड़िए खेदन जी, कहिए झांझा बाबा की तबियत कैसी है अब? अखबार में हम पढ़े थे कि कुछ अराजक तत्वों ने उनको पीट दिया है। क्या हुआ उस मामले में? किस पर केस हुआ है। रमेसर जी कहाँ हैं आजकल?"

खेदन चुप हो गया है। आजकल इस विषय के सवालों पर चारों तरफ चुप्पी ही रहती है। कोई किसी से कुछ न कहता है, न ही सुनता है। दुकान का माहौल अब गंभीर हो रहा है। अधिकारी महोदय सबको अनसुना कर सिगरेट जला रहे हैं।

इधर प्लास्टिक की बोरी ओढ़कर हाथों में छाता और कंधे पर डंडा लिए एक छोटा-सा लड़का अपनी बकरियों को हाँक रहा है। तीर की तरह लगती बौछार से बकरियाँ मिमिया रही हैं। लेकिन लड़का उनको हाँकता जा रहा है। बकरियाँ चली जा रही हैं उस चाँदपुर बाँध की तरफ, जहाँ एक नया चाँदपुर बस रहा है। प्लास्टिक के तंबू वाला चाँदपुर!

पचास से ज्यादा घर देखते-ही-देखते इन प्लास्टिक के तंबुओं में आ गए हैं। जिनके बड़े परिवार हैं, उन्होंने रिश्तेदारों के यहाँ शरण लिया है लेकिन जो कहीं जा नहीं सकते, वो सब इन्हीं अस्थायी तंबुओं-झोपड़ियों में सामान रख रहे हैं। लेकिन समस्या ये है कि किसान के घर का सामान एक झोपड़ी में कैसे आएगा! इस समस्या का समाधान खोजा गया है और गाँव में जिनके ऊँचे छत हैं उनकी छत पर सामान रख दिया गया है। बाकी रोजमर्रा की जरूरत वाला सामान झोपड़ी में आ गया है। परदीपवा चिल्ला रहा है, "रे गुड्डुआ, आजी का हुक्का कैसे छूट गया रे?"

आजी खिसियाती हैं, "रे दोगलवा! कवनो डेंगी मिले तऽ जाके ले आव रे।"

हुक्का लाने के लिए फिर हीरामन को बुलाया जा रहा है। तब तक पता चल रहा है कि मनोज की माई ने जो घर में सुग्गा पोसा था, वो जल्दीबाजी में वहीं छूट गया है। अब तो मनोज की माई रो रही हैं, "अरे सुगना को जाकर लाओ रे!"

सुगना को लाने के लिए बड़का का भाई छोटका जा रहा है। मनोज के बाबूजी मनोज की माई को समझा रहे हैं, "जनावर को बिपत अंदाज पहले ही हो जाता है रे मनोजवा की माई। सुगना कल से ही खाना, पीना, बोलना सब छोड़ दिया था।"

लीजिए, दीना चौधरी कहीं से एक टाली बाँस काटकर लाए हैं। आँखों के सामने नायाब मंजर है। क्या दोस्त क्या दुश्मन, सबको अस्थायी घर बनाने के लिए

बाँस दिया जा रहा है। इसी बाँस, मूँज, प्लास्टिक, तिरपाल और उम्मीदों के सहारे बाढ़ पीड़ितों की नई बस्ती तैयार हो रही है। चाँदपुर नई बस्ती। इसी नई बस्ती से रोज सैकड़ों जोड़ी आँखें दियारे की तरफ टुकुर-टुकुर देखेंगी सरयू नदी का तांडव, अपने टूटते घर और डूबते सपने, बनते दरवाजे और टूटते गेट, ढहती दालान और उजड़ती छत। फिर एक नया चाँदपुर बसेगा पुराना चाँदपुर उजड़ेगा।

लेकिन ये सब तो अब आदत हो चुकी है जी। इसमें नया क्या है, ये तो हर साल की बात है। चाँदपुर की किस्मत में कुछ नया भले न हो लेकिन हर साल बाढ़ के समय चाँदपुर के आगे 'नया' जरूर लग जाता है। यही 'नया चाँदपुर' पुराने चाँदपुर का प्रारब्ध है।

अभी-अभी बलिया जिला मुख्यालय से समाचार आया है कि सरयू सात सेंटीमीटर प्रति घंटे की रफ्तार से बढ़ रही है। एक-दो दिन में हालात और खराब होंगे। टीएस बाँध टूटने की नौबत आ सकती है। दीना समाचार सुनाकर विकराल होती सरयू की तरफ देख रहा है। कहीं दूर, एक मरी हुई भैंस बहती जा रही है। सड़क पर खड़े कुत्ते उसे ललचाई आँखों से देंखते हैं और जीभ निकालकर भौंकते हैं।

दीना की माई ने सिर पीट लिया है, "अरे! बाप हो बाप! किसका सिंहोरा बहकर जा रहा है रे! सुहाग का सेनुर न बचा सकी कौन अभागिन है रे!"

बच्चे फिर से रो रहे हैं। अब आइस-पाइस कैसे खेलेंगे? मम्मियाँ मार रही हैं, "रे मुअना, यहाँ आदमी का जीव साँसत में है, तुमको खेल-तमाशा दिख रहा है!" दो-चार थप्पड़ खाकर सब दुबके हैं। बाकी जवान लड़कों ने इधर-उधर शरण ली है। टाइम पास कैसे होगा इसके लिए सत्यप्रकाश ने ताश और लूडो की बेवस्था की है। फूँकन की दुकान से सीडी और बैटरी लाया गया है। आज रात सनी देवला और मिथुना कि फिलिम देखी जाएगी और फिर लिट्टी चोखा खाकर 'कुँवारी दुल्हन' देखा जाएगा।

लेकिन चाँदपुर की लड़कियाँ बहुत उदास हैं। ममता पूछती है संगीता से, "रे संगीतवा, जो झूला सावन में लगा था वो अब डूब गया होगा न? जहाँ गोधन बाबा कुटाते थे, जहाँ पिड़ियाँ लगता था, जहाँ बहुरा की कथा होती थी, ऊ सब का क्या होगा?" संगीता चुप रहती है।

देखते-ही-देखते साँझ हो गई है। लेकिन ये क्या, मंटू अभी तक सामान ढो

रहा है! साथ में राकेश भी है। ये दोनों कहाँ से आ गए जी! ये दोनों तो गायब थे। क्या रमेसर का घर भी डूब गया है, आस-पास की दर्जनों आँखें आपस में यही सवाल पूछ रही हैं।

इधर रमेसर खिसिया रहे हैं, "रे राकेश, तुम्हारे बाबूजी अकेले डेंगी चला रहे हैं, तुम काहे नहीं जा रहे हो रे!" राकेश चुप है कि आखिर कैसे चला जाए! कैसे कहे कि गुड़िया की शादी में जबसे झगड़ा हुआ है तबसे मंटू को अकेले छोड़ना खतरे से खाली नहीं है! बहुत ही डर लगता है। क्या पता कब यहाँ कौन क्या कर दे!

उधर पिंकी ने भी अपने अस्थायी घर में गृहस्थी जमा दी है। दो मड़ई डली है। एक में पिंकी और पूनम, दूसरे में आजी और माई। चाचा तो रात को प्राइमरी स्कूल के छत पर ही सोएँगे। या फिर झांझा बाबा की दालान ही शरणस्थली है। लेकिन चाचा वहाँ जाकर रमेसर को कैसे मुँह दिखाएँगे! पूनम और पिंकी के बारे में पूछे जाने वाले प्रश्नों का उत्तर कहाँ से लाएँगे! पिंकी ये सोचकर उदास है।

बस इस विपत्ति में संतोष की बात यही है कि आज चाची सोनू को लेकर अपने नइहर चली गई। अब बस आजी, पिंकी, पूनम और चाचा ही तो बचे हैं। ये सोचकर पिंकी की आँखों ने चमकना शुरू किया है, 'हे भगवान! अच्छा हुआ ये आफत चली गई। अब तो बाढ़ क्या, समुद्री तूफान भी आ जाए तो पिंकी झेल लेगी।'

पिंकी के कानों में कहीं से आवाज आ रही है, "ए मौसा, छोड़ दीजिए। ए मौसी, तुम चुपचाप बैठो, हम ठीक कर रहे हैं।"

पिंकी की साँसें थम रही हैं। ये तो वही चिर-परिचित-सी आवाज है। क्या मंटू पड़ोस में आ गया!

बाप रे! पिंकी की धड़कन तेज हो रही है। हाथ जुड़ रहे हैं। वाह रे सरजू माई, गाँव के दो कोने पर बसे दो घरों को आज आपने पड़ोसी बना दिया! लेकिन कल से क्या होगा? मर्यादा और प्रेम की समानांतर उठती दीवारों का क्या होगा? ये तो बोर्ड परीक्षा से भी कठिन परीक्षा की घड़ी आ गई। हे शिव जी! पिंकी की रक्षा करना!

इधर सड़क पर पत्रकार साहब का एक कैमरा चमकता जा रहा है। एक समाजसेवी खड़े हैं। एक जन लखनऊ से आए हैं, "देखिए, हम टीवी चैनल के

पत्रकार हैं। हमारी रिपोर्ट का सरकार पर असर बहुत ज्यादा होगा।"

लोकल पत्रकार खेदन से प्रेरणा लेकर खिसिया रहा है, "तो हम लोग क्या चूतिया हैं! एक कैमरा और माइक लेकर तीस मार खान मत बनिए। कलम तलवार से ज्यादा धारदार होती है। उ शेर नहीं सुने हैं का- तलवार मुकाबिल हो तो अखबार निकालो।"

टीवी वाले चुप हो गए, समाजसेवी जी परेशान हो गए, "ए सर, आप लोग आपस में मत लड़िए, वरना मेरे जैसे गरीब समाजसेवी का क्या होगा!"

"ठीक है, ठीक है। आइए फोटो खिंचवाइए।"

फिलहाल फोटो सेशन चल रहा है। समाजसेवी जी अपना बाल ठीक करके फोटो जर्नलिस्ट जी को फ्रेम समझा रहे हैं। उनके हाथ में एक दर्जन केला और एक टॉर्च है। फ्रेम सही किया जा रहा है, "केला कौन लेगा जी?"

"केला कौन लेगा रे रामधन?"

पहले रामधनी केला ले रहे थे लेकिन अब उनकी माई को बुलाया गया है। पत्रकार ने कहा है कि उनके साथ ज्यादा अच्छा फोटो आएगा। फ्रेम ठीक जमेगा।

समाजसेवी जी ने पोज पर पोज दे दिया है लेकिन समाजसेवी जी ने बेचैन होकर चुपके से पत्रकार जी को एक पाँच सौ का नोट पकड़ा दिया है, "देखिए सर, कल कैसे भी फोटो छप जाए, पिछली बार की बाढ़ में एंटी पार्टी का फोटो चार दिन तक आया और हमारा एक्को दिन नहीं आया। अइसे करिएगा आप लोग?"

पत्रकार महोदय मुस्कुरा रहे हैं, "चलते हैं सर, अब कल आएँगे।"

इधर रमावती और रमेसर का अस्थायी घर तो बन गया लेकिन मन गहरी उदासी में डूब गया है। आज गुड़िया ने चिट्ठी भेजी है। सहतवार का बजाज चिट्ठी लेकर आया है। रमावती परेशान हैं कि मंटुआ आए तो चिट्ठी पढ़कर गुड़िया का समाचार सुनाए, लेकिन न जाने ई लड़का सामान पटककर कहाँ गायब हो गया है। एक छन उसका गोड़ कहीं टिकता नहीं है। रमेसर चिट्ठी हाथ में लेकर रख देते हैं, "मंटुआ आए तो पढ़वा लो। हमरे बस की बात नहीं है।"

रमावती की आँखें नम हो जाती हैं, "उ तो नाव से कहीं चला गया। पता न कब आएगा!"

रमेसर दीना की पुजवा को बुला लाए हैं, "रे पुजवा, ई चिट्ठी बाँच तऽ"

पूजा चिट्ठी खोल रही है। कागज पर अक्षरों को देखते ही रमावती की आँखों में उत्सुकता और भावुकता की बाढ़ आ गई है।

'सेवा में

माई-बाबूजी!

सोस्ति सिरी उपमा जोग लिखी माई को परनाम है। डीह बाबा काली माई से कुशलता की कामना करते हुए यही मनाते हैं कि तुम और बाबूजी, मंटू सब लोग ठीक रहें।

रे माई सावन बीत रहा है। बाबूजी झाँकने नहीं आए, न ही मंटुआ को भेजे। हम रोज उँगली पर दिन गिन रहे हैं कि अब कोई चाँदपुर से आएगा, अब आएगा। लेकिन एक कौवा तक नहीं आया।

ए माई, अब कइसे बताएँ कि ननद और जेठानी का ताना हमसे बरदास नहीं हो रहा है। दिन भर कान में गरम शीशा डालकर सुनते रहते हैं। कभी सास कहती है कि सोफा नहीं मिला, तो ननद कहती है कि फ्रिज और टीवी सस्ता है। जेठानी मुँह चमका रही है कि पलंग भी ठीक नहीं है, बक्से में बढ़िया साड़ी तक नहीं है। ससुर कह रहे हैं कि दलिद्दरों ने तीज भी नहीं भेजा।

ए माई, क्या करूँ रोज सुबह-साँझ सह लेती हूँ और बाबूजी को याद करके रो लेती हूँ। तुम ही बताओ, बाबूजी मार-पीट या केस-मुकदमा से नाराज हैं कि अपनी बेटी से भी नाराज हैं।

जब यही करना था तो क्या जरूरत थी शादी के दिन सुबह पंचायत बटोरकर हमारा विदाई करने की। जब केस-मुकदमा हो रहा था, तो हमको वही रख लिए होते। अब तो हमारा जीवन साँसत में फँस गया है। दिन-रात घर का सारा काम करते हैं। हर तरीके से सबको खुश रखने की कोशिश करते हैं लेकिन किसी का मुँह सीधा नहीं रहता है रे माई। ऐसा कौन-सा कमी है मेरे में समझ में नहीं आता है।

देख न आज एक महीने से चिट्ठी लिखकर रखे थे कि कोई आए तो तुम्हारे पास भेजें। लेकिन समझ में नहीं आ रहा था, किससे भेजें। कल संजोग था कि अपना बजजवा आया था साड़ी बेचने। उसकी आवाज सुनकर जान में जान आई। हम जल्दी-जल्दी चिट्ठी भेजवाए कि चाँदपुर जाना तो हमारे घर दे देना।

रे माई, तुम्हारे दामाद तो बहुत दारू पीते हैं। बाबूजी से पूछना, क्या यही देखे थे बियाह करने से पहले। एक दिन तो बाप-बेटा दोनों अपने में झगड़ा कर लिए

कि चाँदपुर वाले पूरा दहेज नहीं दिए हैं। ऊपर से कोर्ट-कचहरी का मुँह देखवा दिए कि इस कलंकिन को जल्दी से चाँदपुर पहुँचाओ, तभी पूरा दहेज मिलेगा।

ए माई, उस दिन के बाद मैंने खाना छोड़ दिया। रो-रोकर तकिया भीग गया। दिन भर काम करती रही और रात भर रोती रही। लेकिन जाने दो, तुम चिंता मत करना। हम ठीक हैं। बस तुमको देखने का मन कर रहा है। मंटुआ आवारा से कहना कि गुड़िया इतनी बलाय नहीं थी जितना बाबूजी हमको समझते हैं। वो तो कम-से-कम आकर किसी दिन घूम जाए।

बाकी सब ठीक है।

रे माई, अपना खियाल रखना। मोती को टाइम से रोटी देते रहना और बड़की माई को मेरा प्रणाम कहना।

तुम्हारी बेटी
गुड़िया
सुरेमनपुर।'

चिट्ठी पढ़कर रमावती रो रही हैं और पूजा भी। रमेसर की हिम्मत न हुई कि पूरा सुन सकें। वो उठकर बीच में ही बाहर चले गए। इधर अभी-अभी आकर दरवाजे पर खड़े हुए मंटू की आँखें भी नम हो गई हैं। गुड़िया की विदाई में भी इतने आँसू न आए जितने आज आ रहे हैं। रमावती ने सिर पकड़ लिया है, "हे काली माई! ई कवन जन्म का पाप था, जो ऐसे दहेज लोभी के घर में बेटी की शादी हो गई।"

मौसी की हालत देखकर मंटू की आँखें बरस रही हैं।

इधर आसमान ने बरसना बंद कर दिया है। उमस के साथ गर्मी बढ़ रही है। बाँध के एक कोने में मैनेजर साहब और डब्लू नेता की आवाज सुनाई दे रही है। मंटू सतर्क हो गया है। उसके पैर काँप रहे हैं। चाँदपुर में हल्ला हो गया कि डबलुआ अब मंटुआ को यहाँ से भगाना चाहता है। कारण क्या है, पता नहीं।

डब्लू के साथ वो नेता जी भी हैं, जो सरस्वती पूजा में मुख्य अतिथि बनकर आए थे। दक्षिण टोला के मंगरा के बाबूजी उनके सामने हाथ जोड़ रहे हैं, "ए मालिक, स्कूल पर एक हैंडपंप है। नहीं तो फिर मठिया पर पानी भरना पड़ता

है। ईहाँ से पानी भरने के लिए रोज किचाइन हो रहा है। इसी कारण से सब लोग रिश्तेदारों के यहाँ भाग रहे हैं। हम लोग गाय गोरू छोड़कर कहाँ जाएँ। बताइए सरकार, कुछ बेवस्था हो सरकार!"

नेताजी गुटखा खाकर सिर हिला रहे हैं, "आप लोग चिंता न करें, बहुत जल्दी खाने-पीने की व्यवस्था की जाएगी।"

कुछ छुटभैये नेताजी के साथ टॉर्च लेकर घूम रहे हैं। उनकी अलग ही मंत्रणा चल रही है, "यार डब्लू, हम तो कह रहे हैं कि कल विधायक जी का यहीं पर एक जनता मिलन का प्रोग्राम रख दिया जाए।"

डब्लू सिर हिला रहा है, "हँ-हँ क्यों नहीं, अगले साल बाढ़ तो चुनाव के बाद ही आएगी।"

"बिलकुल। आज ही हम डेट फाइनल करते हैं।"

"अरे भाई जल्दीबाजी मत करो। नेताजी के दिमाग में चाँदपुर के लिए बहुत बड़ा योजना है। ऐसा योजना की गाँव की हर बेटी का सपना पूरा हो जाएगा। लेकिन उसका खुलासा बाद में होगा बाद में।"

नेताजी अपनी गाड़ी में जा रहे हैं। पता चला है कि आज बाढ़ विभाग से ठेका लेकर बाँध पर बोल्डर गिराने वाले ठीकेदार के यहाँ जन्मदिन की पार्टी है। डब्लू नेता और मैनेजर साहब को भी निमंत्रण मिला है। साथ में बित्तन और मनोहर मास्टर भी जा रहे हैं।

उधर झींगुर, कीट-पतंगों और मेढकों का बोलना तेज हो गया है। सरजू नदी के पानी का बहाव साफ-साफ सुनाई दे रहा है। आँखों में आँसू लेकर सोया मंटू दरवाजे पर बने प्लास्टिक की बोरी का परदा गिरा रहा है। लेकिन चिंता के मारे उसकी पलकें नहीं गिर रही हैं। एक ओर मौसी सोई हैं, दूसरी तरफ मंटू। लेकिन गुड़िया की चिट्ठी के बाद दोनों की आँखों से नींद गायब है।

इधर पिंकी अपने मड़ैया में दीया जला रही है। लेकिन ये क्या? माथा जलने लगा है। उसका स्कूल बैग कहाँ है, कहीं छूट तो नहीं गया उसी खूँटी पर! कहीं जल्दी-जल्दी में वो भूल तो नहीं गई, ये सोचकर पिंकी सुन्न पड़ गई है। पागलों की तरह एक-एक चीजों को उलट-पलटकर देख रही है। पूनम पूछ रही है, "का हुआ रे, का भड़भड़ा रही है इतनी रात को, काहे बेचैन हो?"

पिंकी काँपती है। पूनम से क्या कहे, समझ के बाहर है। अब तो कॉपी-किताब

के नाम पर एक रफ और पेन के सिवाय कुछ भी तो नहीं बचा है। आँखें उसकी भीग उठी हैं। दीये की बाती पर पानी की फुहारें पड़ रही हैं। दिल धक्क से पूछता है, क्या उसका काव्य संकलन भी बाढ़ में बह गया होगा!

पिंकी निरुत्तर हो जाती है। पूनम समझ गई है, "रे पगली, चुप रह। कल सुबह हीरामन चाचा की नाव लेकर स्कूल बैग लेती आना, वो तो खूँटी पर टँगा था, इतना जल्दी थोड़े बह जाएगा!"

दीदी की इस आश्वस्ति से पिंकी के दिल में उम्मीद का एक दीया जला है। दिल कहता है- हँ दीदी वो तो खूँटी पर टँगा था। उसमें पिंकी की वर्षों की साधना थी, आखिर वो कैसे डूब सकता है! लेकिन फिर उदासी गाढ़ी होने लगती है। उसे पूनम की आश्वस्ति पर तो भरोसा है लेकिन अपनी किस्मत पर भरोसा नहीं। कुछ भी हो सकता है।

रात गहरा रही है। बिजली चमकने लगी है। आस-पास की आवाजें शांत हो रही हैं। बारिश और मेढकों के बीच एक शीत-युद्ध चल रहा है। बीच-बीच में जैसी ही टिटिहरी बोलती है, पिंकी काँप जाती है।

अचानक उसकी खोई चेतना वापस लौट आई। उसने हाथ में एक कागज उठा लिया। साँझ को झाड़ू लगाते समय परदीप का छोटका बबुआ दे गया। लेकिन घर सँभालने के चक्कर में वो पढ़ न पाई। दिल धक्क से हो रहा है।

मंटू ने लिखा है, "ए पिंकी, हम कल ठीक रात को बारह बजे नाव लेकर बाँध पर इंतजार करेंगे!"

पिंकी की भौंहे तन गईं। पलकें झपकना भूल गई हैं। होंठ सिल गए हैं। माथा जलने लगा। उसने पन्ने को मोड़ लिया- 'हे भगवान! कल बारह बजे! पागल हो गया है ये लड़का! कहाँ लेकर जाएगा नाव से हमको!'

ना-ना ये सब पिंकी से नहीं होगा! पिंकी के हृदय में द्वंद्व की लहरें नाचने लगती हैं। नींद ने आँखों से दुश्मनी कर ली है। प्रेम और कर्तव्य के द्वंद्वों में खोई पिंकी करवट बदलकर दीये की तरफ देखने लगी है। देखते-ही-देखते महादेवी जी की लाइनें होंठों पर उग आई हैं-

'कह न ठंडी साँस में अब भूल वह जलती कहानी,
आग हो उर में तभी दृग में सजेगा आज पानी,

हार भी तेरी बनेगी मानिनी जय की पताका,
राख क्षणिक पतंग की है अमर दीपक की निशानी!
है तुझे अंगार-शय्या पर मृदुल कलियाँ बिछाना!
जाग तुझको दूर जाना!'

आज अखबारों में समाचार है कि हजारों की आबादी सड़क पर आ चुकी है। लेकिन बाढ़ नियंत्रण के अधिकारी मानते हैं कि बाढ़ नियंत्रण में है और चाहते हैं कि बाढ़ पीड़ित भी मान लें कि बाढ़ नियंत्रण में है। लेकिन भीड़ है कि मानती नहीं, उसकी शिकायतें बाढ़ की तरह हर घंटे बढ़ती जा रही हैं। फिलहाल एक बाढ़ नियंत्रण अधिकारी किसी इंटरव्यू में व्यस्त हैं। वहीं कुछ लोग मुँह लटकाए इंतजार कर रहे हैं कि साहब खाली हों तो अपनी बात कहें। एक नई भर्ती हुआ अर्दली हल्ला कर रहे लोगों को डाँट रहा है।

"का दाँत चियार रहे हो जी?"

खड़े हुए लोगों ने मुँह बंद करके कदम पीछे खींच लिया है।

"सर, उ कहना था कि उ जो..."

"का कहना था, ढेर माथा मत सनकाओ, पीछे हटो। जो कहना है, वहाँ टेंट में जाकर कहो।"

"सर, वो तो सुन नहीं रहे हैं। हम लोगों को बस यही कहना है कि..."

"का कहना है, का कहना है, बोलो..."

अचानक गाड़ी में बैठा एक दूसरा अर्दली उतर जाता है, "ए, ए कैसी भीड़ खड़ी है जी, चलो फूटो यहाँ से!"

भीड़ पीछे हो गई।

इधर ठेहुन भर पानी में उतरकर इंटरव्यू दे चुके अधिकारी जी अपनी बेतरतीब हो चुकी दाढ़ी को खुजाकर जूता-मोजा पहन रहे हैं। वहीं उनके ठीक बगल में एक समाजसेवी अखबार में छपा अपना फोटो देखकर पत्रकार को दिया हुआ पाँच सौ रुपये वसूल हो जाने की तसल्ली करते हुए बता रहे हैं, "ए सर, लोगों के पास अब ईमान-धरम नहीं बचा है। कितना भी राशन बाँटिए, लोग सुधरने वाले नहीं हैं। ना जाने कहाँ-कहाँ से मुँह उठाकर चले आते हैं!"

ये शब्द सुनकर चिरौरी कर रहा एक आदमी चुप होकर चलने लगता है। और वहाँ पहुँच जाता है, जहाँ एक बैनर पर लिखा है- 'बाढ़ राहत शिविर'।

राहत शिविर में एक दरी बिछी है जिस पर दैनिक जीवन में प्रयोग होने वाले तमाम सामान बाँटने को आए हैं। कुछ संस्थाओं ने दान दिया है तो कुछ सरकार ने राहत फंड से रिलीज किया है। लेकिन भीड़ का मानना है कि बाढ़ राहत में आए राशन में घपलेबाजी हो रही है और यहाँ राहत छोड़कर सब कुछ मिल रहा है।

इस शिकायत के बाद जूता पहन चुके साहब के पास खेदन, दीना, बबलू, गुड्डू, सत्यप्रकाश और परदीप जा रहे हैं।

"ए साहब, राहत का समान उनको नहीं मिल रहा है जो पीड़ित हैं।"

साहब खिसिया रहे हैं, "राहत का समान कैसे मिलेगा, जब आप लोग सामान लूट लेंगे, बताइए?"

खेदन का गुस्सा सिर के ऊपर जा रहा है।

"हम लोग लूट रहे हैं? ए साहब, बस चाँदपुर ही पानी में डूब रहा है, अभी हमारा ईमान धरम सिर-माथे पर है। जाकर पूछिए कि जब डीएम ने आदेश दिया है कि चौबीस घंटा भोजन फ्री रहेगा, तो ग्यारह बजे ही खाना क्यों खत्म हो जा रहा है! आटा-चावल और आलू में घपलेबाजी कौन करवा रहा है! चावल-दाल में कंकड़-पत्थर क्यों मिलता है! पूछ दो कि खाना है तो जवाब में डाँट और फटकार क्यों मिल रहा है! यही राहत है आपका?"

अचानक बोल रहे खेदन को चुप कराकर सत्यप्रकाश बीच बहस में कूद गया।

"ए सर, आटा-चावल तो छोड़िए। जानवरों का चारा भी जानवर से पहले आदमी ही खा रहे हैं। किसी को किरासन तेल नहीं मिलता तो कोई दूध के पैकेट और बिस्कुट बिलेक बेच रहा है। ऐसा ही पर-साल की बाढ़ में हुआ। सारा बाढ़ राहत का अनाज महराजपुर का बनिया बेचा और बेचकर सहतवार में जमीन खरीद लिया। जो उसको बेचा वो बलिया शहर में जमीन ले लिया और हम लोग आज भी उसी तरह डूब रहे हैं। ए सर, चाँदपुर के नसीब में बस बाढ़ है, राहत नहीं।"

इतना सुनने के बाद अफसर साहब के माथे का पसीना उनकी तोंद पर टपक रहा है, "देखिए भाई, चिल्लाइए मत! एक आदमी बोलिए वरना हम आज बीपी की दवा खाना भूल गए हैं। सुगर अलग ही बढ़ा हुआ है। हमको कुछ हो गया तो उसके जिम्मेदार आप लोग होंगे। आपको क्या लगता है कि आप ही लोग बाढ़ में डूब रहे हैं! केवल बिहार में ही पच्चीस लाख से ज्यादा लोग बाढ़ से पीड़ित हैं।

लेकिन चुपचाप वो लोग प्रशासन का सहयोग कर रहे हैं, आपकी तरह हल्ला नहीं कर रहे हैं।" इतने में भीड़ से किसी ने खँखार कर भोजपुरी में कहा, "ठीक बा, तब हमनीये के दोषी बानी जा, कवनो सजा होखे त दे दी ए सरकार!"

"चुप रहो! ज्यादा बेचैनी हो गया हो तो बलिया जिले में ही गंगा किनारे जाकर देखो। रामपुर चिट से लेकर बसरिकापुर हल्दी। मझौवा और नरदरा भुसौला और जयप्रकाश नगर के लोग हल्ला कर रहे हैं। अरे सबर भी कोई चीज होता है भाई।"

भर देह खिसिया चुके साहब की इस फटकार के बाद सब चुप हो गए लेकिन इस बार मोर्चा परदीप सँभाल लिया।

"ए साहब, हमको एक हफ्ता हो गया नहाए हुए। गुड्डी जी की कसम खाकर कह रहे हैं, जाड़े में भी दुनु टाइम तेल लगाकर नहाते हैं। लेकिन आज सब हैंडपंप डूब गया है। पानी इतना गंदा हो गया है कि छूने में डर लग रहा है। मरे हुए जानवरों के सड़न से जीना मुहाल हो गया है। जिनगी नरक हो गई है सर। आपसे यही रिक्वेस्ट है कि जो हम लोगों को सरकार दे रही है, उसमें घपला न हो।"

अधिकारी जी का जीव उकता गया। वो परदीप का कम्प्लेन सुनकर अपनी खल्वाट खोपड़ी खुजाते हुए आसमान की तरफ देखकर गाड़ी चालू करने का आदेश दे रहे हैं, "तो ऐसा है न नवाब साहब, जाओ मैनेजर साहब के पास जाओ और समान बँटवाने की ड्यूटी माँग लो। फिर तेल-शैंपू लगाकर आराम से साली जी के साथ नहाते रहना।"

ये सुनने के बाद परदीप के साथ खड़े तमाम लड़कों का मुँह लटक गया, "रे भाई, सर का सर दर्द हो रहा का रे?"

अर्दली उनको पानी पिला रहा है, "सर एसी चालू कर दें, वरना आपकी तबियत खराब हो जाएगी।"

अधिकारी जी ने पानी पीकर आँखें बंद कर ली हैं। अब जाकर उनको आराम मिल रहा है। बाढ़ पीड़ितों की सारी समस्याएँ धीरे-धीरे अदृश्य हो रही हैं। तब तक ड्राइवर ने गाड़ी खोल दी। भीड़ तितर-बितर हो गई। सत्यप्रकाश, परदीप, गुड्डू ने चाँदपुर चट्टी का रुख कर लिया।

आज चट्टी पर बाजार का दिन है। आस-पास के गाँवों के लोग बाजार करने उमड़ पड़े हैं। अपनी दुकान में खाली बैठा फूँकन देख रहा है कि एक नौजवान अपनी हीरो पुक को घसीटते हुए पैदल ही चला आ रहा है। उसके पीछे एक

नवयुवती भी है। दोनों के चेहरे पसीने से लाल हो चुके हैं। नौजवान का चेहरा देखकर ऐसा लगता है कि आज नौजवान ने खुद को नौजवान दिखाने में काफी समय व्यतीत किया है। लेकिन पकी दाढ़ी की रंग-रोगन प्रक्रिया में कुछ बाल दाढ़ी छूट गए हैं। नौजवान खेदन से तरफ देखकर पूछ रहा है, "भइया, पंचर बनेगा क्या?"

"भाई साहब, इतने खराब दिन नहीं आए कि हम टीवी का पिक्चर ट्यूब छोड़कर साइकिल का टायर-ट्यूब ठीक करें।"

गाड़ी वाला कटीली हँसी हँस रहा है, "भइया, तब कहाँ बनेगा?"

"पहले ये बताइए कि पंचर हुआ कैसे?"

"अरे का बताएँ। आज साली को बाढ़ दिखाने लाए थे। रास्ते में सारी हवा निकल गई।"

"भाई साली से इश्क करने से पहले हवा टाइट रखना चाहिए, का रे परदीपवा?" परदीपवा हँस रहा है।

"तब का जी, साली से इश्क करने में बहुत रिस्क है।"

उधर सामने सड़क पर मनोहर मास्टर दिख रहे हैं। सत्यप्रकाश उनको ये समाचार सुना रहा है, "देखिए तो माट साहब, भइया अपनी साली को बाढ़ दिखाने चाँदपुर लाए हैं, जैसे बाढ़ नहीं नियाग्रा फॉल हो!"

"ए यार हम तो आज तक वियाग्रा सुने थे, ये नियाग्रा कब लांच हुआ रे?"

"ए परदीप, गंदा बात नहीं, एकदम नहीं।"

दुकान पर खड़े सारे लड़के हँसने लगे। पंचर बनवाने आया युवक झेंपकर दूसरी तरफ जाने लगा। इधर मनोहर मास्टर उस युवक और उसकी साली को देखकर चाँदपुर का भविष्य देखने लगे।

"देखिए सत्यप्रकाश जी, इसी बाढ़ के बहाने लोग चाँदपुर आ तो रहे हैं। यही हाल रहा तो कुछ दिन बाद बाढ़ विभाग को बोर्ड पर लिखना पड़ेगा- चाँदपुर बाढ़ पर्यटन केंद्र। अपनी साली, सरहज प्रेमिका को बाढ़ दिखाएँ और जीवन में प्रेम की बाढ़ लाएँ। मात्र दस रुपया, दस रुपया।"

सत्यप्रकाश भी हँस रहा है, "ए माट साहब, इसका भी टेंडर मैनेजर साहेबवा ले लेगा, तब्बो आपको समय से तनखाह नहीं मिलेगा।"

मनोहर मास्टर भी हँस रहे हैं और गुड्डू, परदीप, फोकन भी। लेकिन छह

महीने से वेतन के नाम पर एक रुपया न पाने वाला आदमी जब हँसता है तो कितना मासूम लगता है, ये मनोहर मास्टर के चेहरे को देखकर साफ-साफ समझा जा सकता है।

इधर चाँदपुर के नक्शे पर अचानक उग आए सीजनल घरों के चूल्हे जलने लगे हैं। कहीं सब्जी कट रही है तो कहीं सिलवट पर मसाला पीसा जा रहा है। कोई घर के बाहर गाय को खूँटे पर बाँध रहा है तो कोई भैंस को कुकरमाछी से बचाने के लिए धुएँ का प्रबंध कर रहा है। बच्चे लालटेन जलाकर जबरदस्ती किताबें खोल रहे हैं।

लेकिन पिंकी क्या खोले? उसकी किताबों का झोला तो वहीं खूँटी पर टँगा रहा गया है। शायद किस्मत भी खूँटी पर ही टँगी है। लेकिन अरमान हैं कि पत्थर की तरह आँखों में जमते जाते हैं। न जाने क्यों, जबसे रिजल्ट आया है और जबसे झोला छूट गया है तबसे पिंकी को पढ़ने-लिखने का खूब मन करता है। लेकिन पिंकी मन मसोसकर रह जाती है। वो जानती है कि चाँदपुर को बाढ़ ने तबाह किया है और उसकी चंदा को सूखे ने। उसे याद नहीं कि इसके पहले जीवन इतना सूखा और इतना गीला कब लगा था।

कल अचानक सोनुआ की तबियत खराब हो गई। जैसे-तैसे ये घर छोड़कर चाचा को सोनुआ के नानी के गाँव जाना पड़ा। पिंकी रोने लगी, पूनम एक रोटी न खा सकी। हाथ आसमान की तरफ उठ गए, "हे चैनराम बाबा! एक ही तो भाई है हमारा! ठीक हो जाएगा तो हम इसी पूरनमासी को पेड़ा चढ़ाएँगे।"

आज दोपहर को बबुआ के ठीक होने की खबर आई है। पिंकी के बेचैन मन को तनिक आराम मिला है। लेकिन पिंकी को कभी आजी की चिंता हो रही है तो कभी माँ की। ये दोनों से दिमाग हटता है तब पूनम का चेहरा आँखों के सामने काली बदरी की तरह छा जाता है। माना कि पूनम घर सँभाल रही है लेकिन पूनम को कौन सँभालेगा! जबसे गाँव में खबर उड़ी है कि पूनम के दूल्हे ने दूसरी शादी कर ली है, तबसे पूनम न ठीक से खाती है, न पीती है। बस अकेले में बैठकर रोती है।

अभी वो खाना बना रही है। पिंकी झोपड़ी में आजी को तेल लगा आई है। सड़क पर कोई टॉर्च जला रहा है। कहीं दूर से गाने की आवाज आ रही है-

मिलने की तुम कोशिश करना

वादा कभी ना करना...

पिंकी घड़ी देख रही है। घड़ी बंद है। वक्त भी कितना कारसाज है, जब समय खराब चल रहा हो तो घड़ी क्या कुछ भी बंद हो सकती है। लेकिन कहीं दूर रेडियो की आवाज सुनकर लग रहा है कि पौने नौ बजने वाले हैं। अब समाचार आएगा। शुक्र है कि चाचा आज नहीं हैं, वरना अब तक खाना तैयार करना पड़ता।

पिंकी की नजर सामने खटिया पर रखे उस पन्ने पर अटक गई है, जिसे कल वो पूरा पढ़ नहीं पाई थी। उसके हाथ उस पन्ने को फिर उठा लेते हैं। टेढ़े-मेढ़े अक्षर चमकने लगते हैं-

'मेरी प्यारी पिंकी,

ए करेजा, अब तक तो हम सरयू के उस पार थे, तुम सरयू के इस पार लेकिन आज तो हमारे प्रेम की नाव एक साथ मझदार में फँस गई है। अगर हम जानते कि तुम गुड़िया की शादी में हमसे बात करके बदनाम हो जाओगी तो तुमसे किसी जनम में बात न करते।

लेकिन ए पिंकी, तुमको मेरी कसम है, तुम इस झूठी बदनामी से उदास न होना। वरना इस चाँदपुर की बाढ़ को तो हम देख लेंगे लेकिन अपनी चाँदपुर की चंदा के सूखे चेहरे को देखने की हिम्मत मुझमें नहीं है। कइसे बताएँ कि उनत्तीस अप्रैल की रात को याद करके रोते हुए आज उनत्तीस दिन से ज्यादा हो चुके हैं।

ए करेजा, कल रात को बस एक बार चली आओ कि इस टूटते दिल को सहारा मिल जाए। बस एक बार। हम नाव लेकर रात को बारह बजे बाँध के आगे वाले आम के पेड़ के नीचे इंतजार करेंगे।

सिर्फ तुम्हारा
मंटू...'

बाप रे! रात को बारह बजे? पिंकी का दिमाग फिर से चकरघिन्नी की तरह नाच रहा है। एक तरफ घड़ी खराब है दूसरी तरफ बारह बजे का इंतजार! एक तरफ प्रेम की बहती धार है दूसरी तरफ नैतिकता, मर्यादा की करुण पुकार! पिंकी किसको सुनें, ये उसकी समझ के बाहर है। प्रेम का ऐसा द्वंद्व सबसे कष्टदायक

द्वंद्व है और शायद सबसे खूबसूरत भी। लेकिन जीवन में ऐसा द्वंद्व ईश्वर किसी को दे तो उसको थोड़ी ताकत भी दे।

पिंकी के दिल से यही दुआ निकल रही है। इसी बीच पूनम ने आवाज दी, "रे पिंकी, कहाँ दिमाग है तेरा! माई को दवाई दे।"

पिंकी की तंद्रा टूट गई। रेडियो की आवाज अब तक आ रही है। नौ बज गए। अभी तो बारह बजने में तीन घंटा बाकी है। बाँध पर गाड़ियों की चहल-पहल कम हो रही है। बगल के गाँव से आटा चक्की चलने की आवाज आ रही है। हल्की फुहारों की बूँदें बर्तनों पर गिरकर एक अलग ही संगीत का संसार रच रही हैं।

पिंकी देख रही है कि कहीं दूर एक नाव पर दीये की लौ हिल रही है। पानी का शोर बढ़ता ही जा रहा है। जहाँ तक नजर जाती है, गाढ़ा मटमैला पानी वीरानगी के साथ भय को बढ़ा देता है। बगल वाली झोपड़ी से धुआँ उठ रहा है। कोई इतनी रात को उठकर भला हुक्का सुलगाता है क्या! शायद दीना की माई होंगी।

पिंकी बाहर से नजरें हटा लेती है। देखती है कि आजी और माँ ने खाना खा लिया, पूनम ने सबको दवाई दे दी। दूर बज रहा रेडियो भी बंद हो गया। अब टाइम का पता कैसे चले? चाचा के रेडियो का सेल भी तो खतम हो गया है। ये तो धर्मसंकट की घड़ी है। हे ईश्वर!

उधर आसमान में चाँदपुर का चाँद बादलों में डूब रहा है, इधर चाँदपुर की चंदा इन्हीं खयालों में। क्या रात को बारह बजे इस बाँध के एक कोने में नाव पर बैठकर किसी लड़के से मिलना चाहिए! वो भी तब जब गाँव में हल्ला हो चुका है! 'ना-ना, ये सब पिंकी से न होगा!'

पिंकी ने काँपते हुए करवट बदल दिया। उधर बाँध के सामने फैली विशाल जलराशि में हलचल होने लगी। पिंकी झट से उठकर बैठ गई। पूनम ने पूछा।

"का हुआ रे?"

"कुछ न दिदिया। तू सो जा!"

पिंकी की साँसें तेज और नजर चौकन्नी हो गई। झट से प्लास्टिक के बने पर्दे को खोला और झाँककर देखने लगी। एक छोटी-सी नाव आ रही है। लेकिन नाव पर बैठा लड़का मंटू तो नहीं है। हे भगवान क्या सच में वो खत मंटू ने ही लिखा था! या किसी ने हमको...! ये सब सोचकर पिंकी के हाथ-पैर सुन्न पड़ रहे हैं, भीतर एक समुद्री तूफान चल रहा है। वो देख रही है कि आस-पास के सारे लोग

सो तो रहे हैं लेकिन सोए ही रहेंगे इसकी क्या गारंटी है। ऊपर से पूनम अभी तक जाग रही है।

तब तक सामने आ रही नाव से इशारा होने लगा।

पिंकी का जीव आफत में पड़ गया। अगर मंटू ही है तो पिंकी कदम कैसे बाहर कर दे! कहीं चाची जान गई तो इसी बाढ़ में डूबना पड़ेगा।

उधर बार-बार नाव पर बैठा लड़का इशारा कर रहा है। इधर पिंकी दो कदम बढ़ा रही है फिर पीछे कर ले रही है। समझ में नहीं आ रहा है कि हाथ से इशारा कर रहे लड़के को वो कैसे बताए कि ये लोकलाज के कदम हैं बबुआ, जो किसी लड़की के पैर में आकर अपने-आप बँध जाते हैं। और इस बंधन को तोड़ना मेरे लिए कतई आसान नहीं है। लेकिन सामने नाव पर बैठे लड़के का चेहरा बार-बार किसी शांत नदी में उगे खूबसूरत द्वीप-सा अचानक प्रगट हो जाता है। पिंकी बार-बार खुद से पूछने लगती है- 'क्या जरूरत है मुझे इतना प्रेम करने की! उस प्रेम के तूफान में मेरे धैर्य की परीक्षा लेने की!'

मंटू ने तीसरी बार इशारा किया। इस बार के इशारे में जरा-सा गुस्सा है, बेकरारी है और शायद उम्मीदें भी। पिंकी देखती है, चाँद जैसे ही बदरी से निकलता है मंटू का चेहरा झलकने लगता है। आज भी उसने वही हाफ टी-शर्ट, वही पैंट पहना है जो गुड़िया की शादी में पहना था। लेकिन आज कंधे पर छाता है और मुँह गमछे से ढका है।

पिंकी ने लालटेन को एकदम मद्धिम कर दिया। चुपके से माँ और आजी को देख आई। देख रही है माँ को पकड़कर पूनम लेटी है। उसे नींद कहाँ आती है लेकिन बस एक अच्छी बात यही है कि पूनम कुछ जान भी गई तो उसे समझाना पिंकी के लिए आसान होगा। इतना तो भरोसा है।

पिंकी ने इसी भरोसे से दरवाजा बंद कर दिया। थोड़ी देर दायें-बाँयें देखा और झट से निकलकर नाव में आ गई। पिंकी को देखते ही मंटू ने चैन की साँस ली लेकिन मुँह न खोल सका।

वो देख रहा है, पिंकी के पैर बुरी तरह से काँप रहे हैं। नाव तेज गति से डगमग चलने लगी। चाँद आसमान में निकलने लगा। थोड़ी देर बाद मंटू बोला, "ई लो छाता और गमछा। सर के ऊपर से ओढ़ लो। कोई नहीं जानेगा कि नाव पर लड़का है कि लड़की!"

मरता क्या न करता! पिंकी ने बिना देर किए छाता और गमछा ओढ़ लिया। लेकिन मुँह से एक शब्द न निकाल सकी। मंटू ने नाव की लय फिर बढ़ा दी। इधर पिंकी चेतना शून्य होकर मटमैली जलराशि को देखने लगी।

थोड़ी देर दोनों खामोश रहे। पिंकी ने देखा उसकी मड़ई में दीया तो बुझा है लेकिन सामने वाली झोपड़ी का दीया जल उठा है। उसका दिल जोरों से धड़कने लगा- 'हे भगवान ये कौन उठ गया!'

मंटू ने स्थिति को भाँप लिया, "ए पिंकी, घबराना मत हम छुएँगे नहीं तुमको, वादा है।"

इतना कहकर उसने नाव की चाल फिर बढ़ा दी और बाँध से करीब सौ मीटर दूर एक टीलेनुमा जगह पर झुरमुटों के बीच आकर बोला, "लो अब यहाँ ढोलक बजाकर बियाह के गीत गाओगी तो भी न कोई देखने आएगा न सुनने आएगा, और वो देखो, सामने हमारा-तुम्हारा बाढ़ राहत वाला घर भी दिख रहा है।"

भय से सिकुड़ी पिंकी को हँसी आ गई लेकिन आवाज मुँह में ही रह गई, जबान न खुल सकी। मंटू का धैर्य टूटने लगा उसने अपने दोनों हथेलियों को पिंकी के चेहरे की तरफ बढ़ा दिया, "ए करेजा, अब तो बोल दो, अब तो मौनिया बाबा मत बनो।"

छूई-मुई-सी पिंकी सिकुड़ गई। साँसें रुक-सी गईं। पीठ जलने लगी, "एकदम बेशर्म हो क्या! अभी तो वादा किया कि ए करेजा छूएँगे नहीं, अब क्या हुआ? हम गलती किए तुम पर विश्वास करके।"

मंटू ने झट से हाथ हटा दिया और हाथ हटाकर थोड़ा दूर खिसक गया मानो कितनी बड़ी गलती हो गई हो। उसकी जबान लड़खड़ाने लगी, "यार हम तो तुम्हारी आँखों को छूकर देख रहे थे कि हमारी करेजा कहीं रो तो नहीं रही है। शिव जी की कसम! माई की कसम!"

माई की कसम सुनते ही पिंकी का सारा गुस्सा और भय काफूर हो गया। ऊपर आसमान में चाँद और तेज चमकने लगा। बड़ी देर तक दोनों चुप रहे। क्या बोलें और क्या सुनें ये समझ के बाहर था। हवा तेज चलने लगी। टीले की झाड़ियों में छिपे कीट-पतंगों की आवाजें तेज हो गईं। मंटू ने धीरे से कहा, "ए करेजा, बोलो न कुछ।"

"धत्त! ई का हमको करेजा-करेजा कहते हो जी। हमको बहुत लाज लगता

है और गुस्सा भी आता है।"

"अच्छा-अच्छा लाज लगता है हमारी करेजा को! तो का कहें हम अपनी करेजा को?"

"चुप रहो। कुछ मत कहो।"

"ना-ना, हम तो अपनी करेजा को करेजा ही कहेंगे।"

"हम इंग्लिश मीडियम तो हैं नहीं कि डियर-डार्लिंग कहें। और डार्लिंग कितना खराब लगता है जी। फिल्मवा में देखती हो जो बॉडी पहनकर डांस करती हैं उनको विलेनवा सब डार्लिंग कहता है। हम तुमको वही कहें, बताओ? तुम तो मेरी सिया सुकुमारी हो न, तुम पर तो करेजा ही मैच करता है।"

पिंकी को हँसी आ गई। एक निर्दोष हँसी। प्रेम के सारे तार झनझना उठे। मंटू की ये बातें दिल को छूने लगीं। लेकिन दिल मड़ई में जल रहे दीये-सा हिलता रहा। उसने झट से कहा।

"कुछ मत कहो, हमें बस रोने का मन कर रहा।"

"तो ठीक है रोओ। तनी तेज-तेज रोना, थोड़ा हम भी तो देख लें कि मेरी करेजा रोती है तो कैसी लगती है।"

पिंकी को इस बात पर हँसी छूट गई, "भक्क! बहुत बदमाश हो तुम।"

मंटू मुस्कुराने लगा, मानो आज कितना बड़ा अवसर मिल गया हो।

"आपको पता है कुमारी चंदा जी, जब हम अपने करेजा के खून से आपको पहला लेटर लिखे थे। और लिखने के तीन महीना बाद आपको दिए थे और देने के तीन महीने बाद तक आपने उसे देखा तक नहीं था। तब हमें भी इसी तरह रोने का मन किया था।"

पिंकी सिर झुकाए खामोश रही! कुछ देर बाद गंभीर होकर बोली, "तो आज बदला ले रहे हो क्या! तुम क्या जानोगे मेरी मजबूरी!"

मंटू ने पैर के ऊपर पैर रखकर हाथ को गाल से सटाकर कहा।

"अच्छा! तुम भी मेरी मजबूरी कहाँ समझती थी! हम भी तो कुमार सानू का गाना बजाकर बस चाँद की तरफ देखते थे। और सोचते थे कि हे डीह बाबा, आसमान में बैठे चाँद से मिलना आसान है लेकिन ई चाँदपुर की चंदा से नहीं।"

ये सुनकर पिंकी खिल उठी, "हँ हँ, परीक्षा में उपमा अलंकार तो नहीं लिखना आया न, और आज देखो तो बातें कैसी फिल्मी निकल रही हैं।"

मंटू हँसने लगा। मानो न जाने कौन-सा रस बरस गया हो। भीतर गुदगुदी-सी उठने लगी। इधर पिंकी देखने लगी। कभी पानी पर पड़ती शीतल मंद चाँदनी को तो कभी मंटू के मासूम चेहरे पर फैल रही मुस्कान को। कभी पेड़ों की सरसराहट को तो कभी असंख्य कीट-पतंगों की आवाज को।

दोनों बहुत देर तक खामोश रहे। मानो प्रेम की भाषा का व्याकरण ही मौन हो गया हो। समझ नहीं आ रहा था कि क्या बोले कुमारी चंदा और क्या सुनाएँ शशि कुमार जी। एक के पास बातें थीं जो कई रात सुनाई जा सकती थीं। एक के पास बस खामोशी थी जो बाढ़ के पानी की तरह बढ़ती जाती थीं। मंटू ने बहुत देर तक सोचकर फिर कहा, "एक बात कहें पिंकी?"

"क्या?"

"वो सामने देख रही हो न, उस पार..."

"हम उल्लू नहीं हैं।"

"अरे! उ मतलब नहीं, उसी के उस पार तो हमारा गाँव है।"

"अच्छा! तो?"

"मन कर रहा है कि तुमको दुल्हन बनाकर इसी नाव से लेकर अभी चले जाएँ।"

दुल्हन का नाम सुनते ही पिंकी का चेहरा शर्म से लाल हो गया। इस बार उसने कुछ बोलना चाहा लेकिन बोल न सकी। दोनों ने झट से खुद को सँभाल लिया। अचानक पानी की लहरें तेज हो गई। सामने खड़ी नाव हिलने लगी। पिंकी ने कहा, "देख लो बबुआ!"

"क्या?"

"यही कि हमारा प्रेम भी इसी नाव की तरह मझदार में है। एक किनारे हम और दूसरे किनारे तुम। एक भी इधर से उधर हुआ कि प्रेम की नाव डूब जाएगी।"

मंटू हँसने लगा, "पगली हो तुम! नदी किनारे पैदा हुए हैं हम। हमको-तुमको समुंदर भी नहीं डूबा सकता तो इस बाढ़ की क्या औकात!"

"मुझे भी तैरना आता है।"

"तब क्यों ऐसा सोच रही हो? बताओ जरा? अगर 'सिर्फ तुम' की आरती ने इतना आगे-पीछे सोचा होता तो उसका दीपक से ब्याह हुआ होता!"

इस सवाल पर पिंकी चुप रह गई। मंटू ने फिर कहा, "अच्छा छोड़ो। पहले

तुम बताओ कि तुम हमसे कब ब्याह करोगी?"

पिंकी के दाँत मुस्कान की मार से निकल आए, "अच्छा बबुआ! हमसे बियाह करोगे! एक टी-शर्ट तो छह दिन पहनते हो और पैंट दस दिन। क्या खिलाओगे अपनी मेहरारू को!"

"खिलाएँगे क्या, जो भी रहेगा नमक-सतुआ अपने हाथ से बनाएँगे और हाथ से खिलाएँगे अपनी क़रेजा को!"

पिंकी के चेहरे की लालिमा गाढ़ी हो गई, "इतना मानोगे हमें?"

"इससे भी ज्यादा।"

"कितना?"

"जितना ये बाढ़ का पानी है।"

"बाढ़ का पानी तो एक दिन सूख जाएगा। मतलब तुम्हारा प्रेम बस दो महीने रहेगा!"

"नहीं-नहीं, जितना प्रशांत महासागर में पानी है उतना। वो तो नहीं सूखेगा न!"

पिंकी हँसने लगी, "एकदम निरहुआ बनोगे क्या!"

मंटू सिर झुकाकर नाखून काटने लगा मानो कुछ गलत तो नहीं कह दिया। लेकिन फिर बात बदलते हुए कहा, "तुम्हारे प्यार में हम निरहुआ क्या, गुड्डू रंगीला भी बन सकते हैं।"

पिंकी की हँसी छूट गई, "छी! इतनी खराब उपमा! मतलब थोड़ा-सा भी पढ़ाई पर ध्यान दिए होते तो अब तक मलेटरी में भर्ती हो गए होते। तब कहते कि हमसे बियाह करोगी तो कितना अच्छा लगता न हमें।"

"बस पहुँच जाओ, मनोहर मास्टर की क्लास में। डाँट लो तुम भी!"

मंटू झुंझला उठा। मानो उसे पढ़ाई-लिखाई की बातों से सख्त नफरत हो। शायद प्रेम की पुलक से भर देने वाले इन खूबसूरत लम्हों को वो इस तरह खोना नहीं चाहता हो। लेकिन उसने खुद को सँभालते हुए कहा, "ए पिंकी छोड़ो न यार, अब मेरी मौसी मत बनो। दिन भर वहाँ तो सुनते ही हैं, अब तुम भी यही करोगी? फर्स्ट डिवीजन पास हो गए न इंटर... अब देखना आगे भी हम एक दिन बहुत अच्छा करेंगे। बस तुम ऐसे ही मेरे साथ रहो... करेजा बनकर।"

"मेरी कसम!"

"नहीं-नहीं अपनी कसम।"

"मेरी क्यों नहीं?"

"अईसे ही, तुम्हारी कसम नहीं खा सकता।"

मंटू का मुँह लटक गया। पिंकी के चेहरा मंद मुस्कान से भर गया, "अच्छा! नहीं करेंगे पढ़ाई-लिखाई की बात, अब टूटे हुए कैसेट जैसा मुँह न बनाओ।"

कैसेट के नाम पर मंटू खिल उठा। उसकी आवाज की गति बढ़ गई, "ए करेजा, सरसती का पूजा की रात याद है न! पता है, उसके बाद हम आज तक एक्को फिलिम नहीं देखे हैं!"

"झूठे हो एकदम।"

"आँखी किरिया! अब कइसे बताएँ कि बारिश में भीगती उस आरती का चेहरा अब तक दिलवा में समाया है। लेकिन ए करेजा जानती हो, हम फीलिम कम, तीन घंटा बस टुकुर-टुकुर तुमको ही देखे थे।"

"एक नम्मर के पागल हो!"

दोनों की हँसी छूट गई। दोनों एक-दूसरे को देखने लगे। प्रेम की ये निश्छल हँसी दोनों की आँखों में प्रेम की उमड़ती बारिश लेकर आ गई। एक अनजानी लहर-सी भीतर बहने लगी। कितना निश्छल कितना मासूम! कितना जीवंत! कितना आह्लादकारी! मानो कुछ देर में लाज के सारे तटबंध टूट जाएँगे। दोनों का सारा दुख, संताप प्रेम की इस उफनती नदी में बह जाएगा।

मंटू ने खामोशी ओढ़ ली। इस बार पिंकी ने कहा, "जानते हो मंटू?"

"हूँ... क्या?"

"आज पहली बार पता चला कि जीवन में प्रेम हो तो बाढ़ आँधी-तूफान में भी खुश रहा जा सकता है। और प्रेम न हो तो सावन की सुहानी बौछार भी जेठ की धूप के समान है।"

मंटू इस बात पर उछल गया। वही शरारती हँसी।

"वाह रे मेरी महादेवी वर्मा! इसी बात पर मन तो कर रहा गलिया पर एक ठे चुम्मा ले लें।"

"अच्छा बबुआ! ज्यादा हिम्मत नहीं बढ़ रही आपकी! अभी भीतर से सुभद्रा कुमारी चौहान निकल आईं तो बच नहीं पाओगे।"

मंटू इस धमकी से हँसने लगा, "ए पिंकी!"

"क्या?"

"एक कविता सुनाओ न।"

"किसकी?"

"महादेवी वर्मा की।"

"कौन-सी?"

"जो तुमने एक बार मनोहर मास्टर के क्लास में सुनाया था।"

"कौन सी? महादेवी जी की तो कई कविताएँ मुझे याद हैं।"

"कोई तो सुना दो। जो मेरे ऊपर मैच करे!"

"महादेवी जी ने तुम्हारे जैसे बकलोल के लिए कोई कविता नहीं लिखी। इतना फालतू समय नहीं था उनके पास।"

इतना कहकर पिंकी हँसने लगी। मंटू का मुँह लटक गया, "अच्छा तब कोई गाना सुना दो बियाह वाला। मान लो कि हम दूल्हा बने हैं और तुम दुल्हन। सामने पंडी जी बैठे हैं।"

"बक्क! इतनी रात को मरवाओगे क्या!"

"नहीं-नहीं एक ही तो जिद कर रहे हम। चाहते तो किसी और चीज का भी जिद कर सकते थे, सोच लो!"

पिंकी इस मासूम याचना से खिल उठी।

"उफ्फ ये लड़का! जिद्दी कहीं का! अच्छा हमारा टाइम भी आएगा तब हम तुमको बताएँगे बबुआ!"

लेकिन जैसे ही पिंकी ने कविता सोचा उसका चेहरा न जाने क्यों रुआँसा हो गया!

"जानते हो?"

"क्या?"

"यही कि मेरा स्कूल बैग घर में ही छूट गया है। अब तो बाढ़ में बह भी गया होगा। वैसे भी इंटर तक पढ़ लिए, पास भी हो गए। लगता है यही बहुत है। नहीं तो चाची का वश चला होता तो हाईस्कूल के बाद ही किसी लूल-लंगड़ से शादी हो गई होती।"

मंटू इस बात पर क्या बोले उसकी समझ में न आया। उसने आगे बढ़कर पिंकी को गले लगाना चाहा लेकिन कुछ सोचकर रुक गया। बड़ी देर के बाद

पिंकी ही बोली।

"हमने अपनी किस्मत समझकर आज तक किसी से ये सब शिकायत नहीं की है। तुमसे भी तो चिट्ठी में आज तक कुछ नहीं कहा है लेकिन जानते हो ये सब कविताएँ अब कहानियाँ हो गई हैं बाबू। हर पल डर लगता है। दम घुटता है कि न जाने कल क्या होगा! पूनम दीदी का क्या होगा! आजी कैसे रहेगी! माई और चाचा का क्या होगा! कई बार तो लगता है कि इस जमाने में गरीब घर की लड़की होने से बुरा कुछ नहीं है।"

एक झटके में पिंकी की आँखें नम हो गईं। मानो सारे आँसू अब धैर्य के बाँध तोड़कर निकल ही आएँगे। मंटू का सिर झुक गया। मानो किसी गाड़ीवान ने गाड़ी को गलत दिशा में मोड़ दिया हो। मंटू को अपनी गलतियों पे पछतावा होने लगा। उसने पिंकी को रुला दिया। ये अपराधबोध गहराने लगा। मंटू एक पल बादल से घिरते आसमान को देखता रहा तो दूसरे पल पिंकी के चेहरे की घनी उदासी को। मन तो करता कि इस हाथ से पिंकी के आँसुओं को पोछ दे लेकिन हाथ बारबार पीछे हो जाते। मंटू असहाय हो गया।

"ए करेजा, मत रोओ न। देखना एक दिन सब ठीक हो जाएगा। तुम बताओ हम अपना दुख किससे कहें? जानती हो, गुड़िया का समाचार सुनकर आज मौसा-मौसी को चैन से सोए महीने दिन हो गया है। थाना-कचहरी में क्या हो रहा ये तो तुमको पता ही होगा। मुझे भी गाँव में बच-बचाकर ही रहना पड़ता है। अगर दुख को गाने से दुख खत्म हो जाता तो दुख किसी के पास आता ही नहीं। अब तो मुँह न बनाओ वरना हमें भी रोना आता है।"

इतना कहकर उसने नजरें पिंकी पर गड़ा दीं। पिंकी सिर झुकाए पड़ी रही लेकिन मुँह से आवाज नहीं निकल सकी। मंटू अधीर हो उठा।

"ए पिंकी, अब हमारी कसम, ऐसा मुँह न बनाओ। यार हम हैं न तुम्हारे साथ! उस दिन देखी थी 'सिर्फ तुम' में आरती कितना रोती है, कितना परेशान होती है। दीपक के साथ ही होकर उसे पहचान नहीं पाती है। फिर भी भगवान उनको मिला देते हैं। मिलाते हैं कि नहीं! मौसी कहती है भगवान के घर में देर है अँधेर नहीं!"

ये सुनकर पिंकी के आँसू सुख गए, चेहरे पर मुस्कान तैर गई।

"अच्छा मेरे नाना जी! और ये नहीं देखे कि दीपक पढ़-लिखकर नौकरी

करता है, तुम्हारी तरह दिन भर छत पर आशिकी के गाने नहीं बजाता है।"

मंटू मुस्कुरा उठा। भीतर की सुप्त भावनाएँ जगने लगीं। वो पिंकी के करीब आ गया। इधर रात काफी हो गई थी। मंटू को देखकर पिंकी उठकर नाव पर ही खिसक गई। नाव हिलने लगी। मंटू ने हाथ पकड़ लिया। थोड़ी देर तक दोनों के हाथ बँधे रह गए। दोनों ने अनजानी-सी चुप्पी ओढ़ ली। खामोशी और गाढ़ी हो गई। दोनों को कुछ सूझता न था। आसमान के चाँद को बादलों ने ढक लिया। कहीं दूर बिजली चमकने लगी। दोनों एक-दूसरे के करीब बैठ गए। देखते-ही-देखते पिंकी ने मंटू के कंधे पर सर टिका दिया। प्रेम की ऊष्मा से दोनों का रोम-रोम खिल उठा। मंटू ने धीरे से कहा, "एक बात कहें?"

"नहीं अब चलो, बहुत डर लग रहा है।"

मंटू की साँसें थम गईं। पिंकी का इतना गंभीर होते जाना उसे रास नहीं आ रहा था। कितने तो खुश थे दोनों! अचानक से फिर क्या हो गया! मंटू ने हाथ कस के पकड़ लिया। मानो आश्वस्ति भरा ये स्पर्श कह रहा हो कि तुमको हम बीच मझदार में कभी नहीं छोड़ सकते हैं। हमारी प्रेम की नाव किनारे लगेगी पगली। वादा है कि एक दिन इसी नाव से लेकर तुमको उस पार जाएँगे।

पिंकी सिमट गई उस प्रेम की अनजानी भाषा में जो दोनों के लिए एकदम नई थी। जहाँ मौन ही बोल रहा था और मौन ही सुन रहा था। दोनों देर तक खोए रहे। प्रेम की इस पहली बारिश में आसमान की बूँदाबादी शुरू हो गई।

"अब चलो न, बहुत देर हो गई।"

"ए करेजा!"

"क्या?"

"बहुत प्यार करते हैं हम!"

"कितना?"

"एकदम सरजू जी और गंगा जी के पानी जितना!"

तब तक अचानक आस-पास कहीं से आवाजें आने लगीं। कोई शायद जग गया था। मंटू चौंक-सा गया। उसने झट से लाठी से नाव खेना शुरू कर दिया। पिंकी छाता ओढ़कर बैठ गई।"

"अच्छा अब तो सुना दो कविता..."

"नहीं, तुम चलो अब। मुझे छोड़ दो..."

"जब तक नहीं सुनाओगी तब तक नहीं छोड़ेंगे।"

"नहीं मानोगे?"

"नहीं! बस एक बार सुना दो! कहा न कि चाहता तो किसी और चीज की भी जिद कर सकता था।" पिंकी इस मनुहार के आगे हार-सी गई। आसमान में देखा, रेशम के सपनीले तार पानी पर झर-झर गिर रहे हैं। ये कैसी हवा है जो आती है तो पानी की धार लहरों से खेलकर मचल उठती है! उसके भीतर भी एक लहर समा गई। मुँह से निकला-

'गूँजता उर में न जाने
दूर के संगीत-सा क्या?
आज खो निज को मुझे
खोया मिला, विपरीत-सा क्या?

क्या नहा आई विरह-निशि
मिलन-मधु-दिन के उदय में?
कौन तुम मेरे हृदय में?

तिमिर-पारावार में
आलोक-प्रतिमा है अकंपित
आज ज्वाला से बरसता
क्यों मधुर घनसार सुरभित?

सुन रही हूँ एक ही
झंकार जीवन में, प्रलय में
कौन तुम मेरे हृदय में?'

"वाह!" मंटू मचल उठा।

ये कविता सुनकर मंटू के हृदय के तार कंपित होने लगे। प्रेम की ये लयात्मकता अंतस में डूबने लगी। पहली बार उसे महसूस हुआ कि प्रेम अपने आप में एक

महाकाव्य है, एक लंबी कहानी है और एक अधूरा उपन्यास है।

पिंकी ने आसमान की तरफ देखा। शायद दो बज रहे होंगे। नाव उसकी झोपड़ी के बाहर आकर खड़ी हो गई। विदा का समय आ गया। मंटू ने पूछा, "जा रही हो न?"

पिंकी जब तक कुछ जबान से बोलती, उसकी आँखों से आँसू निकलकर बोलने लगे। कैसे कहे कि वक्त कितना सुंदर और कितना निष्ठुर हो सकता है! क्या बताए कि आज उसने क्या-क्या महसूस किया! आज पहली बार महसूस किया कि प्रेम वो रसायन है, जो आदमी से मिलकर आदमी को आदमी बनाता है, एक संवेदनशील आदमी!

इधर मंटू पिंकी को देखता रहा। भीगता रहा। शायद बारिश इतनी ही देर के लिए रुकी थी। उसके हाथों ने अलविदा कहा। लेकिन होंठ हिल न सके। तब तक किसी ने टॉर्च जला दिया। मंटू की हृदय गति रुकने लगी। उसने ने नाव खोल दिया। पिंकी झट से अंदर चली गई। चप्पुओं की आवाज गूँजने लगी। टॉर्च अब तक मंटू के चेहरे पर जलता रहा। मुँह बाँधे मंटू भागता रहा। टॉर्च की हल्की पीली रौशनी उसका पीछा करती रही।

तब तक घड़ी साढ़े तीन बजाने को आई। शिव मंदिर पर पुजारी बाबा ने निर्गुण गाना शुरू कर दिया-

'बइठल रोवेली गुजरिया हो
चुनरिया में दाग लग गइल
कइसे जाईं पिया के नगरिया हो
चुनरिया में दाग लाग गइल...'

15

डेढ़ महीने की बदहाली के बाद धीरे-धीरे चाँदपुर का जन-जीवन पटरी पर लौट रहा है। जैसे माँ से दूर रहा छोटा बच्चा माँ को देखते ही मचल उठता है, वैसे ही समूचा चाँदपुर अपने पुराने घरों को देखकर मचल रहा है। संघर्ष की बाढ़ में मुरझाए चेहरे धीरे-धीरे निखर रहे हैं। उम्मीदों के झोंके में उदास चेहरों की सिलवटें बदल रही हैं। इधर दिन अब धूसर होता जाता है। आसमान एकदम साफ। भोर की हवाएँ सरजू किनारे से पीतांबरी धारण किए बहती हैं। शीतल, मंद, सुवासित और स्निग्ध।

मर्द दिन भर बाहर काम करते हैं। औरतें घर-आँगन बुहारती हैं। बच्चे बड़े खामोश हैं। बाढ़ की दहशत देखकर सकुचाई उनकी आँखें अब दियारे की वीरानी देखकर कौतुक से भर गई हैं। लेकिन बूढ़े आश्वस्त हैं कि अब तर-त्योहार के दिन आ गए। अब तो कुछ दिन बाद रामलीला होगी। ठीक उसके बाद दीवाली और छठ! और फिर चाँदपुर के अखाड़े की असली लड़ाई यानी परधानी का चुनाव। इसी में बर-बियाह, नेवता-निमंत्रण, फिर खेत सूखते ही रबी की बोआई!

आज से तैयारी शुरू है। जिनके घर गाय है उनके घर से गोबर लाकर आँगन की लिपाई हो रही है। कहीं तुलसी जी डूब गई। अब कार्तिक में बियाह कैसे होगा जी? महावीर जी का झंडा भी तो नहीं बचा। दीना की माई हुक्का जलाकर झट से कहती है, "अरे! राम कहो। चाँदपुर बच गया है ये क्या कम है!"

इसी बात पर कृतज्ञता से भरे उनके हाथ उठते हैं, "जय हो गंगा माई! जय हो सरजू माई! जय हो भिरगु बाबा! बड़ी किरपा है आपकी! आप लोग हैं तो कितना भी भयानक बाढ़ क्यों न आ जाए, हमने न चाँदपुर को छोड़ा है, न ही हम कभी छोड़ेंगे। हमारी आँखों का पानी ही बाढ़ के पानी को काटता आया है और आगे भी काटता रहेगा।"

इसी बात पर दीना कहता है, "सन इकहत्तर में अइसा बाढ़ आया था कि दो चाँदपुर बन गया। पुराना चाँदपुर और नया चाँदपुर। तब इस गाँव में बस दस घर बचे थे, दस! जो लोग नये चाँदपुर में न जा सके। चाँदपुर के अगल-बगल के

सुरक्षित गाँवों में बस गए। और एक समय जिले का सबसे बड़े गाँव का भूगोल ही बिगड़ गया। लेकिन पुराना चाँदपुर ठीक यहीं पर खड़ा रहा। उसमें रहने वाले लोग बाढ़ को अपनी नियति मानकर यहीं पड़े रहे और आज तक यहीं पड़े हैं। आखिर इकहत्तर, बयासी और अनठानवे जब कुछ बिगाड़ न सका तो सन 2006 क्या बिगाड़ लेगा!"

फिर उसी विश्वास के सहारे उजड़े घरों को बसाया जा रहा है। दो महीने पहले इन घरों को उजाड़ने में पश्चाताप के आँसू थे। हाथ पत्थर हो चुके थे। दिल सिर्फ धड़कता नहीं था बल्कि सरजू की किनारों की तरह दरकता था। लेकिन आज धीरे-धीरे सब ठीक हो रहा। आज सबके हाथों में एक नई रवानी आई है। कहीं बाँस काटा जा रहा तो कहीं पतलो। कोई ईंट लेने गया है कोई बालू और सीमेंट! कोई राजमिस्त्री बुला रहा तो कोई मजदूर ठीक कर रहा है।

इधर दीना के घर की दीवाल को काफी नुकसान हुआ है। खेदन देख रहा कि भूसा रखने वाला घर का एक ईंट तक नहीं बचा। गाय को बाँधने की नाद भी सरजू जी बहा ले गईं। सुदामा कहता है कि झांझा बाबा के दालान पर बजरंगबली का आशीर्वाद था वरना इसको ढहने से कौन बचा सकता था! तभी तो आज दालान की सफाई हो रही है। फावड़ा, खुरपी, झाड़ू, खरहर लेकर कई लोग सुबह से पसीना बहा रहे हैं।

बड़े दिन बाद आज रात को सुंदरकांड का पाठ होगा बड़े दिन बाद उसमें शंख बजेगा। खेदन कह गया है कि पेड़ा उसकी तरफ से चढ़ेगा, रमेसर के जिम्मे आरती का सामान है।

अभी झांझा बाबा कुर्सी पर विराजमान होकर साँझ की तैयारी का जायजा ले रहे हैं। गुड़िया की शादी में टूटा हाथ तो जुड़ न सका लेकिन उनका उखड़ा हुआ मिजाज अब फिर से जम रहा है। इसी बीच रह-रहकर कोई पूछ देता है, "ए बाबा, घर की सफाई करवा रहे हैं, बेटा-पतोह भी आ रहे हैं क्या?"

इस सवाल के बाद तो बाबा जेठ की दुपहरिया की तरह गरम हो जाते हैं, "एकदम बेवकूफ हो का रे ससुरा! बेटा-पतोह नहीं आएँगे तो का बाप-दादा का घर ऐसे ही कबाड़खाना रहेगा!"

इतना कहने के बाद बाबा के माथे की लकीरें सिकुड़-सी जाती हैं। कल ही दिल्ली से बड़की पतोह का फोन आया कि अम्मा जी बीमार हैं। सुबह दिल्ली वाले

लड़के ने माई को बैंगलोर वाले भाई के पास भेज दिया है। कहता है कि बच्चों का एग्जाम है। बूढ़ी खाँस रही हैं तो पढ़ाई में डिस्टर्ब हो रहा है।

बाबा इस समाचार के बाद बड़े देर तक उदास थे। बड़ी देर बाद करवट बदलकर दीना से बोले, "अब क्या! चला-चली का समय आ गया हो दीना। मालकिन को बीमारी अब न पकड़ेगा तो कब पकड़ेगा!" दीना की आँख नम-सी हो गई। मानो कहना चाहतीं हो कि बाबा आप चले जाएँगे तो क्या बचेगा चाँदपुर में। छोड़िए उदासी। आज ही सुंदरकांड करवाते हैं, मन जरा सुंदर होगा।

इधर पता चला है कि दक्षिण टोला में आज मिठाई लाल ने नई मड़ई छवाई है सो सत्यनारायण भगवान की कथा होनी तय है। नगीना कह रहा कि कर्जा लेकर मड़ई छवाए हैं ससुर, ऊपर से सत्यनारायण भगवान की कथा जरूरी है! करजा लेकर घीव पीने के लिए करेजा भी तो चाहिए। कहाँ से भरेंगे!

लेकिन मिठाई लाल काहे माने। पट्टीदारी में कल कथा थी, उनके यहाँ न होगी! सिर झुक जाएगा न समाज में!

उधर उत्तर टोला में पता चला है कि मनन यादव की भैंस कल पाड़ी बियाई है। टोला भर में फेनुस वाला दूध बाँट रहे हैं। सकलदीप का टिन शेड वाला घर भी तो बाढ़ में ढह गया था। हाय रे किस्मत! बाछी बेचकर टीन खरीदा था लेकिन बाढ़ इतनी तेज आई कि टीन खोलने का समय नहीं मिला। आज बरम बाबा की कृपा हुई है। आज किस्मत की टीन शेड पर नई परत लगाई जा रही है। सपनों की नई कीलें बदकिस्मती की मोटी दीवारों को छेद कर रही हैं।

रुकिए! चाँदपुर का समाचार यहीं खत्म नहीं होता। आगे कई बुलेटिन है। लेकिन महत्त्वपूर्ण समाचार यही है कि बाढ़ के बाद नदी ने इतनी मिट्टी और गाद छोड़ दिया है कि जगह-जगह पानी इकट्ठा हो गया है। और गुड़िया की शादी में जो झगड़ा हुआ था उसके असली खलनायक का पता चल गया है। लेकिन हल्ला नहीं करना है। क्योंकि आगे परधानी का चुनाव है।

इधर चाँदपुर चट्टी हमेशा की तरह आज भी गुलजार है। फजलुआ की बैंड पार्टी का लौंडा डांस का रियाज मार रहा है। कल बैंड पार्टी के किलारनेट वादक ने उसको समझाया है कि डार्लिंग तेरे कमर में एकदम लचक नहीं है। बैंड पाल्टी की लाइन में सक्सेज होना है तो कमर को कमरा से कमानी करना पड़ेगा। लौंडा इस सूत्र को अपने सीने से लगाकर और परदा गिराकर 'कमर की नाजुकता' को

ठीक कर रहा है।

उधर फूँकन अपनी दुकान में बैठा एक टेपरिकॉर्डर बना रहा है और इस लौंडे के 'कमर लचकाओ अभियान' को देख भी रहा है। बड़ा सौभाग्य है कि आज पंद्रह दिन बाद बिजली का दर्शन हुआ है। आस-पास के लोग बैट्री चार्ज करवाने आए हैं। एक आधी बाँह का शर्ट पहने लड़का दुकान में लगे हुए ऑडियो और सीडी कैसेटों का निरीक्षण कर रहा है, "ए फोकन जी, दिलवाले और जानवर का कैसेट है क्या?"

फूँकन ने आवाज फहचानकर सिर उठाना जरूरी नहीं समझा, "तुम बिसराम के लड़के हो न? पश्चिम टोला, उधारी यादव के बगल में?"

"हँ भइया।"

"तो पहले जाकर हमारा 'दिलवाले' वाला सीडी लाओ। तुम्हारे भइया के गवना में तुम्हरा चाचा अकलेसवा ले गया था। आज तक नहीं दिया।"

लड़का उदास खड़ा है, "ए भइया, चाचा तो लोधियाना कमाने चले गए। नवंबर में उनकी साली का बियाह है, उसी में आएँगे, माँग लेना।"

फूँकन झल्ला उठा है, "साला तुम लोगों को लाज-शरम है! ओरिजिनल सीडी पैंसठ रुपया में हम खरीदे कि जल्दी खराब नहीं होगा। लेकिन जो भाड़ा पर लेकर जा रहा है वो कैसेट लेकर कमाने चला जा रहा है। हम किधर जाएँ, बताओ?"

तभी सत्यप्रकाश आ गया, "का रे फोंकना, का हल्ला किए हो जी?"

"अरे का बताएँ भाई! इस गाँव में लोगों का रहन एकदम ठीक नहीं है। पहले उधार का टीवी टेप बनवाते थे। अब उधार कैसेट माँगकर फिलिम भी देख रहे हैं। और हम यहाँ धूप में खून जला रहे हैं। साला हमसे तो अच्छा वो फजलुआ का लौंडा है जो कल तेरही में सहतवार नाचने गया तो पाँच सौ लेकर आ गया। यहाँ हम सोहर गवाई में माइक हॉर्न उधार लगा रहे हैं। कभी-कभी तो मन करता है कि कल ही दुकान बंद करके हम भी कहीं नोएडा-फरीदाबाद चले जाएँ या फजलुआ का बैंड पार्टी ज्वॉइन कर लें। इस चाँदपुर में जीने लायक है!"

बगल से डॉक्टर सुखारी चिल्लाते हैं, "ए फोकन, तनी कोई बेवफाई वाला गाना लगाओ भाई, मरीज देख-देखकर मिजाज उकता गया है।"

सत्यप्रकाश कनखियाता है, "ए फोकन, तुम भी एक डिस्पेंसरी काहे नहीं

खोल लेते हो यार! सबसे अच्छा डॉक्टर साहब ही हैं। लक्ष्मी जी धधा के बरस रही हैं। दिन भर बुखार वाले मरीजों का ताँता लगा रहता है।"

"ए भाई मजाक नहीं। काहे नहीं ताँता लगेगा! उत्तर टोला के कई घर में लोग अभी भी डेंगू, मलेरिया और टाइफाइड से पीड़ित हैं। तीन लोगों को तो अस्पताल ले जाना पड़ा। बलिया अस्पताल से खबर आई है कि कमेसरा की मेहरारू के बचने के कम चांस हैं!"

ये बताते हुए फूँकन की आवाज में उदासी तैर रही है। उसकी आँखें जानती हैं कि बाढ़ तो एक डेढ़ महीने में चली जाती है लेकिन उसके बाद बीमारियों का जो ज्वार-भाटा आता है वो जाते-जाते आदमी को कंगाल कर देता है।

इधर चाँदपुर के सरयू घाट पर सूरज डूब रहा है। एक नाव खड़ी है और डूबते सूरज की किरणें सीधे नाव में बैठे लोगों पर पड़ रही हैं। सरजू उस पार जाने वाली ये आखिरी नाव है। सहतवार रेवती से बाजार कर चुके उस पार के लोग अब अपने घरों को लौटने लगे हैं। नाविक खैनी बना रहा है। संपत की बहुरिया घूँघट से झाँककर कहती है, "ए जी, नाव खोलिए, हमारा लइका ताक रहा होगा।"

ठीक इसी नाव से कुछ दूरी पर राकेश बाँस काट रहा है। मंटू-राकेश का पहले से ही प्लान था कि बाढ़ के बाद दियरा में अपनी भी एक छोटी-सी राम मड़इया बनेगी। उसमें एक तरफ मटके में पानी होगा तो दूसरी तरफ एक गमछा में रोटी, तरकारी, गुड़। यही खाया जाएगा और चाँदपुर की चिक-चिक से दूर होकर इसी मड़ई में चैन की बंसी बजाई जाएगी।

आज राकेश अपनी उसी तैयारी में भिड़ा हुआ है। लेकिन उसके सामने बैठे मंटू का मन किसी काम में नहीं लगता है। सुबह से लेकर दोपहर और दोपहर से लेकर साँझ तक जैसे-जैसे सूरज डूबता है वैसे-वैसे उसकी उदासी बढ़ती जाती है। पहले जब बिजली आती थी। उसे घर की याद आती थी। खूब तेज आवाज में गाना बजता था। मानो पिंकी इंतजार करेगी कि लाइट आ गई तो अब मंटू गाना बजाएगा। दोनों के बीच ये बजते हुए गाने ही संप्रेषण के माध्यम थे। उधर छत पर गाना बजता इधर पिंकी मसाला पीसते, खाना बनाते और कढ़ाई करते हुए सुनती रहती, गुनगुनाती रहती।

लेकिन अब तो सिर्फ तनहाइयों के नग्मे ही बज रहे हैं। मंटू दिन भर किसी बंजारे जैसा घूमता रहता है। इस दियरा से उस दियरा। कभी इस नाव से उस नाव।

मन उसका सरजू की धारा की तरह तिरपट बहता है। कहीं स्थिर नहीं होता।

उसे ऐसा लग रहा है कि मौसा उसे अब आँखों से देखना नहीं चाहते हैं। मौसी ने भी लगभग बोलना बंद कर दिया है। मंटू को किसी से शिकायत नहीं है। एक लाख लोन लेकर ब्याह किए मौसा आखिर गुड़िया की दुर्दशा देखकर कैसे बोलें, क्या बोलें!

सुना है कि गुड़िया के ससुर ने एक नई खबर भिजवाते हुए कहा है कि थाना-कचहरी तो होगा लेकिन हमारे लड़के को आपकी लड़की पसंद नहीं है।

मंटू ये सुनकर खीझ उठता है, "अरे साले, तुम जब मंदिर में गुड़िया को देखने आए थे तब का कर रहे थे! इसी टोला में तो तुम्हारे रिश्तेदार के रिश्तेदार हैं। पता लगा लिया होता कि लड़की गोरी है कि साँवली है, स्वभाव की ठीक है कि खराब! अब जब सब बाजा बज गया तो लड़की पसंद नहीं है! अरे कभी-कभी तो मन करता है कि जाकर इन सबको गोली मार दें!"

ऊपर से गुड़िया की ननद ने कहा है कि नवंबर में गुड़िया को चाँदपुर भेज दो। दोंगे में अगर वॉशिंग मशीन, कूलर, लेकर नहीं आई तो विदाई कराने कोई नहीं जाएगा। मंटू को ये सब सोचकर इस दुनिया से दूर चले जाने का मन करता है। लेकिन कैसे? जब तक चाँदपुर में चंदा है तब तक चाँदपुर उससे कैसे छूट सकता है!

उसे याद है आज एक महीना हो जाएगा पिंकी से मिले हुए। उस रात के बाद पिंकी का कहीं कुछ अता-पता नहीं चला। ये सच है कि वो रात उसके जीवन की सबसे खूबसूरत रात थी। उसी एक रात की चंद खूबसूरत यादें, इस जिंदगी के बदसूरत कैनवास पर बिखरी एक खूबसूरत पेटिंग लगती हैं। तभी तो आज उस पेंटिंग को देख-देखकर मंटू की रातें कट रही हैं। लेकिन पिंकी की कैसे कटती होगी? ये सोचकर नींद और चैन सब उड़ जा रहा है। चिट्ठियाँ वो रोज लिखता है और रोज फाड़ देता है।

आज गाँव में ही नहीं बल्कि सरयू इस पार से उस पार तक ये खबर तेजी से फैल गई है कि पिंकिया रात को मंटुआ से मिलने के लिए गई थी। ये सब सोचकर मंटू की साँसें और ज्यादा फूलती हैं। समझ में नहीं आता कि क्या ये सिर्फ अफवाह है या कहीं उस रात टॉर्च जलाने वाले ने उन दोनों को देख लिया था?

गाँव में दूसरा हल्ला ये भी है कि पिंकी की शादी इसी नवंबर में होगी। ये सुनते

ही लगता है कि मंटू का कलेजा अब बाहर निकल जाएगा। साँस इतनी तेज-तेज चलती है कि जी घबरा उठता है।

उधर गाँव में कल से ही रामलीला का रिहर्सल शुरू हो रहा है। सरस्वती पूजा में शामिल हुए सारे लड़के फिर से चंदा माँग रहे हैं। कल सत्यप्रकाश ने खबर भेजवाई है कि मंटुआ से कहो कि वो आज शाम फूँकन की दुकान पर मिले। रामलीला में उसका रहना जरूरी है। डब्लू नेता से जहाँ तक झगड़े की बात है तो सुलह-समझौता हो जाएगा। इस तरह से भागना ठीक नहीं है।

लेकिन मंटू कैसे जाए उसके जीवन में तो लंका कांड चल रहा है। एक तरफ कोने-कोने में ये खबर चटकारे लेकर बताई जा रही है कि मंटुआ पिंकिया को फँसाया है। दूसरी तरफ डब्लू नेता के कुछ गुर्गे उसे हिसाब बराबर करने के लिए खोज रहे हैं। उसे सत्यप्रकाश पर विश्वास नहीं है। लेकिन राकेश है तो हिम्मत है। जब-जब मंटू निराश होता है वो कंधे पर हाथ रखकर हिम्मत बढ़ा देता है, "काहे डरते हो बे ? दिक्कत होगी तो पिंकी से बियाह कर लेना। इसी मड़ई में रखना। जो होगा वो हम देख लेंगे।"

मंटू की खामोशी बड़ी देर बाद टूटती है, "साला पाकिट में इतना पैसा नहीं है कि कैसेट में जुदाई का एक गाना भरवा के रात को सुनते हुए रो सकें। बियाह करेंगे तो का खिलाएँगे बेचारी को ?"

राकेश झट से सलाह देता है, "नाव चलाना इस पार से उस पार और क्या!"

मंटू की आँखें नम हो जाती हैं। राकेश भावुक हो जाता है। उसके हाथ मंटू के कंधे पर चले जाते हैं, "पागल हो, ऐसे हिम्मत हारोगे!"

मंटू हारे न तो क्या करे! आज देखते-ही-देखते मौसा, मौसी, गुड़िया और पिंकी। सब उससे दूर हो रहे हैं। आज फिर वो खत लिखने बैठा है-

मेरी प्यारी पिंकी,

देखो न आज मड़ई छवा रहा हूँ। बाँस है और पतलो भी। रस्सी और प्लास्टिक भी रखा है। लेकिन ए करेजा, तुमको पता है कि हमारे इश्क की मड़ई जमाने के तूफान में हिलती जा रही है ? जानती हो, आज गाँव में हमारे-तुम्हारे प्यार के दुश्मन खुलेआम घूम रहे हैं। जिस टेंगरिया की बहन से गाँव का एक्को खेत बाकी नहीं है, वो भी हमारे-तुम्हारे करेक्टर पर शक कर रहा है। जिस ललगोबिना

का अपनी मेहरारू से काम नहीं चलता है वो भी हमको आवारा कह रहा है। जिस रुबिया का रोज भतार बदल जाता है, वो भी हमारे बारे में उल्टा-सीधा हल्ला कर रही है। ए करेजा, हम इन सबको कैसे बताएँ कि पिंकी का प्यार तो गंगा जी का पानी है। तुम लोग उसमें जेतना मन हो कीचड़ डालो लेकिन उ न कभी गंदा हुआ था न कभी होगा।

लेकिन ए पिंकी, किसको-किसको समझाया जाए जी! हमने तो चाँदपुर चट्टी ही छोड़ दिया है। और अपने दिलवा को समझा लिया है कि हमको अपने जीवन में सिवाय पिंकी के कुछ नहीं चाहिए।

जानती हो, उ बाढ़ वाली रात भुलाए नहीं भूलता है। जब-जब याद आता है न हमारे आँखिया में बाढ़ आ जाता है। समझे में नहीं आता कि किससे क्या कहें। आज देखो न हम जबसे सुने है कि पिंकी का बियाह ठीक हो रहा तबसे न खाने का मन कर रहा है न पीने का। पहले तो खूब रोने का मन हुआ फिर सोचा कि नहीं हमारी ए चंदा हमको चाँदपुर में रोता हुआ छोड़कर नहीं जा सकती।

क्या सच में शादी तय हो गई?

मोहब्बत की अंतिम चिट्ठी समझकर जवाब जरूर लिख देना। हम वादा करते हैं कि पढ़ने के बाद दीया बुताकर रो लेंगे। लेकिन उफ्फ नहीं करेंगे। ई हमारा वादा है।

अपना खियाल रखना करेजा।

आई लभ यू!
तुम्हारा मंटू
चाँदपुर दियर सरयू पार

16

जैसे बिना डीजल-पेट्रोल के गाड़ी एक कदम नहीं चल सकती है, वैसे ही बिना कविता के प्रेम की गाड़ी दौड़ानी मुश्किल है। इत्र-फुलेल और डेंट-पेंट का सहारा हो तो बिना नहाए भी कई दिन काम चलाया जा सकता है लेकिन इश्क में बिना कविता के एक मिनट काम चलाना मुश्किल होता है।

साइज की कोई बाध्यता नहीं है लेकिन प्रेम में छोटा-मोटा कवि होना ही पड़ता है। चाँदपुर के युवा कवि अलगू आतिश उर्फ चिंगारी उर्फ लुकारी जी मझले कद के एक बड़े कवि थे। उनको इस आयातित सिद्धांत में गहरा विश्वास था कि देशाटन से काव्यात्मक गुण विकसित होते हैं। इसलिए कवि का घुमंतू होना जरूरी है।

बस इसी सिद्धांत के कारण चिंगारी जी के कदम कहीं एक जगह नहीं टिकते थे। लेकिन चाँदपुर इस मामले में अपवाद था। चाँदपुर से उनका खासा लगाव था। जिस लगाव के पीछे एक खास किस्म की कविता थी और उस कविता के पीछे एक खास किस्म की कहानी!

ये कहानी उस समय की थी जब चिंगारी जी की जवानी टॉप गियर में चढ़ रही थी। वो फरवरी का मदमस्त महीना था। बसंत ने धरती के हरे-पीले रंगों से मोहब्बत कर लिया था। इसी प्रेम के हसीन मौसम में चिंगारी जी ने सोचा कि क्यों न बलिया चलकर गुरु भोला प्रसाद 'आग्नेय' जी का दर्शन कर लिया जाए! देखते-ही-देखते गुरु दर्शन की ये आकांक्षा उनके भीतर बलवती हो उठी और अगले दिन की ठीक सुबह चिंगारी जी ने चाँदपुर चट्टी से एक घोड़ा गाड़ी लिया और सहतवार रेलवे स्टेशन की तरफ कूच कर दिया।

कहते हैं चिंगारी जी की तरह घोड़ा भी अभी मार्केट में नया-नया बुद्धिजीवी बना था। वो बहुत तिरपट दौड़ता था, खूब दुलत्तियाँ झाड़ता था। कभी-कभी दोनों पैरों को आसमान में गाड़ देता था। चिंगारी जी को घोड़े का उत्पाती स्वभाव रास न आया। उन्होंने अपनी सुरक्षा का हवाला देकर गाड़ीवान को धीरे चलने का आदेश दिया। गाड़ीवान ने उनको सुरक्षा का भरोसा देकर मुँह बंद रखने का आदेश दिया।

तभी अचानक एक जगह घोड़ा-गाड़ी रुक गई। एक सुंदर नवयौवना चिंगारी जी के बगल में धीरे से विराजमान हो गईं। चिंगारी जी उस बाँकी चितवन, कटीली काया और तीखे नैनों वाली सम्मोहिनी मूरत की सूरत में खो गए। शरीर में रासायनिक परिवर्तन होने लगा। भरत मुनि और अभिनवगुप्त के रति-रसों की सृष्टि होने लगी।

थोड़ी देर में चिंगारी जी के दिल का घोड़ा भी तेज गति से दौड़ने लगा। और कहने लगा कि हे कवि महोदय, अगर ये सुंदरी जल्द से जल्द गाड़ी से नहीं उतरी तो आपके शरीर में प्रेम का हार्मोन ओवर फ्लो होकर कभी भी जमीन पर गिर सकता है।

चिंगारी जी ने अपना समूचा दिल थामा ही था कि तभी अचानक सड़क पर एक साँड़ आ गया। साँड़ को देखकर घोड़े के भीतर की बौद्धिकता जाग उठी। उसने आगे की दोनों टाँगें उठाकर साँड़ को एक आसमानी नमस्कार किया। साँड़ ने भी अपने सींग का इस्तेमाल करते हुए अपने क्रांतिकारी होने का परिचय दिया। इस कार्यक्रम के दौरान दोनों की टाँगे हवा में लहरा उठीं और अगले ही पल चिंगारी जी उस सम्मोहनी आँखों वाली तरुणी के साथ जमीन पर आ गिरे।

फिर क्या, हुआ हल्ला! जिस समाज में कवि जमीन पर गिर जाए उस समाज को गिरने से कोई रोक सकता है! इसी गिरावट की चिंता करके आस-पास के कुछ लोग दौड़ पड़े। चिंगारी जी ने कहा, "यद्यपि हम तो कुशल हैं लेकिन उस मोहतरमा को देखना आवश्यक है, कहीं उनके फूलों से नाजुक शरीर को चोट तो नहीं आई!"

लोगों ने मोहतरमा को उठाया। जल्दी-जल्दी सुखारी डॉक्टर को बुलाया गया। सुखारी डॉक्टर ने हाथ-पैर पर मलहम-पट्टी किया। मलहम का असर होते ही चिंगारी जी के मुँह से काव्य का पहला प्रस्फुटन हुआ-

'अब कहीं जाके उनके दिन फिरे हैं

बड़ी मुश्किल से आतिश इश्क में गिरे हैं।'

लेकिन इस कविता ने उस चोटिल हाथ पर कोई खास जादू नहीं किया, दर्द बढ़ता ही गया गया। चलना-फिरना मुश्किल होने लगा। तब डॉक्टर सुखारी ने चिंगारी जी को सलाह दिया, "हे कवि चिंगारी! आपका इलाज अब हमारे बस की बात नहीं है। आपको अभी दूसरी गाड़ी से बलिया जाकर हाथ की जाँच करानी

चाहिए वरना आप भरी जवानी में बेहाथ हो सकते हैं।"

चिंगारी जी ने मनोहर मुस्कान समेटा और झट से कहा, "सुखारी जी, हाथ तो एकदम ठीक है लेकिन दिल शायद सही सलामत नहीं है। एक आग है जो जलती जा रही है। ये लाइने देखें-

'तेरे इश्क का अरमान दिल में पला है
आतिश के दिल में इक शोला जला है।'

ये कविता सुनकर थोड़ी दूरी पर मलहम लगवा चुकी युवती मुस्कुरा उठी। इधर चिंगारी जी भी खिल उठे। दोनों के हृदय में प्रेम के छंद आकार लेने लगे और एक दिन ऐसा आया कि दोनों ने उस बुद्धिजीवी घोड़े को धन्यवाद दिया और ये महसूस किया कि प्रेम में गिरकर हर दर्द खूबसूरत हो जाता है।

इस घटना को दो साल बीत गए। दुर्योग से ये घटना हिंदी साहित्य के इतिहास में दर्ज नहीं हो सकी। लेकिन इस घटना के कुछ दिनों के भीतर ही चिंगारी जी ने पाया कि यायावरी नामक खाद-पानी मात्र एक वेस्टर्न यूटोपिया है, अगर समय से प्रेम हो तो मिजाज में कहीं भी कविता की जा सकती है। बस इसी के बाद चिंगारी जी के कदम चाँदपुर में जम गए और उन्हें न सिर्फ गाड़ी से प्रेम हुआ बल्कि घोड़ा गाड़ी से भी प्रेम हो गया।

फिर तो चाँदपुर आखिर ठहरा चाँदपुर! हुआ हल्ला की चिंगारी ने चिंतबिसाव के रुदल मास्टर की बड़की बेटी रुनझुनवा को प्रेम जाल में फँसा लिया है। और उसके चक्कर में मास्टरी छोड़कर घोड़ा गाड़ी खरीद रहा है।

ये खबर चाँदपुर दियारे में बाढ़ के पानी की तरह फैल गई। जो जहाँ सुना, वहीं से हँसा। एक दो महीने में इसकी तीव्रता इतनी तीव्र हुई कि गोपनीयता के सारे बाँध टूट गए। लेकिन जमाने की नापाक नजरों से दूर चिंगारी जी के हृदय में प्रेम की रुनझुन चिंगारियाँ जलती रहीं। उस आग में कविताएँ पकती रहीं। एक दिन उसी आग से झाड़-पोछकर उन्होंने गुरु आग्नेय जी को एक कविता सुनाई।

'आता नहीं था मजा कभी हमको जीने में
अब तो खुशबू भी आती है हर वक्त पसीने में
अब और क्या कहें क्या सुनाएँ हम ऐ आतिश
इश्क की 'चिंगारी' जल गई है मेरे सीने में।'

गुरु आग्नेय जी ने उनकी पीठ थपथपाई। बलिया के कई गरिष्ठ कवियों ने

उन्हें कालजयी कवि का आशीर्वाद दिया और देते हुए कहा कि बेटा ये उम्र घोड़ा पर चढ़ने की नहीं, घोड़ी पर चढ़ने की है। जल्दी करो!

लेकिन चिंगारी जी को घोड़ी चढ़ने से सख्त नफरत थी। उनका मानना था कि शादी होते ही आदमी प्रेम करने लायक नहीं रह जाता और प्रेम न करने के कारण कविता करने लायक नहीं रह जाता। इसलिए गरिष्ठ कवियों की बातों को दरकिनार करते हुए उन्होंने प्रेम करना और कविता करना जारी रखा।

धीरे-धीरे उनका प्रेम चाँदपुर के दियारे में और कविता जनपद के अखबारों और आकाशवाणी के स्टूडियो में लोकप्रिय हो गई। लेकिन लड़की के पूँजीवादी पिता ने मामले को समझने में जरा भी देर न की। और अगले दिन बेटी की शादी एक बीएड बेरोजगार से तय कर दिया। लीजिए महबूबा की शादी एक बीएड बेरोजगार से तय होने का समाचार सुनकर अलगू आतिश उर्फ चिंगारी जी का हृदय द्रवित हो उठा। दिल से हूक उठ गई-

'इश्क की पढ़ाई तो ए टू जेड किया
हाय! हमने क्यों नहीं बीएड किया।'

फिर तो उधर रुनझुन जी की डोली उठी और इधर चिंगारी जी के मोहब्बत की अर्थी उठी। महबूबा की विदाई की सुबह रोते अपने गुरु जी के पास पहुँचे। उनके गुरु आग्नेय जी ने कहा कि बेटा अब तुम जाकर कवित्व को प्राप्त हुए हो। कविता लिखने के लिए हाथ-पैर तुड़वाने की नहीं पहले दिल तुड़वाने की जरूरत होती है।

उसी दिन से इस गुरुमंत्र को माथे से लगाकर चिंगारी जी ने गाँठ बाँध लिया और एक कविता लिखी-

'कैसे कैसे लोग जी रहे हैं इस जमाने में
बात बिगड़ गई थी हमको बनाने में
तेरे इश्क की आँच इतनी कमजोर नहीं है आतिश
कितने दरिया सूख गए इक चिंगारी को बुझाने में।'

फिर तो धीरे-धीरे काव्य जगत के सारे प्रतिमानों को अपनी कविता की छेनी-हथौड़ी से तोड़कर चिंगारी जी ने गाँव के नवप्रेमियों के बीच अपार लोकप्रियता प्राप्त कर ली और तय कर लिया कि आज के बाद कहीं एक जगह स्थिर नहीं रहना है।

लेकिन चाँदपुर का बच्चा-बच्चा जानता है कि चिंगारी जी देश के किसी

कोने में रहें, वो रामलीला में अपने झोले के साथ प्रगट हो जाते हैं। और उनके प्रगटीकरण के बाद ही शुरू होता है रामलीला के पात्रों का चयन। भयंकर रिहर्सल। दिन-रात स्टेज बनाने, साउंड लगाने, चंदा जुटाने की मुहिम।

लेकिन आज सुबह ये हल्ला हुआ है कि चिंगारी जी ने कलकत्ता में जाकर रासलीला रचा ली है। अब वो चाँदपुर की रामलीला में नहीं आएँगे क्योंकि नवंबर में ही ब्याह करने जा रहे हैं।

चट्टी पर इस सूचना से दहशत है। कलकत्ता में रासलीला करना कत्तई नई बात नहीं है। पूर्वांचल के बड़का-बड़का बाबू लोग गाँव में मेहरारू छोड़कर जब कलकत्ते में भेड़ा बन गए, ई ससुर चिंगारी तो अभी कुँवारे हैं।

अभी सड़क पर इसी बात की चर्चा चलायमान है। मनोहर मास्टर मुँह लटकाए हैं, "बताओ जब रामानंद सागर ही नहीं आएँगे तो अरुण गोविल अकेले आकर थोड़े रामायण बना लेंगे!"

खेदन की दुकान पर पंकजवा समझा रहा है, "देखो यार। चिंगारी जी आएँ या न आएँ हम सीता जी तो बन जाएँगे लेकिन साड़ी नहीं पहनेंगे, बहुत लाज लगता है।"

फूँकन खिसिया उठा, "एकदम चूतिया हो क्या रे? पैंट-शर्ट पहनकर कोई भला सीता जी बनता है?"

"बात तो सही है लेकिन का किया जाए! गाँव में जो परमोदवा सीता जी बनता था वो जोधपुर की स्टील फैक्ट्री में अब लेबर हो गया है। कौन सीता जी बनेगा!"

किसी ने राय दी, "इससे अच्छा है कि 'अंधा आशिक और अंधी लड़की' नाटक खेल लिया जाए। उसमें बत्तीस हीरो और बयालीस गुंडा हैं। सीता या राधा जी बनने का झंझटे खत्तम करो।"

फूँकन फिर खिसिया उठा, "तुम एकदम खत्तम आदमी हो क्या! चारों ओर सीजन रामलीला का चल रहा है तो तुम अंधा आशिक लड़का और अंधी लड़की खेलोगे! देखे न परियार साल सरसती पूजा में कैसा नाटक हुआ कि तिलेसरा का लड़का सही में लल्लनवा के लड़के को छूरा मार दिया। उतर गया न अंधा आशिक! तबसे सरसती पूजा में नाटक नहीं होता है। परदा वाला सिनेमा ही आता है।"

तब तक मंतोष ने एक और समस्या प्रकट की, "ए भाई, सीता जी को छोड़ो।

पहले ये बताओ, जब राजा जनक ही नहीं रहेंगे तो सीता जी रहकर क्या करेंगी? खबर है कि सुखदेव चौधरी के हाइड्रोसील का ऑपरेशन हुआ है। अब कौन राजा जनक बनेगा?"

"अरे छोड़ो यार, सीता जी और जनक जी तो मिल जाएँगे लेकिन अभी सबसे बड़ी समस्या है कि जो रामलीला वाला पोथा में सीन और डायलॉग लिखा था वो रासबिहारी सिंह के दालान के साथ ही बाढ़ में बह गया। अब का होगा! कैसे डॉयलॉग बोला जाएगा!"

सारे लड़के चिंतित हो उठे, "हे बजरंगबली, दया करिए प्रभो! एक तरफ रामलीला के डायरेक्टर अलगू आतिश उर्फ चिंगारी जी ने रासलीला रचा ली तो दूसरी तरफ रामलीला की स्क्रिप्ट बाढ़ में बह गई। कभी-कभी तो मन करता है कि बंद करो अब रामलीला नहीं होगा। परदा का सिनेमा मँगा दो, उस पर ही रामलीला देख लिया जाएगा। आज आस-पास के कई गाँवों में राम जी का जनम भी हो गया और राम जी वन भी चले गए। यहाँ अभी तक बैनर-पोस्टर और सामियाना, साउंड तक नहीं लगा। आस-पास के सब लोग यही न कहेंगे कि बाढ़ से कंगाल हो गए हैं चाँदपुर वाले। खाने बिना मर रहे हैं। रामलीला तक नहीं खेल सके!"

"चुप रहो भाई चुप रहो!"

सत्यप्रकाश ने गाँव के सभी लड़कों को फूँकन की दुकान पर बटोर दिया। सारे लड़के सावधान की मुद्रा में आकर उसे सुनने लगे।

"देखो भाई, हम जा रहे हैं चौबे छपरा। वहाँ पर एक फस-क्लास विद्वान हैं। सम्पूर्णानंद यूनिवर्सिटी से पढ़े हैं। चार इंची का लमहर टीका करते हैं, वही डायरेक्टर रहेंगे। भाड़ में जाएँ चिंगारी-फिंगारी-लुकारी।"

तब तक परदीपवा ने टोक दिया, "भाई, जल्दी जाओ। इधर चितबिसांव में माइक पर एनाउंस हो गया है कि इस साल चाँदपुर वाले रामलीला नहीं करेंगे।"

सत्यप्रकाश को जोश आ गया, "कौन कह दिया चाँदपुर में रामलीला नहीं होगी? अरे इसी गाँव में सोहन चौधरी जब मानस जी की चौपाई गाते थे तब चितबिसांव के कोने-कोने में सुनाई दे जाता था। उनकी औकात है हमसे कम्पटीशन करने की!"

लड़कों ने आवाज दी, "ना भइया एकदम ना! चाँदपुर में रामलीला होगा।"

"पक्का?"

"एकदम पक्का!"

"तो सबसे पहले नाव पकड़कर सरयू पार जाओ और मंटुआ-रकेसवा को बुलाओ। और सुनो, जब तक रामलीला नहीं हो जाती तब तक न कोई मंटुआ को कुछ कहेगा न रकेसवा को। उनसे जाकर यही कहना है कि झगड़ा-बवाल अपनी जगह है लेकिन चाँदपुर की इज्जत अपनी जगह। आज चाँदपुर की नाक का सवाल है, नाक का। वो दोनों नहीं आएँगे तो पंडाल कौन बनाएगा!"

सत्यप्रकाश की आवाज सुनकर लड़कों में जोश का संचार हुआ है। दो लड़के साइकिल लेकर सरयू पार के लिए चाँदपुर घाट निकल पड़े।

उस समय सुबह के दस बज रहे थे और इधर सरयू पार मंटू नाव पर बैठकर न जाने क्या लिख रहा था। वहीं पर राकेश घाट किनारे साइकिल धो रहा था। राकेश ने देखा दो लोग बहुत दूर से हाँफते हुए आ रहे हैं, "ए मंटू, ई मंतोसवा और गुड्डुआ हैं का रे?"

"हँ भाई, ई सब काहें दौड़ रहा है?"

तब तक उधर से हाँफते हुए दोनों पास आ पहुँचे और आते ही एक साँस में सत्यप्रकाश की कही सारी बातें सुना डाली।

बड़ी देर तक चारों चुप रहे। राकेश मंटू की तरफ देखने लगा। मंटू ने मुँह फेर लिया, "भाई देखो, साफ बात है कि जब मेरी ही इज्जत नहीं बची है तो अब हम चाँदपुर की इज्जत कैसे बचाएँगे! जिसको चाँदपुर के रामलीला की चिंता है वो तो एक सीता जैसी लड़की को बदनाम करने पर तुला है।"

मंतोष और गुड्डू समझाने लगे, "भाई सुन, सत्यप्रकाश ने सबको हिदायत दिया है कि मंटू को कोई कुछ नहीं बोलेगा। हम लोग जानते हैं कि तुमको झूठे बदनाम किया जा रहा है। हम लोग ये भी जानते हैं कि गुड़िया की शादी में जो हुआ था उसके पीछे भी बड़ा-बड़ा पालटिक्स है। धीरे-धीरे सब पता चल जाएगा लेकिन भाई तुम हिम्मत मत हारो, आज चाँदपुर की प्रतिष्ठा का सवाल है।"

गुड्डू ने मंटू का हाथ पकड़ लिया, "ए भाई, डब्लू नेता भी तुमको माफ कर दिए हैं। कल ही कहा है कि इस बार इलेक्शन में सरयू पार वाले बूथ पर मंटू ही हमारा बूथ एजेंट बनेगा, उसे बुला लो।"

ये सुनकर मंटू झल्ला उठा, "हमको मत समझाओ गुड्डू भाई, इसी चाँदपुर में हम भी बड़े हुए हैं। यहाँ कब किसकी साँस कहाँ से चलेगी सब जानते हैं। हमको

किसी पर भरोसा नहीं है। तुम बताओ, गुड़िया की शादी में जो हुआ, उसको मैं कैसे भूल जाऊँ?"

मंतोष और गुड्डू मंटू का गुस्सा देखकर अधीर हो उठे, "अरे भाई! शांति-शांति! हम दोनों जिम्मेदारी लेते हैं न! सत्यप्रकाश पर भरोसा है कि नहीं! तुम चलो। जाकर बाँस काटो, हम सब चौकी-सामियाना लाते हैं। स्टेज बने। कल-परसों से रामलीला शुरू किया जाए।"

बाँस काटने की बात सुनकर राकेश की आँखें चमक गईं मानो कोई दिव्य जानकारी हासिल हो गई हो। उसने मंटू को बुलाकर कान में कुछ फुसफुसा दिया। उस गुप्त जानकारी को सुनकर मंटू के चेहरे पर उत्तेजना भरी मुस्कान फैल गई। आपसी विचार-विमर्श के बाद राकेश ने मंतोष से कहा, "ठीक है, हम लोग उत्तर टोला के परभु चौधरी की बँसवारी में बाँस काटने जा रहे हैं। किसी को भेजकर परमिसन ले लो!"

मंतोष और गुड्डू ने कहा, "परभु का लड़का खुदे रामलीला में विभीषण बनेगा। तुम लोग जाकर काटना शुरू करो, किसी से कुछ पूछने की जरूरत नहीं है।"

इतना सुनते ही मंटू के चेहरे पर मलिनता क्षीण होने लगी। मानो खोया उत्साह वापस लौट रहा हो। एक झटके में राकेश ने नाव खोल दिया, "चल भाई उत्तर टोला। चलकर बाँस काटते हैं!" मंटू मुस्कुरा उठा।

इधर चट्टी पर आकर बित्तन ने एक नया समाचार सुनाया, "ए भाई, हम अभी-अभी चिंगारी जैसा एक आदमी को सहतवार रेलवे स्टेशन पर देखे हैं। वही था कि कोई और था ये कनफरम नहीं है। बस हमको सुगुम हुआ है कि ये चिंगरिया है।"

पंकजवा ने खिसियाकर कहा, "अरे सारे त काहें नहीं कंफर्म किए रे? पियाज छील रहे थे! पास जाकर पूछे होते कि आप चिंगारी जी हैं? अगर हैं तो अब तक कहाँ मरवा रहे थे?"

सत्यप्रकाश ने पंकज को समझाया, "शांति-शांति! अब एक छटांक तुम लोग चिंता मत करो। चाँद पश्चिम से उत्तर हो जाए लेकिन चाँदपुर की रामलीला चिंगारी जी नहीं छोड़ सकते हैं। लेकिन तुम लोग सुन लो। कोई भी लड़का आज से न उनका मजाक उड़ाएगा, न कोई टोन कसेगा। दस दिन तक वो हमारे गुरु हैं। आते

ही सब लोगों को उनका पैर छूना है।"

सबने एक साथ कहा, "यस सर!"

उधर उत्तर टोला में राकेश और मंटू बँसवारी में बाँस काटने लगे। लेकिन मंटू बार-बार बाँस की तरफ कम सामने वाली खिड़की की तरफ देखता है। राकेश हिदायत देता है, "यार हथवा कट जाएगा भाई। आरी चला रहे हो बाँस पर और देख रहे हो खिड़की पर!"

अब मंटू कैसे कहे कि उसकी नजरें खिड़की से हटती नहीं हैं। हाथ कटे तो कट जाए आखिर जिंदगी कैसे कटेगी अब तो बस इस बात की चिंता है।

कहते हैं इस बँसवारी का ये हिस्सा पिंकी के घर का पिछला हिस्सा है, जिसकी एक खिड़की बँसवारी की तरफ खुलती है। अभी बाँस काटता मंटू ठीक उसी भाव में खड़ा है जिस भाव में कोई भक्त बंद मंदिर के बाहर खड़ा होता है। इस समय जितने देवी-देवता की तस्वीरें उसने देखी हैं, सब एक-एक करके याद आ रही हैं। होंठों पर यही दुआ है कि काश खिड़की से पिंकी एक बार झाँक देती। काश एक बार वो देख तो लेता!

लेकिन खिड़की है जो उसकी किस्मत की तरह न जाने कबसे बंद पड़ी है। इधर बँसवारी के बाँस आपस में टकराने लगे हैं। मंटू के दिल की धड़कन बढ़ने लगी है। राकेश बाँस काटता जा रहा है, लेकिन उसका भी ध्यान खिड़की की तरफ लगा है। वो मंटू को हिदायत दे रहा है, "यार तेजी से काटो न, काहे इतना समय लगा रहे हो?"

"ए राकेश!"

"का रे?"

"यार अगर नवंबर में पिंकी की शादी होगी तो इसी बँसवारी से माड़ो का बाँस काटा जाएगा न?"

"हँ भाई, पूनम की शादी में तो यहीं से कटा था।"

इतना सुनते ही मंटू के दिल और हाथ दोनों बैठने लगे। उसका मन किया कि अभी इस बँसवारी को फूँक दे। लेकिन अपनी निरी मूर्खता पर उसे तरस आया और वो आरी लेकर बेहिसाब उग आई अपनी उदासियों को काटने के लिए जमीन पर बैठ गया!

इधर चाँदपुर चट्टी पर अभी-अभी एक घोड़ा-गाड़ी आकर रुक रही है।

गाड़ीवान ने गाड़ी से एक बक्सा उतारा है। चट्टी के लोग हैरान हैं कि भाई इतना बड़ा बक्सा लेकर ये कौन आ गया? ये रंगीन कुर्ता, रंगीन जूता, रंगीन सदरी, दाढ़ी लेकिन मोंछ गायब। ई कौन मुलुक का आदमी है भाई?

तभी गुड्डू चिल्लाया, "ए फोकन, ए पंकज, ए मनीष! देखो चिंगारी जी आ गए!"

"ए भाई, इनका मोंछ कौन मुड़वा दिया रे?"

लीजिए चिंगारी जी को देखते ही सब दौड़े हैं। सबकी जान में जान आ गई मानो सबसे बड़ी समस्या का हल मिल गया। सबने एक साथ उनको प्रणाम किया। चिंगारी जी के चेहरे पर मुस्कान तैर गई। परदीप ने बक्से की तरफ इशारा किया, "इसमें क्या है?"

"इसमें राम जी का ड्रेस, रावण का मुकुट, तलवार, तीर-धनुष और भाला है। इस बार रावण के दरबार में लाठी लेकर कोई नहीं खड़ा होगा, न ही हनुमान जी की पूँछ के लिए धान काटकर पूआल सुखाया जाएगा।"

ये सुनते ही सबकी आँखें चौड़ी हो गईं, "वाह चिंगारी जी वाह! देर आए लेकिन दुरुस्त आए।"

लीजिए किसी ने बक्सा पकड़ लिया तो किसी ने उसमें से तलवार निकाल लिया। किसी ने कहा, "ए भाई दूर हटो, इसे छूने से पहले हाथ धो लो। ई राम जी का ड्रेस है।"

इधर चिंगारी जी एक-एक कर के सब लोगों की खबर लेने लगे, "बाढ़ में कोई समस्या तो नहीं हुई? रमेसर जी ठीक हैं? गुड़िया का क्या समाचार है? झांझा बाबा का हाथ ठीक हुआ?"

सत्यप्रकाश ने पूरे गाँव की खबर उनको दी और बताया, "चाँदपुर एकदम सही-सलामत है। बस रासबिहारी की दालान से रामलीला वाला पोथा बाढ़ में बह गया।"

ये सुनते ही चिंगारी जी के चेहरे पर बारह बज गए।

"हो गया न अनर्थ! वो पोथी मेरे दादा गुरु कवि सूरज 'जलजला' ने मुझे दिया था और कहा था कि बेटा रामलीला बस प्रभु की लीला नहीं है, वरन भारत के लोकमानस का चलचित्र है। इसे तुम आगे बढ़ाना। उनकी आखिरी निशानी डूबने से पहले चाँदपुर को डूब जाना था न सत्यप्रकाश जी!"

भावुक हो रहे चिंगारी जी को सत्यप्रकाश ने समझाया, "अरे! कवनो बात नहीं महराज! आप साथ हैं तो चाँदपुर के लड़के रामायण क्या महाभारत भी खेल लेंगे।"

"ये तो ठीक है, लेकिन इस स्टेज प्रबंधन का क्या हुआ?"

गुड्डू ने प्रगति रिपोर्ट जारी कर दिया, "गुरु जी, मंटू और राकेस बाँस काट रहे हैं। फूँकन का टेंट, सामियाना और साउंड है ही। मेरे जिम्मे साफ-सफाई है, वो सब हो जाएगा। रहा रिहर्सल और चंदा, तो सारा खर्चा इस बार डब्लू नेता दे रहे हैं। बाकी दान पात्र में कुछ आ ही जाएगा।"

चिंगारी जी ने प्रसन्नता जाहिर की, "ठीक है, कल से दिन भर शिव जी के मंदिर में रिहर्सल होगा। सब लोग नौ दिन तक शुद्ध सात्विक रहेंगे। कोई मांस-मछली, लहसुन-प्याज नहीं खाएगा। ब्रह्मचर्य व्रत करना भी अनिवार्य है। लीला की शुद्धता तभी बनेगी।"

सबने एक साथ कहा, "जी गुरु जी!"

पंकज ने पूछा, "ए गुरु जी, जो राक्षस बनेंगे उनके लिए तो कोई रोक-टोक नहीं है न?"

तब तक एक और लड़के ने चिंता प्रगट की, "ए गुरु जी, हमारा नया-नया बियाह हुआ है। किसी दिन कुछ इस-बीस हो गया तो सब लीला नसा जाएगा, इसलिए हम रावण की पार्टी में ही रहेंगे।"

सारे लड़के मुँह दाबकर हँसने लगे, "ए इयार गंदा बात नहीं, एकदम नहीं!"

सत्यप्रकाश खिसियाया, "तुम साले कुंभकर्ण ही बनो। सबसे आराम उसी में है, सोते रहना आराम से!"

"ए मजाक एकदम बंद करो। सरसती पूजा का सिनेमा नहीं है, इसमें एकदम सीरियस रहना है। जाओ मंटू को देखो बाँस काटकर ठीक करवाओ। हम लोग शिव जी का मंदिर धोते हैं।"

गुड्डू को छोड़कर सारे लड़के शिव मंदिर की तरफ चल दिए।

इधर एक-डेढ़ घंटे में देखते-ही-देखते राकेश ने दस-बारह बाँस काट दिया है। अब सबको छील-छालकर सजाया जा रहा है। दोनों पसीने-पसीने हो गए हैं। मंटू हाथ कहीं और चला रहा है टाँगी कहीं और चल रही है। खिड़की खुलने की सारी उम्मीदें माटी में मिल चुकी हैं। तभी अचानक राकेश फुसफुसाया, "खुल गई

रे भाई! फेक-फेक..."

मंटू ने देखा, पिंकी का चेहरा नजर नहीं आ रहा है। लेकिन उसके होने का आभास हो रहा है। मंटू की आँखें चमक उठीं। उसने मुस्कुराते हुए वहीं से बैठे निशाना लगाया और देखते-ही-देखते कागज का टुकड़ा एक झटके में उस पार चला गया। लेकिन ये क्या खिड़की झट से बंद हो गई! इसके पहले कि मंटू की साँस अटकती, तब तक झट से खिड़की खुली और एक कागज का टुकड़ा उसके कदमों में गिर गया। मंटू ने उठाकर उसे चूम लिया!

तब तक दूर से गुड्डू ने आवाज दी, "ए मंटू, जल्दी चलो रे, शिवाला में चिंगारी जी तुमको बुला रहे हैं।"

***

दिन की लगातार मेहनत के बाद स्टेज तैयार है, रिहर्सल चल रहा है। शिवाला के सामने लीला की प्रस्तुति होनी है। शाम से ही भीड़ लगनी शुरू हो गई है। आस-पास के गाँवों के लोग इकट्ठा हो रहे हैं। देखते-ही-देखते स्टेज के अगल-बगल छोटे-मोटे मेले का स्वरूप हो गया है। गाँव के ही कई लोगों ने अपनी छोटी-छोटी दुकानें खोल ली हैं।

स्टेज के सामने खेदन, दीना और झांझा बाबा भी बैठे हैं और इधर दीना की माई, उनकी मेहरारू, उत्तर टोला की कलावती, पश्चिम टोला की परमेसरी बैठी हैं। दीना की मेहरारू पियर रंग की छींट वाली साड़ी पहनी है, और लाल-लाल चूड़ी। माथे पर बड़की बिंदी लगाकर जब-जब घूँघट से ताककर हँसती है तो ऐसा लगता है कि बिना बल्ब के ही अंजोर फैल रहा हो।

इधर माइक से एनाउंस हो रहा है, "दोस्तो! आदर्श रामलीला समिति चाँदपुर आपका हार्दिक स्वागत और अभिनंदन करती है। बस कुछ ही देर में रामलीला शुरू होने जा रही है। कृपया अपने स्थान पर बैठ जाएँ और चोरों से सावधान रहें। थोड़ी देर में हमारे मुख्य अतिथि माननीय विधायक जी पधारने वाले हैं। गाँव के युवा नेता प्रधान प्रत्याशी डब्लू डेंजर उर्फ बबुआ जी से निवेदन है कि फुलेसरी देवी इंटर कॉलेज के मैनेजर साहब नथुनी चाचा को लेकर मंच पर आएँ।"

मुख्य अतिथि जी पधार चुके हैं। माल्यार्पण चल रहा है। मंटू का कहीं मन नहीं लग रहा है। भीतर हरदम एक बेचैनी है। तब तक मुख्य अतिथि विधायक जी

ने माइक सँभाल लिया।

"मेरे प्यारे भाइयो-बहनो, मेरा परम् सौभाग्य है कि भगवान की लीला के पावन अवसर पर आप सबने हमें आमंत्रित किया है। आज आप सबके बीच खुद को पाकर मैं धन्य महसूस कर रहा हूँ। दोस्तो, बाढ़ के समय आपने देखा होगा कि चाँदपुर में समाज सेवियों की लाइन हमने लगा दी थीं। दूर-दूर से लोगों ने आकर आपकी खूब सेवा की। लेकिन आज हम इस मंच से एक बहुत बड़ी घोषणा करने जा रहे हैं।"

भीड़ से ताली बजाने का इशारा डब्लू जी कर रहे हैं। सब लोग ताली बजाते हैं।

"भाइयो, घोषणा ये है कि ग्राम पंचायत चुनाव के ठीक बाद हम सामूहिक विवाह आयोजित करने जा रहे हैं। इस क्षेत्र में जिसकी भी कन्या है, उसे अब चिंता करने की जरूरत नहीं, हम उसकी शादी का सारा खर्च उठाएँगे। आज के ठीक एक महीने बाद विवाह के लिए रजिस्ट्रेशन शुरू किया जाएगा। जो लोग आर्थिक अभाव में बेटी की शादी नहीं कर पा रहे हैं, वो एकदम चिंता न करें। आपका बेटा आपके साथ खड़ा है।"

जनता के बीच तालियों की गड़गड़ाहट गूँज रही है। लोग चिल्ला रहे हैं, "वाह! नेता हो तो ऐसा हो! देखो उमेश, देखो। आज बेटी के बियाह से बड़ा पुण्य कुछ नहीं हो सकता है भाई, तुम भी पिंकिया के लिए जल्दी-जल्दी लड़का देखकर इसी में शादी निपटा दो। ज्यादा सोचोगे तो खेत-बारी सब बिका जाएगा। ये मौका फिर न आएगा।"

उमेश भी मुँह से गमछी बाँधकर ताली बजा रहे हैं। और लोगों की सलाह सुनकर समझ नहीं पा रहे हैं कि नेताजी की इस घोषणा से खुश हो जाएँ या दुखी हो जाएँ।

लेकिन नेता जी की इस घोषणा के बाद उनकी जय-जयकार हो रही है। आगे एक जगह उनको और जाना है। आस-पास के सभी गणमान्य लोग खड़े होकर उनको विदा कर रहे हैं।

इधर डाइरेक्टर चिंगारी जी ने हरमुनिया मास्टर ऊधो मिसिर को इशारा किया है। तब तक माइक से एनाउंस हो रहा है कि रामलीला के निर्देशक चिंगारी जी स्टेज पर आएँ और दो शब्द कहें।

चिंगारी जी ने माइक सँभाल लिया।

"माननीय मुख्य अतिथि और चाँदपुर के मेरे प्यारे भाइयो-बहनो! इसकी गिनती नहीं कि रामलीला ने न जाने कितने स्टार कलाकारों को पैदा किया। इसी रामलीला ने भोजपुरी को उसका शेक्सपियर भिखारी ठाकुर दिया। इसी रामलीला ने हमारे गाँव में गंगा-जमुनी तहजीब और सामाजिक समरसता, प्रेम को जिंदा रखा। कभी आज हर जाति-वर्ग के लोग दिन-रात मेहनत करते हैं कि उनके गाँव की रामलीला सबसे अच्छी हो। सबके प्रतिष्ठा का सवाल होता है। इसलिए हमने शपथ लिया है कि चाँदपुर की लीला को कभी बंद नहीं होने देंगे।"

दर्शकों की तालियाँ लगातार बज रही हैं। चिंगारी जी रामलीला महात्म्य पर सारगर्भित भाषण दे रहे हैं। सत्यप्रकाश उनके कान में आकर कहता है, "अरे! जल्दी करिए जनता बेचैन हो रही है। और विधायक जी को भी लखनऊ जाना है।"

चिंगारी जी के गंभीर भाषण के बाद एक बार फिर जोरदार ताली बजती है। महिलाएँ खुसुर-फुसर बतिया रही हैं, "ए मोनू की माई, लगता है कि बंगाल की जादूगरनी ने चिंगारी पर जादू कर दिया है।"

तब तक हरमुनिया मास्टर ऊधो मिसिर ने धुन छेड़ दी, "दिल दिया है जान भी देंगे ए वतन तेरे लिए..."

ढोलक वाले बिसेसर भाई लग रहा है कि आज मेहरारू से मार खाकर आए हैं। माइक वाले फूँकन पर खिसियाते हुए कहरवा ताल की ऐसी की तैसी कर रहे हैं। जनता ताली बजा रही है। महीनों की बाढ़ और दुख झेलने के बाद ये सामूहिक प्रसन्नता का पहला मौका हाथ आया है। कोई इस क्षण को गँवाना नहीं चाहता है। बस थोड़ी देर में रामलीला शुरू होने जा रही है। डाइरेक्टर साहेब चिंगारी जी स्क्रिप्ट लेकर परदे के पीछे तैयार हैं। लग रहा कि रामानंद सागर मरने के पहले अपनी सारी वसीयत इन्हीं को लिखकर गए थे। कभी इधर जाते हैं कभी उधर, कभी अंदर कभी बाहर। कभी लक्ष्मण को नसीहत दे रहे हैं तो कभी सीता जी को समझा रहे हैं।

"यद्यपि सब ठीक है लेकिन आप संवाद बोलते हैं तो कहीं से नहीं लगता है कि आप सीता जी हैं। कल्पना करें और माँ सीता की शालीनता और उनकी सौम्यता को आत्मसात करें।"

सत्यप्रकाश बीच से ही बात काट देता है, "हँ यार लगता ही नहीं कि तुम्हारे

हसबैंड अब वन में जा रहे हैं। थोड़ा-सा फिलिंग और यार सिचुएसन समझो..."

"ए भाई, एक ही आदमी को डाइरेक्टर होने दो। तुम का बिचवा में बोल रहे हो?"

इसी हो-हल्ला के बीच मंच पर परदा गिरने ही वाला है। लेकिन ये क्या, परदे के पीछे अभी राजा दशरथ बैठकर बीड़ी पी रहे हैं। बगल में भरत से कुंभकर्ण ने कहा है, "थोड़ा टॉर्चवा हमारा चार्ज में लगा दो न। सरवा घरवा जाते समय कुकुर दौड़ा लेता है। बाबूजी अलगे खिसियाते हैं कि खेत जोताया नहीं अब तक और इनको रामलीला की पड़ी है। जबसे रामलीला करने आ रहे हैं, घर में रोज महाभारत हो रहा है यार।"

उधर लक्ष्मण जी को बहुत तेज से दो नंबर लगा है। निपटने के लिए गए हैं। उनको मेघनाद जोर से डाँट रहे हैं, "दिन भर काहे खाते रहते हो भाई! जवने मिलता है तवने खा लेते हो! पेट ठीक नहीं रह रहा तो कायम चूर्ण खाया करो।"

लेकिन ये क्या, एक तरफ पेट पकड़कर लक्ष्मण जी सूपर्णखा जैसा मुँह बनाकर मेघनाद को समझा रहे हैं, "चुप रहो बे, उ तनी काल्ह तुम्हारी भौजी ने लिट्टी-चोखा बना दिया था, बुझाया नहीं, उरेब खा लिए हैं।"

अब लीजिए राजा जनक तो आए ही नहीं। पता चलल है कि उनके हाइड्रोसिल का ऑपरेशन हुआ है। अब का होगा? तो आज दक्षिण टोला के मुखदेव चौधरी को राजा जनक का पार्ट मिला है। चौधरी जी समाजवादी नेता हैं लेकिन आज अभिनेता का पार्ट मिला है तो मारे खुशी के उछल रहे हैं। उनको डाइरेक्टर साहेब चिंगारी जी ठेठ भाषा में समझा रहे हैं, "देखो, माइक के सामने जाना त इ मत समझ लेना कि धरतीपुत्र मुलायम सिंह जी आ रहे हैं और तुम रामगोविंद चौधरी के खास आदमी हो। याद रखना कि तुम राजा जनक हो, मुखदेव नेता नहीं।"

चौधरी एकदम मूँछ पर ताव देकर कहते हैं, "अरे ना महराज, का आप बात कर दिए! उ तनी दिन भर दूध बेचे हैं तो तनी जम्हाई ले रहे हैं। बाकी सब ठीक है।"

चिंगारी जी सबको डाँटते हैं, "मजाक बंद करें और पाँच मिनट श्री राम जय राम का जाप करें। ए भाई, सब लोग आप तैयार रहें। लहरा खत्म होते ही मंच पर झाँकी का दर्शन होगा। आरती होगी।"

इधर दर्शक भी तैयार हैं। परदा गिर रहा है। कुछ लौंडे कभी-कभी महिला

दीर्घा में देखते हैं तो कभी मंच पर। उनको रामलीला से क्या मतलब। उनको रासलीला सूझ रहा है। अपनी वाली आई है कि नहीं, ये कंफर्म कर रहे हैं।

अब परदा गिर गया है। कोई जोर से माइक में चिल्लाता है, "हर वर्ष की भाँति इस वर्ष भी आदर्श रामलीला कमेटी आपका हार्दिक स्वागत अभिनंदन बंदन करती है।"

माहौल एकदम भक्तिमय... हरमुनिया मास्टर ने धुन बदल दिया-

सनेहिया लगावल बहुत बात नइखे

लगा के निभावल बहुत बात होला।

मंटू बड़ा उदास है। मानो आज राम जनम नहीं सीता हरण होगा। ढोलक मास्टर जमका के 'धाक तिनक धिन ताक धिनक धिन' बजाकर सम पर आ गए हैं। माहौल शांत। अब मंगलाचरण शुरू-

'मंगल भवन अमंगल हारी...'

क्या दिव्य माहौल हो गया। आज राम जन्म का प्रसंग है। लेकिन सबसे पहले रामदरबार की झाँकी दर्शन, फिर आरती। वाह! देखो तो एक लाइन में राम-लक्ष्मण-सीता चले जा रहे हैं। और ई देखो जरा राम चंद्र जी को। कितना दिव्य स्वरूप है! कहीं से लग रहा है कि मनोहर मास्टर ही राम जी बने हैं! अरे बड़ा चमक रहे हैं जी, लग रहा कि उनका तनख्वाह मिल गया है!

सब लोग आँख बंद कर हाथ जोड़ लेते हैं, "प्रेम से बोलिए सियावर रामचंद्र की... जय!"

गायक ऊधो मिसिर बाबा तुलसी की चौपाई गा रहे हैं-

"उभय बीच सिय सोहति ऐसे

ब्रह्म जीव बीच माया जैसे..."

वाह! क्या कह दिया तुलसी बाबा ने? तब तक कोई कम्बख्त अनाउंस करता है, "सुखारी मेडिकल स्टोर की तरफ से ग्यारह रुपया का पुरस्कार आया है। आदर्श रामलीला कमेटी हार्दिक स्वागत वंदन करती है।"

दर्शकों में कुछ पढ़े-लिखे लोग हँस रहे हैं। रामलीला शुरू हो गई। बार-बार जयकारा लग रहा है- बोली-बोली सियावर राम चंद्र की जय! लगले लखन लाल की जय! महावीर हनुमान की जय!

चाँदपुर का कोना-कोना इस शंखनाद से गूँज रहा है। रात के साढ़े नौ हो रहे हैं। माइक से फिर आवाज आ रही है, "फजलू बैंड पार्टी ग्राम चाँदपुर के प्रोपराइटर मुहम्मद फजलुद्दीन ने राम जी की झाँकी देखकर एक सौ एक रुपया का सहयोग दिया है। आदर्श रामलीला कमेटी आपका हार्दिक स्वागत करती है।"

इधर मंटू न जाने कहाँ खोया है! हाथ उसके झाँकी के सामने जुड़ गए हैं। हवा चलने लगी है। ऐसा एहसास हो रहा कि अब गर्मी जाने वाली है लेकिन मंटू का पसीना सूखता नहीं है आजकल। राकेश ने पूछा, "क्या हुआ है? चिट्ठी पढ़े?"

मंटू खामोश है। मुँह से आवाज नहीं निकल रही है। हाथ वैसे ही जुड़े हैं। नजरें झाँकी की तरफ लगी हैं। लगता है जैसे अब रो देगा।

"बताओ चुप क्यों हो? क्या लिखा है पिंकी ने?"

अचानक मंटू के रोने की आवाज मुँह से निकल आई है। राकेश का दिल भी रोने लगा है। फिल्मों में प्रेमिका के लिए रोते हुए हीरो को उसने बहुत देखा था, पर आज पहली बार उसका हीरो उसके सामने रो रहा है।

"क्या हुआ बताओगे? का लिखा है पिंकी ने?"

मंटू का सिर उठता नहीं है। न ही मुँह से आवाज आती है।

"बोलो न यार, क्यों छिपा रहे हो! क्या सच में उसकी शादी तय हो गई है!"

मंटू ने सिर हिलाया है और सिर को राकेश के कंधे पर टिका दिया है। अब आँसुओं की गर्म बूँदें राकेश के कंधे पर गिर रही हैं। राकेश को जितना चाँदपुर की बाढ़ ने नहीं भिगाया था उतना इन चंद आँसुओं ने भिगा दिया है।

सामने मंच पर भगवान की आरती शुरू हो गई है। जयकारा लग रहा है।

राकेश मंटू से पूछ रहा है, "जानते हो, आदमी रामलीला बार-बार क्यों देखता है?"

"क्यों?"

"हमारे बाबा कहते थे कि बबुआ जब राम जी को राजगद्दी मिलने का दिन आया तो चौदह साल का वनवास हो गया। जब वनवास में गए तो सीता जी का हरण हो गया। और जब सीता जी को लेकर अयोध्या आए तो सीता जी ने उनका घर त्याग दिया। बस हमारा-तुम्हारा जीवन यही है। हमें लगता है कि जब भगवान को इतना दुख मिला और उस दुख का उन्होंने सामना किया तो हम-तुम तो इंसान हैं। हम दुख से क्यों भागें, समझे!"

राकेश की बात सुनकर मंटू का रोना कम हो गया। मन एक झटके में हल्का होने लगा। उसने हाथ जोड़कर आँख बंद कर लीं!

17

जहाँ शरीर का आकर्षण खत्म होता है वहाँ प्रेम का सौंदर्य शुरू होता है। फिर प्रेमी करीब रहे या दूर रहे, वो मिले या बिछड़ जाए। बिना इसकी परवाह किए वहाँ प्रेम किया जा रहा होता है। एक ऐसा बेशर्त प्रेम! जहाँ प्रेम माँगना नहीं, प्रेम देना ही मुख्य कार्य बन जाता है। तभी तो खाने से पहले उसकी याद आती है कि उसने खाया होगा कि नहीं? जागने से पहले एक बार सोचा जाता है कि रात को उसे नींद आई थी कि नहीं? और कई बार तो ऐसा होता है कि थकान उसे होती है तो अपने पैर भी दुखते हैं। भूख उसे लगती है, और खाया खुद नहीं जाता है।

शायद प्रेम की तमाम फिल्मी परिभाषाओं से अलग ये प्रेम की सबसे उदात्त परिभाषा है। यही प्रेम की संवदेनशीलता है। यही प्रेम की ऊर्जा है। यही ऊर्जा आत्मा के लिए ईंधन का काम करती है। ये ईंधन न हो तो आदमी सूखने लगता है।

इधर जैसे-जैसे दिन बीतते जाते हैं, पिंकी महसूस करती है कि मंटू का प्रेम उसके बुझते जीवन के लिए सबसे बड़ा ईंधन था, जिस ईंधन के सहारे पिंकी ने जीने की तमाम वजहें पैदा कर ली थी, लेकिन आज वो सारी वजहें सूखकर निराशा की पोटली में बंद हो चुकी हैं। और कोई ऐसी तरकीब नहीं है जो उसकी इस बंद पोटली की गाँठ को खोल दे। बस यही कारण है कि वो आज आधी रात को घर से भाग जाना चाहती है। चाहती है सरयू किनारे खड़े होकर खूब चिल्लाना। या फिर रोकर कहना कि ए मंटू चलो न नाव खोलो। अपनी चंदा को चाँदपुर से दूर करो।

लेकिन नहीं। पिंकी यही करेगी? घर से भाग जाएगी? क्या इतनी कमजोर है वो? नहीं-नहीं, घर से भागना कायरों का काम है। पिंकी को सम्मान के साथ चाँदपुर से विदा होना है, सम्मान के साथ।! लेकिन कैसे? बस यही तो पता नहीं है। आखिर एक अकेली लड़की इस समाज की क्रूर वर्जनाओं से कैसे लड़ाई लड़ेगी?

आजकल मन इन्हीं द्वंद्वों में उलझा रहता है। और देखते-ही-देखते इस नन्ही गौरैया का पंख उस द्वंद्व की जाल में फड़फड़ाने लगता है। न कहीं जाने का मन करता है, न किसी से बतियाने का। बस सुबह और शाम चूल्हा जलाती है, बुझाती

है। लेकिन ये नहीं समझ पाती है कि उसके भीतर जो आग है वो कब बुझेगी।

आज जबसे उसने मंटू की चिट्ठी पढ़ी है तबसे न जाने क्यों बाढ़ में बह चुकी उसकी किताबें, उसके तमाम नोट्स और उसकी कविताएँ, वो महादेवी जी के चित्र, मेहँदी की डिजाइन सब बहुत याद आ रहे हैं। ऐसा लगता है किसी ने एक हाथ काटकर दूसरे हाथ में उसे पकड़ा दिया है।

रात के साढ़े नौ बज रहे हैं। अचानक दरवाजे से चाचा ने पुकारा, "पिंकिया रे, पिंकिया!"

पिंकी की तंद्रा टूट गई। डरते-सकुचाते उसने दरवाजे की तरफ कदम बढ़ाया। दरवाजे के बाहर टिन शेड में उमेश चाचा गाय के लिए धुआँ कर रहे हैं। पिंकी ने धीरे से पूछा, "का चचा?"

"जल्दी खाना बनाओ, एक जगह जाना है।"

"ठीक है चाचा।"

इतना कहकर पिंकी भीतर चली आई। आजकल चाचा के थके-हारे हताश चेहरे को देखकर उसे बहुत दया आती है। एक अपराधबोध घिर आता है। खुद को कोसने बैठ जाती है। ऐसा लगता है कि उसे कोई अधिकार नहीं है किसी को कष्ट देने का, अपने एक अदद सुख के लिए किसी का दिल दुखाने का।

वो परेशान है कि आज बीस दिन से चाचा दिन भर साइकिल से घूम-घूमकर उसके लिए लड़का खोज रहे हैं। हर जगह बातचीत लेन-देन पर आकर रुक जा रही है। ऊपर से गाँव भर में बदनामी हो जाने के कारण ब्याह काटने वाले और ज्यादा परेशान कर रहे हैं।

परसों साँझ चाचा लौटे तो किसी ने सलाह दिया है कि अगर दहेज की रकम डबल देने की तैयारी कर लो तो ब्याह नहीं कटेगा। बस, इस सलाह को सही मानकर वो कर्जा खोजने निकल गए। सुबह से शाम तक कई जगह जाकर पूछा कि है कोई चाँदपुर में जो उमेश चौधरी का खेत रेहन लेकर दहेज की रकम का इंतजाम कर दे।

कहीं से कोई जवाब नहीं आया। आखिर कौन खेत लेगा जी? चाँदपुर दियर में खेत होने से अच्छा है, खेत न होना।

ऊपर से कल साँझ को दीना की मेहरारू ने चाचा के सामने ही चाची को सलाह दिया, "ए मैना तुम अपना झुमका क्यों नहीं बेच देती! उमेश गाय बेच दे।

बलिहार में एक अच्छा लड़का है। थोड़ा बहुत दे देंगे तो पिंकी जीवन भर खुश रहेगी।"

ये सुनते ही उमेश तैयार हो गए। लेकिन चाची ने उमेश की सात पुश्त की बहनों का हिसाब-किताब एक मिनट में कर दिया।

"तुम्हीं बड़का दयालु बने हो! उस छिनार के लिए गाय बेचोगे! ससुराल में सुख किस्मत से मिलता है, दान-दहेज से नहीं। हमारे भी बाप ने तो तुमको इक्कीस हजार नगद और एक साइकिल दिया था। कौन-सा इंद्रासन लगा दिए हमको! पूनमी के बियाह में इसी तरह खेत बेचा गया था। कितनी खुश है देख लो! कान खोलकर सुन लो हम इस हरजाई के लिए हम एक टूटी हुई चूड़ी नहीं बेचेंगे। झुमका तो बड़ी दूर की बात है।"

चाची बोलती रही। चाचा सिर झुकाए सुनते रहे। दीना बो उठकर चली गईं। खाना बना रही पिंकी चूल्हे के सामने बैठकर रोती रही। पूनम ने खटिया में अपना सर छिपा लिया। आजी और माई एक-दूसरे का मुँह देखती रहीं।

लेकिन मामले को सँभालने के लिए बड़ी देर बाद उमेश ने कहा, "रेवती वाला लड़का ठीक है। बस पिंकी से बीस बरिस बड़ा है। उसकी पहली बीबी मर गई है। वो तो तैयार है ब्याह करने के लिए। कह रहा है एक पैसा मत देना। लेकिन दीना कह रहा है कि वो एक नम्मर का पियक्कड़ है।"

चाची का गुस्सा फिर बढ़ गया, "बड़ाई तो सुने थे न तुम रमेसर के दामाद का! गाँव में उसका भी तो हल्ला था कि लड़का विकास भवन में नौकरी करता है, पाँच सौ ऊपरवार कमाता है। ऐसा दामाद आज तक किसी अहिराने में नहीं आया। लेकिन जाकर देखो आज रमेसर और रमेसर बो मरने के कगार पर खड़े है। गाँव की सुनोगे तो गाँव से विदाई हो जाएगी। हमको अब किसी भी कीमत पर इस रंडी को घर बैठाकर इज्जत का ढिढोरा नहीं पिटवाना है। आज पूरा गाँव जान गया है कि रमेसर बो की बहिन के लड़के मंटुआ के साथ ई कौन लीला रचा रही है। बस दस दिन के भीतर इसका बियाह तय न हुआ तो या तो घर में तुम रहोगे या हम!"

उमेश से ये बात बर्दाश्त नहीं हुई। थोड़ी देर में लगा कि सिर आज ही फट जाएगा। पिंकी और पूनम को कँपकँपी छूट गई। पास-पड़ोस वालों के कान खड़े हो गए।

इसी बीच अचानक ढोलक-झाल की आवाज सुनाई देने लगी। आवाज झांझा

बाबा के दालान से आ रही थी। खबर थी कि बाबा की मेहरारू का तबियत एकदम बिगड़ गया है। उनके प्राण छूटने वाले हैं। इसलिए आज दालान में सुंदर कांड का पाठ किया जाएगा।

उमेश किसी घायल-लहूलुहान पक्षी की तरह खुद को घसीटते हुए अब बाबा की दालान में जाने को तैयार हो गए। तब तक किसी ने दरवाजे से आवाज दी, "ए उमेश चाचा... बाड़ऽ हो?"

आवाज सुनकर उमेश बाहर आ गए। आकर देखा कि चार-पाँच लोग खड़े हैं। एक नई-सी सुगंध आस-पास फैल रही है। लेकिन अँधेरा होने के कारण चेहरा स्पष्ट नहीं दिख रहा है। तभी किसी ने उमेश के मुँह पर टॉर्च जला दिया।

"हम हैं चाचा डब्लू सिंह, नहीं पहचाने का!"

उमेश ने हाथ जोड़ लिया, "अरे डब्लू बाबू आइए-आइए।"

"ए चाचा, बैठने का टाइम नहीं है। बस ये कहना था कि हमको आज कहीं से पता चला कि बियाह के लिए उमेश खेत रेहन रख रहे हैं। आज के बाद खेत रखने की जरूरत नहीं है। पिंकिया की शादी हम एकदम फ्री में करा देंगे। बस परधानी का चुनाव हो जाने दीजिए। 151 कन्याओं की शादी विधायक जी ने ठाना है। उसकी सारी जिम्मेदारी हमारी है। इसलिए आज से एक पैसे का टेंशन नहीं लेना है। तुम चाहो तो उसी में पूनमी का भी ब्याह कर सकते हो, खेत-वेत रखने की सोचना भी मत! क्या समझे?"

एक झटके में उमेश हाथ जोड़ लिए। ऐसा लगा कि घने अँधेरे में किसी जुगनू ने खुद को चमका दिया हो। देखते-ही-देखते घर से चाची निकल आई और डब्लू नेता के सामने हाथ जोड़कर खड़ी हो गई, "ए डब्लू बबुआ, पिंकिया की शादी करा देंगे तो सिर्फ इस बार नहीं, जीवन भर हम आपको ही वोट देंगे।"

डब्लू नेता मुस्कुराने लगे, "बस चाची चुनाव निशान 'खटिया' है... और डेट तो याद है न?"

चाची ने हँसकर कहा, "बबुआ सब याद है। नन्हकू बो नाक रगड़ रही है लेकिन हमारा घर आपको ही वोट देगा, लेकिन बबुआ बस इस बरियार ग्रह से मुक्ति दिला दीजिए।"

डब्लू नेता ने चाची को फिर आश्वस्त किया, "बस चाची आशीर्वाद बनाए रखना है, और जैसे-जैसे हम कहेंगे करना है।"

इतना कहकर डब्लू नेता दूसरे घरों की तरफ चले गए। इधर देखते-ही-देखते चाची की खुशी आसमान छूने लगी। उन्होंने झट से उमेश को आदेश दिया, "सुनो, कल रेवती वाले लड़के से जाकर बात कर लो। और बोल दो कि हम सामूहिक विवाह में शादी करने के लिए तैयार हैं। दान-दहेज, पलंग, कपड़ा-लत्ता सब विधायक जी देंगे। अब एक पइसा का टेंशन नहीं लेना है, बस डब्लू बबुआ को जिताना है।"

उमेश ने सिर हिलाया और धीरे से बाबा की दालान का रुख कर लिया। इधर पिंकी रोते हुए जमीन पर गिर गई। पूनम ने उसे गोद में उठा लिया। दोनों बहनें एक-दूसरे के आँसुओं को पोछने लगीं। घड़ी ने दस बजा दिया। कहीं दूर कुछ कुत्ते भौंकने लगे। कुछ शराबियों की आवाजें आने लगीं-

'क्यों पड़े हो चक्कर में
कोई नहीं है टक्कर में
एक दो-तीन चार
डब्लू भइया अबकी बार!'

18

चुनाव-चुनाव-चुनाव। परधानी-परधानी-परधानी।

पूरुब टोला से लेकर पच्छिम टोला और काली माई से लेकर बरम बाबा तक माहौल में अजीब-सा संक्रमण है। न हवा में शीतलता है, न ही खेतों की नीरवता में स्पंदन। न पेड़ों पर पक्षी चहचहा रहे हैं, न ही पीपल के पत्ते ताली बजा रहे हैं। इस चाँदपुर की बलुई माटी में राजनीति का करिया कीड़ा घुस गया है।

आज बीस दिन में ही बच्चा-बच्चा जिंदाबाद-मुर्दाबाद बोलने लगा है। जहाँ कभी टैक्टर, बस, जीप पर 'एगो चुम्मा दे द राजा जी' और 'राजा राजा करेजा में समाजा' बजता था, वहाँ अब 'हमारे कर्मठ जुझारू प्रत्याशी को भारी मतों से विजयी बनाएँ' टाइप पारंपरिक जुमले सुनाई दे रहे हैं।

दिन भर रंगीला और रसिया का गाना बजाने वाले प्रशिक्षित बेरोजगार आजकल बाभन इतना, अहीर उतना, कोइरी बीस घर, बनिया पाँच घर, नोनिया-लोहार आठ घर का हिसाब फेंट रहे हैं। वहीं दूसरी तरफ ताड़ी, भाँग और सुर्ती के लिए दूसरों का मुँह देखने वाले निकम्मे भी मतदाता सूची मिला रहे हैं।

आज तक सरयू की धारा ने चाँदपुर को दो टुकड़ों में बाँटा था लेकिन इन पाँच सौ बीस वोटों और तेरह प्रत्याशियों ने चाँदपुर को तेरह टुकड़ों में बाँट दिया है। एकाएक विनम्रता, ईमानदारी, कर्मठ, जुझारू जैसे कुछ शब्दों का इतना जाप हो गया है कि गाँव का वो प्रत्याशी जो कभी छेड़खानी के कारण चार महीना जेल में बिताया है, उ सबका चरित्र प्रमाण पत्र बना रहा है। जिन रास्तों पर शाम 7 बजे वीरानगी छा जाती थी, कुत्ते भोंकते थे, वहाँ अब टिनहिया छाप लौंडे प्रधान प्रत्याशी डब्लू जी का महुआ पीकर बाइक से घुड़ दौड़ मचा रहे हैं।

हाल यह है कि रात झांझा बाबा की दालान में नोएडा से वोट देने आया रामबिलसवा दारू पीकर हल्ला कर दिया, "ए बाबा जानते हैं, गुड़िया की शादी में मार-पीट का परधानी इलेक्शन से बहुत बड़ा संबंध है! लेकिन अभी हम शिव जी के मंदिर में किरिया खाए हैं, अभी कुछ नहीं बोलेंगे, एकदम नहीं। जो कहेंगे रिजल्ट के बाद कहेंगे।"

ये सब सुनते ही रमेसर की बीपी लो हो गई। आनन-फानन में उनको टाँगकर अस्पताल ले जाना पड़ा। तब तक पता चला कि रामबिलसवा पर तीन लोगों ने जोरदार हमला बोल दिया। खबर मिलने तक उसके मुँह पर तीन टाँका लगा है। डॉक्टर सुखारी ने कहा है, "बबुआ रामबिलास चुनाव तक चोप्प रहो, ज्यादा बोलना खतरे से खाली नहीं है, इसलिए दो टाँका ज्यादा लगा रहा हूँ।"

इधर गाँव के वो सारे लोग जो अभी तक दिल्ली, नोएडा, फरीदाबाद और लुधियाना में नोट छापने का काम कर रहे थे, वो अपना टेंट-शामियाना और कमाई-धमाई लेकर गाँव में पलायन कर चुके हैं। गाँव में आते ही मेहरारू से रोज झगड़ा हो रहा है, "कहे थे कि लोधियाना से आएँगे तो झुमका बनवाएँगे, अब तुम्हारा झाड़ू और खटिया निशान हम कान में पहन के नइहर जाएँ!"

उधर नइहर से कई जिज्जुओं की प्यारी सालियों ने चिट्ठी लिखकर पूछा है, "ए जीजा, खाली मिस कॉल मारेंगे, ससुरारी नहीं आएँगे!" जीजा जी बेचारे क्या करें? सुथनी जैसा मुँह बनाकर मेहरारू-साली का ताना सुन रहे हैं और दिन-रात अपने-अपने प्रत्याशियों के लिए वोट माँग रहे हैं।

इधर वोट का हाल ये है कि कहीं भाई ही भाई को वोट नहीं दे रहा है तो कहीं बाप बेटे को! कहीं पच्चीस साल की रंजिश को भुलाकर केसव तिवारी ने सदामूरत पांडे को अपना समर्थन दे दिया है, तो कहीं सुरेश जीतकर बीडीसी परधान न हो ज़ाएँ, इसलिए कमेसर भी ताल ठोककर मैदान में हैं। ऊपर से चनरमा तो इसलिए शादी जल्दी-जल्दी किए हैं कि महिला सीट हो गया तो मेहरारू को खड़ा करा देंगे।

आज चनरमा बो मैदान में खड़ी हैं। गाँव में हल्ला है कि नन्हकू बो का वोट काटने के लिए चनरमा की मेहरारू को मैनेजर साहब ने ही दाम देकर खड़ा करवाया है। इस हल्ले से गाँव के आधे देवर लौंडे कन्फ्यूज हैं कि नन्हकू बो भौजी पर मोहर मारें कि चनरमा बो भौजी पर!

"दोनों भौजाइयाँ कटीली हैं। जब-जब रोड पर चलती हैं तब-तब हम लौंडों के दिल में लहर लेस देता है।"

सत्यप्रकाश मुँह पर उँगली रखकर डाँटता है, "ए भाई, गंदा बात नहीं, एकदम नहीं।"

इसी बीच कल कुछ चुनावी विश्लेषकों ने खेदन की दुकान में बैठकर अपने दारू की बोतल से एक एग्जिट पोल निकाला और साबित कर दिया कि नन्हकू

बो भौजी का पलड़ा चुनाव में सबसे भारी चल रहा है। क्योंकि गाँव की पचास से ज्यादा औरतों का वो विधवा पेंशन बनवाई है। इसलिए सारी औरतें उसके साथ हैं। डब्लू नेता साठ वोट से हार रहे हैं।

इस एक्जिट पोल से गाँव में तहलका मचा है, "नन्हकुआ बो जीत रही है। कइसे रे भाई?"

"अरे! भाई उसके लिए ब्लॉक का एक अधिकारी और विकास भवन का बाबू आज चार दिन से चाँदपुर में डेरा-डंडा डालकर वो़ट माँग रहा है।"

"बक्क! ये सब फर्जी अफवाह है। ये लोग भौजी के मामा के लड़के हैं। अपनी बहन को जिताने आए हैं।"

"ना रे भाई, नन्हकू बो भौजी में दम है दम! एक बार लिपिस्टिक लगाकर मुस्कुरा दे तो विकास भवन के बाबू क्या मैनेजर साहब भी डब्लू नेता की जगह भौजी पर मोहर मार देंगे।"

"रे लिपिस्टिक के सार! कान खोलकर सुन। जिस दिन नन्हकुआ बो जीत गई, उस दिन हम चाँदपुर छोड़ देंगे। जिस औरत का एक गोड़ सुखरिया के क्लिनिक में और दूसरा विकास भवन में होता है, उ हमारी परधान बनेगी!"

"ना-ना उ काहें परधान बनेगी! परधान तो डब्लू नेता बनेंगे। और वही अस्पताल का छत भी बनवा देंगे। फिर तुम अपने हाइड्रोसिल और दिमाग दोनों का ऑपरेशन करवा लेना।"

"रे भाई, डब्लू जी अस्पताल बनवा देंगे तो रात को रुबिया के साथ संभोग कहाँ करेंगे!"

"रे भाई, चुप-चुप! गंदा बात नहीं, एकदम नहीं। हम वादा करते हैं कि हम परधान बन गए तो गाँव में सबसे पहले इसका ही एक केंद्र बनवाएँगे।"

"मने संभोग केंद्र!"

"तब का! और उसका शिलान्यास सुखारी डॉक्टर करेंगे। नन्हकू बो भौजी के साथ!"

"रे भाई, चुप-चुप। उस नन्हकुआ बो का तो नाम न लो। न एक चाय पिलाई है न कहियो भौरी-चोखा खिलाई है। और जीत रही है। इधर डब्लू नेता पुल पर दारू के साथ मुर्गा-लिट्टी बनवा रहे हैं और हार रहे हैं। जा रे चाँदपुर!"

इधर नन्हकू बो भौजी का हाल ये है कि उन्होंने इन सब चर्चा, सर्वेक्षण,

आरोप-इल्जाम और ताना को नजरअंदाज कर चुनाव-परचार जारी रखा है। इतने दिन की मेहनत के बाद उनको ये समझ में आ गया कि डब्लू नेता को हराना है तो हर घर की औरतों तक पहुँचना जरूरी है। भौजी ने ये काम एक साल पहले ही शुरू किया था लेकिन अब उस मेहनत को आखिरी मुकाम देने का वक्त आ गया है। मैनेजर साहब ताकतवर क्यों न हो इस बार मैनेजर साहब को जीतने नहीं देना है।

भौजी इसी संकल्प के साथ पल्लू निकाल के भसुर, ससुर, देवर, सास, ननद सबके सामने जा रही हैं और हाथ जोड़ के खुद को प्रधान बनाने की जोरदार अपील कर रही हैं। तमाम औरतें भौजी के साथ हैं। लेकिन पिंकी की चाची खुलेआम डब्लू नेता के लिए वोट माँग रही है। आखिर क्यों न माँगे! डब्लू नेता ने मुफ्त में पिंकी की शादी कराने का वादा जो किया है। चाची सोते-उठते बस यही माला जपती है- हे भगवान, बस डब्लू जी को जिता दीजिए!

इधर गाँव में ये भी हल्ला है कि हर घर में पाँच सौ से लेकर हजार रुपया तक बाँटा जा रहा है। जो एक बोतल दारू माँगा है, उसे एक पेटी दिया गया है। जितना सुविधा शुल्क मैनेजर साहब ने बोर्ड परीक्षा में वसूला था, वो सब परधानी में झोंक दिया है।

इस समाचार से बौखलाए एक उम्मीदवार राजेश सिंह ने कल चुनाव में खर्च करने के लिए अपना खेत रेहन रखा, तब जाकर अँग्रेजी, हिंदी, देशी, विदेशी किसिम-किसिम का दारू सबको हासिल हुआ। अब नन्हकू बो भौजी क्या बाँटें? उनके पास न दाम है, न मुर्गा, न ही दारू! बस दो हाथ हैं जिनको जोड़कर ये वादा कर रही हैं कि जीत जाएँगी तो गाँव की बेटियों के लिए कुछ करेंगी। उन गाँव की महिलाओं के बारे में सोचेगी जो बस रसोई घर से लेकर बिस्तर तक सिमट गई हैं।

लेकिन पैसे और दारू-मुर्गे की बाढ़ में उनका ये वादा महज चुनावी वादा लग रहा है। दीना की माई कहती है, "ये बड़का इनरा गाँधी हुई है! एतना वादा तो सब नेता करता है, लेकिन विकास कहाँ होता है जी!" भौजी ये सब सुनकर चुप रह जाती हैं। कदम उनके बढ़ते जाते हैं। अब तो जो होगा वो वोट के दिन ही देखा जाएगा।

कल वोटिंग है। आज सुबह से गाँव में कुत्ते भौंक रहे हैं। शायद उन्होंने दारू नहीं पिया लेकिन हड्डियाँ खा-खाकर कुछ दिन से उनकी आवाज भी ऊँची हो

गई है। इधर दियारे में नजर दौड़ाने पर सब सूना ही लगता है। कहीं कोई नहीं है। पदारथ यादव की आज भैंस गरम है लेकिन भैंसा कौन खोजने जाए। अभी चुनाव ने उनका मूड गरम कर रखा है। उस पार जाकर तीन घरों में वोट माँगना है।

इधर सरयू पार की अपनी मड़इया में कल रात को मंटू ने एक भयानक सपना देखा है। उसने देखा है कि सरजू जी में इस बार बाढ़ नहीं समुद्री तूफान आया है। गाँव में कोई जिंदा नहीं बचा है। एक कुत्ता तक नहीं। चारों तरफ लाशें ही लाशें बिखरी है। इस सपने के बाद वो मड़ई से बाहर आकर रात भर पागलों की तरह टहलता रहा। बीच में नदी न होती और रात अँधेरी न होती तो वो उत्तर टोला की उस बँसवारी के सामने खड़ा होता, जहाँ से पिंकी ने उसे आखिरी बार देखा था।

लेकिन कैसे? इस डरावने सपने की याद ने सब चौपट कर दिया है। ऐसा लग रहा है कि चाँदपुर के ऊपर प्रेतों का साया है। हर आदमी राजनीतिक हो चुका है, हर आदमी अपने भीतर बैठे एक अदद नेता के अहंकार को पुष्ट कर रहा है। मंटू ने तय कर लिया है कि वो चाँदपुर के उस पार नहीं जाएगा। वो इसी पार अपनी मड़ैया में रहेगा। नाव चलाएगा और लोरकी गाएगा। भाड़ में जाए चुनाव, भाड़ में जाएँ नेता। वो इस गाँव का वोटर भी नहीं है। लेकिन कहीं पिंकी वोट देने आ गई तो? तब तो जाना पड़ेगा न? अपनी करेजा को आखिरी बार देखने! मन मझदार में फँसे नाव जैसा हिल रहा है। हे भगवान सुबह क्या होगा?

इधर सुबह से पोलिंग शुरू है। चाँदपुर में दो पोलिंग स्टेशन बना है। एक सरयू के इस पार दूसरा उस पार।

उस पार वाले भी वोट देने के लिए लाइन में खड़े हैं। वो क्या करें? खड़े होना उनकी नियति है। न जाने कितने चुनाव हुए और न जाने कितने चले गए। उनके पास आज तक बिजली पहुँची है, न ही अस्पताल और न ही स्कूल। न उनके पास बाढ़ राहत वाले जाते हैं, न ही कोई सरकारी योजना। वो तो इस जिले के सबसे ठगे गए लोग हैं। न उन्हें यूपी वाले अपना मानते हैं न ही बिहार वाले अपनाते हैं। बस चुनाव में ही सारे नेताओं को उनकी याद आती है। इसलिए हर चुनाव में वो चुपचाप खड़े हो जाते हैं। सामने हजारों एकड़ में फैला दियरा उनकी बदकिस्मती पर हँसता है। आज भी सब लोग वोट देने के लिए खड़े हैं।

इधर इस पार उत्तर टोले में आइए। पिंकी की आँखें सूज गई हैं, चेहरा एकदम पीला पड़ गया है। चाची ने आज सुबह ही उसे मारा है, "छिनार कहीं का वोट देने

नहीं जाएगी? तो क्या बैठ के भतार को चिट्ठी लिखेगी!"

पिंकी आँसू पोछते हुए वोट देने जा रही है। बड़ी लंबी लाइन लगी है। लाइन में खड़े-खड़े उसके हाथ-पैर काँप रहे हैं। ऐसा लग रहा है कि इस लोकतांत्रिक व्यवस्था के चुनाव में उसका जीवन किसी तानाशाह के जेल की भाँति बंद हो चुका है। आज वो वोट देने नहीं बल्कि अपनी बर्बादी के चुनाव पर मोहर मारने आई है। मनोज बो भौजी उसको सँभाल रही है, "बबुनी हम हैं न, कल भइया को घर भेजेंगे चिंता मत करना।"

लेकिन पिंकी के मुँह से जबान ही गायब हो गई है। इधर अभी डब्लू नेता दो पुलिस वालों को चाय पिला रहे हैं। बित्तन उनकी मदद कर रहा है। सुखारी डॉक्टर भी लाइन में खड़े हैं। परदीपवा कह रहा है कि इतना सज-सँवरकर तो कभी ससुरारी नहीं गए जितना सज-सँवरकर नन्हकू बो भौजी को वोट देने आए हैं। भौजी उनको देखकर मन-ही-मन मुस्कुराती हैं। लाइन में खड़ा सत्यप्रकाश, फूँकन की तरफ देखकर कनखियों से कहता है, "वाह भाई! मोहब्बत हो तो ऐसा हो!"

इधर दीना, मंतोष, गुड्डू, फूँकन सब लाइन में खड़े हैं। लेकिन कोई किसी से नजर नहीं मिला रहा है। झांझा बाबा को वोट दिलवाने रमेसर आए हैं। लेकिन रमावती नहीं आई हैं। उनकी तबियत कल रात से ही ज्यादा खराब है। इधर जब बाढ़ आई तब ही खेदन ने तय किया कि इस बार वो किसी को वोट नहीं देगा। उसके इस शपथ और अनुपस्थिति की चर्चा चारों ओर चल रही है।

तब तक किसी ने उस पार मंटू को खबर दे दिया कि पिंकी वोट देने के लिए गई है। फिर क्या, ऐसा लग रहा है मानो किसी ने घाव में काँटा चुभा दिया। वो अपनी डेंगी को सरजू में दौड़ा दिया है। राकेश समझा रहा है, "एकदम पगला गए हो क्या यार! डबलुआ तुमको छोड़ेगा नहीं। मत जाओ।" लेकिन मंटू क्यों मानेगा, वो डब्लू से डर जाएगा! ना... वो अभी जाएगा।

थोड़ी देर में मंटू ने घाट पर नाव लगाकर चाँदपुर नंबर एक प्राइमरी स्कूल का रुख कर लिया है। लेकिन ये क्या घाट पर उतरते ही अचानक हल्ला होने लगा। पता चला बूथ पर मार हो गया। लाठी-डंडे की आवाजें गूँजने लगीं। मोटरसाइकिल फूँक दिया गया। पीठासीन अधिकारी का कपार फूट गया। मार हो गया रे, मार हो गया! भागो रे भागो!

लोग भागने लगे। देखते-ही-देखते बूथ से धुआँ उठने लगा। जो जहाँ था वहीं

छिप गया। मंटू और राकेश उलटे पैर घाट की तरफ भागे और नाव में सवार होकर उस पार चले गए। जान बची तो लाखों पाए। लेकिन पिंकी की चिंताओं ने उसे बेचैन कर दिया।

इधर शाम तक तीन थाने की पुलिस बुला ली गई। तब जाकर मामला कुछ शांत हुआ है लेकिन ये बवाल कौन करवाया था इसकी चर्चा अब चाँदपुर के कोने-कोने में हो रही है। अखबार में खबर है कि चुनाव सकुशल संपन्न हो गया। ये सुनकर खेदन खिसिया उठा, "साला जब अखबार ही कह रहा तो आदमी क्या कहे! आने दो रिजल्ट तब देखो, क्या-क्या गुल खिलता है इस चाँदपुर में!"

आखिर एक हफ्ते की टकटकी और अंतहीन इंतजार के बाद आज वो दिन आ ही गया। गाँव में एक चिरई-चुरुंग नहीं दिख रहे हैं। जिसको देखो वो ब्लॉक पर जा रहा है। अबीर-गुलाल, फूल-माला और बैंड वालों की चाँदी है। फूँकन का हॉर्न और साउंड बॉक्स, टेंट सब बुक है। फजलू बैंड पार्टी ने छपरा से एक दर्जन छुरिया लौंडा मँगवाया है और ऐलान किया है, "चाहो तो इनको ट्रेक्टर टाली और जोते हुए खेत में नचवा लो, कमर का लोच तनिक-सा भी उनइस-बीस नहीं होगा।" लोगों में इस चमत्कारी कमर को लेकर उत्सुकता है।

इधर सारे प्रत्याशियों के करेजा में धुकधुकी लग रही है। सबको तीन बजे का इंतजार है। मतगणना स्थल के सामने सबने डेरा-डंडा डाल दिया है। चाय और बीड़ी-सिगरेट की खपत लगातार बढ़ती जा रही है। आखिर लंबे इंतजार के बाद तीन बजे नतीजा आ ही गया!

"कौन जीता रे कौन जीता?"

- कुमारी मीना देवी पत्नी नन्हकू यादव को डब्लू कुमार सिंह ने साठ वोट से हरा दिया है।

लीजिए हुआ हल्ला, अबीर-गुलाल उड़ने लगा। मैनेजर साहब को माला से लाद दिया गया। जय हो शिव जी! जय हो दुर्गा जी! वर्षों की मेहनत आज कामयाब हो गई। स्कूल की मैनेजरी और ठेकेदारी के बाद तो बस इसी परधानी की कमी थी। उनके सामने बधाइयों का ताँता लगा है। लेकिन ये क्या, नन्हकू बो भौजी को मूर्छा आ रही है। क्या यही दिन देखना बाकी रह गया था!

भौजी को अस्पताल ले जाया जा रहा है। छह महीने का बच्चा पेट में है। नन्हकू की आँखें नम हो गई हैं। इधर टीएस बाँध पर एक दर्जन ट्रैक्टर, चार

नचनिया, डीजे साउंड के साथ डब्लू नेता का विजयी जुलूस निकला है। एक-एक पाव टिकरी और मन भरकर समोसा बाँटा गया है। कुत्ते और गधे भी समोसा-टिकरी खाकर टीएस बाँध पर लोट रहे हैं।

झांझा बाबा ने खाँसते हुए खेदन की दुकान में कहा है, "चाँदपुर की किस्मत का भगवान ही मालिक है रे खेदन बबुआ, भगवान ही मालिक है। भूतपूर्व ग्राम प्रधान तो बलिया शहर में घर बनवाकर, बलिया से गाँव की परधानी देखता था। ये डबलुआ भी कुछ दिन में लखनऊ घर बनवा लेगा और प्रधान का तमगा लेकर जिला पंचायत की तैयारी करेगा। यही होता चला आया है और यही होगा।"

दीना, झांझा बाबा को बताता है, "ए बाबा गुड़िया की शादी में मार-पीट इसी चुनाव के लिए करवाया गया था। चुन-चुनकर दक्षिण टोला के उन लोगों को फँसाया गया था, जो नन्हकू बो के खास वोटर थे। फिर सहतवार थाने के दरोगा को घूस देकर इन पर दबाव डलवाया गया कि अगर मैनेजर साहेब को आप लोग वोट देने का वादा करोगे तो आप सबको केस से बचा लेंगे।"

ये सुनकर झांझा बाबा को खाँसी आ रही है और चक्कर भी। बाबा हतप्रभ हैं। पास में रमेसर बैठे हैं। एकदम निस्तेज, निरुद्देश्य! मुँह से आवाज नहीं आ रही है। आँखों ने रोना बंद कर दिया है। लेकिन दिल का क्या करें! दिल रोता है, जार-जार रोता है।

ये दुनिया कितनी मतलबी, कितनी धूर्त और कितनी तिकड़मबाज है, उनको आज पता चल रहा है। न जाने क्यों इस चाँदपुर से उन्हें नफरत-सी हो रही है। मन उखड़ गया है। बस ईश्वर गुड़िया को सही-सलामत रखे।

झांझा बाबा को दीना खबर दे रहा है, "ए बाबा, डबलुआ ने लड़कियों का सामूहिक विवाह करवाने का फैसला किया है। उसी सामूहिक विवाह में पिंकिया की शादी होगी।"

बाबा का माथा सिकुड़ रहा है। गुड़िया का मासूम चेहरा याद आ रहा है। जिस नेता ने वोट के लिए एक लड़की के विवाह में उसका जीवन बर्बाद कर दिया वो लड़कियों का सामूहिक विवाह करवा रहा है।

वाह रे धरती! कौन-कौन-सा दिन देखना बाकी है! तुम फट क्यों नहीं जाती!

एक साल की गारंटी हो या पाँच साल की। फ्रिज, कूलर, टीवी, एसी, सोफा, पलंग की गारंटी तो हर कंपनी दे देती है लेकिन दहेज में दिए जाने वाले इन सामानों से आपकी बेटी पाँच दिन भी खुश रहेगी, इसकी गारंटी आज तक न कोई कंपनी दे सकी है, न ही कोई दुकानदार ले सका है।

गुड़िया की शादी के बाद कुछ ऐसा ही हुआ था। किसान क्रेडिट कार्ड से पैसे निकालकर रमेसर ने हर वो सामान दिया था, जो तय था। लेकिन उधर से दिन-पर-दिन गुड़िया की चिट्ठियों की संख्या बढ़ती जा रही थी, इधर उसी स्पीड में रमावती और रमेसर के हार्ट की दवाइयाँ भी बढ़ती जा रही थीं। गुड़िया हर चिट्ठी में माई-बाबूजी से मिलने का जिद करती, लेकिन कभी ससुर अपनी खाई गई कसम की दुहाई देकर मना कर देता, तो कभी ननद कह देती कि जाना तो वहीं रह जाना, यहाँ मुँह न दिखाना।

यह सिसलिला कई महीनों तक चलता रहा। गुड़िया आँसुओं से बार-बार चिट्ठियाँ लिखती रही। सास-ससुर बार-बार अपने अहंकार से फाड़ते रहे। लेकिन इसी बीच एक दिन ऐसा हुआ कि रमेसर ने झांझा बाबा को मोटरसाइकिल पर बैठाया और आर-पार का फैसला कर लिया।

झांझा बाबा जैसे ही गुड़िया के गाँव पहुँचे, गाँव में पंचायत बैठ गई। उस पंचायत में बाबा ने अपना विकराल रूप दिखाया और गुड़िया के सास-ससुर को खूब फजीहत किया। ससुर बाबा के व्यक्तित्व और अपनी बेइज्जती के डर से हाथ जोड़ने लगा। शादी में हुई मार-पीट, झगड़ा-बवाल और प्रतिष्ठा हनन की दुहाई देने लगा। लेकिन बाबा ने पंचों के सामने साफ-साफ आदेश दे दिया कि इलेक्शन बाद गुड़िया की विदाई का दिन फाइनल रहेगा। उस दिन रमेसर आएँगे और अपनी बेटी को लेकर जाएँगे। इस बेइज्जती से उसका ससुर खून पीकर रह गया। सास फुफकार उठी। लेकिन गुड़िया की आँखें चाँदपुर जाने का दिन गिनने लगीं।

आज वही दिन आ गया था। विदाई कराने रमेसर गुड़िया के गाँव गए थे। कल सुबह गुड़िया का आना तय हुआ था। इधर बेटी के आने से उत्साहित रमावती

घर में आज खाना बना रही थी कि अचानक दरवाजे पर किसी की दस्तक हुई। रमावती जब तक चूल्हे पर रखी तसली से ध्यान हटातीं, तब तक मंटू झट से उनके पैरों में झुक गया।

"गोड़ लागी मौसी!"

"खुश रहऽऽऽ कहाँ थे बबुआ? कम-से-कम कहकर तो जाते? एक तो गुड़िया के टेंशन से रात भर नींद नहीं आती है, ऊपर से तुम्हारा टेंशन!"

इतना कहने के बाद रमावती की आँखें नम हो उठीं। मंटू के चेहरे पर चिंता की लकीरें खींच गईं। एक झटके में वो जमीन पर चुक्का-मुक्का बैठ गया मानो कोई छोटा बच्चा माँ की हर डाँट सुनने को तैयार बैठा हो। बड़ी देर में उसने चुप्पी तोड़ी।

"ए मौसी!"

"हूँ..."

"जान-बूझकर हम थोड़े भागे हैं। गुड़िया की शादी में जब से मार-पीट हुई है, तबसे डब्लू के गुर्गे मुझे पागलों की तरह खोज रहे हैं। रामलीला में स्टेज बनवाना था, तब तो हमसे प्रेम हो गया था। लेकिन चुनाव के बाद फिर से हमसे दुश्मनी हो गई है। डबलुआ ने ऐलान किया है कि मंटुआ को जब तक चाँदपुर से भगा नहीं दूँगा तब तक चाँदपुर की बेटियाँ सुरक्षित नहीं रहेंगी।"

इतना सुनते ही रमावती के हाथ काँपने लगे, क्या कहे कुछ समझ न पाई। इधर मौसी की हालत देखकर मंटू के भीतर एक अपराधबोध घेरने लगा। दिल उससे सवाल करने लगा कि जिस मौसी ने पाल-पोसकर इतना बड़ा किया, उसी मौसी के सबसे कठिन समय में वो साथ क्यों नहीं है?

लेकिन रमावती तो रमावती थी। मंटू के उदास चेहरे को देखते ही उनके सूने हृदय में वात्सल्य की चिंगारी जल गई। आँखों में ममत्व छलक आया। आखिर वो मंटू कैसे बताएँ कि गाँव की नजर में भले तू नालायक है लेकिन माँ की नजरें तुझे कभी नालायक नहीं मान सकती हैं। वो झट से एक थाली में खाना लाई और मंटू के उलझे-लटियाए बालों की तरफ देखकर कहा, "ले खा ले। आपन दशा देख सीसा में म्लेच्छ कहीं का!"

मंटू इस डाँट से खिल उठा। उसने अपने माँ को नहीं देखा था, लेकिन मौसी को लाखों बार देखा था, चुपके से माँ बन जाते हुए। आज वही दृश्य उसकी आँखों

के सामने उपस्थित था। लेकिन हाय रे उसकी किस्मत। जैसे ही खाने का पहला कौर मुँह में डाला कि दरवाजे से किसी ने जोर की आवाज लगाई, "ए चाची, मंटुआ आया है क्या हो?"

ये सुनते मंटू ने थाली खिसकाई और एक झटके में कूदकर छत पर चला गया। साँसें उसकी जहाँ थीं वहीं अटक गई। प्राण सूखने लगे। उसे एहसास हो गया कि उसके आने की भनक कुछ लोगों को लग गई है और सबसे बड़ी बात कि आज राकेश को भेजकर उसने बहुत भारी गलती कर दी है। अब आगे क्या होगा भगवान जाने!

इधर रमावती अभी सारा मामला समझ पातीं, तब तक आवाज देने वालों के पाँव की आहट आने लगी, "ए चाची, मंटुआ आइल हवे का हो?"

"ना-ना, इहाँ मंटुआ नहीं है। वो तो गौरा गया है, नानी के गाँव!"

"अच्छा... आए तो तनिक बताना उसको डब्लू प्रधान बुला रहे हैं! कुछ जरूरी काम है।"

"जाओ-जाओ कह दूँगी।"

इतना कहकर मौसी दरवाजे पर ही खड़ी हो गई। घर में घुसने का प्रयास करने वाले लड़के की हिम्मत जवाब दे गई। बाहर खड़े सारे लड़के धीरे से चले गए। रमावती सोचने लगीं कि इन लड़कों को तो थाना-कचहरी से मैनेजर साहब बचा लेंगे लेकिन आज मंटुआ को कुछ हो गया तो उसे कौन बचाने आएगा?

उधर मंटू के कमरे में घुसते ही कमरे की दीवारें उससे पूछने लगीं दिल का हाल। हाथों से साटे गए एक-एक फिल्मी पोस्टरों ने पूछा- 'कहो बबुआ, तुम्हारी जिंदगी इतनी फिल्मी कैसे हो गई?' आँखें देखने लगीं, दीवारों पर चिपकाई गई एक-एक चीज को।

उसके भीतर हूक-सी उठने लगी। भला क्यों न उठे! अपने स्कूल की कॉपी में कभी कवर न लगाने वाले मंटुआ ने जिस ब्राउन पेपर से दीवारों को खूबसूरत बनाया था, वो दीवारें आज सीलन से गंधा रही थीं। उसका वो सेकेंड हैंड टेपरिकॉर्डर, वो गगरी में रखकर जुगाड़ से बनाए गए साउंड बॉक्स, झंकार देने के लिए अलग से लगाए गए ट्यूटर, सब उससे पूछने लगे थे- 'कहाँ थे, इतने दिन?'

इधर नजर घुमाते ही मंटू ने देखा, तमाम कैसेटों की रीलें टूटकर बिखरी हैं। ए साइड और बी साइड दोनों साइड खराब हो चला है। लेकिन दीपक आरती

की अखबार में छपी तस्वीर नहीं उखड़ी है। हाँ तस्वीर पर लिखा वो 'चाँदपुर की चंदा!' जरूर धुँधला हो गया है।

मंटू की नजर ऊपर ही टिक गई। तभी उसे याद आ गई गुड़िया। हाँ इसी कमरे में तो सुबह-शाम को चाय दे जाती थी। और ताना मार देती थी- 'अरे आवारा! एक्के गाना सबेरे से पचास बार काहे बजाता है रे?'

उस समय तो मंटू ये ताना सुनकर चुप रह जाता और शीशे में मुँह देखकर साउंड बॉक्स को उत्तर टोले की तरफ घुमा देता। लेकिन गुड़िया के मुँह से आवारा सुनकर जो खुशी होती थी, उसका वर्णन कठिन था। लेकिन आज तो चाँदपुर उसे सच में आवारा मान चुका है।

गुड़िया को याद करते ही उसकी आँखों से पानी झर-झर गिरने लगा। उसने देखा सामने मेज पर रफ कॉपी और पेन उसी तरह रखा है, जिस तरह गुड़िया की शादी में रखा था। वो शादी की रात उसकी आँखों के सामने नाचने लगी। यहीं तो बैठी थी न पिंकी! हँ हँ यही जगह तो है। कैसे धीरे-धीरे नजरें झुकाकर मंटू ने उससे पूछा था- 'मेरा भी मेकअप हो जाएगा न?'

'धत्त! हमको बस लड़की का मेकअप करने आता है, लड़के का नहीं!'

इतना कहकर पिंकी झट से लजाकर दूर खिसक गई थी। उसके गोरे गाल लालिमा से भर उठे थे और खनकती हँसी के उजास से कमरा धूप बाती की तरह गमक उठा था। लेकिन ये क्या हुआ? मंटू अब कमरे से जाने लगा। जो कमरा कभी उसकी दुनिया था, वो कमरा अब काटने लगा।

अचानक से खिड़की से तेज हवा आई। उसके पुराने रफ के पन्ने फड़फड़ाने लगे। उसे याद आया, सारे प्रेमपत्र इसी कलम से तो उसने लिखे थे। इस रफ में न जाने कितने फिल्मी गाने, कितनी शायरी और कितनी बातें तो दर्ज हैं। और इसी पर तो उस पगली ने लिखवाया था- मस्करा, आइलाइनर, सेटिंग पाउडर! लेकिन मंटू आज कैसे कहे कि- 'ए करेजा कोई ऐसा सामान लिखो न कि इस बदसूरत लाइफ का मेकअप हो जाए।' यही सोचकर मंटू ने रफ और पेन हाथ में उठा लिया। मानो पेन नहीं, वो संसार का आखिरी बचा फूल हो। रफ नहीं प्रेम की अंतिम किताब हो।

इधर घड़ी शाम के छह बजाने लगी। खिड़की से हवा आनी और तेज हो गई। उसने बाहर देखा, अँधेरा हो गया है। और राकेश अब तक नहीं आया। दिल उसका परेशान हो उठा कि अचानक आँगन से आवाज आई, "रे मंटुआ! शर्ट बदल ले

और जल्दी पीछे से कूदकर सीधे उत्तर टोला भाग। वहाँ गुड्डुआ साइकिल लेकर खड़ा है। पाँच मिनट में घाट पर पहुँच। हम नाव लेकर इंतजार करेंगे।"

राकेश की ये बातें सुनकर मंटू की जबान न खुल सकी। उसने ईश्वर को धन्यवाद दिया। रफ पेन को पैंट में खोंसा और छत की पीछे वाली गली में छलांग लगा दिया।

इधर चाँदपुर घाट एकदम सूना पड़ गया था। यूपी-बिहार का बॉर्डर होने के कारण साँझ होते इस दियारे में अवैध गतिविधियाँ शुरू हो जाती थीं। यही वो समय था जब चोरी के समान, चोरी के मवेशी, गाँजा, हथियार, दारू हेरोइन इस पार से उस पार पास किए जाते थे। हर एक दो महीने पर गोलियाँ चल जाती थीं। इसका खयाल आते ही राकेश का धैर्य जवाब देने लगा। उसने देखा, घड़ी में साढ़े सात बज गए लेकिन मंटू अब तक नाव के पास नहीं आया। राकेश का डर बढ़ने लगा लगा। वो मुट्ठी बाँधकर टहलने लगा। चारों तरफ नजर दौड़ाता और फिर टहलने लगता। दूर-दूर तक कहीं मंटू का नामो-निशान नहीं दिख रहा था। अचानक कहीं दूर से आवाज आई, "रे राकेश, इधर देख।"

राकेश की जान में जान लौट आई, "काहें देर हो गया रे?"

"अरे यार गुड्डुआ को छोड़कर सीधे गए उत्तर टोला। जाकर पिंकी का घर देखे। लेकिन कहीं अता-पता नहीं चला यार। फिर तिरकटे रास्ता पकड़कर उधारी के डेरा से रास्ता बदलकर सरजू जी के नीचे उतर गए। वहाँ से नीचे-नीचे यहाँ आ गए। किसी को पता तक न चला।"

राकेश ने सर पीट लिया, "ठीक है जल्दी बैठ। वरना बाबूजी हमको छोड़ेंगे नहीं। ऊपर से टॉर्च का सेल भी खतम है।"

मंटू नाव पर बैठ गया! पौने आठ बज गए थे। हवा में ठंड के आने की आहट होने लगी थी। मंटू ने जिस गमछे से पगड़ी बाँधा था, उसे खोलकर ओढ़ लिया। थोड़ी दूर बाद राकेश ने एक कागज देते हुए कहा, "ये देख, हम क्या लाए हैं। कहे थे न? पिंकिया लिखेगी जरूर!"

मंटू की आँखें चौड़ी हो गईं। मुरझाया चेहरा चमक उठा, "वाह रे दोस्त!"

दोस्त हो तो ऐसा हो! मन खुशी से झूमने लगा। एक झटके में मंटू के हृदय का रक्त-प्रवाह तेज हो गया। राकेश ने आवाज दी, "ज्यादा सनी देवल मत बनो, डबलुआ अमरीश पुरी हो गया है।"

दोनों हँसने लगे। मंटू ने पगड़ी ठीक करके कहा, "ढाई किलो का दिल है रे मेरे पास!"

ये सुनकर राकेश मुस्कुरा उठा। इधर सरजू की अपार जलराशि में उथल-पुथल होने लगी। मंटू ने देखा ठीक सामने चाँद निकल रहा है और उसका प्रतिबिंब पानी में झलक रहा है। चाँद देखते ही उसकी चंदा याद आ गई। मंटू ने राकेश के झोले से टॉर्च निकालकर जला दिया। आँखें प्रेम के प्रकाश से भर गई। पिंकी का खत खुल गया...

प्यारे मंटू

मोहब्बत यूपी का बोर्ड का एग्जाम नहीं है कि हम-तुम नकल मारकर पास हो जाएँगे। मोहब्बत वो दीर्घउत्तरीय प्रश्न है, जिसका जवाब न विद्या की गाइड में मिल सकता है, न काका की गाइड में। अब तो हम सोच लिए हैं कि इस एग्जाम में फेल ही होना है। दीपक-आरती बस फिल्म में ही मिलते हैं, असल जिंदगी में नहीं!

लेकिन ए पागल जाने दो, रोना मत। रो दोगे तो समझ लेना मैं भी रो दूँगी। बाकी क्या कहूँ। मेरा हाल तो उस मछली का हाल हो गया है, जिसके सामने मगरमच्छ है और ऊपर मछेरे की कँटिया। पानी में रहने पर भी खतरा है और बाहर निकलने पर भी।

तुमको तो पता होगा ही। आजकल घर की सबसे बड़ी समस्या मेरी शादी है और शादी में दिया जाने वाला दहेज का सामान है। चाची चाहती है कि किसी लड़के से, कहीं भी, कभी भी शादी करके इसे हटाओ। इधर चाचा चाहते हैं कि भले खेत बेचना पड़े लेकिन पिंकी की शादी ऐसी जगह हो कि उसका हाल पूनम जैसा न हो।

तुम तो जानते हो न जिसका हाथ दूध से जल जाता है वो मट्ठा भी फूँककर पीता है। चाचा का हाल वही है। लेकिन जहर पी चुकी चाची समझने को तैयार नहीं है। आज वो अलग बियाह तय कर रही है। चाचा अलग बियाह तय कर रहे हैं।

कभी-कभी तो मन करता है कि खुद को आधा-आधा काटकर दोनों को दे दूँ। लेकिन आजी, माई और पूनम का चेहरा सामने आ जाता है और सारा गुस्सा आँखों से निकल जाता है।

ए मंटू, आज पहली बार तुमसे कह रहे हैं। चाचा का मुँह देखकर ही जी रही हूँ वरना प्राण कभी का निकल गया होता। तुमको का पता कि हाईस्कूल-इंटर की फीस तो मैंने मनोज बो भौजी से कर्जा लेकर दिया है। उनकी सिलाई मशीन न होती तो एक कायदे का कपड़ा भी नहीं होता कि कहीं पहनकर जाऊँ। थोड़ा बहुत मेकअप करने और सिलाई करने नहीं आता तो एक-एक रुपया के लिए तरसना पड़ता।

लेकिन ठीक है। हमको लग रहा कि हम भी महादेवी जी जैसे जेल में बंद हैं। आजादी के लिए! ये घर अब जेल ही हो गया है। मन करता है जेल तोड़कर भाग जाएँ। या फिर जहर खाकर सो जाएँ। लेकिन ए मंटू, मरना इतना आसान नहीं जितना हम सोच लेते हैं।

बताओ आज तुम पढ़-लिखकर कुछ बन गए होते तो ये दिन देखना पड़ता! हम मना किए कि आधी रात को नाव पर मत मिलो वरना कोई देख लेगा। तुम नहीं माने। हम कहते रह गए कि पढ़ाई-लिखाई छोड़कर गाँव के लड़कों के साथ मत घूमो, वरना एक दिन फँस जाओगे। कहाँ सुने तुम!

छोड़ो, जाने दो। अब तो आँसू भी नहीं निकलते हैं, शायद वो भी हमसे ऊब गए हैं। ए मंटू, खियाल रखना। बबुआ को पढ़ाने जा रही हूँ। बड़ा मन करता है मेरा पढ़ाने का। और सबसे ज्यादा तुमको पढ़ाने का।

और सुनो। कल शादी का दिन फाइनल हो जाएगा। शादी में जरूर आना। देखना कैसी लग रही है तुम्हारी चाँदपुर की चंदा!

बस रोना नहीं! रोते हुए विदाई करोगे मेरी, नहीं न?

पता नहीं क्यों, तुमको चिट्ठी लिख के मन इतना हल्का कैसे हो जाता है! भगवान न करें ये मेरी आखिरी चिट्ठी हो!

तुम्हारी
चाँदपुर की चंदा

20

चाँदपुर का मौसम बदल रहा था। सुबह से शाम की दूरी कम होने लगी थी। सरजू पार से छनकर आती हवाएँ बदन सिहराने लगी थीं। जेठ के दिनों में कपार पर चढ़कर नाचता सूरज अब दियारे के चरवाहों पर दया दृष्टि बरसाने लगा था।

इधर फोंकन की दुकान पर ऑडियो कैसेट की जगह सीडी कैसेट ने और लौंडों की जगह उल्टी-दस्त के मरीजों ने ले लिया था। उधर पंचायत चुनाव के ठीक बाद सुखारी डॉक्टर को नन्हकू ने कॉलर पकड़ कर समझाते हुए कहा था कि मेरी मेहरारू की तरफ आज के बाद देखना भी मत, वरना सारी डिस्पेंसरी और पीसीओ तुम्हारे भीतर घुसा दूँगा।

धमकी को संज्ञान लेकर डॉक्टर साहब ने अपने स्थान विशेष पर हाथ रखते हुए भौजी का इलाज आयुर्वेदिक विधि से करने का फैसला किया था। इस इलाज विधि की चर्चा चाँदपुर चट्टी पर दाद-खाज-खुजली की तरह बढ़ रही थी। इसी बीच एक और धमाका हुआ, उस धमाके में पता चला कि चनरमा बो भौजी डब्लू नेता के साथ पनामा टॉकीज में चोंच लड़ाते हुए सेक्सी फिल्म देख रही थीं।

ये खबर सुनकर पूरे इलेक्शन में चनरमा भौजी के लिए दिमाग लड़ाने वाले अपना कपार पीट रहे थे। तब तक उड़ते-उड़ते ये खबर आ गई कि मंतोसवा मलेटरी की भर्ती में फिर छँट गया है क्योंकि उसका एक अंडकोश छोटा है। लेकिन मलेटरी वालों ने काफी विनम्र भाव में कहा है कि हे श्रीमान यदि आप एक महीने के अंदर अपना दोनों अंडकोष संतुलित करवा लें, तो आपकी भर्ती किलियर मानी जाएगी।

इस असंतुलन का समाचार सुनते ही मंतोसवा की माई ने बरम बाबा की भखौती किया और कहा, "हे बरम बाबा! तू सुखरिया मटीलगना को उठा क्यों नहीं लेता? आज खानदान में एक सरकारी नौकरी लगने का मौका भी आया तो हमारे मंतोष कुमार का किस्मतवे छोटा हो गया।"

ताजा समाचार मिलने तक मंतोसवा ने सुखारी डॉक्टर को उनकी दी हुई मीठी गोली में चार दर्जन नई गाली मिलाकर सारी गोली वापस कर दी है।

इसी बीच बित्तन ऑटो वाले ने कवि चिंगारी जी को एक रहस्यमयी खबर भेजवाई है। उस खबर में कहा है कि हे कवि जी आप रामलीला में चाँदपुर आए लेकिन मैं आपको एक बात बताना भूल गया। ध्यान से सुनिएगा- 'मैंने जनवरी के महीने में बलिया रेलवे स्टेशन पर एक आदमी को देखा था। वो चाय के ठेले पर इंस्टूडेंट पॉलिटिक्स झाड़ रहा था। उसको ऊपर-नीचे बहुत ध्यान से देखने के बाद समझ में आया कि वो आदमी कोई और नहीं बल्कि आपकी भूतपूर्व प्रेमिका रुनझुन जी का पति है। लेकिन महत्त्वपूर्ण ये नहीं है कि उनका पति है। महत्त्वपूर्ण ये है कि वो आदमी इस समय बीएड बेरोजगार संघ का जिलाध्यक्ष है।'

इस खबर के बाद चिंगारी जी आहत हैं। उन्होंने दिल में राहत रूह लगाकर रुनझुन और रूदल मास्टर की कसम खाई है और कहा है कि आज के बाद वो अपनी बीएड वाली कालजयी कविता 'इश्क की पढ़ाई ए टू जेड किया, हाय हमने क्यों न बीएड किया' को किसी भी मंच पर नहीं पढ़ेंगे।

इधर अब झांझा बाबा गाँव के आखिरी पीपल के पेड़ की तरह हिल रहे हैं। उनके तीनों बेटों को मालूम हो चुका है कि गुड़िया की शादी में पापा का एक हाथ टूट चुका है लेकिन चाँदपुर से उनका दिल ऐसा चिपका है कि उसको तोड़ने की औकात किसी लोहे की लाठी में भी नहीं है।

बस इन्हीं शुभ-अशुभ समाचारों से जूझते चाँदपुर के उस पार मंटू का हाल आज भी बेहाल है। आज भी अल्ताफ राजा, अताउल्लाह खान और अगम कुमार निगम के सारे कैसेटों की रीलें उसके दिल की तरह टूटती जा रही हैं, लेकिन गम है कि साला आज भी खत्म होने का नाम नहीं ले रहा है।

आज हफ्ते दिन हो गए लेकिन गुड़िया की विदाई नहीं हो पाई है। पिंकी की शादी किस दिन है, ये भी पता न लग सका है। इसी की चिंता में मंटू ने आज एक हफ्ते से खाना-पीना, नहाना, सोना सब छोड़ दिया है। आखिरकार जब राकेश से रहा न गया तो उसने कहा, "ए मंटू, तुम यहीं रहो। तुम्हारा उस पार जाना खतरे से खाली नहीं है। हम जा रहे हैं। जल्दी से गुड़िया और पिंकी की खबर लेकर लौटेंगे।"

अभी राकेश को गए चार घंटे हो गए हैं लेकिन दियरा में दूर-दूर तक कहीं उसका पता नहीं है। घड़ी दो बजा रही है। आखिरकार मंटू कब तक इंतजार करे! जब इंतजार बर्दाश्त के बाहर हो गया तो उसने कंधे पर लाठी लिया, दूसरे हाथ में

रेडियो और सीधे सरजू के घाट की तरफ चला आया। इधर घाट की तरफ सरजू का पानी, सूरज की चमकीली रौशनी में चमक रहा है। पुरुवा बह रही है। मौसम कुछ ज्यादा ही ठंडा हो गया है। कहीं दूर एक नाव दियर भागर से चाँदपुर की तरफ जा रही है और नाव में बैठे लोगों में कुछ चेहरे ऐसे हैं जो आँख पर हथेली रखकर मंटू को पहचानने की मशक्कत कर रहे हैं। लेकिन मंटू ने झट से मुँह घुमा लिया और नाव की उल्टी दिशा में सीधा चलने लगा। थोड़ी देर में चलते-चलते उसे पसीना होने लगा और तब याद आया कि उसे नहाए आज चार दिन हो गए हैं।

लेकिन नहाने की चिंता से कहीं बड़ी चिंता ये थी कि राकेश आएगा किस तरफ से? घाट किनारे से उस पार देखने और बड़ी देर तक गुणा-भाग करने के बाद उसने एक जगह पैंट-शर्ट उतारा, रेडियो को शर्ट में छिपाकर दो-चार बार इधर-उधर देखा, सिर खुजाते हुए सीधे सरजू जी में कूद गया और फिर डुबकी पर डुबकी लगाने लगा।

पानी की बूँदें शरीर पर पड़ते ही तन-मन की मलिनता मिटने लगी। रोएँ-रोएँ में स्फूर्ति की लहर-सी दौड़ गई। पानी ने क्षीण हो चुके उत्साह को इस तरह धो दिया कि उसे एक पल में लगा कि वो तो झट से तैरकर पार चला जाएगा। डुबकियाँ मारते ही पुरानी स्मृतियों ऊपर हो गई।

उसे याद आया कि एक बार पिंकी ठीक इसी दुपहरिया में घाट पर नहा रही थी। उधर मंटू अपने दोस्तों के साथ नहा रहा था। अचानक मंटू ने आँख मार दिया। बेचारी पिंकी के चेहरे पर हवाइयाँ उड़ने लगीं। उसकी सारी हँसी गायब हो गई। उसने एक पल देर न लगाया और डर के मारे भीगे कपड़े में ही घर चली गई।

उस समय मंटू को आँख मारने की सजा ये मिली कि पिंकी ने एक साल तक उसकी तरफ देखा तक नहीं था। और उस न देखने के गम में मंटू ने सरजू में नहाना ही छोड़ दिया था। लेकिन आज तो जिंदगी ऐसे घाट पर लाई है कि एक झटके में मोहब्बत के सारे ख्वाब पानी में धुले जा रहे हैं। मंटू जान गया है कि तैरकर नदी पार करना आसान है लेकिन ये जीवन सिकुड़ता हुआ सरयू का पाट नहीं है कि झट से तैरकर पार हो जाया जाए। ये तो उबड़-खाबड़ काँट-कुश और गड्ढों भरा दियरा है, जिसमें होशियारी से चलना है।

इन्हीं विचारों की धारा में नहाते-नहाते मंटू को आधे घंटे बीत चुके थे। वो बार-बार डुबकी लगाता और बार-बार आँख पोछकर राकेश का रास्ता देखने

लगता। लेकिन अभी उसका कहीं अता-पता नहीं चल रहा था। जैसे-जैसे वक्त बीतता जाता वैसे-वैसे दिल बेचैन होता जाता। लाख बार दिल को फुसलाने और मान मनौवल के बाद भी उसे चैन नहीं मिल पाया कि अचानक उसके पीठ के पीछे से आवाज आई, "मंटुआ!"

मंटू ने देखा, राकेश दौड़ते- हाँफते पीछे से आ रहा है। चेहरे की भंगिमा ऐसी हो गई है मानो कोई बहुत बड़ा तूफान आने वाला हो। मंटू ने आँखों में समाए पानी पर हथेली रखकर जोर से पूछा, "तबसे कहाँ था रे बेहुद्दा?"

"हाँफ काहे रहा है?"

राकेश की साँसें टँग गई। उसने जल्दी-जल्दी बोला, "अरे यार जल्दी चल, गुड़िया ने मिट्टी तेल छिड़ककर आग लगा लिया है।"

"का?"

"हँ जल्दी कर!"

"कैसे पता?"

"तू चल, बहस मत कर। मौसा उस दिन गुड़िया के गाँव गए थे लेकिन उस दिन विदाई नहीं हुई थी। आज खबर आई है कि गुड़िया की तबियत खराब है इसे ले जाओ। मौसा गए थे। अब पता न का हुआ का नहीं। हमको तो कुछ समझे में नहीं आ रहा है। मौसी रो-रोकर बेहोश है। तू जल्दी से चल!"

इतना सुनते ही मंटू के चेहरे से टपक रहा सारा पानी सूख गया। धड़कनें शरीर में जहाँ भी थी, थम-सी गईं। उसके कदम आगे नहीं बढ़ रहे थे। समझ न आ रहा था कि क्या बोले क्या कहे। वो समय की इस क्रूरता को देखकर हैरान हो रहा था, तब तक राकेश ने पकड़कर झकझोरा, "अरे चल यार! सोच मत। सब ठीक हो जाएगा। मौसी बेहोश है।"

इतना सुनते ही मंटू को होश आ गया, "हँ हँ चल! तू वहीं से आ रहा है?"

"अरे हँ भाई!"

एक झटके में राकेश ने नाव खोल दिया। इधर मंटू को पानी करेंट की तरह लगने लगा। उसने जैसे-तैसे भीगी गमछे की पगड़ी बाँधी। रेडियो को नाव में रखा और भीगी आँखों से चाँदपुर की तरफ देखने लगा। उसे एहसास हुआ कि समूचा शरीर नाव में नहीं हवा में है। पैरों तले न जमीन है, न सिर के ऊपर आसमान। आज वो बिना सहारे के हवा में लटक रहा है। जन्म लेते ही माँ चली गई। बाप

ने दूसरी शादी के बाद इसका मुँह न देखा। और क्या दुर्भाग्य है कि एक माँ जैसी मौसी थी, आज उसके प्राण भी संकट में पड़े हैं।

इधर राकेश के चेहरे पर एक दृढ़ता आ गई। उसके बाजुओं में न जाने कहाँ की ऊर्जा समा गई। आज अठारह साल के जीवन में इतनी तेज नाव का चप्पू उसने कभी नहीं चलाया था। दस मिनट में नाव चाँदपुर के घाट पर खड़ी हो गई। राकेश ने देखा, गुड़िया के जलने की खबर घाट तक भी फैल गई है। लोग रमेसर के घर की तरफ जा रहे हैं। मंटू और राकेश भी नाव से उतरकर घर की तरफ बेसुध दौड़ने लगे।

देखते-ही-देखते रमेसर के घर के आगे समूचा चाँदपुर इकट्ठा हो गया था। जिनसे गाढ़ी मित्रता थी वो भी थे, जिनसे कचहरी में मुकदमा चलता था वो भी। मानो आज रमेसर का दुख सबका अपना दुख हो। इधर पछाड़ खाकर गिर पड़ीं रमावती को आस-पास की औरतें पंखा झल रही थीं। तभी मंटू हाँफता हुआ आया और आते ही मौसी से लिपट गया!

दीना की मेहरारू ने मंटू को खींच लिया, "हट जा, मौसी को हवा लगने दो जरा।"

मंटू को रोता देखकर बाकी लोग भी रोने लगे। इधर खेदन सुखारी डॉक्टर को बुला लाया। लेकिन सुखारी ने हाथ खड़े कर दिए, "ना-ना चचा। हम बुखार-सर्दी के डॉक्टर हैं। चाची हार्ट की पेशेंट हैं, इनको बलिया लेकर अभी जाना पड़ेगा।"

"बलिया लेकर?"

"हँ... अभी लेकर जाना पड़ेगा।"

राकेश ने झट से कहा, "ए मंटू, जल्दी से मौसी को खटिया पर लाद और बलिया चल। खड़ा होकर सोच मत!"

दीना बो ने राकेश से पूछा, "बलिया अस्पताल कम-से-कम पच्चीस किलोमीटर है। भौजी को बीच में कुछ हो गया तो?"

ये सुनते ही मंटू कपार पकड़कर गिर गया। पास में खड़े दीना चिल्लाया, "का देख रहे हो रे राकेश? हम लोग हैं न... रोड पर कोई गाड़ी तो मिलेगा।"

तुरंत मौसी को खटिया पर सुलाया गया। खटिया लेकर लोग टीएस बाँध की तरफ चल पड़े। देखते-ही-देखते चाँदपुर चट्टी के सारे लोग साथ में दौड़ पड़े। सबकी आँखों में आक्रोश की बिजली चमकने लगी। सबके मुँह से यही निकला

कि जब तक गुड़िया के ससुराल वाले जेल में नहीं सड़ते, तब तक चैन से नहीं बैठना है।

इधर खेदन ने अपनी दुकान सँभाल रही पत्नी से कहा, "अलमारी में पैसे रखे हैं, दौड़कर लाओ।" उधर दौड़कर सत्यप्रकाश और मंतोष आ गए। फूँकन ने अपनी दुकान बंद कर दी और बित्तन को खोजने निकल गया। कोई बाइक लेने गया कोई कमांडर, कोई जीप। इधर मंतोष ने सलाह दिया कि पैदल लेकर चला जाए। रास्ते में जो भी गाड़ी मिलेगी रोकवा लिया जाएगा।

इस फैसले के बाद खटिया उठाकर सब लोग बलिया की तरफ चल पड़े। मंटू सोचने लगा कि विपत्ति भी आती तो आदमी को नंगा करके आती है। आज तक तो मौसी का हाथ मंटू के कंधे पर था इसलिए पता न चल सका कि दुख क्या होता है। लेकिन आज उसे पहली बार एहसास हुआ है कि जीवन का एक क्रूर सत्य ऐसा भी हो सकता है।

उसकी नजरें राकेश पर टिक गईं। उसने देखा जान से बढ़कर मानने वाला राकेश, जो आँधी हो या तूफान हमेशा प्रेरणा के दीये की तरह जलता रहता है, उसकी आँखें भी थमने का नाम नहीं ले रही हैं। मंटू जान गया कि उसका दुख अब चाँदपुर का सामूहिक दुख है।

थोड़ी देर में पैदल चलते-चलते चाँदपुर नई बस्ती करीब आ गई। सारे लोग थककर चूर हो गए। साँझ होने लगी। कुछ लोगों ने कहा कि शाम को बलिया जाने का साधन मिलना मुश्किल है। तब तक अचानक पीछे से ट्रैक्टर और ट्रॉली की आवाज आई। दीना ने सुना कोई बोल रहा है। सबने पीछे मुड़कर देखा।

"ई तो बैंड पार्टी वाला फजलुआ है। कहीं से ट्रैक्टर ट्रॉली का इंतजाम कर लाया है।"

पैदल चल रही भीड़ के चेहरे पर संतोष और उम्मीद की एक हल्की रेखा खींच-सी गई। सब फजलू को धन्यवाद कहने लगे। फजलू ने कहा, "बबुआ हमरो मेहरारू कभी बीमार थी तो रमेसर ने जान की बाजी लगा दिया था। आज धन्यवाद न कहो। आज तो हमको एहसान चुकाने का मौका मिला है।"

देखते-ही-देखते झट से खटिया को ट्रॉली पर लाद दिया गया। आधे से अधिक लोग ट्रैक्टर में बैठ गए। दीना ने बाकी लोगों को वापस विदा कर दिया, "जाओ चिंता मत करो, भगवान-भगवान करो। सब एकदम ठीक होगा।"

सारे लोग चले गए। इधर ट्रैक्टर हवा से बात करता हुआ बलिया सदर अस्पताल की तरफ चल पड़ा। मंटू खटिया के करीब बैठ गया। सबके चेहरे पर हवाइयाँ उड़ने लगीं। किसी को समझ न आता कि इसके आगे क्या होगा। सबके हाथ जुड़ गए।

बीच सड़क में कोई मोटरसाइकिल, कार, बस और इक्का दिख जाता तो ट्रैक्टर पर सवार हर आदमी खीझ उठता, मानो इनका वश चले तो ये लोग रास्ते में आ रहे गाड़ियों को किसी दूसरे ग्रह पर फेंक देंगे।

इधर मंटू की आँखें बंद होने लगीं। ईश्वर के जितने नाम उसे याद थे, उन सबका सुमिरन करने लगा। बाकी लोग स्तब्ध होकर आसमान की तरफ देखते रहे और यही कहते रहे कि हे प्रभु आजादी को इतने साल तो हो गए लेकिन गाँवों की मेडिकल सुविधा आज भी अठारहवीं सदी में जी रही है। बीसों लाख की आबादी पर एक अदद अस्पताल है। वो भी पच्चीस किलोमीटर दूर! ऊपर से कहीं डॉक्टर ने बनारस रेफर कर दिया तो? तो क्या होगा, ये सोचकर दीना ने पसीने से मुँह पोछ लिया। और धीरे से कहा, "हे डूबे सत्ती कहीं ऐसा न हो!"

कुछ देर में सहतवार करीब था। बलिया सदर अस्पताल अभी भी पंद्रह किलोमीटर दूर था। देखते-ही-देखते आसमान को बादलों ने ढक लिया, अँधेरा होने लगा। ट्रैक्टर अब सहतवार-बलिया मार्ग पर तेजी से चलने लगा सब यही सोच रहे थे। काश यहीं पर एक कायदे का अस्पताल होता, काश!

लेकिन ये सब एक दिवास्वप्न की तरह था जो मन को बस तसल्ली देने के लिए दिल से निकल रहा था। मंटू सिर झुकाए बैठा रहा। राकेश का हाथ उसके कंधे पर था। बाकी सब लड़के खामोश बैठे थे। बलिया करीब आ रहा था। सबकी साँसें तेज चल रही थीं।

खेदन ने कहा, "अइसा है दीना भाई कि सरकारी अस्पताल जाने पर रास्ते में काफी जाम होगा। बलिया शहर से पहले तिखमपुर के एक अस्पताल में ही दिखाते हैं। गुड़िया की माई की जान से बढ़कर पैसा नहीं है।"

सबने सहमति प्रगट की।

ट्रैक्टर से रमावती को शहर के पहले एक प्राइवेट अस्पताल में उतारा गया। डॉक्टर ने नब्ज टटोली और बड़ी सोच-विचारकर कहा, "सरकारी हास्पिटल ही लेकर जाइए।"

इतना सुनकर सबकी साँसें अटकने लगीं। सत्यप्रकाश ने ऊपर-नीचे चल रही साँस को कंट्रोल किया। मंटू को राकेश ने कसकर पकड़ लिया। आधे घंटे बाद फिर ट्रैक्टर सदर अस्पताल की तरफ चलने लगा। लेकिन जैसे ही थोड़ी दूर लोग आगे बढ़े कि ड्राइवर के पास बैठे मंतोष ने कहा, "ब्रेक मार, ब्रेक मार! ई तो रमेसर चाचा रो रहे हैं। अरे रमेसर चाचा रो रहे हैं हो खेदन।"

"अरे! ई तो बलिया जिले का पोस्टमार्टम हाउस है। यहीं लाश चीरा जाता है। क्या गुड़िया अब जिंदा नहीं है?"

ये सोचकर ड्राइवर को पसीना होने लगा। उसने माथे को स्टीयरिंग से लगा लिया। पीछे से दीना ने आवाज दी, "ए रमेसर भइया! रमेसर भइया हो! भौजी के तबियत बहुत खराब है।"

रमेसर रमावती को ट्रॉली पर देखते ही दहाड़े मारकर रोने लगे। ट्रॉली पर बैठे गाँव भर के लोगों की आँखें भीग उठीं। सबने कूदकर रमेसर को पकड़ लिया।

इधर सबने देखा कि पोस्टमार्टम हाउस में एक लाश सिल के रखी थी जिसे देखते ही मंटू जमीन पर गिर पड़ा। राकेश दौड़ा और चाय की दुकान से पानी लेकर आया। गमछे से मंटू को हवा किया जाने लगा। लेकिन इसी बीच मौसी का कुछ पता नहीं चल रहा था। राकेश ने आँख पोछते हुए देखा, मौसी की साँस का भी कुछ पता नहीं चल रहा है। ड्राइवर ने ट्रैक्टर फिर स्टार्ट किया और सारे लोग सदर अस्पताल के इमरजेंसी वार्ड में आ गए।

रमेसर बेसुध थे। उनके साथ ही गुड़िया को लेने गए झांझा बाबा उनको सँभाल रहे थे। साथ में गुड़िया के गाँव के दो-चार लोग ढाढस बँधा रहे थे। खबर ये थी कि गुड़िया के बुरी तरीके से जल जाने के बाद सास-ससुर, ननद, दुलहा सब फरार हो चुके हैं। पुलिस वालों की मदद से उसकी लाश को बलिया लाया गया है। पोस्टमार्टम और पुलिसिया कार्रवाई हो जाने के बाद अब दाह संस्कार की तैयारी बाकी है।

ये सुनते ही खेदन ने सत्यप्रकाश को कफन खरीदने के लिए भेज दिया। इधर मंतोष इमरजेंसी वार्ड से लौट आया।

"ए चाचा! अब तो एक कफन और खरीदना पड़ेगा!"

दीना गमछे से पसीना पोछकर खेदन का मुँह ताकने लगे, "क्या सच में?"

"हँ चाचा, डॉक्टर ने जवाब दे दिया।"

इतना सुनते ही जो जहाँ था वो वहीं दहाड़ मारकर रोने लगा। खेदन को मूर्छा आ गई। चाँदपुर की इन चंद जोड़ी आँखों की चीख से बलिया अस्पताल का कोना-कोना दहलने लगा।

इधर देखते-ही-देखते समूचे चाँदपुर के इस पार से लेकर उस पार तक दहशत फैल गई। उस दहशत से दियारे का कोना-कोना चिल्ला उठा। उस दिन सिर्फ गाँव ही नहीं, रमेसर के दरवाजे पर खड़ी गइया भी रोई। और उसके सामने बैठा मोती कुत्ता भी रोया। साँझ को गाँव में किसी घर में चूल्हा नहीं जला।

रात को कहीं नौ बजे जाकर गुड़िया की लाश गंगा जी के घाट जली। और सुबह रमावती की लाश सरजू जी के घाट!

उस दिन भोर में आसमान भी रोया और धरती भी!

कहते हैं, शादी के बाद माँ से मिलने का जिद कर रही गुड़िया जीते जी माँ से तो मिल नहीं पाई, लेकिन मरने के बाद माँ गंगा और सरयू की धाराओं ने इन माँ-बेटी की अस्थियों को अपने संगम पर मिला दिया।

सुबह जिले के सारे अखबार समाचार से भर गए- 'दहेज के कारण नवविवाहिता ने की आत्महत्या। सदमे से माँ की गई जान।'

21

गुड़िया और रमावती की मौत ने चाँदपुर के हवा-पानी को हिला दिया था। इस घटना के धीरे-धीरे पंद्रह दिन बीतने को थे लेकिन आज भी हर चेहरे पर इस दर्दनाक कथा की एक-एक लाइन पढ़ी जा सकती थी। जिस बाप के घर भी बेटी थी, वो दहशत में था। सबके चेहरे पर वही सवाल था। क्या होगा भगवान? हम खेत बेचकर, कर्ज लेकर, लोन लेकर बेटी की शादी कर भी देंगे, तो क्या गारंटी है कि बेटी खुश रहेगी?

यही सोचते हुए गाय को सानी-पानी, भूसा-लेहना देने वाले उमेश एक टूटी हुई खाँची बुन रहे थे। पंद्रह दिन से एक बेहिसाब चुप्पी थी, जो उनके माथे पर दर्ज थी। और इस बेहिसाब चुप्पी को देखकर दीना ने उनको फिर समझाया, "अब रुक जाओ, पिंकी की शादी में जल्दीबाजी मत करो। तुमने गुड़िया का हश्र देख लिया न? आज तो गुड़िया छह महीने में मर गई। पूनम रोज मर रही है, उसका क्या होगा?"

ठीक यही बात खेदन ने भी समझाई, "मेहरारू के कहने से भतीजियों का जीवन चौपट मत करो! अब पिंकी का ब्याह सोच-समझकर करो।"

इन तमाम सलाहों को सुनते हुए भी उमेश कुछ न बोलते थे। मैना भी चुप ही रहती थी। यही कारण था कि बीस दिन पहले तक जल्दी-जल्दी लड़का देखने और शादी करके पिंकी को हटाने की हड़बड़ी पर इन दिनों विराम लग गया था और इस विराम से घर में इतना ही परिवर्तन हुआ था कि अति क्रूर चाची की आवाज जरा नर्म हो गई थी। और नर्म होने से ये हुआ था कि चाची ने पिंकी को हर बात पर कुत्ते-बिल्ली की तरह दुत्कारना कम कर दिया था।

इधर जिस दिन गुड़िया के मरने की खबर आई थी उसी दिन से पिंकी कभी पूनम और माँ को पकड़कर रोती थी तो कभी आजी को पकड़कर। बार-बार गुड़िया का वो चाँद जैसा सलोना चेहरा याद आ जाता। वो सरस्वती पूजा की बातें- 'ए पिंकी, हमारे बियाह में गीत गाने आओगी न?'

देखते-ही-देखते सौ वाट के बल्बों को मात देती गुड़िया की उजली हँसी पिंकी

की आँखों की पुतलियों पर टँग जाती थी। पिंकी को याद आया शादी की वो रात! शायद ही किसी को सजाने में उसने इतनी मेहनत की हो। उस रात पूरे तीन घंटे लगे थे। लेकिन जिसने भी गुड़िया को देखा वो वाह-वाह कर उठा था। उसे याद आया शादी से लौटते वक्त रमावती की बातें- 'ए बबुनी तोहार गला में साक्षात सरसत्ती जी बसती हैं। ए बबुनी। खाना-खाकर जाना हो।'

फिर वो पगले मंटू की बातें- 'हमको भी सजा दोगी न?'

ये सब याद करके पिंकी के आँसू रुकते न थे। ऐसा लगता कि वो खाना बनाती, बर्तन धोती, झाड़ू लगाती, मसाला पीसती कोई हाड़-मांस की मशीन हो। जिसको अब सुध नहीं है कि कब दिन हो रहा है? कब रात? कब दोपहर और कब साँझ?

लेकिन इस मुसीबत में गनीमत यही है कि चाची से गाली मिलनी कम हो गई है। उनके रवैये में जरा-सी नरमी आई है। इधर आज बड़े दिन बाद पिंकी को मनोज बो भौजी ने बुलाया है। पिंकी जैसे ही दरवाजे से निकली, उमेश ने खाँची बुनते हुए ही पूछा, "कहाँ रे?"

"मनोज बो भौजी बुला रही है।"

"ठीक है जा, जल्दी चले आना।"

"दस मिनट में आ रही हूँ चाचा।"

इतना कहकर उसने महसूस किया कि पहले तो चौखट से बाहर पैर रखते ही एक ताजी हवा आती थी, उसके कदम हवा में उड़ते थे। लेकिन आज न जाने क्यों चलते हुए लग रहा है कि कोई पैरों में जंजीर बाँधकर पीछे खींच रहा है। अचानक गली के कुत्ते बोलने लगे। कहीं दूर एक टिटिहरी चिल्ला उठी। पिंकी को याद आया कि आजी जब लकवाग्रस्त नहीं थी तब इसी टिटिहरी को चार गाली देकर कहती थी कि इस रांड का बोलना बहुत अशुभ है। कहीं से कोई खराब समाचार आएगा।

इसी उधेड़बुन में मनोज बो भौजी का घर आ गया। भौजी अभी चूल्हा जलाकर बबुआ के लिए दूध गर्म कर रही थीं। पिंकी को देखते ही भौजी के हाथ रुक से गए। हाथों की चूड़ियों की खनक थम गई। मानो न जाने कबसे इन आँखों को पिंकी का इंतजार हो। लेकिन भौजी को देखते ही पिंकी की दोनों आँखों की कोर से लोर टपकने लगे। भौजी ने किचन से निकलर गले लगा लिया।

"का हुआ बबुनी? काहें इतना रोती हो?"

पिंकी कुछ न बोल सकी लेकिन बबुआ उसकी गोद में चढ़ गया। पिंकी की आँखें बंद हो गईं, होंठ उसके बबुआ को चूमने लगे! बबुआ हँस पड़ा। इस अनजानी हँसी ने पिंकी को एक गहरे संतोष से भर दिया। उसका मुरझाए चेहरे सुबह के फूल जैसे खिल गए। इधर भौजी ने पिंकी के सामने लड्डू रख दिया।

"ए बबुनी, मिठाई खाओ। बबुआ को तनिक भी मत देना, सुबह से चार खा चुका है। पेट खराब हो जाएगा।"

आँसुओं को आँखों में समेटकर पिंकी बोली, "भौजी, हमें कुछ खाना-पीना अच्छा नहीं लग रहा है। बस आपसे एक चीज माँगना था। दोगी तो बताओ?"

"अरे! बताओ-बताओ क्या चाहिए? हम कभी कुछ मना किए हैं?

पिंकी ने गहरी साँस ली और सिर झुकाकर बड़े संकोच के साथ पूछा, "भौजी, बबिता की इंटर वाली किताबें हैं न?"

"हँ होंगी रैक पर कहीं! खोजना पड़ेगा।"

"मुझे वो किताबें दे दो।"

भौजी की भौंहे तन गईं, "अब तो तुम इंटर पास हो गई, अब का करोगी!"

"भौजी, क्या बताऊँ आजकल मन एकदम बेचैन रहता है। हमारा कॉपी-किताब वाला बैग भी बाढ़ में बह गया। गुड़िया का समाचार सुनकर एक घड़ी जीने का मन नहीं करता है। सोचते हैं कुछ लिखेंगे-पढ़ेंगे। थोड़ा मन लगेगा। बाकी तो जो किस्मत में लिखा होगा, वो तो होगा ही।"

इतना कहकर पिंकी ने फिर सिर झुका लिया। भौजी मुस्कुराने लगीं, "अच्छा और का-का सोचा है हमारी ननद ने?"

"कुछ न भौजी। अब सोच लिया है कि रोने-धोने से कुछ नहीं होगा, कल से हम टोले भर की दसवीं-बारहवीं की लड़कियों को ट्यूशन पढ़ाएँगे।"

"अरे! ये तो बढ़िया बात है। लेकिन ये सब कैसे दिमाग में आया बबुनी?"

"भौजी, तुम तो जानती हो कि चाँदपुर में लड़कियों को कोई पढ़ाना नहीं चाहता है। सबको पता है कि नकल मारकर सब पास हो जाएँगी और इंटर बाद ब्याह ही कर देना है तो इनको आगे पढ़ाकर क्या होगा?"

भौजी इस बात से सहम-सी गई। उन्हें याद आया कि वो भी तो कभी खूब पढ़ना चाहती थीं। लेकिन झट से उनका ब्याह कर दिया गया। आज पिंकी की बातें

सुनकर ऐसा लगा मानो पुराने घाव पर उसने हाथ रख दिया हो।

पिंकी फिर बोली, "भौजी, अब सोच लिया है कि इंटर तक हम लड़कियों को सिर्फ कोर्स की किताबें नहीं, बल्कि बहुत कुछ पढ़ाएँगे। और परसों से खुद भी कुछ सीखने-पढ़ने सहतवार जाएँगे।"

भौजी ने चूल्हे पर चाय चढ़ाकर पूछा, "अब क्या सीखोगी?"

"भौजी वक्त आने दो, आपको सब बताऊँगी।"

पिंकी में अचानक हुए इस परिवर्तन और परिपक्व बातों से भौजी की आँखें चौड़ी हो गईं। लेकिन एकाएक उनका चेहरा लटक गया, "पगला गई हो क्या! चाचा-चाची को कैसे मनाओगी? चाचा मान भी गए तो क्या चाची मान जाएगी!"

"मानेंगे तो मानेंगे, नहीं तो क्या करेंगे? जैसे गुड़िया की लाश निकली है। उत्तर टोला से दो लाशें और निकल जाएँगी। लेकिन अब बर्दाश्त के बाहर है। बहुत दिन तक घुट-घुट के जी लिए। छुई-मुई बनकर रह गए हम। अब सोच लिया है कि इस चाची के ताने को बर्दाश्त नहीं करना है।"

इतना कहने के बाद पिंकी थोड़ी उदास हो गई। आवाज की गति धीमी हो गई। आँखों में आँसू उतर आया।

"जानती हो भौजी, चाची को डर है कि हम भागकर कहीं बियाह कर लेंगे। उसको कैसे बताएँ कि हम सम्मान के साथ चाँदपुर से विदा होंगे, ये प्रण है हमारा। लेकिन अभी तो हमको इस चाँदपुर से बहुत कुछ सीखना और उसको सिखाना भी है, वरना ऐसे ही हर घर में पूनम और गुड़िया घुट-घुटकर मर जाएँगी।"

भौजी ने टोका, "बबुनी, तुम्हारा सारा सोच सही है। लेकिन ये चाँदपुर बैकवर्ड गाँव है। यहाँ सिर्फ लड़के ही लोफर आवारा नहीं हैं, गार्जियन भी वही हैं। देखा न पर-साल बिसराम की बेटी का कोचिंग छुड़वा दिया लड़कों ने। रास्ते में ही बैठे रहते थे। साइकिल से पीछा करके छेड़ते थे। तुम बताओ, इस दियरा के सुनसान खेत भरे रास्ते में कौन अपनी बेटी पढ़ने को भेजेगा बबुनी! हम तो मना ही करेंगे। अब तुम सोच लो। कुछ इधर-उधर हो गया तो चाचा का ऐसे ही गाँव में निकलना मुश्किल है। आगे मुँह दिखाना और भारी हो जाएगा।"

भौजी के मुँह से ये सुनते ही पिंकी की आँखें चौड़ी हो गईं। उसने बड़े आत्मविश्वास से कहा, "भौजी, हम ठीक रहेंगे तो कोई लोफर आवारा कुछ नहीं करेगा। हाथी चलता है तो कुत्ते भौंकते हैं। चुपचाप हाथ-मुँह बाँधकर आना है और

जाना है। तुम बस अपनी साइकिल हमको दे दो।"

ये कहकर पिंकी उठ खड़ी हुई। इस बार उठने में हताशा और निराशा नहीं बल्कि एक अनजाना आत्मविश्वास था। मानो इस संकल्प से एक उत्साह आ गया हो। एक नई जिजीविषा का सूत्रपात हो रहा हो। भौजी ने कहा, "रैक पर किताबें होंगी। देखकर उतार लो और जो-जो मन करे ले लो।"

भौजी के इस सहयोग भरी भावना से पिंकी खिल उठी। अगले ही पल उसके हाथों में हाईस्कूल और इंटरमीडिएट की सारी किताबें आ गईं। वो एक डिलाइट ऑफ जनरल इंग्लिश, एक इंग्लिश स्पीकिंग कोर्स, कुछ काका-विद्या की गाइड, प्रेमचंद का एक फटा उपन्यास 'निर्मला', सरिता, कादम्बिनी, गृहशोभा के कुछ पुराने अंक। पिंकी ने एक झटके में सबको समेट लिया। मानो कोई अनजाना-सा खजाना हाथ लग गया हो।

उसने देखा कि बबिता की शादी के बाद ये सब किताबें फेंक दी गई हैं। मनोज भइया की खरीदी इन पत्रिकाओं पर धूल जम गई है। पिंकी बहुत देर तक निहारती रही, एक-एक किताब के एक-एक पन्ने को, पत्रिकाओं के कवर को, लेकिन हाथों की उँगलियाँ काव्य संकलन को बार-बार छूती रहीं और महसूस करती रहीं कविता की लयात्मकता को अपने भीतर!

पिंकी ने देखा, महादेवी जी की आँखों के पास धूल जम गई है। उनके चश्मे को चूहों ने कुतर दिया है। उसने झट से अपने दुपट्टे से पोछ दिया। अचानक वर्षों की धूल खाए अक्षर फिर से चमक उठे। किसी अँधेरे घर में सोई किताबें एकाएक पिंकी से कह उठीं-

'अचल हिमगिरि के हृदय में आज चाहे कंप हो ले!
या प्रलय के आँसुओं में मौन अलसित व्योम रो ले;
आज पी आलोक को डोले तिमिर की घोर छाया
जाग या विद्युत शिखाओं में निठुर तूफान बोले!
पर तुझे है नाश पथ पर चिह्न अपने छोड़ आना!
जाग तुझको दूर जाना!'

22

आज से छह महीने पहले मंटू को इस बात का दुख नहीं था कि एक साल में एक बार ही पैंट-शर्ट क्यों सिलवाया जाता है। उसे इस बात का भी गम नहीं था कि मौसा चौबीस घंटे गाली ही क्यों देते हैं। ये भी चिंता नहीं थी कि दिन भर सरजू में तैरने और दियारे में घूमने के लिए मौसी नाराज क्यों नहीं होती है। उसे तो नाव चलाकर लोरकी गाते, गाय चराते, दस दिन पर पढ़ने जाते, दियारे में आवारा की तरह घूमते, छत पर गाना बजाते और मछली मारते हुए जिंदगी इतनी खूबसूरत लगती थी कि गम, दुख, चिंता किस चिड़िया का नाम है, इसका कभी एहसास नहीं था।

एक बार की बात है। जेठ की दोपहरी जल रही थी। उत्तर टोला जाते समय पिंकी एक गली में टकरा गई। दोनों आमने-सामने हो गए। लेकिन पिंकी ने मंटू की तरफ देखा तक नहीं। मंटू को ये नागवार गुजरा। उसे कई दिन तक खाना-पीना ठीक नहीं लगा- 'वाह रे महारानी! एक नजर देख लिया होता तो कौन-सा गोराई आपका कम हो गया होता?'

मंटू ने घर आते ही साउंड बॉक्स को उत्तर टोले की तरफ घुमाया और फूल वॉल्यूम में बजाया-

जा बेवफा जा तुझे प्यार नहीं करना
तन्हा ही जी लेंगे हम, जब है तन्हा मरना...

उस समय पिंकी का न देखना ही जीवन का सबसे बड़ा दुख था। तब सारा जीवन उदास हो चला था। लाइट आते ही दिन में भजन की तरह एक घंटा यही बजता था-

जिंदगी की राहों में रंजो गम के मेले हैं
भीड़ है कयामत की और हम अकेले हैं...

नीचे से गुड़िया चिल्लाती तो कभी मौसी बोलती- 'रे आवारा! बजाने के लिए अउर कवनो गाना नहीं है?'

देखते-ही-देखते वो वक्त बीत गया। कुछ महीने बाद प्रेम की साधना में मंटू

कामयाब हुआ। पिंकी ने खत में फिर लिखा- 'का पगला जाते हो जी? एक्के गनवा चार घंटा बजाते हो। अब एक गाना दोबारा बजा तो सोच लेना। तुम्हारा लभ लेटर चूल्हा में झोंककर सारी आशिकी फूँक देंगे।'

मंटू ने नाव पर बैठकर मुस्कुराते हुए इधर से लिखा था- 'ए करेजा! जानती हो तुम खिसियाती हो तो लगता है कि चूल्हे पर गाजर का हलुवा बन रहा है। मन करता है झट से मुँह में डाल लें। तुमको का पता कि तुम एक बार देख लेती हो तो शरीर का एक किलो खून बढ़ जाता है।'

पिंकी ये जवाब पढ़कर कई दिनों तक खूब हँसी थी और इधर से लिखा था- 'ए बेवकूफ, थोड़ा बहुत पढ़-लिख लो। खून को किलो में नहीं लीटर में नापेंगे।'

मंटू ये जवाब देखकर दियारे में चिल्लाते हुए खूब दौड़ा था। तब उसे लगा था कि खत आना-जाना और सवाल का जवाब और जवाब का सवाल आना ही जीवन की सबसे बड़ी उपलब्धि है। उसने एक दिन फिर पूछा था- 'ए करेजा! हम जो तुमसे प्रेम करते हैं, उसको किससे नापेंगे, किलो से कि लीटर से?'

पिंकी ने अगले खत में इस सवाल का जवाब लिखा था- 'थप्पड़ से!' ये पढ़कर मंटू खूब हँसा था और उस चिट्ठी को चूमते हुए छत पर बजते गाने का वॉल्यूम बढ़ा दिया था- मेरे दिल में आज क्या है, तू कहे तो मैं बता दूँ...

लेकिन आज इन दो महीनों में हैरत इस बात की है कि जिंदगी एक सौ अस्सी डिग्री उल्टी हो गई है। आज मंटू किससे बताए कि उसके दिल में क्या है। आज तो बिना किसी टेपरिकॉर्डर के ही गम के अंतहीन गाने रिपीट मोड में बज रहे हैं। समझ नहीं आ रहा कि जिंदगी ने ये कौन-सा रेडियो स्टेशन पकड़ लिया है जिसमें चौबीस घंटे सिर्फ दर्द के नग्मे ही सुनाई दे रहे हैं।

यही सब सोचते-सोचते रात गहरा गई। अंतहीन विचारों के तूफान में आँखों से नींद गायब हो गई। दियर में हवा सनन-सनन चलने लगी। ठंड बढ़नी शुरू हो गई। ठंड से बचने के लिए राकेश ने मड़ई के चारों तरफ बबूल के पेड़ की लकड़ी और पुआल रख दिया था। पुआल में हवा न घुसे इसलिए पुआल के ऊपर प्लास्टिक बाँध दिया गया था। लेकिन फिर भी न जाने कहाँ से हवा आती और सारे शरीर को सुन्न कर देती थी।

मंटू ने आँख पोछकर फिर करवट बदल लिया। बगल में देखा, राकेश बेसुध सोया है और मड़ई की दरार से हवा और चाँदनी उसके चेहरे पर एक साथ टकरा

रही है।

मंटू की नजरें उस दरार से झाँक रहे आसमान में अटक गई। उसने देखा कि चमकीले चाँद को कोहरे ने ढक लिया है। एक पल लगा कि क्या उसका जीवन भी ऐसा नहीं हो गया है ? क्या इस कोहरे भरे रात की सुबह भी होगी या नहीं ?

चाँद को देखकर उसकी तंद्रा टूट गई। जब होश आया तब दियारे में सन्नाटा गूँज रहा था और उस सन्नाटे को जब-तब सियारों की आवाज काट देती थी। आँखों की पुतलियों में दर्द उतर आया। कभी चाँद को देखकर अपनी चंदा को याद करने वाले मंटू की आँखों की पुतली पर गुड़िया आकर बोलने लगी- 'रे आवारा खाना खा ले।'

कभी मौसी पूछने लगी- 'ए बबुआ मंटू खाना खा ल हो।'

मंटू चौंककर उठ गया। इस बार रोया नहीं गया। अब तो चाँदपुर का ऐसा कोई कंधा नहीं बचा जिसके ऊपर सिर रखकर मंटू रोया न हो। कोई ऐसा शख्स नहीं बचा जिसने मंटू के आँसू पोछकर सांत्वना के दो शब्द न कहे हों।

मंटू ने देखा, मोती उसके पैरों को चाट रहा है। गुड़िया की जब विदाई हुई थी, तब भी उसने कई दिन तक कुछ खाया नहीं था। यहाँ तक कि गुड़िया के मरने से तीन दिन पहले मोती रात भर रोया था। लेकिन आज मोती मंटू के पैर चाटते हुए पूँछ हिला रहा है। मंटू उठकर बैठ गया। रमेसर की शक्ल आँखों के सामने नाचने लगी। इधर गाँव में हल्ला हुआ है कि रमेसर की मेहरारू और बेटी मर गई, मंटुआ आवारा हो गया। अब आगे नाथ न पीछे पगहा। दुनिया से बैराग हो गया। अब वो साधु बनेंगे।

आज वो सारा घर भूतखाने की तरह साँय-साँय कर रहा है। जिस घर के दरवाजे उसके लिए हमेशा खुले थे वो अब डरा रहे हैं। अब उस आँगन में साँझ होते ही झींगुर बोलने लगते हैं। एक दिन तो मंटू को जाने की हिम्मत न हुई। उसने देखा दरवाजे के आगे लेटे पालतू कुत्ते मोती की आँखें भी भीगी हैं। मंटू मोती को लेकर इस पार आ गया। आज मोती की आँखों से भी नींद गायब है। आज तक मंटू को राकेश का सहारा था लेकिन अब मंटू को लगता है कि एक और सहारा मिल गया है वो है मोती। मोती अब उसके साथ ही जगता है, साथ ही सोता है।

लेकिन शीतलहर जब बढ़ जाएगी तब क्या होगा ? आज तो राकेश दोनों टाइम घर से खाना लाता है लेकिन कब तक लाएगा ? अभी तो राकेश के घर वालों को

उस पर दया आ रही है लेकिन कल से क्या होगा?

"काश! आज माँ होती! काश! आज पापा उससे पूछ लेते एक बार मेरा हाल! आखिर मैं भी तो उनकी ही औलाद हूँ!" जीवन में पहली बार मंटू को माँ और बाप की याद आई। याद आई माँ जैसा ही स्नेह रखने वाली गुड़िया। उसको भी तो ईश्वर ने छीन लिया। जिस प्रेयसी को देखकर जीने की तमन्ना जगी वो भी अब चाँदपुर छोड़कर जा रही। क्या अब ये दुनिया छोड़ देना उचित नहीं होगा? मंटू के मन में आत्महत्या जैसे विचार घूमने लगे। दिल के करीब रहे सारे चेहरे आँखों के सामने आने लगे। हाय! पिंकी, तुम कभी माँ थी, कभी बहन, कभी भाई और कभी गुरु। तुम प्रेयसी तो दिखी ही नहीं!

पीले सूट में खूबसूरत-सी पिंकी को याद करके मंटू फिर रोने लगा। इस बार रोते समय आँसू तो नहीं आए, मुँह से रोने की आवाज निकलने लगी।

राकेश की नींद खुल गई, "का हुआ रे मंटू?"

राकेश झकझोरने लगा। मंटू चुप हो गया। सारी रुलाई सिसकियों में बदल गई। मंटू उठ खड़ा हुआ, "हम अब जा रहे हैं।"

राकेश आँख मलते हुए बैठ गया, "का आधी रात को पगला गए यार?"

"अब इसी सरयू में कूदकर मर जाऊँगा। कुछ नहीं बचा मेरे जीवन में।"

राकेश की नींद सच में खुल गई, "पगलाओ मत! चुपचाप सो जाओ, दो बज रहा होगा।"

"तुम सोओ, हमें नींद नहीं आ रही।"

मंटू के कदम सरजू की तरफ बढ़ने लगे। राकेश का जी साँसत में पड़ गया। वो पीछे दौड़ने लगा, "अरे यार चल सो जा। सुबह चलेंगे न उस पार। पिंकी की खबर लाएँगे।"

रात के दो बजे गए थे। ठंडी हवा बहुत तेज चल रही थी। राकेश ने देखा मंटू काँप रहा है। उसने अपना शाल ओढ़ा दिया। बीस दिन से चुप कराते-कराते ऊब गया है। लेकिन मंटू का दुख दोस्ती का साझा दुख है, उसने आसमान की तरफ देखकर कहा, "चल अब सो जा भाई। सुबह चलेंगे पिंकी से मिलने।"

"कहाँ पिंकी से मिलने?"

"वो सहतवार जा रही है सिलाई-कढ़ाई सीखने। कहीं रोककर मिल लेना। अब ये तुम्हारा रोना-धोना हमसे देखा नहीं जा रहा है।"

मंटू के आँसुओं की रफ्तार कम हो गई। उसकी भौहें सिकुड़कर पूछने लगीं, "तुमको कैसे पता कि पिंकी सहतवार जा रही है? सात किलोमीटर दूर! साइकिल से?"

राकेश ने समझाया, "हँ भाई, तुमको बताना भूल गया। मंतोसवा कह रहा था कि साँझ को पिंकी लड़कियों को पढ़ा रही है। दस दिन में सातवीं-आठवीं-नौवीं की तीस लड़कियाँ हो गई हैं। मंतोष की बहन भी तो उसी से पढ़ने जाती है।"

मंटू की आँखें इस नये समाचार से थम-सी गईं। आखिरी उम्मीद की चटक चाँदनी जिंदगी के इस अंधकार भरे दियारे में जलने लगी। एकाएक उसकी आवाज में परिवर्तन आ गया, "तुमसे मंतोष कब मिला था?"

"कल घाट पर सब चर्चा कर रहे थे कि पिंकी कोचिंग पढ़ा रही है, वो भी बिना फीस के!"

मंटू की हृदय गति परिवर्तित होने लगी, "तुम झूठ बोल रहे हो। लास्ट लेटर में उसने कहा था कि ब्याह तय हो गया। हो सके तो भूल जाना। और आज पढ़ाने लगी? ये एकदम झूठ है। चल न मंतोष के यहाँ चल अभी चल, पूछवा।"

राकेश को गुस्सा आया, "पगला गए हो क्या! इस आधी रात को नदी पार करोगे! हवा देख रहे हो, बर्फ गिर रहा है!"

मंटू ने कहा, "तुम सोओ, हम अकेले जा रहे हैं।"

इतना कहकर वो नदी की तरफ जाने लगा। आगे-आगे मंटू और पीछे-पीछे मोती। मंटू की चाल बढ़ गई। लेकिन अगले ही पल राकेश से रहा न गया। पीछे-पीछे वो भी दौड़ने लगा, "रुक रे, आ रहा हूँ।"

मंटू ने चाल धीमी करके संतोष की एक गहरी साँस ली। थोड़ी देर में दोनों घाट किनारे आ गए। इधर घाट का नजारा वीरानगी और भयावहता के गीत गा रहा था। आसमान में चाँद को जब-तब बादल ढक लेते थे और तेज हवा में दियारे की ये रात हड्डियों से बात कर रही थी। राकेश के मुँह से सिसकारी निकल गई, "आज जान लेकर मानोगे!"

मंटू ने नाव खोल दिया। बाढ़ के बाद आज पहली बार इतनी रात को नाव खुल रही थी। राकेश को डर था कि सुबह कोई बाबूजी से कह दिया तो आफत होगी। लेकिन मंटू के लिए वो कुछ भी कर सकता था।

मंटू नाव में बैठ गया। सामने मोती पूँछ हिलाता रहा। सहसा मंटू का हृदय

प्रेम से भर गया। उसने झट से उठकर मोती को भी नाव में बैठा लिया। पानी से टकराकर आने वाली हवा और तेज हो गई। मंटू ने असमान की तरफ देखा। चाँदपुर की तरफ चाँद झुक गया है। ठीक उत्तर टोले की तरफ। उसके दिल ने पूछा- 'क्या चाँदपुर की चंदा सो रही होगी? चैन की नींद? क्या वो अब बदल गई? क्या कल मिलने जाऊँगा तो बात करेगी? गाँव के लोग का कहेंगे कि मौसी और बहन के मर जाने के बाद ये पिंकी के चक्कर में पड़ा है।'

न-न, वो नहीं जाएगा। लेकिन मौसी और गुड़िया के बाद पिंकी ही तो है।

नाव चलने लगी। और मंटू के हृदय में द्वंद्व भी। मोती को उसने शाल ओढ़ाकर बाँहों में भर लिया। राकेश ने जम्हाई लेते हुए चप्पू थाम लिया। सरजू के शांत पानी में चप्पू की आवाज किसी अनोखे साज-सी बजने लगीं। मंटू ने बड़े दिन बाद जम्हाई ली। और उसी नाव पर लुढ़ककर सो गया।

23

आधा दिसंबर जा रहा है। सुबह होते ही चाँदपुर कोहरे की चादर ओढ़ लेता है और उस चादर में सिमट जाते हैं, सरजू पार के दूर-दूर तक फैले खेत! अभी कुछ खेतों में सरसों उग आई है लेकिन धूप उगे दो दिन हो गए हैं। इधर पता चला है कि उत्तर टोला में बीगन यादो की भैंस गरम हो गई है। बीगन अपने बड़के बेटे उगना पर गरम हो रहे हैं, "सरवा, खा-खाकर साँड़ हो गया है लेकिन इसको एक भैंसा नहीं मिल रहा है।"

भैंस और बीगन चौधरी की ये आवाज अभी उत्तर टोला में गूँज रही है। गूँजती आवाज सुनकर समझ नहीं आ रहा कि भैंस और बीगन चौधरी दोनों में ज्यादा गर्म कौन है लेकिन उमेश इन सब गर्माहटों से दूर अपनी मड़ैया में गाय को ओढ़ाने के लिए बोरे की चट्टी बना रहे हैं।

पास में रेडियो रखा है। रेडियो के सेल पिघल गए हैं। फूल वॉल्यूम पर भी मद्धिम आवाज आती है। अभी रवींद्र जैन की आवाज में रामचरित मानस की चौपाइयाँ बज रही हैं। अचानक घर के दरवाजे पर साइकिल खड़खड़ाने की आवाज हुई। उमेश का ध्यान रेडियो से भंग हो गया। तेज आवाज में पूछा, "कहाँ रे?"

"सिलाई वाली चाची के पास।"

इतना सुनते ही उमेश का पारा गर्म हो गया, "कहीं भी जाने का एक टाइम होता है कि जब मन करेगा तू घर से निकल जाएगी, आँय! क्या चाहती है तू साफ-साफ बोल दे!"

चाचा के मुँह से ये सुनकर पिंकी निस्तब्ध-सी हो गई। पैर बर्फ की भाँति जम गए। नजरें झुकते ही साइकिल के अगले चक्के पर रुक गई। साइकिल तो शायद पंचर हो गई है लेकिन अभी साइकिल की चिंता कौन करे! पंचर तो किस्मत भी है। तभी तो चाचा इस तरह से बात कर रहे हैं। पिंकी ने अपने लटके मुँह को बड़ी देर बाद सँभाला और कहा, "चाचा, जो भाभी सिलाई सिखाती है, वो दोपहर में कहीं काम करती है। आज से मुझे सुबह ही बुलाया है।"

उमेश इस जवाब से संतुष्ट नहीं हुए। बड़ी देर बाद बोले, "सात बजे कौन सिलाई सिखाता है? या तो उ तुमको पागल बना रही या तुम हमको।"

चाचा के मुँह से ये बात सुनने को पिंकी तैयार न थी। उसकी गोल आँखें याचना की भीख से भर आईं। सर झुकाए ही कहा, "ना चाचा। माई के किरिया! हम झूठ नहीं बोल रहे हैं!"

माँ का नाम लेते ही पिंकी का गला न जाने कैसे रूँध-सा गया। बाकी की आवाज गले से बाहर न निकल पाई। पिंकी जान गई कि ये गुस्सा चाचा का गुस्सा नहीं है। ये तो उस नागिन का गुस्सा है जो घर में बैठकर कई सालों से बस फुफकार रही है और इधर उसका फुफकारना इतना बढ़ गया है कि चाचा की अपनी आवाज गायब हो गई है। पिंकी का लटका हुआ चेहरा देखकर उमेश चुप हो गए। उनकी आँखों में पितृ-भाव उतर आया। धीरे से बोले, "ठीक है, लेकिन कब आएगी?"

"दस बजे तक चाचा।"

"सिलाई मशीन तो है नहीं, सीखेगी कैसे?"

"मनोज बो भौजी का है न, उसी पर सीख लेंगे।"

चाचा चुप हो गए। इस चुप्पी में जैसी कोई आश्वस्ति थी जो बिना बोले आवाज करती थी। पिंकी ने उस आवाज को सुन लिया। उसके मन में संतोष उभर आया। अचानक उमेश ने पूछा, "मनोज बो कही है सिलाई मशीन देने के लिए?"

"हँ चाचा।"

इतना सुनते ही घर के भीतर से चाची चिल्लाने लगी, "हँ हँ... उसी रंडी ने तो इसको बिगाड़कर माटी बना दिया है। पहले भतार को लभ लेटर लिखना सिखाई, अब मस्ट्राइन बनवा रही है। सुबह-सुबह चुल्हानी में का बनेगा का बिगड़ेगा, इसकी चिंता नहीं है इसको। लेकिन सिलाई के बहाने हेलिकॉप्टर पर सवार होकर गाँव घूमने का बहाना मिल गया है। फिर से कह रहे हैं, साफ-साफ सुन लो। इस छिनार को यहाँ से जल्दी नहीं हटाए तो चाँदपुर में मुँह दिखाने लायक नहीं रहोगे।"

ये बोलते हुए चाची मैना देवी की आँखों में मानो खून उतर आया। उमेश चुप रह गए। पिंकी की पीठ जलने लगी। कुछ था, जो भीतर ही भीतर खौलने लगा। साँसें तन-सी गईं। दोनों भौहों के बीच खिंचाव-सा हो गया। भरे जाड़े में उसने महसूस किया कि इतनी गर्मी तो जेठ के महीने में भी महसूस नहीं हुई थी। शायद

चाचा अब चाची के आगे लाचार हो रहे हैं। उनके इस लाचार चेहरे को देखना पिंकी के वश की बात नहीं है। वो गाय का ओढ़ना बुन रहे हैं लेकिन ऐंठन और खीझ पिंकी को हो रही है। गुस्से से पिंकी का चेहरा लाल हो गया है। न जाने कौन-सी अदृश्य शक्ति समा गई। बड़े ही रौद्र रूप में बोली, "चली जाऊँगी, रहना न पाँव पसारकर! काहे चिंता करती हो। जबसे पैदा हुई हूँ, देखकर जल ही तो रही हो।"

उमेश ने पिंकी को कसकर डाँटा, "अरे! पिंकिया चुप! जा, जहाँ जा रही है।"

"ना चाचा, अब बर्दाश्त के बाहर हो गया है। आज तक हम लिहाज के मारे कुछ नहीं बोले, उसी का तो फल आपको भी मिल रहा है और मुझे भी मिल रहा है।"

गुस्से में पिंकी की आँखें छलक आईं। उसने आँसू पोछते हुए साइकिल आगे बढ़ा दिया। थोड़ी देर में साइकिल गली से निकलकर बाँध पर जाने वाले खड़ंजे की तरफ आ गई लेकिन चाची के चिल्लाने की आवाज में कोई कमी नहीं आई। चाचा की मन:स्थिति के बारे में कल्पना करके उसका मन काँप उठा। उसने आवाज से ध्यान से हटाकर पैडल दबा दिया। लेकिन अगले टायर का हवा था कि निकलता ही जा रहा था।

इधर साइकिल ने चाँदपुर की परछाई जैसी ही छोड़ी ठंडी हवा का एक झोंका आया। पिंकी ने देखा कि उसका सलवार साइकिल की चैन में फँसकर फरफरा रहा है। शायद चेन में डाले गए तेल ने उसके मोहरी को काला कर दिया है और सलवार कट गया है। ऊपर से एक पैर का मोजा फट गया है। बायें चप्पल की बेहिसाब कीलें पैडल से लगकर तलुवे में धँसती हैं। लेकिन उसे पता है कि जब अपना घर ही काटने लगे तो आदमी इतनी छोटी-मोटी चीजों के कटने से परेशान नहीं होता।

यही सब सोचते हुए पिंकी मुँह बाँधकर चलने लगी। मन उसका साइकिल से भी तेज चलने लगा। उसने देखा रास्ते में छोटी-बड़ी वो लड़कियाँ जो उसे जानती हैं वो मुस्कुरा रही हैं। उधर कहीं दूर ट्रैक्टर से आवाज आ रही है-

दिल पागल दीवाना है ये प्यार करेगा
ये कब डरा है दुनिया से जो अब डरेगा...

"भक्क! बंद करो ये सब गाना। अब ये सब एकदम सुनने का मन नहीं करता मुझे।"

एक वक्त था कि पिंकी इन गानों को सुनकर अपने आप गुनगुनाने लगती थी। तब एक खूबसूरत वजह थी गुनगुनाने की। तब जीवन की ऊब में प्रेम की नर्म-सी दूब थी, एकदम मंटू के प्रेम की ओस में भीगी हुई। तब ये सारा जीवन भोर की हवा की तरह सतत बहता था। लेकिन अब तो वो दूब मुरझा गई है। अब तो उसका जीवन साइकिल के उस अगले चक्के की तरह हो गया जिसमें रोज उम्मीदों की हवा भरो और घर आते ही पंचर हो जाओ। शायद एक बार साइकिल बन भी जाए लेकिन जीवन की इस पंचर साइकिल में आदमी कहाँ तक धक्का लगाएगा, पता नहीं!

पिंकी इन अनुत्तरित प्रश्नों में खो गई। भूल गई कि आगे पुल है और वहाँ गाँव के कुछ आवारा लड़के रोज की तरह उसका इंतजार कर रहे होंगे। रोज की तरह वही बेहूदा सवाल करेंगे- 'बस मंटुआ को दोगी हमको नहीं?'

पिंकी इन चेहरों को पहचानती है। वो क्या माँग रहे हैं ये भी जानती हैं। अचानक उसने देखा कि आगे के पहिये की सारी हवा निकल गई है। मुँह से निकला, "उफ्फ! इसे भी यहीं खत्म होना था। न जाने सुबह किसका मुँह देख लिया। अब तो इस पुल से करीब चार किलोमीटर साइकिल लेकर चलना पड़ेगा, क्या पता? गोरख सेठ की दुकान खुली हो तो दो पंप हवा मिल जाए! लेकिन इतनी सुबह क्या भरोसा!"

पुल करीब आता जा रहा था। पिंकी के दिल की धड़कनें बढ़ती जा रही थीं। वो सोचने लगी काश फिल्मों की तरह साइकिल हवा में उड़कर पुल पार कर जाती तो कितना अच्छा होता लेकिन ऐसा बस फिल्मों में ही हो सकता है असली जीवन में नहीं। उसी झूठी छलना, झूठे प्रपंच, स्वप्निल मायाजाल के कारण तो इंसान फिल्में देखता है। हम जो वास्तविक जीवन में नहीं हो सकते वो परदे पर होता हुआ देखते हैं और खुश होते हैं।

इधर पुल से दाँत चियारने और मुँह दबाकर हँसने की आवाजें आने लगीं। सीटियाँ बजने लगीं, "का जी, मंटुआ नहीं दिख रहा है, अब तो हमको दे दो। ऊपर से ही दे दो।"

कुछ लड़के हँसने लगे। कुछ ने तालियाँ बजाईं। कुछ ने पिंकी की छातियों पर उगी गोलाइयों का विश्लेषण किया। ये सब सुनकर पिंकी पैडल तेज मारने लगी। कई बार तो ऐसा होता है कि हारने लगती है। मन एक द्वंद्व से भर जाता है।

क्या कर लेगी ये सब करके? क्या इतनी जलालत झेलकर गाँव की लड़कियों को ट्यूशन पढ़ा देने से उनका जीवन बदल जाएगा?

आज तो उनको पढ़ने के लिए एक किताब नहीं मिलती। किताब की जगह वही चूल्हा, वही झाड़ू, वही बर्तन और वही रोज की दुत्कार मिलती है। इधर पुल पर आवारागर्दी करने वाले ये लड़के घर जाते ही एक गिलास पानी के लिए उसी बहन को एक झापड़ लगा देते हैं। यही तो है चाँदपुर की तमाम चंदाओं का जीवन! अरे! बाढ़ में चाँदपुर एक बार ही डूबता है। लेकिन उसकी चंदाएँ रोज डूब रही हैं। कभी दहेज की बाढ़ में कभी मजबूरी, बेबसी उपेक्षा और हीनता की बाढ़ में!

आज यही चिंता पिंकी को खाए जा रही है। कल उसने पढ़ा कि महादेवी जी ने स्त्रियों की सहायता के लिए क्या-क्या नहीं किया। क्या उनकी छोटी-सी ये प्रशंसिका इतना भी नहीं कर सकती है? ये सोचकर मन कविता-सा होने लगा- 'जाग तुझको दूर जाना!'

लेकिन इस पंचर साइकिल से कितना दूर जाया जा सकता है? ये सोचकर पिंकी का मन बैठ जाता है। लेकिन जब गाँव की दर्जनों लड़कियों के चेहरे याद आते हैं। तब उसका अपना दुख कम लगता है। उसकी आँखों के सामने आ जाती है वो गुड़िया! जो पिछले महीने जलकर मर गई। या वो रागिनी जिसने ट्रेन से कटकर आत्महत्या कर ली। या वो लीला जिसकी सास ने तीन बेटी होने के बाद उसे घर से निकाल दिया?

बस कुछ यही कारण है कि पिंकी इन आवारा लड़कों की वो बातें बर्दाश्त कर लेती है। उसे अच्छा लगता है गाँव की छोटी-छोटी लड़कियों को पढ़ाना। उन्हें अच्छी बातें सिखाना। कुछ लड़कियाँ आ रही हैं अभी। आना तो और चाहती हैं लेकिन टोले में हल्ला है कि पिंकिया इनको बिगाड़ देगी तब? चिट्ठी लिखना सिखा देगी तब?

अचानक से सड़क पर हॉर्न बजा। एक अधेड़ बाइक वाला चिल्लाया, "ए लड़की, कहाँ ध्यान है रे तेरा? साइड में नहीं चला जाता?"

इतना कहकर वो मोटरसाइकिल वाला सन्न से निकल गया। पिंकी के सोचने का क्रम रुक गया, "हे भगवान! अब तक तो लड़ ही गए होते।"

पिंकी की खोई हुई चेतना वापस लौट आई। उसने देखा सड़क पर स्कूल जाते बच्चे दिख रहे हैं। उनके पीठ पर बैग है और चेहरे पर अपूर्व शांति। न कोई

चिंता है, न ही कोई गम। क्या अजीब बात है कि बचपन छूटते ही लोग कहते हैं, हम बड़े हो गए। इससे ज्यादा छोटी बात कुछ नहीं हो सकती है। पिंकी को भी अपना बचपन याद आने लगा। जब उसके पापा साइकिल पर बिठाकर उसे मेला ले जाया करते थे।

इसी सोच-विचार के बीच अचानक उसके कानों में बैलों की घंटियाँ टुन-टुन बजने लगीं। उसने पीछे मुड़कर देखा एक गाड़ीवान अपनी बैलगाड़ी लेकर भोजपुरी का एक पुराना गीत गुनगुनाते हुए चला आ रहा है।

"कहाँ जाएगी बबुनी?"

"सहतवार बाबा।"

"साइकिल पंचर हो गया का?"

"हँ बाबा।"

"तो आव आव बैठ जा। एह जाड़ा में कब तक साइकिल घसीटेगी!"

पिंकी को ये रास्ता चलंति प्रस्ताव पसंद न आया। सर झुकाकर कहा, "ना-ना बाबा, तुम जाओ, हम धीरे-धीरे चले जाएँगे।"

"अरे आव रे बैठ जो।"

"बाबा पैसे नहीं हमारे पास।"

इतना कहकर पिंकी ने सर झुका लिया। उसका चेहरा उदासी से भर गया। गाड़ीवान ने बैलों को एक पैना लगाया और लगाकर बोला, "आजा बबुनी। हम तुमसे पइसा कब माँगे रे पगली? कहाँ घर है तेरा?"

"चाँदपुर है बाबा।"

"किसके घर?"

"उमेश चौधरी।"

"उनकी बेटी हो?"

"ना बाबा... उनकी भतीजी।"

"उत्तम की बेटी?"

"हँ बाबा।"

अचानक उत्तम चौधरी का नाम सुनते ही गाड़ीवान की आँखों में चमक-सी आ गई। उसका मुस्कुराता चेहरा खामोश-सा हो गया। उसने बैलों की पूँछ उमेठी और दो-दो पैना लगा दिया। एक झटके में गाड़ी रुक गई! देखते-ही-देखते

गाड़ीवान गाड़ी से उतर आया और पिंकी के हाथों से साइकिल लेकर गाड़ी में बैठे तीन लोगों को साइड हो जाने को कहा, "ए हटो हटो, बबुनी को जगह दो।"

इधर पिंकी इस अप्रत्याशित प्रेम के आगे रुक-सी गई। आज पंद्रह सालों बाद गाँव के बाहर उसके मरे हुए बाप के नाम से कोई पहचानता है। ये सोचकर उसकी आँखें भीगने-सी लगीं। गाड़ीवान ने कहा, "जा बैठ जा बेटी... बैठ जा!"

एक अनजान आदमी के मुँह से बेटी शब्द सुनकर पिंकी का मन नृत्य-सा करने लगा। उसने पहली बार महसूस किया कि प्रेम सिर्फ मंटू की नाव पर बैठकर नहीं बल्कि किसी बाबा की बैलगाड़ी पर बैठकर भी आ सकता है। पिंकी ने देखा गाड़ी में एक अधेड़ और दो महिलाएँ भी बैठी हैं। गाड़ी में महिलाओं को देखकर पिंकी जरा सहज हो गई। सबने एक साथ कहा, "बबुनी बैठ जा, हमके भी नौ बजिया पकड़ के छपरा जाए के बा।"

इधर गाड़ीवान ने बैल की पूँछ पर एक पैना कसकर लगाया। बैल चल पड़े। उनकी घंटियाँ टुन-टुन बजने लगीं। थोड़ी देर बाद गाड़ीवान ने पूछा, "ए बबुनी?"

"हँ बाबा!"

"उत्तम की बेटी है रे तू?"

"हँ बाबा!"

"अरे रे रे, तब तो तू मेरी बेटी है।"

ये कहकर गाड़ीवान ने गाड़ी में बैठे एक अधेड़ को पुकारा, "ए मुखराम!"

गाड़ी में बैठे एक व्यक्ति ने हुकार लगाई, "हँ काका!"

"सुनो! पचीस साल पहले की बात है। तू भी सुन बबुनी!"

पिंकी ने कहा, "हँ बाबा!"

देखते-ही-देखते गाड़ीवान एक कुशल कथाकार की भूमिका में आ गया, "तो सुनो! यही दिन थे। बलिया का ददरी मेला उखड़ गया था। सहतवार के सहुआ के मिठाई की दुकान मेला में लगी थी और उसका समान लेकर हमको सुदृष्टि बाबा के मेला में सुरेमनपुर जाना था। रात को बारह बजे समान का लदनी हुआ और हम गाड़ी लेकर चल दिए सुरेमनपुर। जैसे ही बलिया से बेयासी ढाला गाड़ी पहुँची हमको नींद आ गई। हम सो गए। लेकिन ए मुखराम, जतरा का साइत ठीक नहीं था। हल्दी चट्टी आते-आते बैल रुक गए। नींद खुली तो देखा बैल आगे बढ़ने का नाम नहीं ले रहे हैं। कितना भी पूँछ उमेठे झट से जीभ निकाल देते थे। नीचे उतरा

तो देखा कि बैलगाड़ी के टायर से साँय-साँय हवा निकल रही है। ए बबुनी, जीव धक्क से हो गया। अब का होगा? अगर सवेरे सात बजे तक मेला में नहीं पहुँचे तो सहुआ हमको एक पैसा नहीं देगा। ऊपर से मुसीबत ये कि गाड़ी में लाखों का सामान है। रात इतनी अँधेरी। कोई बंदूक दिखाकर लूट लिया तब?

ए बबुनी, बूझ लो कि परान संकट में पड़ गया। हम भी काली माई का भखौती किए। और जोर से शिव जी को गोहराये कि हे शिव जी! इस ग्रह से उबार दिए तो सवा लीटर दूध चढ़ाएँगे। ए मुखराम, रास्ते में गाड़ीवान तो बहुत आ रहे थे लेकिन हमारा हाल देखकर सब हाथ खड़े कर दे रहे थे। हम चार घंटा इंतजार किए कि कोई आए तो मदद माँगें। लेकिन बूझ लो बबुनी देखते-देखते चार बज गया, कोई नहीं रुका। अब लगा कि गाड़ी बनते-बनते दोपहर हो जाएगी और मेला में जाते-जाते साँझ। हिम्मत जवाब दे गई। बबुनी, बीस साल से गाड़ी चला रहा था लेकिन जीव इतना सकेता में कभी नहीं पड़ा था। लेकिन ए मुखराम, शिव जी ने सुन लिया हो।

अचानक एक छह फीट का नौजवान गाड़ीवान बगल से निकला। सफेद पगड़ी बाँधे, लाल रंग का शौखिन साल लपेटे। ई लंबी-लंबी मूँछ वाला गोरा जवान! हमने हाथ दिया। उसने पूछा कि का हुआ काका?

बबुनी, उसके मुँह से काका सुनकर हमारे हाथ जुड़ गए- टायर पंचर हो गया है बबुआ। सुबह सुदृष्टि बाबा के मेला में सुरेमनपुर जाना है। देर हुई तो एक पैसा नहीं मिलेगा।

नौजवान गाड़ी से उतर आया। हमारा नाम-पता पूछा और बिना सोचे-समझे कहा- ए काका। पंचर बनवाते-बनवाते दोपहर हो जाएगा। लो हमारी गाड़ी ले जाओ, हम तुम्हारी गाड़ी बनवाकर सुबह लेते जाएँगे।

बबुनी, उस जाड़े की काली रात को लगा कि उत्तम चौधरी नहीं, साक्षात शिव जी प्रगट हो गए हैं। आखिर गाड़ी पर सामान लद गया और हम दस बजे तक मेला में पहुँच गए। और चौथे दिन हम चाँदपुर जाकर बबुनी तेरे दरवाजे से अपनी गाड़ी ले आए। तब जो भोजन तुम्हारी माई ने कराया, उसका स्वाद आज तक नहीं भूलता है।

तो ए मुखराम, ये उस महात्मा आदमी की बेटी है। ये नहीं जानती इसका बाप क्या चीज था। बस ई समझो कि आदमी नहीं था हीरा था हीरा। एक साल में बैलगाड़ी चलाते-चलाते ट्रक चलाने लगा। लेकिन भगवान के यहाँ भी अच्छे

आदमी की कमी है न! का कहें!"

गाड़ीवान बोलता रहा इधर पिंकी की आँखों से निर्झर आँसू गिरते रहे। सच तो यही है कि उसे क्या पता। उसने तो होश सँभालने के बाद उत्तम चौधरी को बस पासपोर्ट साइज की फोटो में देखा है। वो क्या जानती है कि बाबूजी किसको कहते हैं। लेकिन आज न जाने क्यों अपने मरे हुए बाप की इस तरह तारीफ सुनकर पिंकी को रोना भी अच्छा लगने लगा। जी हल्का हो गया है। मन करता है गाड़ीवान किस्से सुनाते रहे और वो सुनती रहे। बैलों की घंटियाँ टुन-टुन बजती रहीं।

पिंकी के आँसू थम गए। देखते-ही-देखते सहतवार आ गया। पिंकी ने गाड़ी से उतरकर गाड़ीवान के पैर छुए। गाड़ीवान ने पॉकेट से निकालकर सौ रुपये का नोट थमा दिया। पिंकी लाज और संकोच के पहाड़ तले दब गई।

"ना बाबा, रहने दो।"

"ले बेटी, मिठाई खा लेना।"

"ना बाबा, आशीर्वाद दो, यही बहुत है।"

"बेटी आशीर्वाद तो है ही। ले मिठाई खा लेना, तू मेरी बेटी है।"

इतना कहकर गाड़ीवान चलने को हुआ। पिंकी पैर छूकर गाड़ीवान को विदा करके जैसी ही मुड़ी कि उसने देखा एक लड़का साइकिल लेकर खड़ा है। उसके दिल की धड़कन बढ़ गई। आवाज जबान तक आते-आते अटक गई।

"अरे तुम? यहाँ कैसे?"

"तुमसे मिलने!"

पिंकी दुपट्टे से आँखों को पोछने लगी। वो जानती थी कि मंटू सब देख सकता है लेकिन पिंकी की आँख में आँसू देखना उसके बस की बात नहीं है। बड़ी देर तक दोनों एक-दूसरे से नजर फेरे खड़े रहे। पिंकी ने बड़ी देर बाद चुप्पी तोड़ी, "ठीक है, दो घंटा इंतजार करो!"

मंटू मन-ही-मन मुस्कुरा उठा, "दू घंटा क्या हम तो दू जनम तक इंतजार कर लेंगे।"

ये सुनकर पिंकी मुस्कुरा उठी, "भक्क! पागल!"

मंटू फिर मुस्कुरा उठा। अचानक आँसुओं की बदरी को चीरकर आसमान में सूरज चमक आया। देखते-ही-देखते महीनों से मुरझाए दो चेहरे सूरजमुखी जैसे खिल उठे।

24

चार दिन पहले चाँदपुर में हल्ला हो गया कि पिंकिया तो मंटुआ से मिलने सहतवार गई थी। दोनों मंदिर में बियाह कर लिए हैं। एक-दो दिन में दोनों सेनानी पकड़कर दिल्ली भाग जाएँगे।

इस संदिग्ध खुलासे के बाद तो उत्तर टोले में बवाल मच गया। चाची ने पिंकी की किताबें, पत्रिकाएँ और सिलाई का सामान चूल्हे में झोंककर बुरी तरह पीट दिया। ऊपर से घर आते ही उमेश ने चार थप्पड़ लगा दिया। रात को बदहवाश पिंकी चूहे मारने की दवा खाकर सो गई!

लेकिन उसे क्या पता था कि मौत का सौदा महँगा होता है। कहीं साँसें गिरवी रखने से बात बन जाती तो जिंदगी से ऊबा हर आदमी रोज आत्महत्या कर लेता!

आनन-फानन में पिंकी को बलिया अस्पताल ले जाया गया। वहाँ डॉक्टर ने जवाब दे दिया। एंबुलेंस फातिमा हॉस्पिटल मऊ ले गई। आखिरकार शादी के जो पैसे उमेश ने बचाकर रखे थे, वो सारे पैसे इलाज में खर्च हो गए।

पिंकी तो ठीक हो गई लेकिन उमेश ने उसी रात बिस्तर पकड़ लिया। आज हाल ये है कि पिंकी को पकड़कर पूनम सो रही है तो चाची का खटिया भी अब पिंकी के पास ही लगता है। वहीं मुख्य दरवाजे पर उमेश सोते हैं। इन तीनों के चेहरे पर एक ही सवाल है कि कहीं पिंकी सच में घर से भाग गई तो?

लेकिन पिंकी के कदम थक गए हैं। जुबान चलती नहीं है। होंठ बस बोलते हैं और कभी-कभी आँखें! लेकिन इन आँखों की आवाज कौन सुनेगा? कौन समझेगा आँसुओं से लिखी गई भाषा का व्याकरण?

इधर पता चला है कि विधायक जी और मैनेजर साहब द्वारा सामूहिक विवाह समारोह का दिन फाइनल हो गया है। चट्टी-चौराहों पर बैनर लगने लगे हैं। चाँदपुर गाँव की डेढ़ दर्जन लड़कियों की शादी कराने का टारगेट डब्लू नेता को दिया गया है। तभी तो परसों की रात पिंकी की चाची ने डब्लू नेता का पैर पकड़ लिया, "डब्लू बाबू, अब इस घर की इज्जत आपके हाथ में है। हमारे हाथ में ब्याह करने के लिए एक रुपया नहीं है। पिंकिया अब बेचाल हो गई है। जल्दी बियाह नहीं

हुआ तो घर से भाग जाएगी। हमारी इज्जत बचा लीजिए।"

डब्लू नेता ने आश्वस्त किया, "तू चाची एकदम चिंता न करो। पिंकिया का हाथ-पैर बाँधकर रखो। एक हफ्ते की बात है। ज्यादा दिक्कत होगी तो मंदिर में बियाह करा देंगे। उस अंटू-मंटू, आकेश-राकेश को हम दियरा से उठाकर पाताल में गाड़ देंगे। कोई माई का लाल यहाँ फटकेगा नहीं।"

इस आश्वस्ति के बाद खेदन की दुकान पर यही चर्चा चलती रही कि इस शादी में कपड़ा, गहना, पलंग, तोसक-तकिया और गृहस्थी का सारा सामान नेता जी दे रहे हैं। यहाँ तक कि बियाह में चार किसिम की नाच भी आएगी। एक से बढ़कर एक पकवान का भी बंदोबस्त किया गया है।

आज डब्लू नेता के चमचे दारू पीकर चिल्ला रहे हैं, "रे भाई, बाबू नथुनी सिंह का दिल नहीं, सरयू जी का दरियाव है। सोचो, एक बेटी के कन्यादान से इतना पुण्य मिलता है तो चाँदपुर की एक दर्जन लड़कियों के कन्यादान से कितना पुण्य मिलेगा?"

इस सवाल का जवाब खेदन की दुकान पर बैठे किसी भी आदमी के पास नहीं है। बस बात-बात में इतना पता चल रहा है कि आनन-फानन में सामूहिक विवाह में शामिल होने के लिए चाँदपुर की लड़कियों की धड़ाधड़ शादियाँ तय हो रही हैं। लोग कर्ज लेकर भी लड़कों का छेका, रोका, बरइछा कर रहे हैं ताकि लड़कियों की शादी इसी सामूहिक विवाह में सुनिश्चित हो सके। यही कारण है कि गाँव में सरयू पार से गाय-भैंस के खरीदार आने लगे हैं।

खेदन की दुकान पर चाय पी रहे एक गाय के व्यापारी ने पूछा, "ए भइया उमेश चौधरी का घर किधर है?"

"उत्तर टोला का अंतिम घर। का बात है?

"पता चला है, उमेश गाय बेच रहे हैं?"

"हँ भाई जाओ-जाओ। जादा मोल-भाव मत करना, उमेश बड़ा मुसीबत में है।"

थोड़ी देर में व्यापारी उमेश के दरवाजे पर आ गया। उमेश ने बिना हिल-हुज्जत किए चार साल से दुआर पर बँधी गाय को बेच दिया। कहते हैं कि जानवर आँखों से बोलते हैं। घर से जाते-जाते गाय रोने लगी। जाती हुई गाय को देखकर रोज उसे रोटी खिलाकर दुलारने वाली पिंकी की सूखी पुतलियाँ नम हो गईं। उसने

गइया को खिड़की से अंतिम बार निहारा। उसे ऐसा लगा मानो एक बेटी विदा हो रही हो और दूसरी से कह रही हो, "बहन, खूँटा बदलना किस्मत है हमारी, आज मेरी बारी है, कल तुम्हारी बारी!"

पिंकी की आँख के लोर जमीन पर गिरने लगे। उसे यकीन हो गया कि आदमी सबसे खराब जानवर है।

इधर गाय के जाते ही उमेश जमीन पर बैठ गए। अगले दिन कई लोगों ने काफी समझाया-बुझाया। दीना की माई ने हुक्का जलाकर कहा, "ए बबुआ, अब तो गाय बेच दिए। अब तुम मैना की बात मान लो। लड़की चालमान हो जाए तो उसी दिन ब्याह कर देना चाहिए। तुमने दू महीना देर कर दिया। अब मुँह लटकाने से का होगा? जो बाजा बजना था बज गया। अब हुशियारी इस बात में है कि जो लड़का मिल रहा उसके साथ विदा करो। अब तो एक पैसा खर्च भी नहीं हो रहा है।"

कहते हैं दीना की माई सरयू तीर पर गंगा पार से आई तेज-तर्रार मेहरारू थी। दिनभर पान खाती, हुक्का पीती लेकिन बात बड़ी कड़वी करती। न जाने उसमें कैसा सम्मोहन था कि उसकी बात सब मान जाते थे। आखिर जो बात उमेश को कई महीने से अपनी मेहरारू न समझा सकी थी वो आज दीना की माई ने समझा दिया।

कहते हैं, अगले दिन उमेश साइकिल पर सवार हुए और पिंकी की शादी उसी अधेड़ शराबी से तय कर आए। साथ में ये भी तय हुआ कि सार्वजनिक शादी समारोह ही में ही शादी होगी। शादी का खर्च और सारा सामान नेता जी देंगे लेकिन हम भी अपनी तरफ से कुछ देने का प्रयास करेंगे।

इतना तय होने के बाद दूल्हा-दुलहिन का नाम और पता सब डब्लू नेता को दे दिया गया।

इधर अगले दिन से शादी की तैयारी हो गई। संयोग से रेवती का बजाज कपड़ा लेकर आ गया। उमेश के पास गाय की कमाई बीस हजार का सहारा था। मैना देवी ने ये कहकर उसे भी बक्से में रख दिया कि, "डब्लू नेता जब शादी का सारा खर्च उठा रहे हैं तो फिर क्या जरूरत है साड़ी कपड़ा खरीदने की? हम दूसरी गाय लेंगे। कल से दूध नहीं रहेगा तो क्या सोनुआ इस हरामी के लिए जहर पीकर सोएगा?"

पिंकी एक कमरे में बंद रही और इन जहर बुझी बातों को सुनती रही। उसी रात उसने सपना देखा कि आधी रात को मंटू सरयू पार करके उससे मिलने आ

रहा है। अचानक सरयू की तेज धार में उसकी नाव चकोह में फँस गई है और मंटू नाव समेत बाढ़ में बह गया है। इस डरावने सपने के बाद पिंकी की आँखें जलने लगीं। आखिर सपना इतना डरावना कैसे हो सकता है? क्या मंटू को ये सब पता है? क्या किसी ने उसे बताया है कि चाँदपुर की चंदा अब सदा के लिए उससे दूर जा रही है।

ये सोचकर उसका सर फटने लगा। पिंकी ने सोचना बंद कर दिया। क्या फायदा है अब सोचकर?

इधर खबर है कि मंटू जिस दिन पिंकी से मिलकर आया है उस दिन से न जाने कहाँ की शक्ति उसमें समाहित हो गई है। उसने मौसा से पूछा, "सरयू पार चक विलियम में जो अपना खेत है, उसी में मड़ई डालकर एक डेरा बना लें? मौसी और गुड़िया के बिना पुराना घर काटता है। उसमें गोड़ रखने का मन नहीं होता है।"

मौसा ने जीवन में पहली बार मंटू की इस बात से सहमति दर्ज कराई और कहा, "ठीक कह रहे हो। एक-दो मड़ई डालकर बना लो। रबी की बुवाई भी ठीक से कर लोगे तो एक साल तुमको खाने की दिक्कत नहीं होगी। वैसे भी दियर का खेत बिना देख-भाल के बिगड़ जाता है। हर साल लेखपाल बुलाओ। लाठी डंडा चलाओ, घूस खिलाओ, नापी करो, तब खेती करो। तुम उस पार रहोगे तो ये सब झंझट न होगा।"

मंटू ने आश्वस्त किया, "मौसा, मेरे रहते आप किसी चीज की चिंता न करें। मैं इसी पार डेरा बनाकर रहूँगा।"

पता चला कि अगले दिन उसने बाँस-बल्ली, पतलो और रस्सी के लिए नरहन दियर और दियर भागर से लेकर रघुनाथपुर एक कर दिया था। मंटू के साथ में राकेश भी था। दुर्योग से पिंकी के जहर खाने की खबर उसे पता हो चुकी थी लेकिन उसे हिम्मत न हुई कि मंटू को ये सब बता सके। मंटू स्थायी मड़ई लगाने के लिए बोझा ढो रहा था। इधर राकेश के दिल पर एक बोझ रखा था जिसे उतारना मुश्किल था। उसे डर था कि मौसी और गुड़िया की मौत के महीनों बाद तो अब कहीं जाकर मंटू पुरानी रौनक में लौट रहा है। आज पिंकी के बारे में उसे पता चले और कहीं उसने आत्महत्या की कोशिश कर ली, तब क्या होगा?

राकेश के सामने धर्म संकट था। उसने तय किया कि सार्वजनिक शादी के

ठीक तीन दिन पहले वो मंटू को लेकर सिवान चला जाएगा और वहाँ तीन-चार दिन रहकर तब चाँदपुर आया जाएगा। न मंटू बाबू रहेंगे, न ही ये सब समाचार उनको मालूम होगा, न ही कहीं कोई गड़बड़ होगी। लेकिन उसके बाद कहीं मंटू को मालूम हो गया तब?

राकेश ये सब सोचकर डर गया। आखिर जानकर अनजान बन जाना दोस्त के साथ धोखा देना है। जय हो वीर बजरंगी इस दोस्ती की रक्षा करना।

इधर पता चला है कि अपने दालान में बैठे झांझा बाबा ने रात को फिर वही सपना देखा है जो उन्होंने दिल्ली वाले लड़के के फ्लैट में देखा था। इस बार भी सपने में उनकी दालान टूट रही है। दालान और घर को आवारा पशुओं और जंगली घासों ने घेर लिया है। लोग यहाँ आकर पेशाब कर रहे हैं। कचरा फेक रहे हैं।

बस इसी चिंता में बाबा को नींद नहीं आ रही है। चला-चली के समय माया घेरती जा रही है। आज उनका हाल देखकर लोग उनसे कटने लगे हैं। वो भी गाँव की समस्याओं में कम दिलचस्पी लेने लगे हैं। कई महीने से बेटे और बहुओं ने कोई खबर नहीं ली है। लेकिन आज सुबह बाबा को किसी ने खबर किया कि बाबा उत्तर टोला की पिंकी ने जहर खा लिया है, क्योंकि उमेश और उमेश बो जबरदस्ती उसकी शादी कर रहे हैं।

बाबा ये सुनकर बेचैन हो गए। उन्होंने दीना से कहा कि अभी जाकर उमेश से कहो कि बाबा बुला रहे हैं। दीना ने उमेश को खबर भेजवाई। खबर सुनते ही उमेश दालान में पहुँच गए। उनके चेहरे पर घोर उदासी छाई थी। कपड़े न जाने कितने दिन से बदले न गए थे। दाढ़ी बढ़कर संन्यासी जैसी हो रही थी। उमेश को देखते ही खटिया पर बैठे बाबा ने चश्मा निकालकर पूछा, "ए उमेश!"

"हँ बाबा, कोई आदेश है?"

"ना-ना, एक बात बता।"

"का बाबा?"

"बेटा-बेटी नालायक क्यों हो जाते हैं?"

उमेश ने सर झुकाकर हाथ जोड़ लिया, "बाबा, पता नहीं!"

बाबा खटिया पर बैठकर बोले, "बबुआ, बेटा-बेटी इसलिए नालायक हो जाते हैं कि लायक बनाने के लिए माँ-बाप कुछ नहीं करते हैं। लायक बेटा-बेटी पैदा करने के लिए लायक गार्जियन भी बनना पड़ता है। तुम बबूल बोकर आम

नहीं काट सकते हो।"

उमेश चुप रहे। बाबा ने फिर धीरे से पूछा, "पिंकिया जहर खाई थी रे ?"

"हँ बाबा!"

"तुम उसको मारे क्यों ?"

"बाबा, उल्टा-सीधा शिकायत सुनाई दे रहा गाँव में! का करते ? आज उसके कारण गाँव में सर उठाकर चलना मुश्किल हो गया है।"

बाबा खिसिया गए, "रे ससुरा! गाँव भर तो तुमको भी कहता है कि तुम मेहरमऊग हो। तुम हो बताओ ? यही गाँव तो हमको भी कहता है कि हम जब शहर जाते हैं तो बेटा-बेटी हमको मारकर खेद देते हैं। बताओ सही है ?"

"ना बाबा।"

"तब ? इस गाँव के एक-एक आदमी की बात सुनकर चलोगे तो लोग गाँव से विदाई कर देंगे। और मान लो कल तुमने कहीं जबरदस्ती बियाह कर दिया और वहाँ जाकर वो जहर खा ले तब क्या होगा ? सब कुछ अपनी सुविधा से सोचने वाला आदमी सबसे बड़ा बेवकूफ होता है।"

आज बाबा अरसे बाद पहले वाली रौ में आए थे। इसलिए उनकी आवाज सुनकर दालान में और चार-पाँच लोग जुट गए लेकिन बाबा ने वहाँ से सबको भगा दिया। इधर बाबा की बातों से उमेश खामोश हो गए, कुछ जवाब देते नहीं बन रहा था। बाबा ने फिर पूछा, "गुड़िया का हाल करोगे पिंकिया का ?"

उमेश ने सिर हिलाकर मौन सहमति दर्ज कराई, "ना बाबा, लेकिन हम तो उसका बियाह..."

"पिंकिया कहाँ है ?"

"घर में!"

"जाओ, उससे कहो कल सुबह आठ बजे बाबा तुझसे कुछ बात करेंगे।"

"ठीक है बाबा!"

उमेश अपने घर चले आए लेकिन उनका सर फटने लगा। रात भर सो न सके। कभी गाय की नाद के पास, तो कभी चारा मशीन के पास टहलते रहे। एक अजीब-सा खालीपन था जो उनके दिलो-दिमाग में रिस रहा था। ये पहला मौका था, जब दुआर गाय-भैंस, बाछा-बाछी के बिना सूना पड़ा था। वो जानते थे कि खुद को किसी काम में उलझाए रखना ही मानसिक समस्या सुलझाने की पहली

शर्त है। लेकिन अभी तो दिमाग दूसरी ओर उलझा था कि आखिर सुबह आठ बजे बाबा घर आएँगे तो क्या होगा?

इधर दिन भर की मेहनत के बाद सरयू पार मड़ई छवाने की तैयारी जोरों पर चल रही थी। एक कारीगर के साथ दिन भर मिलकर मंटू ने आधा से अधिक काम कर दिया था। अब बस पल्ला छवाकर थूनी पर चढ़ाना ही बाकी रह गया था। लेकिन दिन भर थकने के बाद मंटू मन-ही-मन उदास था। उसने बगल में सोए राकेश को झकझोरा, "उठ रे! कुछ ठीक नहीं लग रहा! दस दिन हो गया, पिंकी का कोई समाचार नहीं मिला। कल सुबह चाँदपुर चल ना! परसों पल्ला, पलानी, मड़ई छवाया जाएगा!"

राकेश की नींद झट से खुल गई। सात दिन से सर पर रखा बोझ और भारी हो गया! राकेश के मुँह से निकला, "अब कोई फायदा नहीं जाने का। जाकर सो जाओ। दस फरवरी को सामूहिक विवाह समारोह में उसका ब्याह है।"

इतना सुनते ही मंटू ने राकेश को चार गालियाँ दीं। गाली से स्तब्ध राकेश उसे लेकर मड़ई से बाहर निकल आया, "साले बाबूजी सो रहे हैं, का चाहते हो कि उठकर दो-चार लाठी लगा दें?"

मंटू ने सिर झुका लिया। मानो सपने की मड़ई बनने से पहले ही जल गई हो। वो बाहर आकर दियारे में पागलों की तरह टहलने लगा। रात भर उसे नींद न आई। राकेश भी रात भर सो न सका। ये पहली बार था कि मंटू पिंकी की खबर सुनकर चुप हो गया हो। राकेश ने राहत की साँस ली।

देखते-ही-देखते सुबह हो गई। माघ का सूरज बदरी से निकलने लगा! उमेश जानते थे कि बाबा आएँगे और दुआर गंदा पाएँगे तो बेइज्जती होगी। वो झट से दुआर बुहारने लगे। तब तक बाबा आ गए।

बाबा को देखते ही टोले में तरह-तरह की चर्चा होने लगी। क्योंकि जीवन में पहली बार बाबा किसी के आँगन में गए थे। पूनम पिंकी को लेकर बाबा के पास आ गई। बाबा ने देखा, उसके होंठ सूख गए हैं। बालों को शायद हफ्तों से धोया न गया है, न ही कंघी किया गया है। पिंकी आके बाबा के सामने बैठ गई। बाबा ने पहली बार उसके चेहरे की तरफ ध्यान से देखा और पूछा, "बेटी! क्या हाल बनाई है रे तू अपना?"

पिंकी खामोश रही। होंठ न हिल सके। बाबा ने उमेश की तरफ देखकर इशारा

किया, "यहाँ से तुम लोग हट जाओ!"

उमेश, पूनम और मैना के हटने के बाद पिंकी जरा सहज हो गई। बाबा ने चश्मा हाथ में लेकर पूछा, "बोल रे बबुनी!"

पिंकी गुमसुम बैठी रही, मानो बोलना क्या होता है, भूल गई हो। बाबा ने फिर पूछा, "डर मत, साफ-साफ बता क्या चाहती है तू? जहर खाना, घर से भागना, ई सब बेवकूफों का काम है और तू तो इतनी समझदार है कि गाँव में तेरी गिनती होती है। क्या हो गया अचानक?"

पिंकी की नजरें नीचे हो गईं। चाहकर भी मुँह से आवाज न निकाल सकी। बाबा ने आखिरी दाँव चला, "देख बबुनी, भगवान तो हमको एक भी बेटी नहीं दिए। लेकिन समझ ले कि आज तू अपने बाप के ही सामने बैठी है, जो कहना है साफ-साफ कह।"

इतना सुनते ही पिंकी की रक्तिम पड़ी थकी-सी आँखें चमक-सी गई। न जाने कहाँ की ऊर्जा उसमें समा गई। शायद बाबा के स्नेहिल संबोधन का असर था। पिंकी ने सिर झुकाकर धीरे से कहा, "बाबा, चाँदपुर में किस बेटी की औकात है कि अपने बाप के सामने बैठ जाए? इतनी हिम्मत किसी बेटी में आ जाती और इतना-सा ज्ञान किसी बाप को हो जाता तो न किसी लड़की को घर से भागना पड़ता, न ही किसी को जहर खाना पड़ता।"

बाबा निरुत्तर हो गए। ये पहला मौका था जब अपनी नातिन जैसी लड़की से वो मुखातिब थे। लेकिन पिंकी की इस समझदारी और वैचारिक परिपक्वता ने उन्हें अचंभे में डाल दिया। तब तक पूनम चाय लेकर आ गई। बाबा ने शाल को ठीक से ओढ़कर कहा, "ठीक है चल, तू नातिन है हमारी। बाबा कहती भी है। अब तो मेरे आखिरी दिन चल रहे हैं। मान ले कि आज एक बाप ने बेटी के सामने बैठकर पूछने की हिम्मत कर ली है। चल तू बोल, जो बोलेगी मैं सुन लूँगा।"

इस आश्वस्ति के बाद तो एक हफ्ते से खामोश रही पिंकी की आवाज भारी हो गई। आवाज का वजन बढ़ने लगा। न जाने कहाँ की शक्ति समा गई। वर्षों से सुप्त चिंगारियाँ शोला बन उठीं। वो धारा प्रवाह बोलने लगी-

"बाबा, आज आप बुलवाने आए हैं? क्या आप नहीं जानते हैं कि पैदा होते ही चाँदपुर की लड़कियाँ गूँगी बना दी जाती हैं? पिछले साल गुड़िया की शादी आप ही तय करवाने गए थे। एक बार भी गुड़िया से पूछा आपने कि बोल गुड़िया

बोल तू क्या चाहती है ? पिछले साल रमन चौधरी की सविता ने फाँसी लगा लिया। उमाकांत के किरन की लाश रेल की पटरी पर मिली। परियार साल मुन्नी सिंह की रीना को ससुराल वाले जला दिए। उनसे किसी ने कब पूछा था कि बोल बेटी बोल क्या चाहती है तू ?

"आप तो जानते हैं कि दहेज देने से लड़की ससुराल में खुश रहती तो शहर के अखबार लड़कियों की आत्महत्याओं से भरे नहीं होते। आज एक सौ इक्यावन लड़कियों की शादी कराने वाले नेता जी से आपने नहीं पूछा कि शादी में जितना खर्च कर रहे हैं, इसके आधे पैसे में चाँदपुर की लड़कियाँ जीवन भर पढ़ सकती हैं। इनको पढ़ा क्यों नहीं देते ? शादी कर देने भर से खुश हो पाएँगी कि नहीं इसकी गारंटी तो नहीं है, लेकिन हाथ में कोई हुनर, पढ़ाई-लिखाई रहेगा तो शादी के बाद पूरे परिवार को ठीक रख सकती हैं।

"ये सब कोई उनसे क्यों नहीं पूछता बाबा ? आप रमेसर चौधरी से क्यों न पूछे कि डेढ़ लाख दहेज देकर गुड़िया की शादी कर रहे हो, दस-बीस हजार लगाकर गुड़िया को पढ़ा-लिखाकर पैरों पर खड़ा कर दिए होते तो आज मिट्टी तेल डालकर उसे आग लगाने की नौबत न आई होती।

"जानते हैं, गुड़िया और उसकी माई की मौत के बाद मैं दिन-रात रोती थी। थोड़ा मन लगे इसलिए सहतवार जाकर सिलाई सीखने लगी और गाँव आकर लड़कियों को सिखाने लगी। फिर छोटी-छोटी लड़कियों को पढ़ाना शुरू किया ताकि मेरे हाथ से किताबों की महक भी न जाए और जो लड़कियाँ पढ़ना चाहती हैं वो पढ़ भी लें। लेकिन आपने उनसे तो नहीं पूछा जिन्होंने गाँव भर में मुझे बदनाम किया और मेरा ट्यूशन पढ़ाना बंद करवा दिया। क्या हम किसी लड़के को कहने गए थे कि मेरे पीछे पड़ो ? मुझसे प्रेम करो ? और अगर सुबह से लेकर साँझ तक किसी घर में गालियाँ और ताना ही सुनने को मिलें तो मेरी जैसी लड़कियाँ क्या करेंगी ? थोड़ा-सा भी सम्मान और प्रेम देखते ही अपना दिल हार जाएँगी या नहीं ? आखिर वो आदमी हैं कि खूँटे में बँधी गाय कि जब जिसको मन करे हाँक ले ? बताइए..."

इतना कहकर पिंकी सिसकने लगी। उसकी साँस भारी होने लगी। आँसुओं को सँभालकर उसने फिर आगे कहा-

"आजकल रोज कुछ लड़के पुल पर बैठकर गाँव भर की लड़कियों का

करेक्टर सर्टिफिकेट बाँटते हैं। उनसे तो आज तक किसी ने नहीं पूछा होगा कि कहो बेटा दारू क्यों पी रहे हो? गुटखा कहाँ से खा रहे हो? बेटा इतने पैसे की फीस में तो तेरी बहन पढ़ लेगी। बेटा घर से निकलो तो दुपट्टा लेकर चलो वरना तुमको सब छेड़ देंगे। बेटा तुम्हारे ही डर से कई माँ-बाप घर से लड़की को पढ़ने भेजने में डरते हैं। लेकिन उनसे तो कोई नहीं कहता। उल्टे हमें फटकार मिलती है।

"आज तक दुपट्टे से सीना ढकने के लिए लड़कियों को जितनी फटकारें दी गई हैं, उसका आधा भी गार्जियन लड़कों को फटकार दिए होते तो रास्तों में छेड़छाड़ की घटनाएँ अपने आप कम हो गई होतीं। और फिर न किसी गार्जियन को डरने की जरूरत होती, न किसी लड़की को।

"लेकिन छोड़िए। जब गुड़िया चुप रही, सविता चुप रही और लीला चुप रही तो मैं भी चुप ही हूँ अब। मुझे भी कुछ नहीं कहना है। अब तो एक-एक साँस भारी लगती है। बस माई, आजी का मुँह देखकर गुड़िया, सविता और लीला जैसी हिम्मत मुझमें नहीं होती। वरना कल ही हमेशा के लिए चुप हो जाती।"

अचानक पिंकी का चेहरा लाल हो उठा। मानो आज वर्षों से दबी मन की सारी भड़ास निकल गई है। इधर बाबा ने चश्मा निकाल लिया। पिंकी की इन बातों पर उनकी आँखें न जाने क्यों गीली होने लगीं। बार-बार गुड़िया और रमावती का चेहरा याद आने लगा। जीवन भर दूसरों को चुप करा देने वाले बाबा आज पहली बार एक छोटी-सी लड़की के आगे चुप हो गए। ये कुछ ऐसी बातें थीं, जिनका उत्तर उन्होंने न किसी किताब में पढ़ा था न किसी ग्रंथ में! थोड़ी देर बाद, बाबा ने धोती की कोर से आँख पोछकर कहा।

"बात तो एक लाख की कह रही है तू। लेकिन घबरा मत! मैं भी वादा करता हूँ कि जो तू चाहती है वही होगा। भगवान ने बेटी के बाप बनने का सौभाग्य तो नहीं दिया लेकिन आज से तू मेरी बेटी है। जा। आज मेरे जीवन का सबसे बड़ा दिन है। आज से पूरा चाँदपुर जान जाए कि चंदा अब मेरी बेटी है!"

इतना कहकर बाबा उमेश के घर से निकल गए। उमेश पीछे-पीछे चलते रहे। मैना दाँत पीसती रही। कहीं दूर खड़ी पूनम सिसकती रही। इधर उत्तर टोले का हर आदमी उमेश के आँगन की तरफ आँख और कान लगाए देख रहा था। थोड़ी देर में खुसर-फुसर होने लगी और देखते-ही-देखते समूचे चाँदपुर में हल्ला हो गया।

"झांझा बबवा पागल हो गया रे... पागल हो गया!"

25

पिछले पंद्रह दिनों से चाँदपुर में बेहिसाब मीटिंग का दौर चल रहा है। इन पंद्रह दिनों में कभी रमेसर को मनाना मुश्किल लगता है तो कभी उमेश को। अभी उमेश चौधरी माने ही थे कि मैना देवी रूठकर नइहर चली गईं। जब मैना देवी मानने को तैयार हुईं, तब तक किसी ने उमेश का कान भर दिया- 'ना-ना, झांझा बबवा पगलाया है। तुम अइसा करना भी मत! वरना गाँव में नाक कट जाएगी!'

इधर नाक की चिंता छोड़कर जो-जो रूठा उन सबको मनाया गया और जो नहीं माना, उसे उसके हाल पर छोड़ दिया गया।

आखिरकार रूठने-मनाने की मैराथन प्रक्रिया के बाद कल बाबा ने घोषणा कर दी, "ए चाँदपुर वालों, कान खोलकर सुनो, सात फरवरी की साँझ को मेरी बेटी की शादी है। तुम सभी लोग आमंत्रित हो।"

इस घोषणा के बाद तो चाँदपुर चट्टी पर लोग हतप्रभ रह गए। उधर विधायक जी की सामूहिक शादी का बैनर-पोस्टर लगता रहा तो इधर खेदन की दुकान से लेकर फूँकन की दुकान तक यही चर्चा चलती रही कि आखिर बबवा पर कौन जादू-मंतर चल गया रे?

किसी के पास इस प्रश्न का माकूल जवाब नहीं था। लेकिन बाबा की इस एक घोषणा ने ऐसा कर दिया कि विधायक जी और मैनेजर साहब द्वारा आयोजित होने वाली करोड़ों की सामूहिक शादी से ज्यादा चर्चे इस शादी के होने लगे और उँगलियों पर दिन गिनते हुए लोग इस दिन का इंतजार करने लगे।

आज वो दिन आ गया है। इंतजार की घड़ी समाप्त हो रही है। पश्चिम टोला में सुबह से ही हल्ला हो रहा है कि मरने से पहले हर आदमी सनक जाता है, बबवा भी सनक गया है, उसने पिंकी की तय हुई शादी को तुड़वा दिया। इसलिए ज्यादा लोड न लो। बस पूड़ी खाने चलो। पूड़ी किसी भी सनकी की हो, उसे छोड़ना नहीं चाहिए।

"ए भाई, उ तो ठीक है लेकिन तुमको शादी का कार्ड मिला है?"

"ना भाई ना! इस शादी में कार्ड कहाँ छपा है जी?"

"तब का ओल जैसा मुँह लेकर पूड़ी खाने जाओगे?"

खेदन इन दोनों की बातों को सुनकर खिसिया रहा है, "रे सारे! बेसी बकर-बकर मत करो, शादी के कार्ड प्रिंटिंग प्रेस में नहीं छपा तो का हुआ? आँख फाड़कर देखो। आज चाँदपुर के हर चेहरे पर इस शादी का कॉर्ड छप गया है। सब लोग एक-दूसरे को बुलावा भेज रहे हैं। हम भी तुमको बुला रहे हैं। साँझ को चुपचाप चले आना!"

खेदन की धमकी को संज्ञान लेकर आज सुबह से ही लोग चले आ रहे हैं।

इधर बाबा की दालान के मुख्य द्वार पर बड़ा-सा द्वार बना है। अशोक की पत्तियों और रस्सी से बैरिकेडिंग की गई है। उधर छत पर खूब शानदार टेंट और लाइट लगाई गई है। घर के आगे पुरुषों की व्यवस्था है, तो घर के पीछे औरतों के भोजन और नाश्ते का उत्तम प्रबंध किया गया है। फूँकन को टेंट, लाइट, साउंड, शामियाना और भुकभुकीया लगाने की जिम्मेदारी दी गई है। फूँकन गाना बजा रहा है-

भरोसा कर लो तुम... साथ निभाऊँगा
मानो मेरी एक बार चलो
चाँद के पार चलो!

मंटू रहता तो इस गाने पर कुछ कहता लेकिन वो क्या कहेगा आज? उसे खुद पता नहीं। उधर सत्यप्रकाश, परदीप, मंतोष, गुड्डू और सुखारी डॉक्टर के जिम्मे जलपान की व्यवस्था है। एक-एक करके सबको मिठाई बाँटी जा रही है। परदीप पूछ रहा है, "ए भाई, चिंगारी जी यहाँ नहीं आए रे? मनोहर मास्टर को नेवता है न?"

"ए भाई, उन लोगों को लेकर बित्तन आ रहा होगा। पहले ई बताओ, जलपान में कौन मिठाई है रे सतप्रकास?"

"जलपान में लालगंज बैरिया से एक-एक पीस मदनघचाक मिठाई आया है।"

तब तक कोई उसी में पूछ देता है, "ए भाई, बाबा इस शादी में कितना दहेज दे रहे हैं?"

"ए भाई, हल्का बात मत करो, दहेज में बाबा ने वचन दिया है, वचन।"

"कैसा वचन भाई? बुझौनी न बुझाओ?

"छोड़ो दहेज की बुझौनी, पहले ये बताओ। नाबालिग की शादी करवा रहे हैं बाबा। ई सब काम ठीक नहीं है, समाज में गलत संदेश जाएगा कि नहीं?"

ये सुनते ही खेदन को गुस्सा आ गया, "रे बउचट, पाड़ा, बकलोल... बाबा इस नाबालिग की शादी नहीं करवाएँगे तो मैना देवी और डब्लू प्रधान विधायक जी के सामूहिक विवाह समारोह में जबरदस्ती शादी करवा देंगे और साला यही समाज डब्लू नेता और विधायक जी से पूछने नहीं जाएगा कि लड़की को लड़का पसंद नहीं था तो काहे शादी करवा दिए जी? ई साला समाज भी कभी-कभी बेईमानी करता है। नियम, कानून, नैतिकता का सारा सवाल शरीफों से ही करता है।"

"अच्छा-अच्छा बेसी-बेसी मत बोलो। ई बताओ दूल्हा कौन है?"

"ये तो बस एक घंटा बाद देख लेना। बारात चल दी है। अभी तो बस मदनघचाक नामक मिठाई खाओ और घचाक जैसी बात न करो!"

"ए भाई, कन्यादान कौन करेगा, उमेश कि बाबा?"

"ए भाई देखो, बाबा के तीन बेटे ही हैं, तुम तो जानते हो न कि तीनों एक नम्मर के घचाक हैं। बाबा से कहते हैं कि गाँव का घर-जमीन बेचकर शहर में चले आओ, हम लोग चाँदपुर नहीं आएँगे। अब बाबा क्या करें? जीवन भर दूसरों के बेटियों की शादियाँ कराते रहे और एक लड़की के लिए तरसते रहे। जब चला-चली का समय आया है तो बाबा ने गाँव की एक बेटी को अपना बेटी बना लिया।"

"वाह रे बाबा वाह! लेकिन बारात कहाँ से आ रही है?"

"कितनी बार कहें कि सरयू पार से और कहाँ से आएगी... और ई समाचार सुनो, बरात में फजलुआ बाजा बजा रहा है। एक नम्मर छुरिया लौंडा लाया है, कह रहा है कि इस लौंडे को कोई नहीं भगा सकता है।"

"उहो पगला गया क्या ससुरा?"

"ना-ना, उसकी भी कोई बेटी नहीं थी! उसने कहा है बाबा, मेरी तरफ से इस शादी में बैंड पार्टी ही गिफ्ट रहेगा।"

चारों तरफ इसी तरह की बातें चल रही हैं। इसी तरह का हल्ला हो रहा है। इसी हो-हल्ला के बीच चाँदपुर की इस साँझ को ऐतिहासिक बनाने के लिए आस-पास के दर्जनों गाँवों के लोग भी चले आ रहे हैं। इधर पता चल रहा है कि नाव से

आ रही बारात अब सरयू जी के घाट पर लगने वाली है। धीरे-धीरे बैंड की आवाज बाबा के दालान तक ही नहीं समूचे दियराँचल में टकरा रही है। बारह महीने शांत रहने वाले इस दियर को ऐसी आवाज सुनने की आदत तो नहीं है लेकिन सब कुछ इतना मनोहर लग रहा है कि लोगों को अपनी आँखों पर विश्वास नहीं हो रहा है।

तब तक किसी ने आकर खबर की है कि चाँदपुर घाट पर बारात आ गई। उधर पहले सरयू जी की पुजाई हुई, वहीं बाजा बजा है! बारात को ठहरने का शामियाना उत्तर टोले में ही लगा है। अब बारात धीरे-धीरे शामियाने की तरफ बढ़ रही है। शामियाने से बाबा की दालान तक उबड़-खाबड़ रास्ता है, इसलिए दूल्हे को डोली में लेकर चाँदपुर के कँहार चल चुके हैं।

"ए भाई, बारात के स्वागत में कौन-कौन खड़ा है जी?"

"ई देखो, उमेश हैं और वो रहे झांझा बाबा! खेदन भी है लेकिन दीना कहाँ है रे?"

कोई बताता है, "ए भाई, दीना दूल्हे की पार्टी में है उधर देखो.. देखो उधर!"

देखते-ही-देखते बारात शामियाने से दालान की तरफ बढ़ने लगी। उधर दालान में द्वार पूजा की तैयारी शुरू हो गई। महिलाएँ गीत गाने लगीं-

'आपन खोरिया बहार ए झांझा बाबा
आवतारे दुलहा दामाद ए लाला!'

पियरी पहिनकर टूटे हाथ में गमछा लपेटे बाबा अब द्वार पूजा में बैठे हैं। लड़कियाँ हल्ला कर रही हैं- 'अरे देखो-देखो तो का लिखा है वहाँ पर!"

लिखा है-'शशि संग चंदा'

"दुलहा! हाय रे! मंटू दुलहा! ई तो शेरवानी पहिनकर एकदम अजय देवगनवा को फेल कर रहा है रे लड़का!"

गाँव की लड़कियाँ मंटू को देखकर हँस रही हैं। विस्मय भरी हँसी! मंटू की आँखें किसी की तरफ देख नहीं पा रही हैं। आखिर कैसे देखें? जिस चाँदपुर की माटी ने पाला-पोसा, पुचकारा और दुत्कारा, उसी ने वापस गले भी लगा लिया। वाह रे! चाँदपुर, शशि और चंदा को एक साथ मिला दिया। काश आज मौसी होती और गुड़िया! काश बाबूजी कम-से-कम आए होते। मंटू ये सोचकर उदास हो रहा है।

तब तक फजलू बैंड पार्टी के गायक ने धुन बदल दी है।

'रेडी वन टो थ्री... फजलू बैंड पार्टी ग्राम चाँदपुर जिला बलिया उत्तर प्रदेश पेश करते हैं फिल्म 'तेरे नाम' का गाना- नाचूँ ओढ़नी ओढ़ के आज दिल परदेसी हो गया!'

इधर बाबा के घर में ओढ़नी ओढ़कर बैठी पिंकी की आँख रोज की तरह नम हैं। लेकिन रोज की तरह आज विषाद के आह नहीं, संतोष के भाव हैं। एक गहरी साँस आती है और रुक जाती है। हृदय में भी कहीं कोई प्रेम का गीत बज उठता है। दिल में वही हूक उठती है, काश आज बाबूजी होते, काश आज किसनावती दादी ठीक होतीं। काश माई छत से न गिरी होती। ये सब सोचकर पिंकी का दिल रो रहा है। लेकिन सरजू माई, गंगा माई की कृपा देखिए, आज तो माई-बाप एक ही आदमी बन गया है। उसने माथे पर पगड़ी बाँधकर अस्सी साल की उमर में ऐलान कर दिया है कि पिंकी आज से उसकी बेटी है। आज से उसके घर और दालान की वारिस है।

इधर द्वार पूजा हो गया। घराती और बराती सब एक-दूसरे से मिल रहे हैं। उसी में से कोई बता रहा है, "ए भाई, बियाह बाद बाबा ने पिंकी को पढ़ाई का सारा खर्च देने का फैसला लेकर इतिहास कायम कर दिया है।"

खेदन उसको डाँटता है, "ए चुप रहो! बाबा ने नहीं, चाँदपुर की चंदा ने इतिहास कायम किया है। उसे घर और बाहर दोनों तरफ से प्रताड़ित किया गया। लेकिन उसने सीखने की सनक न छोड़ी। पढ़ने-पढ़ाने और समाज के लिए कुछ सार्थक करने का जुनून नहीं खोया! बाबा ने तो बस उसका हक लौटाया है।"

तब तक दीना ने बताया, "ए भाई, चाँदपुर में लड़कियों के लिए कायदे का स्कूल नहीं है और न ही एक्को मास्टर! सिलाई-कढ़ाई सीखने भी सात किलोमीटर जाना पड़ता है। अब बाबा के दालान में पिंकी का स्कूल चलेगा। बाबा ने अपना दालान और घर पिंकी के नाम कर दिया है। और तो और, पिंकी को आने-जाने के लिए स्कूटी भी दिया है। अब उनके मरने के बाद ये दालान नहीं टूटेगा। इसी दालान में गाँव की लड़कियाँ पढ़ेंगी और सीखेंगी।"

लीजिए, बारात के बाजे बज रहे हैं। इधर खुलासों की फुलझड़ियाँ छूट रही हैं। उन फुलझड़ियों के प्रकाश में लोगों के मुँह चौड़े हो रहे हैं। उधर आँगन में गुरहत्थी होने जा रहा है। गुरहत्थी में सात थान गहना, साड़ी सब पिंकी को चढ़ाया गया है।

गुरहत्थी किया है मंतोष ने। राकेश ने चिढ़ाया, "ए भसुर जी, भवह से दूर रहना!"

"चुप रहो ससुर! सुने नहीं हो का, कि साल में एक महीना जेठ का भी होता है।"

सत्यप्रकाश ने जोर से डाँटा, "ए गंदा बात नहीं, एकदम नहीं। ये न भूलो, बारात उस पार से इस पार ही आई है। सारे लोग अपने हैं।"

सब हँसने लगे। हृदय में जमा कलुष उस हँसी की धार से धुलने लगा। राकेश चौकन्ना हुआ, "ए पंडी जी, जल्दी-जल्दी ब्याह और विदाई करानी जरूरी है, वरना गाँव के कुछ लोगों की उपस्थिति डरा रही है। ये लोग अच्छे काम में विघ्न डालने के लिए ही पैदा हुए हैं। इनसे डरना जरूरी है। गुड़िया की शादी याद है न आपको?"

गुड़िया की शादी को याद करते ही पंडी जी का रोवाँ गनगना गया। झट से मंतर पढ़ने लगे। ब्याह शुरू कर दिया गया। सामने झांझा बाबा कन्यादान करने बैठे हैं। आज उनकी आँखें नम हैं। मंटू और पिंकी की तरह उन्हें भी अफसोस हो रहा है, "काश! आज साथ में पत्नी होतीं, बेटे होते तो ये आनंद दूना हो गया होता न?"

लेकिन बाबा को ये देखकर संतोष हो रहा है कि आज उनका दालान गाँव भर के बेटे-बेटियों की आवाज से चहचहा रहा है। शादी में घर-घर जाकर गीत गाने वाली पिंकी की शादी में गाँव भर की महिलाएँ गीत गाने के लिए टूट पड़ी हैं। सबके हाथ में एक-एक साड़ी है। सबके हाथ में एक-एक उपहार है। वहीं मंटू की शादी का नाम सुनकर दूर-दूर से कई दर्जन लड़के साइकिल से आए हैं।

इधर पिंकी घूँघट में कैद है। उसका हृदय प्रेम की धार से द्रवित हो रहा है। इतनी जल्दी हवा उल्टी बहने लगेगी, कौन जानता था! उसने मान लिया है कि अच्छाइयाँ और बुराइयाँ हर आदमी के भीतर किसी कोने में कैद होती हैं। जरूरत होती है उनको आवाज देने की। झांझा बाबा ने वो आवाज दे दी है। आज पिंकी को लेकर सबकी धारणा बदल गई है। ये कोई चमत्कार नहीं, ये सच्चाई है।

लीजिए, अचानक सरयू नदी की तरफ से एक तेज हवा उठी, माड़ो के बाँस हिलने लगे। सेनुरदान शुरू हो गया। मंटू पिंकी की तरफ हाथ उठाया। उसके हाथ काँप उठे। पिंकी के लोर जमीन पर गिरने लगे। देखते-ही-देखते पूनम के साथ गाँव की लड़कियों ने गाना शुरू किया-

बाबा बाबा पुकारिले बाबा ना बोलेले हो

बाबा के बरजोरी सेनुर बर डालेले हों...

गाते हुए पूनम की आँख से आँसू निकल रहा है। लेकिन आज इन आँसुओं का रंग दूसरा है। इसमें एक आनंद है जो अव्यक्त है। आज पहली बार पूनम को अपनी जान से प्यारी बहन के लिए गीत गाना अच्छा लग रहा है। एक अरसे बाद पूनम गा रही है-

चाचा चाचा पुकारिले चाचा ना बोलेले हो
चाचा के बरजोरी सेनुर बर डालेले हो...

ये सुनकर माड़ो में बैठे चाचा उमेश रो रहे हैं। आखिर चाचा क्या बोलें? पिंकी जैसी बेटी कहाँ होगी? जबसे पैदा हुई है, वो खुद को साबित ही करती रह गई। कभी चाची के सामने, कभी चाचा के सामने, कभी गाँव और कभी समाज के सामने।

आखिरकार शादी हो गई। दूल्हा-दुल्हन को कोहबर में लाया गया। माड़ो में भोजन, बाँध खोलाई और समधो हुआ। रमेसर और झांझा बाबा गले मिले। उमेश ने दोनों को पीछे से पकड़ लिया। माड़ो में खड़े लोगों ने खूब तालियाँ बजाई। मंटू मुस्कुरा उठा। इधर मैना देवी कोहबर सँभालने लगीं। पता चला कि थोड़ी देर बाद माड़ो की रस्में होंगी, तब जाकर विदाई की जाएगी!

भोर के साढ़े चार हो रहे हैं। अब विदाई होने जा रही है। पिंकी ने सबके पैर छुए और आजी को गले लगाकर रो पड़ी। बिस्तर पर लेटी माँ रोते हुए उठकर बैठ गई। चाचा के पैर छूकर रोती पिंकी को देखकर पूनम गिर गई। मानो खुशियों की अवधि कितनी छोटी पड़ गई हो। मैना भी गले लगकर रोने लगी। मानो आज सारी शिकायतें खत्म हो गई हों। सोनू को पिंकी ने अँकवारी में भर लिया तो मनोज बो भौजी राग पकड़के रोने लगीं मानो कह रहीं हो कि ए बबुनी, जब भी नइहर आना अपनी इस भउजाई के पास जरूर आना। और पिंकी मानो सबको आश्वस्त कर रही हो कि मैं दूर कहाँ जा रही, मैं तो तुम सबके पास ही हूँ।

सबसे मिलने के बाद दालान में आते ही बाबा ने पिंकी को गले से लगा लिया। बाबा रो पड़े। क्या कहें समझ के बाहर था। पिंकी उनके पैरों में गिरकर रोने लगी। मानो मन-ही-मन कह रही हो कि देश के हर चाँदपुर में एक आप जैसा बाबा हो तो देश की चंदाएँ कभी रो नहीं सकती हैं। आपने जो मुझे दिया है, मैं उसका कई गुना चाँदपुर को लौटाने का वादा करती हूँ।

देखते-ही-देखते कहारों ने डोली उठा ली। अपनी बेटी को जाता देखकर चाँदपुर के जानवर भी रोने लगे तो आदमी की क्या बिसात! समूचा उत्तर टोला रो पड़ा। जो जहाँ खड़ा था वहीं से सब पिंकी को विदा करने लगे। विदा करने लगे गाँव के खूबसूरत खेत, तालाब, पोखर, शिव जी का मंदिर, डीह बाबा और काली माई का चौरा और सबसे आखिरी में खड़ा धीरे-धीरे हिलता पीपल का पेड़। थोड़ी ही देर में दूल्हा-दुलहिन की डोली सरयू किनारे आ गई। घाट पर राकेश की नाव लगी थी। नाव को खूब सजाया गया था। एक पन्ने पर हल्दी से लिखा गया था-

'शुभ विवाह!'

'शशि संग चंदा'

दुलहा-दुलहिन उस नाव पर सवार हो गए। हल्की चाँदनी से शादी का जोड़ा सरयू के पानी में प्रतिबिंबित होने लगा।

मंटू ने राकेश से कहा, "तुम रहने दो, आज हम चला लेंगे"। ये सुनकर राकेश नाव से उतर गया। मंटू मुस्कुराया, उसकी भुजाएँ फड़क उठीं। बचपन से गाते आ रहे भोजपुरी दंतकथा लोरिकायन के एक-एक पद उसे याद आने लगे।

कहते हैं भोजपुरी की लोकप्रिय दंतकथा लोरकी के वीर लोरिक की प्रेमिका का नाम भी तो मंजरी उर्फ चंदा ही था। किसी जमाने में उस चंदा से ब्याह करने के लिए लोरिक ने अपने गाँव गढ़गौरा बलिया से सवा लाख बाराती लेकर सोन नदी के पास बसे अगोरी स्टेट पर हमला बोल दिया था और चंदा के बाप राजा मोलागत से युद्ध करके उसे अपने घर लाया था। वो कथा आज भी लोक में गाई जा रही है।

मंटू भी नाव चलाते हुए अक्सर गाता है। आज मंटू को लग रहा है कि वो सच में लोरिक बन गया लेकिन अफसोस तो इस बात का है कि वो जमाना अब नहीं रहा। अब किसी चंदा को युद्ध से नहीं, सिर्फ प्रेम से ही जीता जा सकता है। मंटू ये युद्ध जीत गया है। अचानक कहीं से पूँछ हिलाते मोती आ गया। मंटू ने हँसते हुए उसे नाव में बिठा लिया, "देख राकेश ये मेरा असली सहबाला है।"

राकेश मुस्कुरा उठा।

पिंकी के आँसू घूँघट से झाँकने लगे। उसने पहले सरयू जी को प्रणाम किया फिर चाँदपुर को प्रणाम किया। घाट पर विदा करने आए लोग आँसू पोछकर मुस्कुराने लगे। हृदय में प्रेम की लहरें भोर की ठंडी हवा में मचलने लगीं। थोड़ी देर में नाव चल पड़ी। मंटू ने बड़े प्यार से कहा।

"ए करेजा, अब मत रोओ न, वरना हम भी रो देंगे।"

इतना सुनते ही पिंकी के लोर भरी आँखों में मुस्कान तैर गई। कुछ देर तक वो खामोश रही। अचानक पिंकी ने घूँघट उठाया और आसमान की तरफ देखकर कहा, "आज नाव मुझे ले जाने दो न?"

"क्यों? कहीं डुबा दोगी तब?"

"तो डूब जाना।"

"ना-ना। न जाने कितने साल डूबने के बाद तो आज हम पार निकले हैं मस्ट्राइन जी! आप फिर डुबाएँगी?"

पिंकी मुस्कुराने लगी।

"प्रेम ऐसा दरिया है जिसमें डूबकर आदमी उबर जाता है बबुआ!"

"अच्छा मस्टराइन जी! मेरी क्लास अब यहीं लेंगी क्या? इसी वक्त?"

दोनों खिलखिला उठे। मंटू ने नाव का चप्पू पिंकी को थमा दिया। पिंकी का घूँघट गिर गया। उसने झट से ठीक किया। नाव को खेते हुए न जाने कहाँ का आत्मविश्वास उसमें आ गया। थोड़ी देर बाद उसने कहा।

"सुनो न!"

"क्या?"

"दस दिन बाद हमारी पाठशाला बाबा के दालान में चलेगी। हम अब इसी नाव से पढ़ाने आएँगे। तीन दिन सरयू के इस पार तीन दिन सरयू के उस पार!"

ये सुनकर मंटू मुस्कुरा उठा, "अच्छा! और हम कब पढ़ाई करेंगे? रात में?"

"भक्क! बदमाशी मत करो बबुआ। सुबह उठाकर बर्तन भी मजवाएँगे।"

"माज देंगे। थक जाओगी तो सर में तेल भी लगा देंगे। और कहोगी तो गोड़ भी दबा देंगे।"

"ना-ना... निरहुआ बनने की नौबत नहीं आएगी पतिदेव जी। तुम मेरे साथ हो, यही बहुत है मेरे लिए! मैं सब कर लूँगी।"

दोनों एक बार फिर हँस पड़े! आगे क्या कहते, समझ के बाहर था। बीस दिन के अंदर दोनों का जीवन तीन सौ साठ डिग्री घूम जाएगा। ये किसको पता था? मंटू ने सर पर रखी दूल्हे वाली टोपी और गले में लटके तागपाट को निकालकर नाव पर रख दिया। इधर नाव चलती रही और नाव खेती पिंकी की चूड़ियाँ एक लय में बजती रहीं। उसके माथे की बिंदी पर चाँद चमकता रहा। कितना कुछ था

जो सुंदर था और कितना कुछ था जिस पर एक बार मन-ही-मन मुग्ध हुआ जा सकता था। देखते-ही-देखते भविष्य की मनोहर कल्पनाएँ पानी में कलोल करने लगीं। देखते-ही-देखते चाँदपुर आँखों से ओझल हो गया। नाव किनारे लग गई। दोनों उतरने लगे। उतरते हुए पिंकी का सारा उत्साह उदासी में बदल गया।

मंटू ने उस पार देखते हुए कहा, "ए पिंकी, आज तो चाँद का दाग चाँदपुर ने मिटा दिया। आज तो हम लोग पार हो गए।"

पिंकी गंभीर हो गई, "अभी कहाँ पार हुए हैं बबुआ? अभी तो चाँदपुर की कई चंदाएँ उस पार खड़ी हैं। अभी तो कई गुड़िया और पूनम की आँखों को हमारा इंतजार है। अभी तो कई सविता और लीला को सशक्त बनाकर उनकी आँखों में नये सपने बोने हैं, उनको उनकी मंजिल दिखानी है। अभी तो हमने आधी लड़ाई जीती है, आधी बाकी है।"

ये सुनते ही मंटू ने पिंकी का हाथ पकड़ लिया। पिंकी नाव से उतर गई। दोनों की आँखें स्नेह की धवल चाँदनी में मुस्कुरा उठीं। उस मुस्कान में सिर्फ अनुराग नहीं, विश्वास की एक झीनी चादर थी। सिर्फ आकर्षण नहीं था, साहस और समर्पण का एक महीन धागा था।

इसी धागे से बनी चादर में दो दिलों की जिजीविषा तरंगित हो रही थी। घाट पर खड़े दर्जनों लोगों ने पहली बार देखा, आज बड़े दिन बाद आसमान में चाँद हँस रहा है और जमीन पर 'चाँदपुर की चंदा!'

***